Diplômé de littérature anglaise, Lincoln Child a été responsable éditorial aux éditions St. Martin's Press à New York avant de se consacrer entièrement à l'écriture. Il vit aujourd'hui dans le New Jersey.
Douglas Preston a débuté sa carrière comme auteur et éditeur au Muséum d'histoire naturelle de New York. Il a également enseigné à l'université de Princeton. Preston et Child ont débuté leur collaboration dans les années 1990. Vivant à plusieurs centaines de kilomètres l'un de l'autre, ils coécrivent leurs livres par téléphone, fax et via Internet. Leurs thrillers connaissent tous un vif succès.

S comme survivre

Des mêmes auteurs
aux Éditions J'ai lu

Douglas Preston et Lincoln Child

LA CHAMBRE DES CURIOSITÉS *(N° 7619)*
LES CROASSEMENTS DE LA NUIT *(N° 8227)*
ICE LIMIT *(N° 8433)*
LE VIOLON DU DIABLE *(N° 8671)*
DANSE DE MORT *(N° 8815)*
LE LIVRE DES TRÉPASSÉS *(N° 9078)*
CROISIÈRE MAUDITE *(N° 9257)*
RELIC *(N° 9373)*
VALSE MACABRE *(N° 9561)*
LE GRENIER DES ENFERS *(N° 9644)*
FIÈVRE MUTANTE *(N° 9915)*
LE PIÈGE DE L'ARCHITECTE *(N° 9916)*
CAUCHEMAR GÉNÉTIQUE *(N° 9936)*
VENGEANCE À FROID *(N° 10336)*
R POUR REVANCHE *(N° 10527)*
DESCENTE EN ENFER *(N° 10719)*
C COMME CADAVRE *(N° 10899)*
LES SORTILÈGES DE LA CITÉ PERDUE *(N° 11001)*
TEMPÊTE BLANCHE *(N° 11058)*

Douglas Preston

LE CODEX *(N° 8602)*
T-REX *(N° 8892)*
CREDO *(N° 9179)*
IMPACT *(N° 9766)*

Douglas Preston et Mario Spezi

LE MONSTRE DE FLORENCE *(N° 9544)*

Lincoln Child

DEEP STORM *(N° 9170)*

LA TROISIÈME PORTE *(N° 10720)*

DOUGLAS
PRESTON
&
LINCOLN
CHILD

S comme survivre

Traduit de l'anglais (États-Unis)
par Sebastian Danchin

J'AI LU

Titre original :
THE LOST ISLAND

Éditeur original :
Grand Central Publishing, New York, 2014.

Lincoln Child dédie ce livre
à sa femme, Luchie

Douglas Preston dédie ce livre
à Joshua Richholt

1

La réception s'achevait à peine que les employés d'Effective Engineering Solutions s'éclipsaient par petits groupes. Il ne resta bientôt plus que Gideon Crew, Eli Glinn et Manuel Garza dans la salle de réunion dont les fenêtres dominaient le bas de Manhattan.

Glinn ébaucha l'ombre d'un geste de sa main handicapée.

— Asseyez-vous, Gideon. Je vous en prie.

Le jeune homme obtempéra. La réunion amicale organisée en son honneur, dans la foulée du succès de sa dernière mission[1], prenait brusquement une tournure plus sérieuse.

— Vous sortez ébranlé de l'épreuve que vous venez de traverser, commença Glinn. Je ne parle pas uniquement de la chasse à l'homme dont vous avez fait l'objet, mais aussi des complications… affectives de cette mission. Êtes-vous prêt à vous lancer dans une nouvelle épreuve ?

— Absolument, répondit Gideon sans l'ombre d'une hésitation.

---

1. Voir *C comme Cadavre* (L'Archipel, 2013).

Glinn scruta longuement les traits de son interlocuteur, puis hocha la tête.

— Fort bien. Je suis heureux que vous acceptiez de nous servir de... (Il hésita, à la recherche de la formule juste...) d'agent spécial. Nous allons vous réserver une suite dans un hôtel des environs, afin que vous puissiez disposer d'un point de chute en attendant qu'on vous dégote un appartement. Je sais que vous n'aimez guère rester éloigné longtemps de votre cher Nouveau-Mexique, mais New York ne manque pas de charme ces temps-ci. La Morgan Library organise justement une exposition consacrée au *Livre de Kells*, prêté de façon tout à fait exceptionnelle par la République d'Irlande. J'imagine que vous avez déjà entendu parler du *Livre de Kells* ?

— Vaguement.

— Il s'agit du plus beau manuscrit enluminé au monde. L'Irlande le considère comme son trésor national le plus précieux.

Gideon conserva un silence perplexe.

— Voulez-vous m'accompagner à cette exposition ? reprit Glinn en consultant sa montre. J'avoue avoir un faible pour les enluminures. Une page différente est proposée chaque jour à l'admiration du public. Vous ne le regretterez pas.

Gideon parut hésiter.

— À vrai dire, les enluminures ne sont pas vraiment ma tasse de thé.

— Moi qui comptais sur vous, insista Glinn. Vous verrez, vous allez adorer. C'est la seconde fois que le *Livre de Kells* quitte l'Irlande. Il serait dommage de rater une si belle occasion. À condition de partir tout de suite, nous disposerons d'une bonne heure sur place avant la fermeture.

— On ne pourrait pas plutôt y aller lundi ?

— La page exposée aujourd'hui m'intéresse tout particulièrement. Allons, Gideon. Un petit effort !

Gideon, amusé de voir son interlocuteur se passionner pour un sujet aussi incongru, fut pris d'une envie de rire.

— Sans vouloir vous vexer, Glinn, je me fiche éperdument du *Livre de Kells*.

— Je crois pouvoir vous faire changer d'avis.

— Comment ça ? réagit Gideon, intrigué par le ton de son interlocuteur.

— Et si je vous précisais que votre prochaine mission consiste à le dérober ?

2

Eli Glinn pénétra dans l'East Room de la Morgan Library en actionnant le levier de son fauteuil électrique, suivi par Gideon. En dépit de la foule qui se pressait à l'exposition, ce dernier ne put s'empêcher de retenir son souffle en entrant dans l'immense salle. Cela faisait des années qu'il ne s'était pas rendu dans la prestigieuse bibliothèque, pour en avoir longtemps jugé les richesses trop tentantes. Il fut instantanément subjugué par les fresques en ogive du plafond, les trois étages de rayonnages sur lesquels s'alignaient par milliers des reliures somptueuses, la monumentale cheminée de marbre, la tapisserie majestueuse, le mobilier d'exception, l'épais tapis aux motifs bordeaux. Glinn, usant de sa main mutilée pour manœuvrer la manette de son siège, profita de son handicap pour se frayer un passage au milieu des visiteurs. Les deux hommes arrivèrent bientôt devant le cube de verre dans lequel était exposé le *Livre de Kells*.

— Quel endroit splendide, murmura Gideon en caressant la vaste salle des yeux.

Son regard s'arrêta instinctivement sur les impressionnants moyens de sécurité déployés : les gardiens postés de part et d'autre de l'unique porte, l'œil noir des caméras dissimulées dans les moulures du plafond, les détecteurs de mouvement, les faisceaux laser. En pénétrant dans la salle, il avait surtout remarqué la présence d'une porte coulissante en acier, prête à se refermer à la première alerte.

Le manège de Gideon n'avait pas échappé à Glinn.

— Les fresques qui ornent le plafond sont signées du peintre H. Siddons Mowbray. Elles représentent les signes du zodiaque. Le banquier J.P. Morgan, fondateur de cette bibliothèque, appartenait à un club extrêmement fermé comprenant douze membres, tous affublés d'un nom de code zodiacal. On dit que la disposition des signes, comme celle des symboles ésotériques qui les accompagnent, est liée à des épisodes marquants de sa vie personnelle.

Gideon posa les yeux sur l'imposante cheminée qui trônait à l'une des extrémités de la salle. Plusieurs gadgets dont la fonction exacte lui échappait avaient été discrètement installés dans le creux des motifs de pierre.

— Cette tapisserie, au-dessus de la cheminée, a été réalisée par un maître hollandais du XVIe siècle. Elle représente l'avarice, l'un des sept péchés capitaux, poursuivit Glinn en s'autorisant un petit gloussement. De la part de John Pierpont Morgan, c'est un choix plutôt singulier. Vous ne trouvez pas ?

Gideon recentra son attention sur le cube de verre contenant le *Livre de Kells*. Du verre blindé, différent des matériaux fumés habituels. Un verre blanc de type P6B, probablement, capable de résister aux impacts de balles comme aux explosions et aux coups de masse. Obnubilé par le cube transparent, il en oubliait le trésor inestimable qu'il renfermait pour mieux en détailler les systèmes de sécurité : détecteurs de mouvement, palpeurs de pression atmosphérique, capteurs de chaleur infrarouges, et même ce qui ressemblait à un analyseur d'air.

Qui aurait pu se montrer assez fou pour tenter de voler un tel chef-d'œuvre ? Au moindre signe de danger, la porte coulissante se refermerait, sans même parler des dispositifs de sécurité invisibles à l'œil nu.

— Époustouflant, vous ne trouvez pas ? lui glissa Glinn à l'oreille.

— De quoi vous foutre la trouille, oui.

— Je vous demande pardon ? réagit Glinn en posant sur lui un regard surpris.

— Excusez-moi, je n'avais pas compris que vous parliez du livre, répondit Gideon, qui se pencha pour la première fois sur l'objet exposé dans la vitrine. Intéressant, ajouta-t-il.

— C'est un euphémisme. Les origines de ce trésor sont mystérieuses. D'aucuns prétendent qu'il aurait été rédigé par saint Colomba en l'an 590. D'autres affirment qu'il est l'œuvre de moines anonymes désireux de célébrer le bicentenaire de Colomba, deux siècles plus tard. On sait seulement qu'il a vu le jour à Iona avant d'être transféré dans l'abbaye de Kells où ont été réalisées les enluminures. Soigneusement caché, il a échappé aux nombreux raids et pillages des Vikings, qui ne l'ont jamais découvert.

Gideon examina de plus près le manuscrit, inconsciemment attiré par la complexité remarquable des motifs abstraits qui l'ornaient.

— La page exposée aujourd'hui est le folio 34r, précisa Glinn. Le célèbre monogramme Khi Rhô.

— Khi Rhô ? De quoi s'agit-il ?

— Ce sont les deux premières lettres du mot Christ en grec. Le récit de la vie de Jésus débute au chapitre I, verset 18, de l'Évangile de Matthieu. Cette page faisait généralement l'objet de riches enluminures dans les premiers manuscrits de ce type. Le premier mot de ce récit est « Christ ». Dans le *Livre de Kells*, les deux lettres initiales, *khi* et *rhô*, occupent une page entière.

Derrière eux, la foule des visiteurs commençait à s'impatienter. Gideon sentit un coude se planter délibérément dans ses côtes, mais Glinn poursuivait son explication dans un murmure.

— Regardez-moi ce labyrinthe ! On voit toutes sortes d'éléments au milieu de ces circonvolutions : des animaux, des insectes, des oiseaux, des anges, des têtes miniatures, des fleurs. Sans parler de ces croix celtiques aux dessins d'une complexité stupéfiante. Un rêve de mathématicien ! Et ces couleurs ! Ces ors, ces verts, ces jaunes, ces violets ! Nous avons sous les yeux la page la plus extraordinaire du manuscrit enluminé le plus surprenant de l'histoire. Rien d'étonnant à ce que les Irlandais le considèrent comme un trésor national. Regardez-moi ça !

C'était bien la première fois que Gideon découvrait chez Glinn ce qui s'apparentait à de l'enthousiasme. Il s'approcha si près de la vitrine que son haleine embua le verre blindé.

— Excusez-moi, mais vous n'êtes pas tout seuls, s'éleva derrière eux une voix impatiente.

Gideon profita de l'occasion qui lui était donnée pour réaliser un petit test en effleurant la vitrine de sa main.

Un bip grave traversa aussitôt la pièce.

— Il est interdit de toucher la vitrine ! cria l'un des gardiens. Monsieur, veuillez vous éloigner !

L'incident stimula l'impatience de ceux qui attendaient leur tour.

— Allez, mon vieux ! s'énerva un visiteur.

D'autres murmurèrent leur désapprobation.

Glinn laissa échapper un long soupir et actionna à regret le levier de son fauteuil roulant. Gideon s'éloigna à son tour de la vitrine. Quelques instants plus tard, les deux hommes retrouvaient Madison Avenue où les coups de klaxon des taxis rythmaient la circulation. Aveuglé par le soleil, Gideon plissa les paupières.

— Corrigez-moi si je me trompe : vous comptez vraiment sur moi pour voler ce livre ?

Glinn posa une main rassurante sur son bras.

— Pas le livre entier, mon cher Gideon. Uniquement la page que nous venons d'admirer. Le folio 34r.

— Pour quelle raison ?

Un silence accueillit la question du jeune homme.

— Vous me connaissez trop bien pour savoir que je ne réponds jamais aux interrogations de ce genre, finit par dire Glinn d'une voix enjouée alors que la limousine qui les avait conduits jusqu'à la Morgan Library se rangeait le long du trottoir.

3

Trois jours plus tard, après s'être rafraîchi dans la piscine installée sur la terrasse de toit du très chic hôtel *Gansevoort*, un Gideon Crew dans le plus simple appareil examinait d'un air pensif les schémas et les diagrammes étalés sur le vaste lit de sa suite, au cœur du Meatpacking District de Manhattan. Les documents décrivaient le système de protection de l'East Room dans ses moindres détails.

Pas moins de huit années de tractations entre le gouvernement irlandais et la Morgan Library avaient été nécessaires pour concrétiser le prêt du *Livre de Kells*. Un parcours semé d'embûches. Les Irlandais faisaient preuve d'une prudence exacerbée depuis que l'un des folios du manuscrit, prêté à l'Australie, avait été exposé à Canberra en 2000. Les enluminures avaient été endommagées, sans doute à cause de frottements lors du transport en avion, et l'Irlande hésitait depuis lors à prêter son chef-d'œuvre.

James Waterman, le milliardaire américain d'origine irlandaise fondateur de la multinationale portant son nom, s'était juré d'exposer le précieux livre aux États-Unis. Usant de son charisme et de son entregent, il avait réussi à vaincre les réticences du Premier ministre irlandais, puis de l'ensemble du gouvernement, mais les conditions du prêt étaient draconiennes. Elles impliquaient notamment la refonte totale du système de sécurité de l'East Room de la Morgan Library, que Waterman avait financée sur ses deniers personnels.

On avait envisagé, dans un premier temps, d'exposer le manuscrit à la Smithsonian Institution. Les efforts de Waterman avaient échoué lorsque la direction du musée avait refusé de moderniser ses équipements. Avec le recul, Gideon s'en réjouissait car il n'avait jamais aimé Washington. La capitale fédérale était le cadre de souvenirs particulièrement pénibles pour lui, puisque c'était là que son père avait été tué. Les rares fois où il y était retourné, il avait trouvé la ville ennuyeuse, avec ses monuments apprêtés. Il n'en avait été que plus étonné des changements intervenus en l'espace de quelques années. Invité à recevoir une décoration pour ses exploits à Fort Detrick, il avait découvert une ville en état de siège sans qu'il puisse savoir s'il s'agissait des séquelles du 11 Septembre ou, plus prosaïquement, des conséquences d'une bureaucratie galopante. Police municipale, police du Capitole, police des espaces verts, police du ministère des Affaires étrangères, police de la Banque des États-Unis, police des services secrets, police « spéciale » *(achtung !)*... Une bonne vingtaine d'organismes de sécurité différents, tous armés et habilités à interpeller conducteurs et touristes au premier écart, étouffaient la ville sous le poids de leur présence accablante. En apercevant dans tous les coins des agents aux prérogatives concurrentes et redondantes, Gideon avait brusquement compris où était englouti l'argent de ses impôts.

Sa réaction avait été prompte, il s'était promis de ne pas remettre les pieds à Washington de sitôt. La capitale américaine, autrefois symbole de grandeur, était devenue une municipalité lourdement endettée qui finançait ses déficits sur le dos des malheureux citoyens et touristes qu'elle aurait dû protéger. George Orwell aurait été fier du résultat.

Bref, Gideon n'était pas fâché d'échapper au musée de la Smithsonian.

Il se concentra à nouveau sur la tâche qui l'attendait et fit le tour du lit, perplexe. Comment Glinn avait-il réussi à se procurer l'ensemble des schémas électroniques et mécaniques de ce fichu système de sécurité ? Gideon avait sous les yeux le détail de tous les circuits électriques, les spécificités du moindre capteur, sans être plus avancé pour autant. Jamais, de toute son existence, il n'avait été confronté à un système aussi complexe. Mieux, il n'aurait jamais imaginé qu'un tel niveau de protection puisse exister. Le système possédait toutes les caractéristiques auxquelles pouvait s'attendre un cambrioleur digne de ce nom : protections à plusieurs niveaux, équipements redondants, alimentations de secours, et ce n'était que le début.

L'East Room, initialement construite avec une double rangée de blocs de calcaire du Vermont d'un mètre d'épaisseur, avait été transformée en un véritable coffre-fort. La porte était équipée d'un volet coulissant en acier dont l'une des mâchoires tombait du plafond tandis que l'autre s'élevait du plancher à la moindre alerte, empêchant quiconque de quitter la pièce. La lumière du jour étant nuisible aux ouvrages conservés sur les rayonnages, aucune fenêtre n'en trouait les murs. La voûte de béton armé, d'une épaisseur inouïe, était infranchissable. Quant au sol, il était constitué d'énormes dalles de ciment habillées de marbre.

La nuit, la pièce était quadrillée par des rayons laser auxquels s'ajoutaient des détecteurs de mouvement et des capteurs infrarouges de différentes longueurs d'onde, capables de détecter la chaleur de n'importe quel organisme vivant. Un cafard n'aurait pu traverser la pièce sans être immédiatement repéré. Les caméras de surveillance, placées sous la surveillance d'une équipe de gardiens triés sur le volet, fonctionnaient nuit et jour.

Pendant les heures d'ouverture, les visiteurs étaient invités à laisser au vestiaire sacs et appareils photo avant de franchir un portique de détection. Des gardiens surveillaient l'intérieur de la salle comme ses abords, sous l'œil de caméras plus nombreuses que dans un casino de Las Vegas. Le cube de verre à l'intérieur duquel se trouvait le *Livre de Kells* était rempli de gaz argon. Les capteurs installés à l'intérieur étaient prévus pour déclencher une alarme au moindre changement de la composition atmosphérique. Quant à l'ouvrage lui-même, un déplacement d'un dixième de millimètre suffisait à provoquer la fermeture instantanée des mâchoires de la porte d'acier. Même un champion olympique du cent mètres n'aurait pas eu le temps de passer en emportant le livre.

Cela faisait trois jours que Gideon cherchait la faille. Conscient que la mécanique la mieux pensée recèle ses faiblesses, il avait cru trouver la solution à son problème dans la faillibilité humaine, voire dans des erreurs de programmation, avant de s'apercevoir que les ingénieurs avaient tout prévu. Malgré sa sophistication, le système avait été conçu de façon modulaire, afin que chacun de ses éléments soit à la fois simple et indépendant des autres. Plusieurs niveaux de sécurité, entièrement mécaniques, restaient libres de tout contrôle informatique. La redondance était si aboutie que plusieurs niveaux de sécurité auraient pu être contournés sans que la sécurité du livre en soit affectée.

Il fallait bien sûr éteindre brièvement le système pour tourner les pages du manuscrit chaque jour, mais cette étape avait été soigneusement pensée. L'opération monopolisait trois personnes, toutes munies d'un code différent qu'elles avaient mémorisé. Pas de clé à voler, pas de code à décrypter. Quant aux individus concernés, ils étaient absolument incorruptibles, et pour cause, puisqu'il s'agissait de John Waterman en personne, du directeur de la Morgan Library et du premier adjoint de la Ville de New York. Quand bien même l'un d'eux aurait pu être soudoyé, imaginer circonvenir les trois était impensable.

Une solution avait même été mise au point s'il leur arrivait malheur. En cas de décès ou d'incapacité de l'un des trois hommes, un quatrième était prêt à prendre sa place : le Premier ministre irlandais.

Gideon avait alors réfléchi à la possibilité d'un incendie, sachant qu'il faudrait bien sauver le livre si jamais le feu se déclarait dans l'East Room. Les concepteurs du système de sécurité avaient prévu cette éventualité d'une façon très originale : au lieu de mettre le manuscrit en sûreté, ils avaient choisi de le laisser dans sa vitrine. Le cube de verre était capable de résister aux flammes et, par excès de prudence, un coffret parfaitement étanche à la chaleur se déployait à l'intérieur de la vitrine, autour du précieux objet, en cas d'incendie prolongé. En outre, l'East Room possédait un équipement dernier cri destiné à étouffer les flammes. Des systèmes de protection équivalents avaient également été installés en cas de tremblement de terre, d'inondation ou d'attaque terroriste. Seule la possibilité d'une frappe nucléaire directe n'avait pas été envisagée.

Gideon se dirigea vers son dressing en soupirant et choisit machinalement une tenue. L'heure du dîner approchait. Par souci de discrétion, il se faisait passer pour un millionnaire branché de la bulle Internet, une couverture qui avait déjà prouvé son efficacité par le passé. Il choisit un pull à col roulé noir St. Croix et un jean Levi's usé qu'il agrémenta d'une paire de mocassins Weejuns, histoire d'étaler discrètement sa fortune supposée.

Fidèle à ses habitudes, il n'avait rien avalé de la journée. Gideon avait toujours préféré l'idée de s'autoriser un bon dîner plutôt que trois repas médiocres. Manger relevait à ses yeux d'un rituel davantage que d'une nécessité physiologique.

Il regarda une nouvelle fois sa montre. Il était encore trop tôt pour se rendre au restaurant, mais il se sentait des fourmis dans les jambes après trois journées passées à examiner plans et schémas dans cette suite. Il devait absolument trouver une faille dans le système de sécurité. Pour avoir cambriolé des dizaines de musées et de sociétés historiques depuis l'adolescence, il avait toujours été persuadé qu'aucun système n'était infaillible. Tous possédaient un point faible, qu'il soit technologique ou humain.

À force d'examiner ces diagrammes, il en arrivait presque à douter de la validité d'une telle hypothèse.

Il était temps de se changer les idées. Il passa dans la salle de bains, coiffa ses cheveux mouillés et appliqua sur ses joues un peu de lotion Truefitt & Hill afin de masquer les relents de javel de l'eau de la piscine. Quelques instants plus tard, il quittait sa suite en accrochant à la poignée la pancarte NE PAS DÉRANGER.

C'était une chaude soirée d'août dans le Meatpacking District. Tous les nantis du cru se faisaient bronzer dans les Hamptons, mais les rues pavées du quartier étaient envahies par des touristes jeunes et branchés, attirés par la réputation dont jouissait le District depuis quelques années.

Il se rendit au Spice Market, de l'autre côté du pâté de maisons, s'installa au bar et commanda un martini. Tout en le sirotant, il sacrifia à l'une de ses marottes : observer les gens autour de lui en s'efforçant de deviner quelle existence ils menaient, depuis leur profession jusqu'à la race de leur chien. Il eut beau se concentrer, il avait l'esprit ailleurs ce soir-là. Pour la première fois de sa vie, il était confronté à un système de sécurité conçu par des ingénieurs vraiment intelligents. Ce fichu *Livre de Kells* était mieux protégé que la *Joconde*.

Plus il y réfléchissait, plus il broyait du noir. Au point que la clientèle huppée du bar commençait à lui taper sur les nerfs. À force d'entendre leurs bavardages et leurs rires, de les regarder boire et manger, il ne vit bientôt plus qu'une armée de singes dont le comportement tribal finit par l'exaspérer.

Il constata que son verre était vide. Il savait depuis belle lurette qu'il n'avait rien à gagner à boire trop. Non qu'il fût alcoolique, mais tout simplement parce qu'un deuxième cocktail en aurait entraîné un troisième, puis un quatrième, et qu'il aurait fini par draguer l'une des guenons blondes et bavardes qui l'entouraient.

Il commanda un autre martini.

À mesure que l'alcool produisait son effet, il cessa de voir le monde sous un jour aussi sombre et l'esquisse d'un plan commença brusquement à se dessiner dans son esprit légèrement embrumé par l'alcool.

Avec l'arrivée de son troisième cocktail, Gideon caressa du regard la clientèle élégante du bar et repéra une jeune femme au fond de la salle. Pas nécessairement belle, plutôt ronde et le nez chaussé de lunettes, elle possédait l'atout le plus séduisant à ses yeux : l'éclat d'une intelligence mordante. Il lui sembla qu'elle observait l'humanité qui l'entourait avec un amusement comparable au sien.

Il prit son verre aux trois quarts vide et s'approcha.

— Puis-je ? s'enquit-il en montrant du menton le tabouret voisin de celui de sa proie.

Elle le considéra de la tête aux pieds.

— Si vous voulez. Vous travaillez dans l'informatique ?

Il éclata de rire en arborant un air modeste.

— Non, pourquoi ?

— À cause de votre uniforme à la Steve Jobs. Jean et col roulé noir.

— Je n'ai pas l'habitude de me casser la tête quand je m'habille le matin.

La jeune femme adressa un signe au barman.

— Deux martinis au gin Beefeater, bien secs, avec des olives.

— Vous m'offrez un verre ?

— Ça vous dérange ?

Il se pencha vers elle.

— Pas du tout, mais comment avez-vous deviné ce que je buvais ?

— Je vous observe depuis tout à l'heure.

— Vraiment ? Pourquoi moi ?

— Vous avez l'air d'un gamin perdu.

Gideon se sentit rougir. La jeune femme se montrait un peu trop observatrice à son goût, il n'aimait pas être démasqué.

— Ne sommes-nous pas tous un peu perdus ?

Elle sourit.

— Je vois que nous allons bien nous entendre.

Le barman posa les deux cocktails devant eux et ils trinquèrent.

— Aux êtres humains en perdition, lança Gideon en guise de toast.

4

La librairie *Griggs & Wellington*, spécialisée dans les ouvrages et manuscrits anciens, se trouvait à un jet de pierre de Portobello Road. L'une de ces boutiques d'antiquités, montées en grade depuis leur éloignement du marché aux puces, qui n'avaient pas pleinement atteint le succès escompté. En pénétrant à l'intérieur, Gideon crut deviner que le vernis de snobisme *british* affiché par le lieu dissimulait les origines infiniment plus plébéiennes de son propriétaire. L'homme, un Anglais vêtu d'un costume un peu trop apprêté, pourtant acheté chez un tailleur de Savile Row, confirma l'impression première de son visiteur en s'exprimant avec un accent ronflant qui laissait transparaître des inflexions cockney.

— En quoi puis-je vous être utile, monsieur ?

Gideon, lui-même habillé d'un ensemble Ralph Lauren très chic, montra son plus beau sourire niais d'Américain.

— Euh... je me demandais si je pouvais jeter un coup d'œil au vieux parchemin qui est dans la vitrine, répondit-il avec une pointe d'accent texan.

— Bien sûr, monsieur. Vous faites sans doute référence à ce vélin enluminé tiré d'un livre d'heures ?

— Ouais.

L'homme s'approcha de la vitrine et la déverrouilla afin d'en extraire une page de petit format, insérée dans une feuille de plastique rigide.

Il la déposa avec délicatesse sur un plateau recouvert de velours noir qu'il prit sous le comptoir, puis exposa le tout sous le faisceau d'un spot fixé au plafond. Il s'agissait d'une page des Évangiles ornée de motifs floraux au milieu desquels on découvrait Marie assise sous un arc de triomphe, visitée par un ange descendant d'un ciel tout bleu. La Vierge, effrayée, esquissait un mouvement de recul. La scène était charmante dans ses moindres détails.

— Un objet ravissant, murmura le marchand. Je remarque que monsieur a bon goût.

— Qu'est-ce que vous pouvez me dire à son sujet ? s'enquit Gideon.

— Il s'agit d'une page extraite d'un livre d'heures flamand des années 1440. Un travail magnifique. Vraiment magnifique, répéta l'homme sur un ton proche de l'extase. On pense qu'elle provient de l'atelier du Maître des Privilèges de Gand et des Flandres.

— Je vois, approuva Gideon. Très joli.

— Vous aurez reconnu l'Annonciation, bien sûr, ajouta le marchand.

— Combien ça coûte ?

— Pour un objet aussi rare, nous annonçons un prix de quatre mille six cents livres.

L'homme s'exprimait d'une voix pincée, comme si le simple fait de parler d'argent lui déplaisait.

— Ça fait combien en dollars ? Dans les huit mille ? l'interrogea Gideon en se penchant sur le manuscrit.

— Vous souhaitez peut-être l'examiner à l'aide d'une loupe ?

— Une quoi ? Ah oui, merci.

Tandis que Gideon procédait à un examen attentif de l'œuvre, le marchand poursuivit ses commentaires d'une voix onctueuse qui remplissait la petite boutique, les mains sagement croisées devant lui.

— Comme vous le savez certainement, déclara-t-il sur un ton qui laissait clairement entendre le contraire, les livres d'heures de l'époque médiévale correspondent au cycle des prières monastiques. Un cycle simplifié pour un usage privé. Il s'agit des plus belles œuvres d'art du Moyen Âge. Elles atteignaient des coûts incroyablement élevés, déjà à l'époque. Au XVe siècle, un livre d'heures valait l'équivalent du prix d'une belle propriété agricole. Seuls les rois, les nobles et les plus riches avaient les moyens de se les offrir. Voyez un peu ce luxe de détails ! Et ces couleurs ! J'attire tout particulièrement votre attention sur le bleu du ciel ; un pigment obtenu à partir de poudre de lapis-lazuli. Une pierre plus onéreuse que l'or, que l'on trouvait uniquement en Afghanistan.

— Je vois.

— Vous êtes collectionneur ? s'informa le marchand.

— Pas du tout. Je cherche un cadeau pour ma femme. C'est notre anniversaire de mariage. Elle est très croyante.

Gideon ponctua sa remarque d'un petit rire supérieur, signifiant à son interlocuteur qu'il ne l'était pas lui-même.

— Puis-je me présenter ? réagit le marchand. Sir Colin Griggs.

Gideon lança un coup d'œil en direction de la petite main blanche que lui tendait son interlocuteur, le menton en avant, le dos raide. Il était aussi sûrement sir que Gideon était lord. Il saisit néanmoins avec enthousiasme les doigts de son interlocuteur.

— Je m'appelle Gideon Crew. Je viens du Texas. Désolé de ne pas être sir moi-même, c'est tout juste si j'ose mettre monsieur devant mon nom, plaisanta-t-il avec un rire gras.

— Le glorieux Texas ! Vous avez un goût très sûr, monsieur Crew. Avez-vous d'autres questions au sujet de ce manuscrit ?

— Comment être certain que ce n'est pas un faux ?

— Je puis vous garantir l'authenticité de cette pièce, à l'image de tout ce que nous vendons ici. Vous pouvez aisément la placer entre les mains d'un expert après l'avoir achetée, sachant que nous vous rembourserions immédiatement si le plus petit doute se présentait.

— D'accord. En même temps... quatre mille six cents livres, c'est tout de même une somme. Que diriez-vous de quatre mille, tout ronds ?

Sir Colin manifesta sa désapprobation en se raidissant.

— Vous m'en voyez désolé, monsieur Crew, mais nous n'avons pas pour habitude de marchander chez *Griggs & Wellington*.

Gideon gratifia l'Anglais guindé d'un sourire débonnaire.

— Allez, pas de ça avec moi. Tout se marchande dans la vie.

Il tira de sa veste une carte de crédit.

— On dit quatre mille, et je l'emporte.

La mine de sir Colin s'adoucit quelque peu.

— Sachant à quel point vous appréciez ce chef-d'œuvre, nous pourrions nous autoriser une exception en baissant le prix à quatre mille quatre cents.

— Quatre mille deux cents.

Sir Colin afficha l'expression douloureuse de quelqu'un qui est contraint d'entrer dans une discussion pénible.

— Quatre mille trois cents.

— Vendu.

5

Le temps de repasser à son hôtel se changer, Gideon gagna à pied les locaux londoniens de *Sotheby's*, muni de son précieux parchemin enluminé, afin de réaliser la dernière étape de son plan. Le trajet, long de cinq kilomètres, lui permit de découvrir des quartiers agréables avant de traverser Hyde Park. Il faisait un temps splendide et les arbres dominaient de leurs silhouettes majestueuses la foule des promeneurs. Quelques cumulus flottaient paresseusement dans le ciel, à la façon de voiliers sur une mer d'huile. Il se fit la réflexion que Londres était une ville magique. Il y aurait volontiers passé quelque temps. Pourquoi même ne pas s'y installer ?

Le souvenir du mal incurable qui le rongeait le rappela très vite à la triste réalité de son avenir compromis.

L'immeuble du XIXe siècle abritant les bureaux de *Sotheby's* était un édifice discret de trois étages, récemment rafraîchi. Le personnel fit preuve d'une amabilité parfaite en découvrant la petite page enluminée qu'il se proposait de vendre par l'intermédiaire de la firme. On l'introduisit promptement dans un bureau du deuxième étage où il fut accueilli par un homme grassouillet, le nez chaussé de lunettes à monture métallique dorée. Une épaisse crinière blanche à la Einstein, il était vêtu d'un costume de tweed traditionnel au gilet duquel était accrochée une montre à gousset en or. On l'aurait dit tout droit sorti d'un roman de Charles Dickens. Pour avoir effectué des recherches avant sa venue, Gideon savait qu'il avait en face de lui l'un des meilleurs spécialistes au monde de manuscrits enluminés.

— Voyons un peu ce trésor ! s'exclama son interlocuteur, autour duquel flottait un léger parfum de tabac, agrémenté d'une touche de whisky.

Il tendit une main potelée à son visiteur.

— Brian MacKilda, à votre service !

Il s'exprimait de façon hachée, en ponctuant ses phrases de *pff-pff*, à la façon d'un athlète essoufflé.

— Je souhaite vous confier la vente d'une page enluminée, déclara Gideon en sortant son trésor d'une petite serviette de cuir.

— Parfait ! Permettez-moi de l'examiner.

MacKilda quitta l'abri de son bureau et tira d'un tiroir une loupe contre laquelle il posa un œil énorme, entre deux battements de paupière. Il alluma une lampe spéciale qui jeta une lumière crue sur un plateau noir, s'empara du document qu'il sortit précautionneusement de son enveloppe de plastique transparent, et procéda à un examen minutieux de l'objet en hochant sa crinière entre deux petits grognements d'approbation.

Il poursuivit ses observations pendant plusieurs minutes, continuant d'émettre des gloussements satisfaits. Ce travail terminé, il éteignit la lampe et fouilla son tiroir à la recherche d'une curieuse lampe de poche de forme carrée. Il l'approcha du manuscrit et enclencha le poussoir, faisant jaillir une lumière ultraviolette. Il examina brièvement plusieurs endroits de la page avant d'éteindre la torche. Ses marmonnements laissèrent place à un grondement négatif.

— Mon Dieu, finit-il par murmurer entre deux soufflements. Mon Dieu, mon Dieu, mon Dieu.

— Il y a un problème ?

MacKilda secoua la tête d'un air navré.

— C'est un faux.

— Quoi ? Comment est-ce possible ? Je l'ai payé plus de quatre mille livres !

L'homme posa sur lui un regard apitoyé.

— Les faux sont malheureusement légion dans notre métier, cher monsieur. Ils sont légion !

— Comment pouvez-vous en être aussi certain en présentant ce manuscrit quelques secondes à la lueur de cette torche ? N'existe-t-il pas d'autres tests ?

Le gros homme poussa un soupir.

— Il existe des tests, bien sûr. De nombreux tests. La spectroscopie Raman, la fluorescence X, le carbone 14. Dans le cas présent, tout cela serait inutile.

— Je ne comprends pas. Vous pouvez le savoir au terme d'un examen de quelques secondes ?

— Laissez-moi vous expliquer.

MacKilda prit une longue respiration, laissa échapper une série de *pff-pff* et se racla la gorge.

— Les enlumineurs d'antan se servaient essentiellement d'encres contenant des pigments minéraux. Les bleus contenaient de la poudre de lapis-lazuli, les vermillons du cinabre et du soufre. Les verts étaient produits à l'aide de malachite ou de vert-de-gris. Quant aux blancs, il s'agissait essentiellement de dérivés de plomb, mélangés à du gypse et de la calcite.

Il marqua une pause afin d'alimenter ses amples poumons.

— Tout cela pour vous expliquer que certains de ces minéraux réagissent de façon fluorescente en présence de rayons ultraviolets, alors que d'autres changent de couleur.

Il respira de plus belle.

— Je vous laisse juger par vous-même.

Il fit courir le rayon de la torche sur le manuscrit dont la surface resta terne.

— Vous voyez ? Il ne se produit rien !

Il éteignit la lampe.

— On peut en déduire que nous sommes en présence de pigments réalisés à partir de simples colorants à l'aniline, qui restent sans réaction en présence de rayons ultraviolets.

— Ce manuscrit a pourtant l'air tellement vrai ! s'écria Gideon sur un ton déchirant. Je vous en prie, regardez encore une fois, il ne peut pas s'agir d'un faux !

MacKilda ralluma la torche en soupirant tristement et procéda à un examen prolongé de la page.

— Je dois reconnaître que nous sommes en présence d'une copie de très belle facture. Je me suis moi-même laissé piéger dans un premier temps. Ce vélin paraît ancien. J'avoue avoir du mal à comprendre comment un faussaire aussi doué peut se donner autant de mal en utilisant des colorants à l'aniline. Il s'agit probablement d'un travail exécuté en Chine. La plupart des faux d'autrefois étaient russes, mais nous en voyons de plus en plus couramment en provenance d'Extrême-Orient. Les Chinois restent encore naïfs, d'où l'usage de colorants à l'aniline, mais ils finiront par corriger ce défaut. Pour notre plus grand malheur.

Il secoua la tête en faisant voler sa crinière et tendit la page à Gideon.

— Le doute n'est pas permis. Il s'agit d'un faux, déclara-t-il en ponctuant son verdict d'une dernière secousse de crinière et d'un *pff-pff* sonore.

6

Ce dimanche-là, Julia Thrum Murphy était venue en voiture de Bryn Mawr, en Pennsylvanie, afin d'admirer le *Livre de Kells* avant que l'exposition ne ferme ses portes. Un soleil radieux, presque trop chaud, baignait la ville, et les craintes de cette jeune maître de conférences en langues romanes s'étaient révélées exactes : l'exposition était littéralement bondée.

Lorsqu'elle s'était présentée à la billetterie, un employé débordé l'avait avertie qu'il lui faudrait patienter quarante-cinq bonnes minutes avant d'accéder à l'East Room. Sans parler de la queue qui s'étirait interminablement à l'intérieur de la pièce et représentait une demi-heure d'attente supplémentaire.

Au bas mot une heure et quart. Julia avait bien failli rebrousser chemin pour se rendre au musée des Cloîtres y admirer les tapisseries de *La Chasse à la licorne* avant de décider de prendre son mal en patience. À moins de se rendre en Irlande, jamais elle n'aurait l'occasion de revoir le *Livre de Kells*.

Elle acheta son billet vingt-cinq dollars, déposa son sac et son appareil photo au vestiaire, traversa sans encombre le portique de sécurité et rejoignit la queue. Les visiteurs entraient dans l'East Room au compte-gouttes à mesure que ceux qui les précédaient en sortaient. Après avoir piétiné pendant quarante minutes, elle franchit enfin les portes de la grande salle à l'invitation d'un gardien.

La situation était presque pire à l'intérieur. La foule avançait centimètre par centimètre entre les cordons de velours qui serpentaient à travers la pièce avec une précision digne de l'aéroport le mieux tenu. Les visiteurs disposaient ensuite d'une minute pour admirer le manuscrit avant d'être poliment, mais fermement, invités à s'en aller.

Une heure et quart d'attente pour une minute de plaisir. Un peu comme l'amour, s'agaça intérieurement la jeune femme en rongeant son frein.

Au même instant, par le hasard des méandres de la queue, un garçon de son âge qui la précédait de plusieurs mètres se retrouva au coude à coude avec elle, de l'autre côté du cordon. Il lui adressa un sourire un peu plus appuyé que ne l'exigeaient les convenances et elle ne put s'empêcher de se sentir attirée par l'allure gentiment canaille de ce beau gosse aux yeux bleus et aux cheveux d'un noir profond. Le genre d'homme que la mère de Julia plaçait dans la catégorie des « Irlandais noirs ». La jeune femme détourna les yeux en constatant qu'il continuait de lui sourire. Elle était habituée, la nature lui ayant accordé une tête bien faite, en plus d'être bien pleine. Elle veillait d'ailleurs à entretenir son corps souple en suivant les préceptes de la méthode Pilates, tout en pratiquant régulièrement yoga et jogging. En dépit de son statut d'universitaire, elle ne se sentait nullement attirée par les hommes bedonnants, suffisants et souvent prétentieux qui formaient la masse de ses collègues à Bryn Mawr. Sans rien leur reprocher, elle ne leur trouvait aucun charme. D'un autre côté, il lui fallait bien reconnaître que dénicher un homme aussi intelligent qu'elle, en dehors de la sphère universitaire, relevait de l'exploit. Car si elle pouvait envisager d'épouser un garçon désargenté, ou même laid, elle se voyait mal traverser l'existence aux côtés d'un individu de moindre intelligence.

Perdue dans ses pensées, elle avançait machinalement au milieu de la foule des visiteurs lorsque l'inconnu se retrouva à nouveau à côté d'elle. Cette fois, il se pencha vers elle :

— Nous n'arrêtons pas de nous croiser. Ça ne peut pas continuer, lui glissa-t-il à voix basse.

La ficelle était un peu grosse, mais Julia ne put s'empêcher de sourire, heureuse de constater que son bel inconnu avait de l'esprit.

À nouveau séparés par les circonvolutions de la queue, elle se prit à attendre de le recroiser, le cœur battant. Elle alla jusqu'à risquer un coup d'œil au milieu de la foule qui avançait sagement, dans l'espoir de l'apercevoir. Où avait-il bien pu passer ? Elle s'en voulait presque de s'émouvoir de la sorte pour un inconnu. Décidément, le célibat ne lui réussissait pas.

Elle n'eut pas le temps de s'interroger davantage. Un éclair traversa la pièce, suivi d'un boum tonitruant qui la fit bondir. L'instant suivant, elle se jetait à plat ventre par terre au milieu d'un déferlement de cris. Elle pensa instantanément à une attaque terroriste alors que les sirènes se déclenchaient et qu'une épaisse fumée envahissait la pièce. Enveloppée d'un nuage brunâtre opaque qui l'empêchait de distinguer quoi que ce soit, elle avait les tympans vrillés par les hurlements des autres visiteurs.

Un grondement métallique sourd traversa l'espace, puis il y eut une nouvelle explosion.

Recroquevillée sur le sol en position fœtale, les bras au-dessus de la tête, pêle-mêle au milieu de ses semblables, elle restait étonnamment calme et silencieuse alors que résonnait autour d'elle une tempête de cris d'hystérie. Des ordres fusèrent dans le vacarme des sirènes, aboyés par des gardiens soucieux de rétablir le calme, tandis qu'un puissant ventilateur se chargeait de dissiper la fumée.

Le brouillard se dissipa comme par magie, aspiré par des grilles d'aération que dissimulaient des panneaux peints fixés au plafond.

Julia se mit en position assise, constatant que les cris s'atténuaient, et balaya la pièce du regard. Le cube de verre contenant le *Livre de Kells* avait été arraché de son socle, un coin noirci par la fumée d'une détonation quelconque. Le manuscrit avait disparu. La jeune femme crut un instant qu'il avait été volé avant de le découvrir au pied de la vitrine, ouvert et froissé.

L'unique porte de l'East Room se trouvait condamnée par un rideau d'acier, de sorte qu'ils étaient tous prisonniers.

Julia comprit alors, non sans soulagement, qu'elle venait d'assister à une tentative de cambriolage ratée.

7

Les gardiens détournèrent l'usage initial des cordons de sécurité de façon à parquer les visiteurs choqués qui restaient prisonniers de l'East Room, en attendant les instructions de leur hiérarchie.

Julia Thrum Murphy fut repoussée avec les autres dans un coin de la salle tandis qu'une demi-douzaine de gardiens procédaient à l'examen du *Livre de Kells* tout en discutant par radio avec leurs collègues, de l'autre côté de la porte blindée. L'hypothèse d'un cambriolage manqué ne faisait plus guère de doute aux yeux de Julia : l'éclair de lumière et l'écran de fumée, l'explosion étouffée qui avait arraché le cube de verre de son socle, le précieux manuscrit retrouvé par terre… À ceci près que le voleur n'avait pas réussi à emporter le livre avant que ne se referment les mâchoires de la porte en acier. Constatant son échec, il avait abandonné son butin et s'était fondu au milieu de la foule.

Cela signifiait en clair que le coupable se trouvait toujours dans l'East Room. Les gardiens étaient parvenus aux mêmes conclusions, et Julia pouvait en déduire qu'elle n'en avait pas fini avec cette histoire. Si la plupart des gens avaient repris leur calme, on assistait à plusieurs crises d'hystérie tandis que les plus roués se plaignaient déjà de blessures fantômes dans l'espoir d'obtenir des dommages et intérêts. Les quelques médecins présents parmi les visiteurs avaient proposé de les examiner.

Paradoxalement, Julia n'était pas entièrement malheureuse de ce qui lui arrivait.

Un gardien en sueur l'avait repoussée dans un coin de la pièce avec d'autres visiteurs, parmi lesquels le beau gosse à l'air canaille.

Il lui adressa un sourire.

— Vous vous amusez, au moins ?

— Curieusement, oui.

— Moi aussi, approuva-t-il. Vous aurez compris comme moi que cet ersatz de cambrioleur se trouve parmi nous.

Un ersatz de cambrioleur. L'inconnu avait du vocabulaire, bon point pour lui.

— Alors je vous suggère un petit jeu, poursuivit-il. Regardons autour de nous et essayons de deviner de qui il s'agit.

L'idée ne manquait pas de sel et Julia examina les personnes présentes.

— À première vue, aucun ne ressemble à un escroc.

— Le coupable est toujours celui que l'on soupçonne le moins.

— Alors c'est vous, répliqua-t-elle.

Il éclata de rire, puis il se pencha vers elle, la main tendue.

— Gideon Crew, se présenta-t-il.

— Julia Murphy.

— Avec un patronyme pareil, vous ne seriez pas irlandaise ? s'enquit-il en haussant un sourcil de façon drolatique.

— Et vous ? Quelle est l'origine de Crew ?

— Il s'agit d'un nom respecté au sein de la vieille noblesse galloise. Respecté, jusqu'au jour où un Crew est parti en Amérique avec la caisse d'un bailli quelconque.

— Dans ce cas, vos ancêtres sont aussi brillants que les miens.

Un gardien-chef, à en juger par les barrettes qui striaient ses épaulettes, s'avança en levant les bras.

— Votre attention, s'il vous plaît !

Les conversations se turent.

— Je suis au regret de vous annoncer que personne ne sera autorisé à quitter cette salle avant d'avoir subi un interrogatoire, annonça le gradé. Je vous remercie d'avance de votre coopération.

Des murmures et des récriminations s'élevèrent de la foule des visiteurs.

— J'exige de sortir ! cria une voix aiguë, déclenchant un concert d'approbations.

Le gardien-chef les arrêta d'un geste.

— Je vous promets de vous laisser repartir le plus rapidement possible. Pour cela, j'ai besoin de votre aide. Le *Livre de Kells* a fait l'objet d'une tentative de vol, ce qui nous contraint à prendre certaines mesures. Merci d'avance de votre patience.

Nouveau concert de jérémiades et de remarques agacées.

— Que faites-vous dans la vie ? en profita pour demander Gideon.

— J'enseigne à Bryn Mawr. Je suis spécialiste des langues romanes. Français, italien, espagnol, un peu de latin.

— Bryn Mawr, répéta Gideon sur un ton admiratif. Une universitaire. Super.

— Et vous ?

Il sembla hésiter.

— Jusqu'à récemment, je travaillais au laboratoire national de Los Alamos. Je suis actuellement en congé sans solde.

Julia afficha un étonnement marqué.

— Los Alamos ? L'endroit où sont fabriquées les bombes nucléaires ?

— On ne les fabrique pas, on en assure la conception.

— C'est ce que vous faites ? Vous concevez des bombes ?

— Entre autres.

Elle crut un instant qu'il plaisantait, avant de comprendre que ce n'était pas le cas. Elle hésitait entre l'admiration et l'horreur. En tout cas, ce type-là n'avait rien d'un beau gosse décérébré.

— Je sais, se défendit-il. Ma profession peut sembler bizarre. En fait, je suis un simple citoyen soucieux de la sécurité de son pays.

Julia secoua la tête.

— Je vois d'ici la tête de mes collègues s'ils vous entendaient lors d'un cocktail à Bryn Mawr. Vous vous feriez traiter d'assassin.

— Et vous, de quoi me traiteriez-vous ?

Elle le regarda droit dans les yeux.

— Pourquoi ? Mon avis vous intéresse vraiment ?

Il soutint son regard avec une telle intensité qu'elle en fut désarçonnée.

— Oui, dit-il d'une voix ferme.

Elle se sentit si bien rougir qu'elle en fut gênée, au point de devenir cramoisie.

— Je ne sais pas très bien, finit-elle par répondre.

Un silence embarrassé s'installa entre eux. Julia lança un coup d'œil en direction du *Livre de Kells*, que les gardiens avaient reposé sur son socle. Penchés au-dessus du manuscrit, ils en tournaient les pages avec précaution de leurs mains gantées de blanc. Elle les vit brusquement s'agiter et adresser de grands signes à leur supérieur. Celui-ci se précipita. Ils s'engagèrent dans un bref conciliabule, puis le gardien-chef prononça des paroles inintelligibles dans sa radio d'un air préoccupé. Tout le monde avait remarqué son manège et les murmures se turent.

Le gardien-chef leva à nouveau la main.

— Votre attention, s'il vous plaît. Il semble que l'une des pages du *Livre de Kells* ait été dérobée.

Un cri étouffé monta de la foule.

— La page en question n'a pas pu quitter cette salle. Je suis donc au regret de vous annoncer que personne ne sera autorisé à sortir avant d'avoir été soumis à une fouille, en plus d'un interrogatoire. Les autorisations légales nécessaires nous parviendront sous peu. Cette porte restera close tant que nous n'aurons pas retrouvé cette page. Excusez-nous d'avance pour la gêne occasionnée, mais nous n'avons pas le choix.

— Ah, ah ! déclara Julia. Le mystère s'épaissit.

Gideon Crew, une moue aux lèvres, examina la salle de son regard bleu.

— Alors ? Vous avez identifié le voleur ?

— Je continue à penser qu'il s'agit de vous. Vos ancêtres étaient déjà des voleurs, sans parler de votre air canaille. Et puis… vous paraissez nerveux.

La remarque provoqua son hilarité.

— En fait, c'est vous, la voleuse. Prof de langues romanes à Bryn Mawr ? La couverture idéale.

Les gens franchissaient les cordons de sécurité l'un après l'autre à l'invitation des gardiens. Ces derniers avaient improvisé une cabine à l'abri des regards, derrière des rayonnages protégés par un épais rideau. Une fois soumis à une fouille en règle, les visiteurs étaient parqués à l'écart, dans un coin de la salle isolée du monde.

Certains continuaient de protester, et la tension était montée d'un cran.

— On risque d'y passer l'après-midi, remarqua Julia qui sentait rapidement s'évanouir son amusement initial.

Plusieurs heures de route l'attendaient. Peut-être ferait-elle mieux de dormir à New York et de ne rentrer à Bryn Mawr que le lendemain. Elle avait bien des cours le lundi matin, mais elle avait une bonne excuse.

Elle regarda Gideon du coin de l'œil en se demandant s'il avait un appartement en ville.

— Sérieusement, reprit ce dernier. Je ne vois aucun escroc parmi tous ces gens. Uniquement de vieux barbons avec des noms comme Murphy ou O'Toole.

Il fut interrompu par un cri. L'un des gardiens, agenouillé devant une bibliothèque dont il avait ouvert la porte vitrée, adressait de grands gestes à ses collègues. Le gardien-chef et plusieurs de ses hommes se précipitèrent. Julia crut distinguer une feuille de papier, glissée entre deux livres. Les gardiens discutèrent longuement à voix basse, puis ils procédèrent à l'extraction de l'objet avec des gants. Une feuille de vélin apparut, qui ressemblait étrangement à celles du *Livre de Kells*. Le gardien-chef la porta jusqu'au manuscrit et procéda à un examen minutieux avant de discuter à voix basse avec ses hommes.

Il se tourna vers les visiteurs qu'il fit taire d'un geste.

— La page dérobée semble avoir été retrouvée.

Un murmure de soulagement accueillit sa déclaration.

— Cela dit, nous sommes tout de même contraints de vous interroger et de vous fouiller individuellement avant de pouvoir vous laisser sortir.

La décision fut accueillie par des réactions courroucées.

— Plus tôt nous procédons à ces formalités, plus tôt vous serez libérés, remarqua le gardien-chef d'une voix lasse.

— Seigneur, gémit Julia. À ce rythme, jamais je ne serai rentrée à Bryn Mawr avant minuit. Je déteste conduire de nuit.

— Vous n'avez qu'à passer la nuit avec moi. J'ai une suite à l'hôtel *Gansevoort*, avec vue sur la coulée verte de la High Line.

Elle le sonda du regard, furieuse de sentir son pouls s'accélérer.

— Serait-ce une proposition malhonnête ?

— Absolument. Nous dînerons comme des princes dans le restaurant de l'hôtel, autour d'une excellente bouteille de vin, en discutant de physique nucléaire et de littérature française, avant de monter dans ma chambre et de faire l'amour comme des tigres.

— Vous êtes pour le moins direct.

— *Vita brevis*, laissa tomber le jeune homme.

La citation latine, plus que toute autre considération, convainquit Julia de se laisser tenter.

8

Gideon fut accueilli par la lumière d'un doux matin d'été en sortant de son hôtel. Tout en se dirigeant vers la 12e Rue où se trouvait le quartier général d'Effective Engineering Solutions, il songea à Julia Thrum Murphy avec un pincement au cœur. Il avait passé avec elle un moment fort agréable, mais il ne pouvait pas se payer le luxe de se lancer dans une relation alors qu'il se savait atteint d'une maladie mortelle. Par honnêteté vis-à-vis d'elle. De son côté, Julia s'était montrée parfaitement à l'aise à l'idée d'en rester là. Son visage n'affichait pas l'ombre d'un regret lorsqu'ils s'étaient séparés. Gideon aurait aimé la revoir, mais le destin semblait en avoir décidé autrement.

Il inséra d'un geste rageur sa carte dans le lecteur magnétique et la porte anonyme d'EES s'ouvrit avec un soupir. Il traversa le vaste espace de recherche sans prêter attention aux ingénieurs en blouse blanche qui parlaient entre eux à mi-voix en prenant des notes, puis il monta dans l'ascenseur et se rendit dans la salle de réunion du dernier étage. La pièce était déserte, à l'exception du préposé au café, un homme à la mine sombre, vêtu d'un uniforme. Gideon se laissa tomber sur un siège et croisa les mains derrière la tête en allongeant les jambes.

— Un double expresso sans sucre, merci.

L'homme s'éclipsa. Quelques instants plus tard, Eli Glinn faisait une entrée silencieuse sans se départir de sa mine glaciale. Il se dirigea vers l'extrémité de la grande table dans le ronronnement de son fauteuil roulant. Manuel Garza, son assistant, ne tarda pas à les rejoindre, suivi par une demi-douzaine d'employés d'EES. Ce ballet se déroula sans qu'une parole soit prononcée.

Le préposé au café, de retour avec l'expresso de Gideon, prit les commandes des autres participants à la réunion. Glinn attendit qu'il ait refermé la porte derrière lui pour enfoncer un bouton sur la petite console posée à côté de lui, déclenchant un enregistreur. Il indiqua la date et l'heure d'une voix neutre, prononça les noms des personnes présentes, puis fit des yeux le tour de la table avant d'arrêter son regard sur Gideon.

— Il semble que vous ayez perdu la main cette fois, professeur Crew, dit-il.

Comme Gideon ne répondait pas, Glinn poursuivit à l'intention du reste du groupe.

— Le professeur Crew a brillamment accompli ses deux missions précédentes, ce dont nous lui sommes extrêmement reconnaissants. Je suis d'autant plus déçu de l'échec de l'opération consacrée au *Livre de Kells*. À la suite de la débâcle d'hier, le manuscrit repartira en Irlande dès cet après-midi à bord d'un avion privé, sans espoir de tromper les personnes chargées de sa sécurité.

Gideon l'écoutait, les bras croisés.

— Cette opération ratée, digne d'un cambrioleur amateur, est source d'énormes difficultés pour notre client. Elle a provoqué un véritable scandale en Irlande comme aux États-Unis et nous a privés définitivement de la possibilité de nous emparer de la page Khi Rhô.

Glinn balaya son auditoire du regard.

— En d'autres termes, nous avons échoué.

Un murmure grave parcourut l'assistance. Glinn posa son œil valide sur Gideon.

— Avez-vous des commentaires ?

Gideon décroisa les bras.

— Pas vraiment. Sinon que le manuscrit n'a pas encore quitté le pays. Tout peut arriver.

— Tout peut arriver, répéta Glinn sur un ton sarcastique, au milieu d'un silence polaire.

— On ne sait jamais, insista Gideon. Souvenez-vous de ce que disait le joueur de base-ball Yogi Berra : « La partie n'est pas terminée tant qu'elle n'est pas terminée. »

Glinn fut sur le point de perdre son masque d'impassibilité coutumier.

— Épargnez-nous les citations désuètes. Il nous faut agir sans attendre si nous entendons limiter les dégâts provoqués par ce désastre.

— Qui parle de désastre ? L'avion ne s'envole pour Dublin qu'à 18 heures. C'est-à-dire dans dix heures.

Glinn fronça les sourcils.

— Seriez-vous en train de nous dire que vous avez un autre plan pour vous emparer de cette page, après votre cuisant échec d'hier ?

— Je regrette que vous ayez si peu confiance en moi, Eli.

— Si vous disposez d'un plan B, nous serions tous ravis de l'entendre.

— Je n'ai pas de plan B. Tout simplement parce que le plan A est en cours.

— Vous appelez ce fiasco un plan ? s'interposa Garza. Non seulement vous avez échoué lamentablement en tentant de voler cette page, mais vous avez réussi à livrer votre véritable identité à la police. Vous devriez remercier le ciel de ne pas avoir été pris la main dans le sac. Cette histoire fait la une de tous les journaux d'Amérique et d'Europe ! Vous parlez d'un plan !

— Savez-vous où se trouve le livre à l'heure actuelle ? demanda Glinn d'une voix posée.

— Non.

Des regards incrédules accueillirent la réponse de Gideon.

— J'ai demandé à nos gens d'effectuer quelques recherches, reprit Glinn. Et figurez-vous que je sais où se trouve le *Livre de Kells*, moi : dans un coffre inviolable au fond des sous-sols du Citigroup Center. Le Premier ministre irlandais arrive en personne tout à l'heure pour rapatrier l'ouvrage. Il l'escortera lui-même du coffre de Citigroup jusqu'à celui de la Banque d'Irlande, sous la protection des meilleurs agents des services secrets et d'Interpol. Parcours fermé à la circulation, avion privé et tout le toutim. Et vous espérez encore vous en emparer ?

— Du *Livre de Kells*, non. Mais de la page Khi Rhô, oui, répondit Gideon en regardant sa montre.

— Vous paraissez bien sûr de vous.

— Absolument, et pour une raison bien simple. Avant la fin de l'après-midi, vous apprendrez par les médias que la page découpée dans le *Livre de Kells* lors de la tentative d'hier est un faux, et que la page authentique a disparu, probablement volée.

Toutes les personnes présentes affichèrent leur ébahissement.

— Vous dites vrai ? s'enquit Glinn.

— Évidemment.

— Bien, concéda le handicapé après un silence prolongé en esquissant un sourire. Extraordinaire. Mais vous auriez pu nous épargner tant d'émotions.

— Parce que vous m'avez souvent épargné, par le passé ? Il fallait bien que je m'amuse un peu.

— Mais alors, où se trouve l'original ? L'avez-vous en votre possession ?

— Non, je ne l'ai pas. Je vous l'ai dit, je ne sais pas où il se trouve à l'heure actuelle. Mais je sais déjà où il sera en milieu de semaine.

— Et alors ?

— Alors, je le volerai. Pour de bon, cette fois.

9

Les Scellés n° 3, au cœur du One Police Plaza, à une encablure du pont de Brooklyn, se trouvaient sous la responsabilité du sergent Adellepoise Johnson. Depuis dix ans que celle-ci assumait cette fonction, elle jouissait d'une réputation sans tache, pour avoir enregistré moins d'incidents qu'aucun de ses collègues, année après année. Ce palmarès exemplaire lui avait d'ailleurs valu deux distinctions au titre de l'Intégrité et du Mérite, des médailles qu'elle arborait fièrement sur son uniforme. Johnson avait sous ses ordres pas moins de quinze subordonnés chargés d'organiser le rangement des pièces à conviction, ainsi qu'une douzaine d'assistants et de techniciens qu'elle dirigeait avec une rigueur toute militaire. Elle savait mieux que quiconque à quel point la bonne gestion des pièces à conviction est essentielle au système judiciaire. Sans être la gradée la mieux aimée des Scellés, elle était de loin la plus respectée. Ceux qui travaillaient sous sa direction en étaient fiers.

Ce vendredi-là, elle avait pris son poste à 7 heures du matin afin de traiter les dossiers accumulés depuis le début de semaine : les pièces à conviction sorties ou entrées, les tubes contenant cheveux ou prélèvements ADN... La gestion minutieuse des scellés avait été informatisée quelques années plus tôt, et des caméras surveillaient les locaux en permanence, enregistrant en continu les mouvements des uns et des autres.

Le sergent Johnson détestait qu'un visiteur se présente à l'improviste en lui réclamant une pièce à conviction, surtout un vendredi matin. Elle craignit le pire en voyant débarquer dans son bureau, ce matin-là vers 9 heures, l'une de ses assistantes escortée d'un homme élancé en costume sombre dont la coupe en brosse sentait le FBI à plusieurs kilomètres à la ronde. Elle ne s'était pas trompée, il s'agissait bien d'un fonctionnaire du Bureau de la pire espèce, de ceux qui se croient tout droit sortis de la cuisse du Jupiter de la police, persuadés que tous les autres flics sont des inférieurs.

— Il m'a fallu plus d'une heure pour obtenir une accréditation, déclara l'homme tout de go sur un ton sarcastique. Je tire mon chapeau à l'efficacité du NYPD.

Sur ces mots, il exhiba un badge accompagné d'une liasse de documents.

Le sergent Johnson avait pour principe de ne jamais se laisser entraîner sur une pente glissante, quel que soit l'interlocuteur concerné. Elle se leva, consciente que sa carrure seule suffisait à modérer les ardeurs des plus récalcitrants, adressa un sourire à son visiteur, prit les papiers qu'il lui tendait et les examina.

— Inspecteur Morrison ? s'enquit-elle.

— Je vois que vous savez lire.

Un trou du cul. Elle constata que le badge et la carte professionnelle étaient tout neufs, comme leur propriétaire. Un gamin à peine sorti de l'école du FBI. Les pires.

— Vous enquêtez sur l'affaire du *Livre de Kells*, inspecteur ?

— Ces documents vous le confirment.

— Et vous souhaitez consulter le faux retrouvé sur place.

— Je viens de vous le dire, sergent. Vous avez tous les papiers en main.

— Vous n'êtes pas sans savoir que manipuler les pièces à conviction peut nuire à une enquête. Il m'appartient de m'assurer que toute manipulation est nécessaire et justifiée. Je vous le précise pour être sûre que vous connaissez la procédure.

— Vous pourrez constater à la lecture de ces autorisations que l'examen de cette page n'est pas un caprice. Je peux vous garantir que le FBI ne serait pas très heureux si on refusait d'accéder à ma requête.

Le sergent Johnson avait croisé son lot de Morrison au cours de sa carrière, elle les connaissait comme si elle les avait faits. Toujours prêts à se battre, même en l'absence de raisons solides. Elle ouvrit le dossier afin d'examiner les pièces qu'il contenait. Tout était en ordre. Le FBI était passé par la voie normale, même si l'inspecteur Morrison se présentait trois heures plus tôt que prévu. Rien de nouveau sous le soleil, venant du FBI.

Comme tout était en règle, elle signa et tamponna l'autorisation demandée et la tendit à son visiteur.

— Je vous accompagne, lui annonça-t-elle en se levant.

— Très bien, répliqua Morrison.

Surprise de constater qu'il ne lui demandait pas les raisons de cette surveillance, elle lui fournit spontanément les explications requises.

— Je procède de la sorte avec les affaires sensibles. Mon témoignage peut se révéler utile si jamais la défense essaie de jeter un doute sur la façon dont les pièces ont été manipulées.

— Je vous laisse juge.

Le sergent Johnson, son assistante et l'inspecteur du FBI montèrent dans un ascenseur qui les conduisit dans un sous-sol entièrement rénové dans le cadre de l'agrandissement des locaux. L'espace réservé aux scellés, ultramoderne, ressemblait à un hôpital flambant neuf. Le trio remonta un long couloir immaculé jusqu'aux Scellés n° 3, le plus vaste du service, réservé aux enquêtes en cours.

Laissant derrière elle une nuée de portes numérotées, le sergent s'arrêta devant celle qui la concernait. Son assistante désactiva l'alarme et poussa le battant, découvrant une pièce entièrement blanche meublée de classeurs métalliques, d'une table et de quelques chaises. Les quatre caméras installées au plafond enregistraient les moindres faits et gestes des visiteurs.

L'assistante de Johnson enfila des gants chirurgicaux stériles et s'approcha de l'un des classeurs métalliques, composa un code, et un tiroir surgit. Elle en retira un plateau creux qu'elle déposa sur la table.

— Avez-vous besoin de manipuler l'objet ? demanda Johnson à l'inspecteur.

— Oui.

— Dans ce cas, je vous prie d'enfiler un masque et des gants stériles.

Elle aurait volontiers ajouté à la liste un filet à cheveux, rien que pour lui compliquer la vie, s'il n'avait pas eu le crâne quasiment rasé.

Morrison, le front barré d'un pli, s'exécuta et s'installa devant la table. Il se pencha au-dessus du plateau et contempla la fausse page du *Livre de Kells*. Johnson s'approcha, émerveillée par la complexité des motifs peints. Elle aurait été curieuse de comparer la copie à l'original, s'il n'avait pas été volé.

Morrison tira de la poche intérieure de sa veste un petit carnet qu'il posa à côté de lui afin de prendre des notes à l'aide d'un crayon, l'usage des stylos étant interdit à l'intérieur des Scellés. Il plaça une loupe d'horloger sur son œil et procéda à l'examen du document. Les secondes se transformèrent en minutes. Cinq, puis dix. Johnson se demanda à quoi pouvait bien jouer son visiteur. Morrison n'était sûrement pas un expert en enluminures, cet examen prolongé n'était qu'une façon de flatter son ego surdimensionné.

Le sergent échangea un coup d'œil avec son assistante.

Enfin, l'inspecteur Morrison s'empara de la page et l'examina à la lumière en la tournant dans tous les sens, les yeux plissés. Johnson adressa un nouveau coup d'œil à sa subordonnée, sans chercher cette fois à masquer son agacement. Elle avait des fourmis dans les jambes à force de rester debout sans bouger et décida de s'asseoir. Son assistante imita son exemple avec une satisfaction évidente. Combien de temps allait durer ce cirque ?

Mais l'autre n'en finissait pas d'examiner la page sous toutes ses coutures tout en prenant des notes sur son petit carnet d'une écriture illisible, jouant les experts alors qu'il n'en avait sûrement pas les compétences.

Soudain, un cri rompit le silence. Johnson se leva précipitamment en constatant que l'inspecteur, d'un geste maladroit, avait fait tomber son carnet par terre. Il était ouvert sur le sol, son contenu éparpillé tout autour. Morrison avait bondi de sa chaise, la fausse page du *Livre de Kells* à la main, et ramassait ses papiers en tournant le dos au sergent. Celle-ci allait le prier de reposer immédiatement la pièce à conviction lorsqu'il se redressa, la page toujours dans sa main gantée, ses notes dans l'autre.

Johnson se rassit en le fusillant du regard et l'inspecteur reprit sa tâche en continuant d'accumuler les notes.

— Terminé, annonça-t-il enfin en reposant la page sur le plateau.

Johnson se leva de sa chaise sans un mot, l'assistante rangea le plateau dans son classeur métallique, qu'elle referma en s'assurant qu'il était bien verrouillé, puis le trio quitta la pièce et repartit en direction des ascenseurs.

C'est seulement trois heures plus tard que le sergent Johnson comprit qu'elle avait été bernée, lorsque le véritable inspecteur Morrison se présenta dans son bureau, à l'heure initialement prévue pour son rendez-vous.

10

Gideon se rendit directement dans les locaux d'EES sur la 12e Rue en quittant le One Police Plaza. Glinn et Garza l'attendaient dans l'immense espace de recherche. Gideon leur emboîta le pas et passa devant des dioramas, des colonnes entières d'ordinateurs et des tableaux couverts de formules avant de pénétrer dans un laboratoire ultramoderne où les attendait un chimiste au visage lugubre.

Le fauteuil roulant de Glinn glissa dans un murmure sur le sol de béton ciré tandis que la porte du laboratoire se refermait derrière eux.

— Vous l'avez ? questionna Garza.

Gideon tira un carnet de la poche de son costume, l'ouvrit et produisit la page qu'il venait de dérober. Glinn s'en empara avec avidité. Son visage trahissait une excitation presque comique, au regard de son impassibilité coutumière. Son œil valide brillait d'un éclat inhabituel et il manipulait la page avec des mouvements d'une précision mécanique. Après avoir longuement examiné le parchemin, il adressa un signe au chimiste qui s'approcha en tenant dans ses mains gantées un plateau sur lequel Glinn déposa son trésor.

Il se tourna vers Gideon.

— Expliquez-nous comment vous avez procédé, demanda-t-il d'une voix qui dissimulait mal son impatience.

— Eh bien, après avoir étudié les éléments dont je disposais, j'en suis arrivé à la conclusion que le système de sécurité de l'East Room était proche de la perfection. Dans l'impossibilité de récupérer moi-même la page, il me fallait trouver le moyen de charger quelqu'un d'autre de cette mission.

— De quelle façon ?

— Je devais commencer par simuler une tentative de cambriolage ratée.

Glinn acquiesça.

— Je me suis rendu sur place le dimanche, dernier jour de l'exposition, sachant que l'East Room serait pleine à craquer. J'ai fait exploser une grenade fumigène afin de créer un mouvement de panique tout en noyant la pièce dans un nuage de fumée opaque. Je me suis approché de la vitrine sur laquelle j'ai placé une petite charge explosive, suffisante pour arracher le cube de verre contenant le livre. Un peu comme on scie un diamant.

— Une charge explosive conçue par vos soins, j'imagine. Rien de plus facile étant donné vos fonctions à Los Alamos, commenta Glinn en soulignant son propos d'un geste de sa main mutilée. Poursuivez.

— Une fois la vitrine ouverte, je me suis emparé du *Livre de Kells* et j'ai découpé la page Khi Rhô en l'aspergeant d'un produit chimique spécial. J'ai ensuite reposé le livre par terre avant de cacher la page dans l'un des rayonnages. L'opération n'a pas duré une minute. Une fois la fumée dissipée, tout a fonctionné comme sur des roulettes. En découvrant qu'il manquait une page, les gardiens ont fouillé la pièce et découvert le parchemin. À ce stade, ils étaient persuadés que le cambriolage avait raté. Ils ont interrogé et fouillé tout le monde, conscients que le voleur se trouvait forcément parmi les visiteurs, sans rien découvrir. Pas plus sur moi que sur les autres. Comme ils étaient persuadés d'avoir le manuscrit intégral, ils n'ont pas mis autant d'énergie à nous fouiller que si la page avait disparu.

Un sourire se dessina sur le visage de Gideon. Il en arrivait au meilleur.

— Je savais toutefois qu'ils finiraient par demander à un expert d'examiner la page découpée. Ne serait-ce que pour s'assurer qu'elle n'était pas abîmée. Peut-être même pour vérifier qu'il ne s'agissait pas d'une copie. Quoi qu'il en soit, ils ont tout de suite vu que la page Khi Rhô était un faux en la soumettant à un examen aux ultraviolets.

— Comment pouviez-vous savoir qu'ils feraient ce test ? s'enquit Garza.

— Je me suis rendu à Londres où j'ai acheté un véritable manuscrit enluminé auquel j'ai fait subir le même petit traitement de ma composition avant de me présenter chez *Sotheby's*. À la vue de mon manuscrit, l'un des meilleurs experts au monde a cru détecter un faux.

— Très bien.

— En s'apercevant qu'ils se trouvaient en présence d'une copie, ils ont compris qu'il s'agissait d'un vol réussi, contrairement à ce qu'ils croyaient. Ils ont conclu, en toute logique, que le cambrioleur avait apporté un faux et procédé à l'échange avant de dissimuler la copie quelque part de façon à accréditer la thèse d'un cambriolage raté. Le tout était de les convaincre que la vraie page était un faux. Il fallait donc qu'elle ne passe pas le test aux ultraviolets.

— Très intelligent, approuva Glinn. Peut-on connaître la composition de votre « produit chimique spécial » ?

Gideon sortit de sa poche un petit aérosol.

— Écran total SPF 70 sans odeur La Spiaggia.

Glinn, Garza et le chimiste ouvrirent de grands yeux.

— Un produit contenant de l'oxyde de titane, de l'oxyde de zinc et du méthoxycinnamate d'octyle. Des filtres ultraviolets à large spectre. Une simple vaporisation du produit des deux côtés de la page et le tour était joué. Quand les gardiens ont trouvé sur moi cet aérosol en me fouillant, ils n'y ont prêté aucune attention.

— Génial, murmura Glinn.

— En conséquence de quoi le « faux » a été récupéré par les enquêteurs comme pièce à conviction avant d'être déposé dans les Scellés du One Police Plaza. Ce matin, Eli, grâce aux faux documents fournis par vos soins et aux indications horaires récupérées sur les ordinateurs du FBI, je me suis rendu sur place et j'ai échangé le faux vrai document contre une vraie fausse page. Un simple tour de prestidigitation, un art dans lequel je suis passé maître, effectué sous la table, à l'abri des caméras de surveillance. La police dispose à présent du faux qu'elle a toujours cru détenir, et nous avons la page authentique. Personne ne se doutera jamais de la supercherie, le NYPD se demandera juste pourquoi deux inspecteurs Morrison se sont présentés aux Scellés le même jour.

Glinn réunit ses mains mutilées, comme dans un geste de prière.

— C'est extraordinaire. Extraordinaire.

— Merci. À présent, j'aimerais comprendre pourquoi cette page revêt une telle importance à vos yeux.

— Eh bien, je vais vous l'expliquer. Professeur Stanislavsky ? demanda-t-il en se tournant vers le chimiste.

— Nous zommes prêts, provezeur Glinn, répondit le chimiste aux allures de monstre de Frankenstein.

Il s'empara du plateau sur lequel reposait le manuscrit et s'approcha d'une série de bacs remplis de liquide, semblables à ceux d'un photographe, tous équipés d'un thermomètre. Il prit la page, la posa sur un tamis muni d'une poignée et plongea le tout dans le premier bac.

— Mais… qu'est-ce que vous faites ? s'exclama Gideon d'une voix troublée.

— Un peu de patience, répliqua Glinn.

Le professeur Stanislavsky calcula la durée du premier bain, puis retira le tamis et la page, qu'il déposa dans le bac suivant.

Le liquide se voila instantanément.

— Hé, vous êtes fous ? s'exclama Gideon, inquiet de voir l'encre du manuscrit se dissoudre.

Le chimiste releva le tamis. Les couleurs des motifs du Khi Rhô dégoulinaient abondamment, révélant une épaisse sous-couche blanche attaquée par le liquide.

— Vous êtes complètement dingues ? hurla Gideon en se précipitant.

Garza le retint par le bras d'une poigne ferme.

Le chimiste plongea la page dans le troisième bac, un bain à flux laminaire. À travers la surface frissonnante du liquide en mouvement, Gideon vit avec horreur les lettres *khi* et *rhô* s'effacer définitivement. D'un geste souple, le chimiste retira la feuille du liquide à l'aide d'une pince à embouts caoutchoutés et la laissa s'égoutter.

Elle était désormais vierge.

11

— Espèce de salaud ! s'énerva Gideon que Garza immobilisait toujours. Je le crois pas ! Vous avez purement et simplement détruit un chef-d'œuvre unique !

Il se dégagea d'un mouvement brutal et se précipita vers Glinn.

Impassible, ce dernier l'arrêta d'un geste.

— Attendez. Je vous demande de réserver votre jugement en attendant d'entendre la suite.

Gideon, étouffant de rage, fit un effort pour se contrôler. Il s'en voulait d'avoir participé contre son gré à un tel saccage. Un vrai scandale. À la première occasion, il comptait bien tout raconter aux flics. Il n'avait rien à perdre, puisqu'il serait mort dans moins de dix mois.

Le chimiste déposa délicatement la feuille blanche sur un lit de buvards afin de la faire sécher, puis il l'installa sur la platine de verre d'un appareil de grande taille.

— Il s'agit d'un spectromètre XRF, expliqua Glinn d'une voix calme. Un analyseur de fluorescence X, si vous voulez. Connaissez-vous la signification du mot « palimpseste » ?

— Non.

— Au Moyen Âge, le vélin était un matériau fort coûteux. Seules les plus belles peaux convenaient à la réalisation des manuscrits. Des peaux de mouton, de veau ou de chèvre. Les fœtus d'animaux fournissaient les plus recherchées. On faisait alors appel aux meilleurs tanneurs qui les découpaient, les détrempaient, les baignaient dans la chaux, les écharnaient et les étiraient. Un procédé fort onéreux qui conduisait souvent les moines à recycler le vélin d'anciens manuscrits. Ils en grattaient le texte original, le lavaient et le réutilisaient.

— J'attends la suite.

— On nomme « palimpseste » l'ombre du texte original. Certains écrits grecs et latins parmi les plus importants sont parvenus jusqu'à nous de cette façon, après avoir été effacés et recouverts. C'est précisément ce que nous entendons réaliser dans le cas présent.

— Vous voulez dire qu'il y a un texte plus ancien sous le monogramme Khi Rhô ?

— On distingue bien des signes, mais il ne s'agit pas d'un texte.

— Mais enfin, pourquoi l'avoir détruit ? Vous ne pouviez pas le retrouver autrement ?

— Malheureusement non. Le vélin du Khi Rhô était recouvert d'une épaisse sous-couche blanche, une peinture médiévale à base de plomb, et donc imperméable aux rayons X. Nous avons été contraints de la retirer pour découvrir ce qu'elle dissimulait.

— Je ne sais pas de quoi il s'agit, mais ça ne peut pas être plus précieux, s'écria Gideon sur un ton agressif. Vous m'avez expliqué vous-même que le *Livre de Kells* était le plus beau manuscrit enluminé de tous les temps !

— Nous avons tout lieu de croire que le trésor qui se cache en dessous est encore plus précieux.

Glinn se tourna vers le chimiste.

— Prêt ?

Stanislavsky acquiesça.

— Allez-y.

Le chimiste remonta la platine de l'analyseur, régla une série de boutons, puis appuya sur une touche du clavier numérique. Un brouillard diffus apparut sur l'écran de l'appareil. Peu à peu, avec une maîtrise consommée, Stanislavsky modifia les réglages jusqu'à l'obtention d'une image lisible faite de points, de lignes et d'entrelacs.

— De quoi s'agit-il ? demanda Gideon en se penchant au-dessus de l'écran.

— D'une carte.

— Une carte ? Une carte au trésor, vous voulez dire ?

— Mieux qu'un trésor. Un objet absolument extraordinaire, capable de changer le cours de l'humanité, répliqua Glinn en posant son œil gris solitaire sur le jeune homme. Votre prochaine mission consistera à nous le rapporter.

12

Gideon et Garza suivirent le fauteuil roulant d'Eli Glinn dans les couloirs interminables d'EES, en direction d'un secteur inconnu de Gideon. Ils franchirent une porte donnant sur deux pièces faiblement éclairées. Le jeune homme, hésitant toujours entre colère et stupéfaction, jeta autour de lui un regard méfiant. La première pièce était une bibliothèque à l'ancienne, aux rayonnages d'acajou couverts d'ouvrages somptueusement reliés. Un tapis persan s'étalait au pied d'une petite cheminée de marbre dans laquelle brûlait un feu de tourbe. Une savoureuse odeur de cuir, de parchemin et de bougran flottait dans l'air de la pièce, meublée d'une table de réfectoire et de quelques chaises. Le contraste était stupéfiant avec la salle qui lui faisait suite, un laboratoire immaculé habillé de plastique et d'acier brossé, tristement éclairé par des néons.

Glinn fit signe à ses compagnons de prendre place autour de la table.

— Asseyez-vous, je vous prie.

Gideon s'exécuta sans un mot tandis que Garza s'installait en face de lui. Ils ne tardèrent pas à être rejoints par un technicien de laboratoire apportant un agrandissement numérique de l'étrange carte découverte sous le monogramme Khi Rhô. Il étala le plan sur la table et s'éclipsa.

Glinn ouvrit la porte d'un placard voisin de la cheminée, découvrant des bouteilles, plusieurs flacons de verre taillé, et un petit réfrigérateur.

— Puis-je vous proposer un verre ? demanda-t-il.

Gideon déclina l'offre d'un mouvement de tête.

Glinn se versa une rasade de porto dans un verre soufflé à la main et revint à la table. Il trempa les lèvres dans l'alcool, poussa un petit soupir de contentement et posa une main toute racornie sur la carte.

— J'aimerais évoquer ici l'histoire de saint Colomba.

Gideon attendait la suite avec impatience.

— Colomba est entré dans le monastère irlandais de Clonard aux alentours de l'an 550. C'était un homme de grande stature, plein d'assurance et de vie, à l'inverse des moines discrets que l'on a coutume d'imaginer. C'était surtout un personnage intelligent et très charismatique, de sorte qu'il a très vite attiré l'attention de sa hiérarchie. Son mentor au sein du monastère était un autre moine, saint Finnian. Avec le temps, la réputation de Colomba a grandi, à mesure que s'élargissait son cercle d'amis, ce qui n'a pas empêché le maître et l'élève d'entrer en opposition. En 560, ils se sont âprement disputés au sujet d'un psautier très précieux. Les deux hommes étaient dotés de caractères explosifs et disposaient de puissants soutiens. La dispute s'est ainsi étendue à leur entourage avant de se terminer en bataille rangée. Trois mille personnes ont trouvé la mort lors du carnage qui en a découlé. L'Histoire a donné un nom à ce triste épisode, la « bataille du Livre ». L'Église, horrifiée, a rejeté la faute sur Colomba et décidé de l'excommunier. Colomba s'est défendu et il a réussi à échapper à cette mesure extrême en acceptant de s'exiler au fin fond de l'Écosse avec la promesse de convertir trois mille païens, pour prix des trois mille victimes de sa lutte contre saint Finnian.

» Il s'est donc embarqué pour l'Écosse avec un groupe de moines en emportant avec lui sa précieuse collection de manuscrits. Les pèlerins se sont installés sur une île isolée de la côte écossaise, sur un territoire contrôlé par la tribu des Pictes, où Colomba a fondé l'abbaye d'Iona.

Glinn marqua une pause, le temps de porter à ses lèvres son verre de porto et d'en avaler une longue gorgée.

— C'est à ce stade de l'histoire qu'entre en scène notre client, dont je suis au regret de ne pouvoir vous livrer l'identité. Je me contenterai de préciser que l'on ne saurait remettre en cause son intégrité, sachant qu'il est porté par le souci du bien de l'humanité.

— C'est ce qu'il affirme, tout du moins, grommela Garza.

Glinn se tourna vers son collaborateur.

— C'est moi qui l'affirme. Vous connaissez comme moi, Manuel, les raisons qui nous contraignent à taire l'identité de nos clients.

— Bien sûr. Mais en tant que chef des opérations sur ce projet, j'aimerais savoir pour qui je travaille.

Un silence embarrassé suivit cet échange, que Glinn rompit en se raclant la gorge.

— Entre autres passions, notre client collectionne les manuscrits du Moyen Âge. Ses recherches l'ont conduit à trouver à Iona une série de documents incomplets, les *Annales Monasterii Columbae*. C'est-à-dire les « Annales du monastère de Colomba », rédigées en latin, comme de juste. Il s'agit d'une sorte de journal rapportant le quotidien du monastère. Une découverte d'autant plus importante que peu de chroniques de ce genre ont survécu. Ces *Annales* rapportent la curieuse histoire d'un moine ayant découvert un manuscrit grec ancien parmi les vélins recyclés du monastère. Le vélin en question avait déjà été gratté, mais le texte original dont il était porteur restait déchiffrable. Sa lecture a suffisamment impressionné le moine pour qu'il le présente à saint Colomba.

Glinn tira de la poche de sa veste une feuille qu'il déplia.

— Le manuscrit en question était un ancien traité de géographie grec décrivant les diverses merveilles du monde. Parmi celles-ci figurait un lieu surprenant : une île « loin à l'ouest, là où terre et mer se confondent ». Le traité faisait également mention d'une « grotte immense protégée par un rideau de laurier, sur le flanc d'une falaise surplombant la mer ». Là, affirmait le manuscrit, reposait « un *remedium* secret, source de guérison éternelle ». Le manuscrit contenait des indications précises sur la localisation de cet îlot, « au-delà de la terre des Ibères, deux mille *dolichoi* à l'ouest de Tartessos ». La terre des Ibères désigne évidemment l'Espagne actuelle, et Tartessos serait une ancienne cité à l'embouchure du fleuve Guadalquivir. Quant au *dolichos*, il s'agissait d'une mesure grecque équivalente à deux mille quatre cents mètres. En termes clairs, ce lieu mystérieux se trouvait bien au-delà des frontières du monde connu de son temps.

— Deux mille *dolichoi* à l'ouest de l'Espagne ? intervint Gideon. Soit l'équivalent de quatre mille huit cents kilomètres. La grotte en question se trouverait donc... dans le Nouveau Monde ?

Glinn reposa son verre avec un sourire.

— Exactement.

— Vous êtes en train de nous expliquer que ces Grecs avaient découvert le Nouveau Monde ?

— Oui.

Gideon se contenta de secouer la tête, laissant Glinn poursuivre son récit.

— Le vieux manuscrit grec donnait un nom à cette île merveilleuse : Phorcys, en référence à une obscure divinité marine. Colomba était convaincu que Dieu n'avait pas placé ce manuscrit entre ses mains sans raison. Ses moines et lui, en bons Irlandais, étaient des marins confirmés et disposaient d'excellents navires. Colomba a donc mis sur pied une expédition afin de trouver cette Phorcys et d'en rapporter le *remedium*, ce fameux baume de guérison.

» À en croire le journal, le monastère a affrété trois navires sur lesquels ont pris place des moines marins d'Iona qui ont commencé par mettre les voiles sur la Méditerranée afin de suivre les indications du manuscrit grec. Leur périple a duré plusieurs années, au point que Colomba les a crus perdus. Jusqu'au jour où l'un des trois navires est rentré au port, en piteux état, manœuvré par une demi-douzaine de survivants. Ces derniers rapportaient un récit passionnant.

Glinn fit une pause, faisant durer le suspense, avant de continuer de sa voix neutre et terne :

— Le périple des moines avait été terrible. Partis du détroit de Gibraltar, ils ont essuyé une tempête en plein Atlantique qui les a entraînés en direction du sud-ouest. Leurs navires s'étant échoués dans un archipel, probablement celui du Cap-Vert, ils en ont construit de nouveaux avant de reprendre la mer. Cette fois, le temps et les courants leur étaient favorables, ce qui leur a permis de rallier « des îles inconnues près d'une côte sauvage ». Se référant aux indications de l'ancienne carte grecque, ils ont fini par atteindre Phorcys. Là, ils se sont trouvés en butte « à des monstres géants effrayants » qui gardaient le baume miracle, dont les *Annales* précisent qu'il s'agit d'un « élixir secret, joyau des profondeurs du sol ». La plupart des moines ont été tués par les monstres.

Glinn avala une nouvelle gorgée de porto. Il prenait visiblement plaisir à raconter son histoire.

— Quoi qu'il en soit, les moines survivants ont réussi à tromper la vigilance des monstres le temps de s'emparer d'une *cista*, c'est-à-dire une cassette, contenant un peu du baume. De retour à Iona, ils ont offert celui-ci à Colomba. Fou de joie, ce dernier leur a demandé d'établir une carte chrétienne indiquant l'emplacement de

Phorcys, puis il a ordonné que soit détruit l'ancien plan païen.

Il posa un œil brillant sur Gideon.

— Il s'agit de la carte dont nous disposons, grâce à vous.

— Sacrée légende, remarqua sèchement Gideon. À croire que les Grecs anciens, puis des moines irlandais, auraient découvert le Nouveau Monde bien avant Christophe Colomb.

— Sans doute, mais là n'est pas l'essentiel. L'ultime fragment des *Annales* encore existant précise que les moines ont utilisé le baume contenu dans cette *cista* pour guérir « de graves blessures, des maladies, des affections et des infirmités ». Colomba lui-même a eu recours à ce baume, ce qui lui a permis de vivre en bonne santé suffisamment longtemps pour convertir les trois mille âmes requises.

» À la fin de sa vie, son monastère a traversé maintes épreuves. Il a été attaqué à de nombreuses reprises par des pillards vikings. Colomba, terrifié à l'idée que la carte de Phorcys tombe en de mauvaises mains, a ordonné qu'on la cache « sous plusieurs couches d'or et de lapis et d'autres couleurs éclatantes ». Ces instructions avaient été consignées dans les *Annales* depuis peu lorsque le monastère d'Iona a été détruit par les Vikings. La plupart des moines ont été décimés tandis que les survivants regagnaient l'Irlande où ils se sont réfugiés au monastère de Kells. Plus jamais il n'a été fait allusion à cette carte par la suite.

Glinn but les dernières gouttes de porto et reposa le verre sur la table.

— Jusqu'à l'arrivée de mon client, persuadé que la carte décrite dans les *Annales* existait toujours. Faute d'en trouver la trace, il s'est adressé à moi.

Il s'essuya les lèvres à l'aide d'un mouchoir de soie qu'il replia soigneusement avant de le remettre dans sa poche.

— Le problème était élémentaire. Prévoyant l'arrivée des Vikings, les moines ont emporté dans leur fuite leurs reliques les plus sacrées. Au nombre de celles-ci figurait un manuscrit des Évangiles, enluminé de façon somptueuse, qui a pris par la suite le nom de *Livre de Kells* après l'installation de Colomba dans son nouveau monastère.

Glinn marqua une pause lourde de sens.

— Souvenons-nous des instructions de Colomba : cacher la carte « sous plusieurs couches d'or et de lapis et d'autres couleurs éclatantes ». J'en ai tout naturellement conclu que le plan avait été repeint et incorporé au *Livre de Kells*. Restait à déterminer de quelle page il s'agissait. La réponse était enfantine. L'une des pages du manuscrit suscite depuis toujours l'intérêt des spécialistes car elle est d'une autre facture que les autres.

— La page Khi Rhô, avança Gideon.

— Exactement. Le *Livre de Kells* a été rédigé sur les meilleurs vélins de l'époque, réalisés à partir de fœtus de veau. Curieusement, le vélin du monogramme Khi Rhô est différent. Plus résistant et plus épais. En outre, la page Khi Rhô est la plus chargée en enluminures de l'ouvrage. Son vélin a été recouvert d'une couche blanche à base de plomb, ce qui est a priori inutile puisque les meilleurs vélins sont déjà blancs à l'origine. J'en ai déduit que la carte de l'île de Phorcys était dissimulée sous les motifs de cette page. Grâce à vous, nous venons de confirmer cette hypothèse.

Il tapota l'agrandissement de la carte d'un doigt recroquevillé.

— Ce qui nous amène à votre nouvelle mission : suivre les indications de cette carte jusqu'à l'île de Phorcys.

— Dans l'espoir de découvrir le secret de la vie éternelle ? s'enquit Gideon sur un ton sarcastique.

— Pas de la vie éternelle. De la guérison.

— Ne me dites pas que vous croyez vraiment à cette légende !

— Mais si.

Gideon secoua la tête.

— Je ne sais pas qui est le plus crédule, de vous ou de votre mystérieux client. Des Grecs qui auraient découvert l'Amérique. Des monstres protégeant un remède miracle.

Comme Glinn ne répondait rien, Gideon se leva.

— Moi qui m'attendais à une véritable mission ! Je m'en veux déjà d'avoir permis la destruction d'un tel chef-d'œuvre, et vous voudriez que je me lance dans cette course aux œufs d'or ? Désolé, mon vieux. Très peu pour moi.

Sans un mot, Glinn sortit une enveloppe kraft de son attaché-case et la poussa sur la table en direction de Gideon. Elle portait la mention : ANTHROPOLOGIE PHYSIQUE – IONA.

— Ceci est un rapport confidentiel rédigé à la suite des fouilles archéologiques effectuées dans le cimetière de l'abbaye d'Iona. Les archéologues y ont découvert les restes de plusieurs moines contemporains de l'époque de la carte de Phorcys.

— Et alors ?

— Les archéologues ont mis au jour des squelettes de moines souffrant de blessures effrayantes, sans doute à la suite d'attaques vikings. Des membres sectionnés, des fractures du crâne, des yeux arrachés. Ils ont également trouvé chez certains des tares de naissance, des déformations congénitales et diverses affections. À ceci près que les squelettes présentaient des signes de guérison parfaitement inhabituels. Les moines en question avaient guéri de blessures, de déformations et de maladies qui auraient normalement dû leur être fatales, ou tout du moins les handicaper.

— L'histoire de la médecine regorge de découvertes surprenantes, objecta Gideon.

— Peut-être. Il n'en reste pas moins que ce rapport signale chez certains de ces moines des membres entiers qui auraient repoussé.

Un silence de mort accueillit la phrase.

— Je n'y crois pas, Eli, finit par déclarer Gideon.

— Lorsqu'un lézard ou une grenouille perd un membre et que celui-ci repousse, cela laisse des traces indiscutables. On distingue parfaitement la lésion à l'endroit où l'os a été coupé avant de repousser. Le nouveau membre est généralement plus petit et plus faible que celui qu'il remplace. En un mot, il est plus jeune. Eh bien, c'est exactement ce qu'ont découvert les anthropologues qui ont examiné les squelettes de ces moines. Vous trouverez l'ensemble de leurs observations dans ce dossier. Il s'agit d'observations scientifiques indiscutables. Ces chercheurs avouent leur perplexité, mais nous... nous savons comment ces moines ont guéri.

Gideon, ahuri par ce qu'il entendait, en regrettait de n'avoir pas accepté le verre de porto proposé par son hôte.

Glinn ouvrit le dossier dont il tira toute une série d'images réalisées à l'aide d'un microscope électronique.

— Voyez vous-même. Ces fouilles ont été financées par les autorités écossaises qui se sont empressées d'étouffer l'affaire, de façon bien compréhensible, en découvrant ces résultats. Ce qui n'a pas empêché EES de se les procurer. Voyez-vous, Gideon, il ne s'agit nullement d'une course aux œufs d'or. Ces moines ont effectivement découvert un *remedium*, un baume capable de rendre la vue aux aveugles, de guérir les paralytiques, de reconstituer des membres arrachés.

Il tapota le dossier d'un doigt recroquevillé que terminait un ongle digne d'une sorcière.

— Il ne s'agit pas d'une légende. Les squelettes ne mentent pas.

13

Un silence pesant s'abattit sur la pièce. Le regard de Gideon navigua à plusieurs reprises du visage de son interlocuteur au dossier posé devant lui. Le chef d'EES parlait tout à fait sérieusement. Il semblait même jouir de toutes ses facultés.

Glinn reprit la parole le premier.

— Je vous propose de déjeuner avant d'examiner cette carte plus en détail. Cela permettra à nos experts d'établir un premier rapport. Vous pouvez être certain qu'ils n'auront de cesse de travailler sur ce document tant qu'ils n'auront pas réussi à le déchiffrer. Notre client est impatient de mettre la main sur ce remède.

— Comment compte-t-il l'utiliser ? s'inquiéta Gideon.

— Il s'engage à ce que ce produit soit analysé, testé, produit et partagé par l'ensemble de l'humanité.

— Et vous le croyez ? Un tel médicament, s'il existe bel et bien, serait synonyme de milliards pour celui qui le commercialiserait.

— Je puis vous assurer de sa bonne foi. Notre homme n'a nullement l'intention de profiter financièrement de cette découverte. Il entend créer une fondation spécialement destinée à sa diffusion. En attendant, je vous laisse déjeuner tous les deux.

— Vous ne vous joignez pas à nous ?

— Mon travail m'attend.

Gideon suivit Glinn dans le couloir en le voyant s'éloigner dans son fauteuil roulant.

— J'aimerais… vous poser une question.

Glinn stoppa son engin auquel il fit faire demi-tour, un sourcil interrogateur haussé en direction du jeune homme.

— Ce produit… je ne peux m'empêcher de me demander s'il serait capable de guérir mon anévrisme.

Glinn le dévisagea longuement sans rien laisser transparaître de ses sentiments.

— Impossible à dire. Pas plus que je ne saurais dire s'il pourrait me guérir, répondit-il en montrant de sa main recroquevillée son œil, son bras et ses jambes mutilés. Il semble que nous ayons tous les deux de puissantes raisons personnelles de réussir dans cette entreprise. Ne trouvez-vous pas ?

Gideon suivit des yeux le fauteuil électrique qui s'éloignait. À son scepticisme initial avaient succédé des sentiments complexes. Glinn, qui savait Gideon atteint d'un mal incurable, n'avait pas abordé la question de lui-même. Il savait néanmoins qu'une telle annonce ne pourrait que galvaniser le jeune homme.

⁂

Une heure plus tard, Gideon et Garza regagnaient le rez-de-chaussée d'EES en suivant le fauteuil roulant. Un remède universel, capable de faire repousser des membres. Gideon, incapable de s'ôter de la tête l'idée de ce baume mystérieux, avait progressivement vu ses espoirs se tempérer. Jamais aucun médicament, si puissant fût-il, ne serait capable de réparer la malformation des artères et des veines du cerveau qui lui laissait moins d'un an à vivre, à en croire les spécialistes.

Les trois hommes pénétrèrent dans l'immense cathédrale où se déroulait l'essentiel des recherches d'EES.

Gideon n'était pas mécontent de se changer les idées. L'entreprise de Glinn était une ruche de projets mystérieux en règle générale, mais le jeune homme crut percevoir ce jour-là une activité plus frénétique encore. Des ingénieurs s'agitaient en tous sens à l'intérieur du gigantesque loft, discutant par petits groupes, observant leurs travaux respectifs. Glinn avait expliqué un jour à Gideon que ce type d'environnement visait précisément à encourager les initiatives communes, à éviter que quiconque s'enferme dans sa bulle. Un projet attira plus particulièrement l'attention de Gideon. Une maquette qui ne cessait de grandir depuis la toute première fois qu'il avait découvert ce lieu, et dont l'objet lui semblait chaque jour plus obscur. Une demi-douzaine d'ingénieurs s'activaient autour de la reconstitution en trois dimensions d'un fond océanique. On aurait pu croire à un projet de forage sous-marin si une étrange structure ressemblant à un baobab géant ne s'était pas dressée au centre de l'étrange maquette.

Glinn salua au passage une jeune chercheuse d'origine asiatique, occupée à déchiffrer un manuscrit poussiéreux apparemment rédigé en grec. Parvenu au fond de l'immense salle, il effleura un clavier numérique, et une porte s'ouvrit, révélant un laboratoire dans lequel s'agitait un petit homme au crâne couronné de cheveux blancs hirsutes. Il discutait de façon animée, manifestement par Skype, avec quelqu'un dont on apercevait la silhouette sur l'écran d'un ordinateur. Ils s'exprimaient dans une langue inconnue de Gideon. Le petit homme à la tonsure, sans prêter attention aux nouveaux venus, poursuivit sa conversation à laquelle il finit par mettre un terme en refermant une fenêtre informatique d'un geste agacé.

— Ah, ces Lettons ! s'écria-t-il dans le vide.

L'homme était l'un des très rares employés d'EES à ne pas porter une blouse blanche. Vêtu d'une veste à carreaux d'un goût douteux et d'un nœud papillon mal apparié, il arborait des taches d'œuf sur sa chemise.

— Permettez-moi de vous présenter le professeur Chester Brock, annonça Glinn. Anciennement titulaire de la chaire d'études médiévales à l'université d'Oxford, l'un des plus éminents spécialistes des manuscrits et des cartes du Moyen Âge. Professeur, je vous présente Gideon Crew, grâce à qui nous avons pu obtenir cette carte.

— Dites-moi, Glinn, répliqua Brock d'une voix agressive, après avoir serré sans enthousiasme la main de Gideon. J'ai besoin d'espace, je suis incapable de travailler dans un tel réduit.

— Je vous rappelle que vous avez décliné notre offre de travailler dans la grande salle, rétorqua Glinn avec bonhomie. Je vais voir s'il n'est pas possible de vous trouver un laboratoire plus confortable. En attendant, j'aimerais que vous donniez au professeur Crew vos premières impressions sur cette carte.

Brock observa Gideon de ses grands yeux.

— J'espère que vous n'êtes pas médiéviste.

Il s'exprimait d'une voix anormalement grave pour un aussi petit homme.

Glinn s'empressa de répondre avant que Gideon ait eu le temps de réagir :

— Le professeur Crew est physicien. Vous êtes notre seul médiéviste. Je me demande bien pourquoi nous en aurions deux.

— Je me le demande en effet, répliqua Brock, en partie rassuré. Fort bien, suivez-moi.

Il entraîna ses hôtes jusqu'à une table sur laquelle reposait la page Khi Rhô, totalement sèche à présent, sous un projecteur. Brock pianota sur le clavier de son ordinateur et la carte apparut à l'écran, agrandie, sur un écran fixé au mur. Brock procéda à quelques réglages pour améliorer la netteté.

Le document ne ressemblait aucunement à une carte. Son auteur n'avait pas voulu y intégrer de lieux géographiques, ni même y reproduire un paysage. Le dessin montrait une série de bandes parallèles parsemées d'images, la plupart soulignées de courtes descriptions en latin.

— J'ai bien peur que cette carte ne reçoive jamais l'imprimatur de l'Automobile Club américain, plaisanta Gideon.

— Cette carte, rétorqua Brock sur un ton méprisant, s'apparente à un type d'atlas romain connu sous le nom d'*itinerarium*. À l'époque de l'Empire, il fallait bien que le voyageur se repère sur les voies romaines. On avait donc recours à des cartes de ce genre, détaillant de façon linéaire les différentes sections d'un parcours en y indiquant les villes, les villages, les intersections et les principaux sites dignes d'intérêt. Des guides touristiques, en quelque sorte. La carte de Phorcys s'inspire de cette technique, sur l'eau et non sur terre. C'est une sorte de carte marine rudimentaire.

Le médiéviste désigna les lignes successives.

— J'ai à peine entamé l'analyse de cette carte, mais ces traits correspondent très certainement à la route à suivre. Ces petits dessins figurent des jalons à l'intention du voyageur. J'ai attribué des numéros à tous ces symboles. Prenons le quatrième, par exemple.

Il tendit un doigt en forme de saucisse en direction d'un îlot à peine plus gros qu'un rocher sur lequel se dressaient deux arbres tordus ressemblant à des cornes. En quelques coups de souris, l'image occupa tout l'écran.

— L'inscription qui l'accompagne précise : *Perge ad orientem insula Diaboli, tunc peto meridiem*. Ce qui signifie : « Longer la côte est de l'île du diable, puis virer au sud. »

— C'est plutôt vague, commenta Gideon.

— En effet, approuva Brock. Surtout si l'on tient compte du fait que ces deux arbres ont certainement disparu depuis longtemps. Prenons un autre exemple, auquel j'ai attribué le chiffre cinq.

Il agrandit un autre détail de la carte, représentant un détroit entre deux bandes de terre. Sur l'une d'elles s'élevait un rocher brisé en forme de croix.

— Ici, la légende nous dit : « Franchir le détroit de la croix. » Rien d'autre. Aucune orientation ni indication de distance. Vous noterez cependant que nous disposons d'un total de neuf images. Neuf indices, si vous préférez.

Gideon plissa les paupières, fasciné par le document.

— Il faut reconnaître que la précision du dessin est stupéfiante.

— Les moines irlandais étaient des génies de la miniature. Ils exécutaient la plupart de leurs travaux à l'aide de pinceaux à un seul poil.

— Comment savoir où se trouve cette île mystérieuse ? s'enquit Gideon.

— Ah ! La question à un million de dollars…

Brock écarquilla ses yeux verts avant de reprendre :

— Apparemment, quelque part dans les Caraïbes.

— Dans les Caraïbes ? Comment pouvez-vous le savoir ?

— Je suis déjà à peu près sûr d'avoir identifié le troisième point de repère de la carte, que vous voyez ici. *Columpnas Harculis transiens*. Les colonnes d'Hercule, le nom sous lequel était connu le détroit de Gibraltar dans l'Antiquité. Malheureusement, la plupart des autres points de la carte sont confus, insolites, et délibérément trompeurs.

— Pourquoi dites-vous « délibérément » ?

— À cause de l'inscription figurant ici : « Seuls ceux qui ont les faveurs de Dieu pourront suivre cette carte. » Les moines ont volontairement cherché à la compliquer, afin de ne venir en aide qu'aux protégés de Dieu. Les autres étaient condamnés à périr.

— Le professeur Brock a commencé à entrer les éléments dont nous disposons dans l'immense base de données géographiques d'EES.

— Comment pouvez-vous dire que les moines ont atteint les Caraïbes ?

— Depuis les îles du Cap-Vert, où les moines échoués ont reconstruit leurs navires, à en croire les *Annales*, les courants des Canaries poussent les navigateurs vers le sud et le sud-ouest le long des côtes de l'Afrique. Là, les courants virent à l'ouest sous l'effet du courant équatorial nord, et les alizés soufflent dans la même direction. Nos modélisations par ordinateur nous confirment que ces deux facteurs combinés auront entraîné les moines sur la route empruntée par Christophe Colomb lors de son troisième voyage, jusqu'aux Caraïbes.

Glinn montra l'écran d'un doigt atrophié.

— Nous en avons la preuve en constatant que tous les îlots figurant sur cette partie de la carte ne peuvent qu'être situés dans ce secteur de l'Atlantique.

— J'ai également réussi à déterminer le point de départ des moines, ajouta Brock.

— Cet homme est merveilleux, le félicita Glinn avec une fierté évidente.

Brock balaya le compliment d'un haussement d'épaules.

— Ici, à l'est de la mer Égée.

Il zooma sur le coin supérieur gauche du document. La première illustration de la carte était constituée de quatre collines de profil, au pied desquelles on reconnaissait la minuscule figure stylisée d'un cheval.

— *Ibi est initium*, lut Brock. « Ceci est le début. » Ces quatre collines sont un lieu bien connu de la côte turque.

— À quoi correspond ce cheval ?

— Je n'en ai aucune idée. Pour l'heure, en tout cas.

Gideon parcourut des yeux le trajet sur le parchemin.
— Que signifie cette inscription à la fin ?
— J'y venais, lui répondit Brock. Tout d'abord, nous lisons la phrase *Hic sunt gigantes*. « Ici se trouvent les géants. » L'inscription précise ensuite : *Respondeo ad quaestionem ipsa pergameni*.
— Ce qui veut dire ?
— Il s'agit apparemment d'une énigme. Littéralement, on peut traduire la phrase par : « La page elle-même répond à la question. »
— De quelle question s'agit-il ? l'interrogea Gideon.
— Vous pointez du doigt le mystère. À mon sens, la question serait la suivante : Quelle est la nature de ce baume ? Est-il à base de plantes ou d'insectes ? Est-il animal, ou autre ?
Glinn prit la parole.
— Il me semble que la réponse est dissimulée dans ce manuscrit, sans doute dans l'un de ces petits croquis. La carte nous indique le chemin, alors que cette énigme nous dit quoi chercher.
D'un coup de manette, Glinn tourna son fauteuil en direction de Gideon.
— Nous avons procédé à quelques déductions d'importance au cours de l'heure qui vient de s'écouler. Cela dit, vous l'aurez compris, il nous reste beaucoup à apprendre, mais nous n'avons aucune raison d'attendre plus longtemps. Tout nous pousse à agir. De ce fait, nous allons affréter et équiper un bateau dans les Caraïbes. Vous vous envolez après-demain.
— Attendez une petite seconde. Je ne suis pas marin !
— Un skippeur aguerri se trouvera à bord.
— Je n'aime pas l'eau, maugréa Gideon qui n'entendait pas avouer sa propension au mal de mer.
— Vous vous y ferez, lui rétorqua Glinn. Vous êtes l'homme de la situation.
— J'imagine que vos modélisations informatiques vous le confirment ? railla le jeune homme.

— C'est effectivement le cas. Un périple tel que celui-ci fera appel à un grand sens de l'improvisation, que vous possédez au plus haut niveau.

— Je vais devoir improviser si je veux me transformer en pirate des Caraïbes.

Glinn posa sur lui un regard songeur.

— Votre pessimisme me surprend, Gideon. Cette mission est radicalement différente des précédentes. Il s'agit d'une croisière sans danger dans les Caraïbes, rien de plus.

— Vous oubliez les géants, réagit Gideon.

Sa saillie provoqua l'hilarité générale.

— Selon nos estimations, Phorcys se trouve quelque part dans le sud des Caraïbes. Si les moines irlandais ont été poussés par les courants en direction de la Barbade, ils auront pu aller jusqu'aux îles du Vent avant de longer la côte du Venezuela et de la Colombie, peut-être même jusqu'à la côte des Mosquitos, au niveau du Nicaragua et du Honduras.

— La zone de recherche est immense.

— C'est vrai. On y trouve des centaines, voire des milliers d'îlots. Sans compter que cette carte est volontairement semée d'embûches.

Gideon ne put s'empêcher d'admirer la rapidité avec laquelle les hommes d'EES avaient tiré autant d'enseignements d'un document aussi cryptique.

— En d'autres termes, résuma-t-il, on risque de passer des semaines à boire du champagne, prendre des bains de soleil et visiter toutes les plages de la région, au cas où.

— Je me réjouis de retrouver votre entrain coutumier, sourit Glinn. Croyez-moi, en comparaison avec votre mission précédente, celle-ci est une promenade de santé.

14

Gideon quitta l'antre du médiéviste et regagna l'immense espace de recherche.

— Je suis le dindon de la farce, une fois de plus, bougonna-t-il à l'adresse de Garza.

— À votre place, je ne me plaindrais pas. Si on me proposait de partir en croisière dans les Caraïbes, j'accepterais sans hésiter.

— Glinn me tape sur le système.

— Bienvenue au club.

Gideon observa son compagnon du coin de l'œil, sachant pertinemment que Garza ne le portait pas dans son cœur. Le bras droit de Glinn n'appréciait guère son esprit d'indépendance. De son côté, Garza était trop coincé et raide à son goût. Les deux hommes ne s'étaient jamais vraiment entendus, mais il ne tenait qu'à Gideon de renverser la vapeur.

— Que diriez-vous d'aller prendre un verre ? suggéra-t-il au moment où ils sortaient du bâtiment.

Garza s'immobilisa, surpris de cette proposition inattendue.

— Euh… bien sûr.

⁂

Le Spice Market était bondé, comme toujours, mais ils finirent par dénicher une table dans un coin. Gideon commanda un martini au Beefeater, Garza une bière IPA.

Gideon attendit que la serveuse se soit éloignée afin d'observer discrètement son compagnon. Petit, brun de peau, musclé, ses cheveux noirs frisés grisonnaient au niveau des tempes. Garza possédait surtout un regard intelligent.

— Vous travaillez pour EES depuis longtemps ? demanda-t-il, histoire de rompre la glace.

— Douze ans. Depuis que Glinn et moi avons quitté l'armée.

— Vous étiez militaires ?

Garza hocha la tête.

— Je travaillais comme ingénieur sous les ordres de Glinn.

— Dans quelle unité ?

— Les Forces spéciales. J'ai entamé ma carrière chez les paras avant d'intégrer les rangers.

— Quel genre de boulot faisiez-vous ?

— On était spécialisés dans les explosions de sites sensibles.

— Quels sites ?

— Si je vous le disais, je serais obligé de vous tuer.

Gideon gloussa.

— Pour avoir suivi Glinn aussi longtemps, vous devez aimer travailler avec lui.

— Je ne suis pas certain que le mot « aimer » convienne. Disons plutôt que ce type est un vrai génie, et qu'il est droit. Des qualités qui vont rarement ensemble.

L'arrivée de leur commande mit provisoirement un terme à la conversation. Au moment où Garza levait sa bière, Gideon remarqua la montre qu'il portait au poignet.

— Superbe, dit-il machinalement en désignant l'objet.

— Vous trouvez ?

— Un chronographe flyback Blancpain L-Evolution en vermeil ? Tu parles !

Garza plissa les paupières.

— Très peu de gens connaissent les montres Blancpain.

— Avec son bracelet en fibre de carbone, c'est l'une des plus belles montres au monde. Elle doit valoir dans les cinquante mille dollars.

— Aucune idée. Elle m'a été offerte par un client.

Garza marqua une courte pause avant de reprendre :

— Comment savez-vous tout ça ?

— Vous avez déjà oublié que j'étais une vacherie de cambrioleur de haut vol ?

— C'est vrai.

— Dites-moi un truc, Garza. À quoi correspond ce gros projet sur lequel travaille Glinn depuis la première fois où j'ai mis les pieds à EES ? Cette espèce de maquette sous-marine avec un baobab autour de laquelle ils s'activent tous ?

— Un baobab ? Ah, oui !

Garza vida sa bouteille de bière avant de la reposer.

— Vous n'aurez qu'à questionner Glinn.

— Allez ! J'ai signé des engagements de confidentialité à n'en plus finir. En plus, tout le monde a l'air d'être au courant à EES.

— C'est vrai, concéda Garza en faisant signe à la serveuse de lui apporter une autre IPA. Ce projet… c'est un peu le Moby Dick de Glinn.

— Mais encore ?

Garza attendit l'arrivée de sa bière avant de répondre. Il commença par la vider à moitié.

— C'est-à-dire…, hésita-t-il longuement. Vous vous souvenez de Palmer Lloyd, ce milliardaire qui a pété les plombs il y a quelques années ?

— Bien sûr.

— Vous vous souvenez peut-être qu'il voulait ouvrir un musée. Le projet s'est arrêté quand il a été interné.

— Je me rappelle que tout a été vendu aux enchères chez *Sotheby's*. Une collection inouïe.

— Ouais. Eh bien, figurez-vous qu'il y a trois ans, avant tout ça, Lloyd a engagé les services d'EES pour... disons, exfiltrer du Chili la plus grosse météorite du monde et l'exposer dans son musée.

Gideon posa son verre.

— Je n'étais pas au courant.

— Et pour cause.

— Racontez-moi.

— Cette météorite avait été découverte par un prospecteur sur un îlot inhabité baptisé Isla Desolación, à la pointe du continent sud-américain. Un caillou de vingt-cinq mille tonnes. Je vous passe les détails, mais nous nous sommes rendus sur place, on a réussi à placer la météorite sur un supertanker affrété spécialement pour l'opération et on s'est fait poursuivre par un destroyer de la marine chilienne avant d'être coulés par une tempête. Les trois quarts de l'équipage ont péri, dont le capitaine, et la météorite s'est enfoncée par trois mille mètres de fond. Palmer Lloyd en a perdu la raison et Glinn en fait depuis... une obsession.

— Vous vous trouviez à bord ?

— Oui. Un vrai cauchemar.

Garza avala une nouvelle gorgée de bière.

— Glinn espère toujours la récupérer ?

— Pas du tout.

— Mais alors, de quoi s'agit-il si vous n'avez pas envie de remonter cette météorite ?

Garza attendit d'avoir commandé la bière suivante avant de répondre.

— On essaie de la tuer.

— La tuer ? ! !

— Il ne s'agissait pas d'une météorite.

— Mais alors, qu'est-ce que c'était ?

— Désolé. Je vous en ai déjà trop dit. Si vous voulez en savoir plus, posez la question à Glinn. Je me contenterai de remarquer que nous avons laissé passer plusieurs projets de grande envergure à cause de sa fichue obsession.

— Ce n'est pas le cas de la carte de Phorcys.

— En parlant de Phorcys, cette histoire me semble étrange, murmura Garza, brusquement perdu dans ses pensées. Eli ne m'a jamais rien caché des missions les plus sensibles. Cette fois, il ne me dit pas tout. À commencer par l'identité de son client. J'aimerais avoir l'assurance qu'il s'agit de quelqu'un qui fera bon usage d'une telle découverte, et non d'une boîte qui s'en servira pour engranger des milliards.

— Je suis d'accord avec vous.

— Je me demande si ledit client est vraiment recommandable.

Gideon secoua la tête.

— Glinn fait souvent référence à des programmes informatiques capables de prédire le comportement humain. C'est sérieux ?

La serveuse posa une troisième bouteille d'IPA devant Garza.

— Oui, répondit l'ancien militaire.

— Quel est leur principe de fonctionnement ?

— Effective Engineering Solutions était initialement spécialisée dans « l'analyse de l'échec ». On faisait appel à nous chaque fois que survenait une catastrophe. On nous demandait d'en diagnostiquer les raisons et de les expliquer. Un métier très délicat, dans la mesure où il s'agissait de pointer les carences de nos propres clients la plupart du temps.

— J'imagine qu'il était ensuite difficile d'obtenir le règlement des factures.

— Pas vraiment, car Eli se fait toujours payer d'avance. La difficulté tient au fait que les clients nous demandent parfois d'enterrer nos résultats, une fois notre rapport établi. Et d'enterrer les gens qui l'ont rédigé.

— Dur, dur.

— Ce n'est rien de le dire, mais Eli est le type le plus costaud que j'aie jamais rencontré. N'importe qui d'autre serait mort des blessures qu'il a reçues lors du naufrage de ce tanker.

Gideon s'agita sur sa chaise.

— Revenons à ces programmes informatiques.

— Ils ont été mis au point par Eli personnellement. Le facteur humain est de loin le plus important dans un projet. Ses logiciels permettent d'anticiper les réactions humaines. Il a baptisé ce système l'ACQ : l'Analyse Comportementale Quantitative.

— On dirait de la science-fiction.

La remarque fit sourire Garza.

— C'était le cas au début. Eli en a eu l'idée en lisant le *Cycle de Fondation* d'Isaac Asimov. Vous vous souvenez de Hari Seldon, le spécialiste de « psychohistoire » ?

Gideon répondit non d'un mouvement de tête. Il avait toujours détesté les romans de science-fiction.

— Asimov a imaginé une nouvelle science mêlant histoire, sociologie et statistiques. Ses psychohistoriens sont capables de prédire l'avenir en observant le comportement de groupes d'individus. Glinn s'en est inspiré pour créer l'ACQ. Son logiciel permet de réaliser des prédictions, non pas sur des groupes de personnes, mais sur des individus confrontés à des circonstances spécifiques.

Il porta la bouteille à ses lèvres.

— Vous pouvez être certain que vous et moi avons fait l'objet d'ACQ très poussées.

— C'est gai.

— Paradoxalement, vous ne croyez pas si bien dire. Eli en sait davantage sur vous que vous-même.

Gideon songea à sa première rencontre avec Glinn. Au nombre impressionnant d'informations qu'il avait réunies sur son compte, notamment sur sa maladie.

— Comment Glinn est-il passé de l'analyse de l'échec à l'ingénierie ?

— L'analyse de l'échec et l'ingénierie constituent les deux faces d'une même médaille. L'ingénierie consiste à éviter l'échec, c'est-à-dire à réussir. Il ne suffit pas de calculer ce qui doit être accompli. Il faut également calculer ce qui doit être évité en analysant toutes les causes d'échec potentielles. La réussite d'une mission est à ce prix.

— À l'image du désastre obtenu en voulant récupérer cette météorite.

— Il s'agit de notre seul échec, même si je dois bien reconnaître qu'il était majeur. EES n'avait jamais échoué auparavant. La réussite était notre marque de fabrique.

— Vous pensez donc que nous réussirons notre mission sur l'île de Phorcys ?

Garza posa sur la bouteille d'IPA un regard maussade, qu'il ponctua d'un petit rire.

— Votre croisière dans les Caraïbes ? Connaissant la méticulosité de Glinn, vous pouvez être certain qu'il aura tout prévu. Oui, Gideon. Vous réussirez.

15

Eli Glinn, assis dans son fauteuil électrique, feuilletait un vieux recueil partiellement brûlé des poèmes de W.H. Auden. Seul le bruit des pages troublait le silence qui régnait dans l'immense laboratoire d'EES. À près de 5 heures du matin, les douleurs qui ne le quittaient plus depuis son accident l'empêchaient de trouver le sommeil.

Il referma le livre, le glissa dans sa poche et guida son fauteuil jusqu'à l'ascenseur. Les portes de la cabine s'ouvrirent. Il posa la main sur le lecteur d'empreinte digitale, les portes coulissèrent en sens inverse et les chiffres défilant sur l'écran numérique lui indiquèrent que l'appareil entamait son ascension jusqu'au dernier étage.

Quelques instants plus tard, Glinn sortait de l'ascenseur. Trois ans auparavant, conscient que son handicap compliquerait désormais tous ses déplacements, il s'était installé au dernier étage de l'immeuble abritant les locaux d'EES, où il avait fait aménager un petit appartement bénéficiant d'une terrasse. Le lieu, adapté à son infirmité, lui offrait une retraite commode tout en lui permettant de surveiller nuit et jour les activités des laboratoires. Chacun de ses déplacements en ville était épuisant, de sorte que Glinn quittait rarement cet immeuble. Surtout, il se sentait mal à l'aise en présence d'inconnus. Il fuyait consciencieusement les regards apitoyés, les discours condescendants, les enfants qui se réfugiaient dans les jupes de leurs mères et le montraient du doigt en l'apercevant.

Les pneus du fauteuil électrique chuintèrent sur les dalles en ardoise du sol. Les murs, peints dans un camaïeu de gris, donnaient le ton d'un espace austère et dépouillé, presque entièrement dépourvu de meubles. Glinn était lui-même confiné dans son fauteuil et rares étaient les visiteurs conviés dans son espace privé, ce qui justifiait l'absence de fauteuils et de canapés.

Il s'approcha de l'une des rares tables dont il disposait, s'empara d'une télécommande couverte d'écrans et de boutons colorés, et alluma à distance la cheminée à gaz. Il dirigea ensuite la télécommande vers une porte coulissante qui s'ouvrit avec un soupir sur l'univers de sa chambre. D'un clic, il fit couler l'eau dans sa baignoire à remous avant d'allumer une rangée de bougies parfumées en effleurant une autre touche.

En quelques mouvements soigneusement calculés, Glinn se déshabilla avec l'aide d'un bras robotisé qui le déposa dans l'eau bouillonnante. Il s'agissait moins d'un luxe que du besoin pour lui de masser son corps meurtri en chassant la douleur accumulée au long de la journée.

Allongé dans la baignoire, il reprit son recueil de poèmes et entama la lecture du célèbre texte d'Auden, intitulé « En éloge au calcaire ». Il ne tarda pas à reposer le petit livre et songea à la femme qui lui en avait recommandé la lecture. La femme de sa vie. De son ancienne vie, plus exactement, puisqu'elle avait péri dans le naufrage du supertanker *Rolvaag*.

Le drame qui l'avait handicapé avait définitivement mis un terme à toute possibilité de liaison amoureuse.

Non pas que Glinn ait connu une existence amoureuse particulièrement riche auparavant. Il était devenu orphelin à l'âge de deux ans, lorsque ses parents étaient morts dans un accident d'avion dont les causes exactes n'avaient pas été clairement établies à l'époque. La reconstitution du drame avait fourni à EES son tout premier projet. L'explication était banale, l'avion avait été victime d'une rupture de l'alimentation en carburant, mais du moins cette découverte lui avait-elle permis de faire son deuil.

Glinn, placé dans des familles d'accueil successives, s'était refermé sur lui-même plus sûrement qu'un bourgeon surpris par le gel.

Son séjour à l'armée l'avait définitivement sevré du besoin d'avoir des amis, des maîtresses, des proches, des dîners de Thanksgiving, des cadeaux au pied du sapin, des sorties le vendredi soir. L'obéissance assidue de ses hommes lui suffisait pleinement, tant humainement que financièrement. En dehors de son commandement, il éprouvait le besoin impérieux de résoudre des problèmes difficiles. Glinn était avide de défis, avec une préférence marquée pour ceux qui relevaient de l'impossible. Au sein de l'unité secrète à laquelle il appartenait, il avait appris à miner n'importe quel édifice, à s'introduire dans n'importe quel ordinateur, à mettre au point et à réussir les opérations les plus délicates. Un jour, lors d'un cours avancé d'analyse cryptographique, le spécialiste chargé de leur dispenser ses lumières avait confié à ses élèves un problème particulièrement difficile. L'exercice tenait du piège car le problème en question, connu sous le nom de « conjecture de Michelson », n'avait jamais été résolu. Glinn, qui ignorait ce fait au même titre que ses camarades, avait tourné la question dans tous les sens pendant quarante-huit heures d'affilée avant d'apporter la solution lors du cours suivant.

Cette soif d'impossible avait été le moteur de sa carrière militaire avant de devenir celui de son action à la tête d'EES. Elle gouvernait son existence tout entière.

La catastrophe liée à la météorite était venue rompre ce bel équilibre en le confinant dans un fauteuil roulant, après avoir tué la seule femme qu'il eût jamais aimée.

Glinn reprit son recueil en soupirant et poursuivit la lecture du poème :

> « Je suis la solitude qui ne demande ni ne promet rien ;
> C'est ainsi que je t'accorderai la liberté. Il n'existe pas d'amour ;
> Seules existent les envies, toutes infiniment tristes. »

La lecture du poème achevée, il posa la nuque contre l'émail de la baignoire en se concentrant sur l'étrange phrase figurant sur le parchemin. *Respondeo ad quaestionem, ipsa pergameni*. « La page elle-même répond à la question. »

Cette énigme pouvait-elle le renseigner sur la nature du mystérieux remède ? Retrouver Phorcys ne servirait à rien, à moins de connaître l'objet de leur quête.

« La page elle-même répond à la question. » La réponse se trouvait forcément là, sur ce parchemin. Allongé dans l'eau, Glinn fit apparaître le document dans sa tête et l'examina longuement, s'attardant sur chacune des ravissantes miniatures, sur les pointillés, sur les inscriptions tracées en caractères minuscules.

Il avait le mystère sous les yeux et comptait bien en trouver la clé.

16

Les derniers nuages s'effacèrent à mesure que le Gulfstream approchait de sa destination finale. Confortablement installé dans un fauteuil de cuir gris, Gideon s'attarda sur les flots qui défilaient en contrebas. L'appareil survolait la pointe méridionale de l'archipel des îles du Vent et l'on apercevait dans le lointain les côtes du Venezuela, annoncées par les îles ABC : Aruba, Bonaire et Curaçao. Des centaines d'îlots parsemaient le tapis turquoise de la mer des Antilles, pour la plupart de simples grains de sable inhabités. Il se demanda lequel pouvait bien correspondre à la mystérieuse Phorcys.

Garza remonta l'allée et lui tapota doucement l'épaule.

— Gideon ? Nous sommes prêts pour la transmission avec Eli.

Le jeune homme quitta sa place et suivit son guide jusqu'à un espace isolé, installé dans la queue de l'appareil, où une courte rangée de sièges faisait face à un grand écran.

Une chercheuse d'origine asiatique attachée à EES, qu'il connaissait pour l'avoir brièvement croisée dans les locaux de la firme, se trouvait déjà là. Gideon avait entendu Garza l'appeler Amy. Petite et menue, plutôt jolie, le corps musclé, elle avait des yeux d'un vert inhabituel et des cheveux d'un noir brillant, coupés court. Il remarqua qu'elle portait une alliance à l'annulaire de la main gauche.

Gideon se demanda un instant où était le capitaine censé piloter leur bateau ; sans doute se trouvait-il déjà à bord, dans le port d'Aruba.

La jeune femme tira le rideau qui coupait l'allée et éteignit les lumières. L'écran s'anima et ils découvrirent le visage d'Eli Glinn qui les observait de la salle de réunion d'EES.

— Meilleures salutations, Gideon, déclara-t-il d'une voix que la liaison satellite ne déformait quasiment pas. Bonjour, Manuel. Et bonjour à vous, Amy. Le pilote me signale que vous survolez actuellement la mer des Antilles.

— Il nous reste une heure avant l'atterrissage à Aruba, précisa Amy.

— Parfait. Vous avez déjà l'ensemble des informations dont nous disposons pour l'heure. Nous resterons en contact par téléphone et ordinateur tout au long de la mission. Le yacht affrété par nos soins possède une liaison satellite à haut débit, le wi-fi et tout le nécessaire. Ainsi que des réserves de nourriture appropriées. Garza regagnera New York après vous avoir installé, et nous poursuivrons l'analyse de la carte de Phorcys. Nous vous communiquerons les résultats à mesure de nos avancées.

— Très bien, approuva Gideon.

— Nous aurons des équipes prêtes à intervenir depuis les locaux d'EES à tout moment, mais Manuel restera votre interlocuteur privilégié. À présent, j'aimerais vous donner mes dernières recommandations, si vous le voulez bien.

— Je vous écoute.

— Sans penser qu'il s'agit d'une mission aisée, Gideon, il est clair qu'elle ne présente pas les mêmes difficultés que les précédentes. Tout d'abord, parce que vous vous trouverez dans les Caraïbes. En cas de problème, il est facile de tout arrêter, de venir vous rechercher et de recommencer plus tard. En dehors de l'impatience naturelle de notre client, nous ne sommes soumis à aucun délai, même si la saison des ouragans approche. Les avancées actuelles de la météo nous permettent toutefois d'anticiper l'arrivée d'un cyclone.

— Je comprends, approuva Gideon.

— Avez-vous des questions ?

— Non.

— Fort bien. Dans ce cas, je vous souhaite bonne chance à tous les deux.

Un silence surpris accueillit la phrase, que Gideon se décida à rompre.

— Comment ?

Glinn haussa d'un air interrogateur le sourcil de son œil valide.

— Pourquoi « à tous les deux » ? insista Gideon.

— Parce que vous faites équipe avec Amy.

— Attendez une minute. Il n'a jamais été question que je fasse équipe avec quiconque.

— Je vous avais pourtant prévenu que vous voyageriez avec un skippeur expérimenté, répliqua Glinn d'une voix neutre. Il s'agit d'Amy. C'est donc avec elle que vous allez effectuer ce périple.

Gideon posa un regard ahuri sur la jeune femme avant de se tourner à nouveau vers l'écran.

— C'est encore le fruit de vos histoires d'ACQ ? Cette idée de nous mettre devant le fait accompli ?

— Vous verrez qu'elle se révélera d'une grande utilité. Outre son brevet de capitaine pour les bateaux de moins de cent tonneaux, Amy est titulaire de deux thèses : la première en sociologie, la seconde en langues anciennes.

Gideon constata que la jeune femme l'observait avec un air légèrement sardonique. Une fois de plus, tout le monde était au courant, sauf lui, ce qui l'irritait au plus haut point.

— À quoi jouez-vous, Glinn ? Vous faites un remake de « Tournez manège » ?

— D'une certaine façon, répondit Glinn. Vous vous ferez passer pour un jeune couple bourgeois en croisière. Garza vous fournira une alliance.

— Garza ? s'étrangla Gideon en se tournant vers son voisin. Parce que vous étiez au courant, vous aussi ?

Garza, un large sourire aux lèvres, lui tendit un écrin bleu dont il souleva le couvercle, révélant une alliance en or sur son lit de soie.

— Essayez-la. Vous faites bien du 64, au moins ?

Gideon s'empourpra.

— Moi qui croyais avoir affaire à une hôtesse de l'air, grommela-t-il.

— Curieusement, j'étais persuadée que vous étiez le préposé aux toilettes, répliqua Amy en le regardant d'un œil glacial.

Gideon soutint un instant son regard, puis il éclata de rire.

— Touché. D'accord, je le méritais. Mais je regrette d'être une fois de plus le dernier informé.

Amy refusait de se dérider. Elle ne semblait pas avoir digéré le mépris qu'affichait Gideon à son endroit quelques instants plus tôt. D'un autre côté, elle ne lui avait rien dit alors qu'elle était au courant de la manœuvre depuis le début.

— C'est bon, Manuel. Donnez-moi cette alliance, fit Gideon, qui la glissa à son doigt. Si je comprends bien, ajouta-t-il à l'intention de la jeune femme, nous sommes mariés.

— N'allez pas vous imaginer que je vous laisserai profiter de la situation, rétorqua Amy avec aigreur, d'une voix grave teintée d'un léger accent.

— Je n'agis jamais sans raison, précisa Glinn en affichant à nouveau un visage impassible. J'avais un excellent motif de vous mettre ensemble. Vous possédez tous les deux des qualités parfaitement complémentaires.

Gideon se tourna vers Amy. Elle mesurait à peine plus d'un mètre cinquante et devait peser dans les quarante kilos.

— Et si nous n'arrivons pas à nous entendre ? demanda-t-il.

— Ce sera le cas.

— Pourquoi ? s'inquiéta Amy. Votre programme d'ACQ vous le prédit ?

— En effet.

— Je peux déjà vous dire qu'il ne s'est pas trompé.

— Vous finirez par comprendre mes motivations, la tempéra Glinn. Une fois à Aruba, une voiture vous conduira à Savaneta, un village situé sur la côte sud-ouest de l'île, où vous attend votre yacht. Il s'agit d'un port calme et pittoresque, fréquenté par une clientèle aisée. Un excellent endroit pour entamer votre mission sans attirer l'attention sur vous. Nous n'avons aucune raison de nous méfier de quiconque, mais prudence est mère de sûreté. Je vous laisse le soin de vous inventer une histoire de couple crédible. Manuel s'est chargé de tout le reste. D'autres précisions, Manuel ?

— Oui : le bateau est un Hinckley de type T55 MKII. Un élégant yacht à moteur de seize mètres baptisé *Turquesa*. Amy en connaît le fonctionnement, elle vous fournira tous les détails nécessaires. Il possède deux cabines et un moteur capable d'atteindre trente-six nœuds. Nous l'avons équipé discrètement d'appareils dont vous pourriez avoir besoin lors de vos recherches. Là aussi, Amy est au courant.

Gideon se tourna à nouveau vers l'écran.

— Vous voulez dire que nous serons tous les deux tout seuls sur ce bateau ? Pas de personnel ? De steward ? De majordome ? De préposé aux toilettes ?

— Le Hinckley ne nécessite aucun équipage. Il s'agit d'un yacht extrêmement facile d'utilisation grâce à son système de propulsion à réaction et à son levier de commande unique. Vous naviguerez dans des secteurs relativement protégés. Une dernière précision, Gideon : Amy sera le capitaine de ce bateau. Elle en aura donc l'entière maîtrise, à charge pour vous de vous conformer à ses ordres. Compris ?

Gideon avala sa salive.

— Compris.

— En même temps, Amy, sachez que les qualités exceptionnelles de Gideon constituent un atout pour cette mission. Ses conseils vous seront utiles.

Amy acquiesça silencieusement.

— Fort bien. Demain, vous quitterez Savaneta en mettant le cap à l'ouest. Grâce aux images satellitaires, le professeur Brock a pu identifier un nouvel indice, le sixième dans la chronologie de la carte de Phorcys. Cette avancée nous dispense de déchiffrer les dessins 4 et 5, dont nous estimions qu'ils correspondaient aux îles du Cap-Vert. Ce nouvel indice vous servira donc de point de départ.

Les occupants du Gulfstream virent s'afficher à l'écran l'agrandissement de l'un des minuscules croquis du parchemin. La figure ressemblait à une bouteille noire, posée sur un monticule blanc. Elle était accompagnée d'une phrase en latin : *Niger utrem, navigant occidens*.

— « Bouteille noire, naviguer vers le couchant », traduisit Amy.

— Exactement, approuva Glinn. À cinquante nautiques à l'ouest d'Aruba se trouve un archipel désolé, de simples rochers connus sous le nom de Los Monjes del Sur. L'îlot le plus méridional est un promontoire basaltique en forme de bouteille. Le croquis du parchemin reproduit à la perfection la silhouette de l'îlot en question.

— Comment le trouverons-nous ? s'inquiéta Gideon.
— Nous en avons transmis les coordonnées à Amy.
— Ensuite ?
— L'indice suivant, le septième, est celui-ci.

Un nouveau dessin apparut à l'écran. Un petit U inversé, doté sur la droite d'un appendice ressemblant à une poignée. L'inscription latine précisait : *Sequi diaboli vomitum*.

Gideon adressa à Amy un coup d'œil en coin afin de solliciter ses lumières.

— « Suivre le vomi du diable. »

— Enfin un indice facile ! plaisanta le jeune homme.

— Nous ne sommes guère plus avancés que vous, avoua Glinn. Espérons que vous saurez déchiffrer sa signification en découvrant le point auquel il correspond, avant de passer à l'élément suivant.

Une carte s'afficha sur le moniteur.

— Ainsi que vous le voyez sur ce document, poursuivit Glinn, en mettant le cap plein ouest à partir de Los Monjes, vous trouverez sur votre route une pointe de la côte colombienne connue sous le nom de La Guajira. Ce secteur est un désert inhabité, uniquement fréquenté par les trafiquants de drogue. Nous pensons que le « vomi du diable » se trouve quelque part le long de cette côte.

— J'imagine que cette région se trouve très à l'écart des routes habituellement empruntées par les propriétaires de yacht.

— Absolument. À l'ouest de La Guajira vous attend une partie des Caraïbes rarement visitée. On est loin des îles luxuriantes et des plages de sable fin des cartes postales. Il s'agit d'îlots inhospitaliers, entourés de courants traîtres. La côte colombienne est également dangereuse, du fait du trafic de stupéfiants. En poursuivant toujours vers l'ouest, vous arriverez en vue de la côte des Mosquitos, que se partagent le Nicaragua et le Honduras. Ce n'est pas tout à fait la Côte d'Azur.

— Vous m'aviez pourtant promis une croisière de rêve, maugréa Gideon.

— Faites preuve de bon sens, et de prudence, lui recommanda Garza.

— À part ça, quelle raison nous pousse officiellement à faire une croisière dans cet enfer des Caraïbes ?

— Vous êtes des voyageurs en quête d'aventure, répliqua Glinn. Vous trouverez dans le dossier que nous vous avons fourni l'ensemble des éléments déchiffrés jusqu'à présent, ainsi qu'une reproduction de la carte elle-même. Un supercalculateur Cray XE6 doté de processeurs Opteron 6172 s'emploie actuellement à déchiffrer ce parchemin en comparant les indices de la carte avec les banques de données disponibles. Cela dit, certains des dessins de la carte de Phorcys sont si hermétiques et curieux qu'il vous faudra très probablement les décrypter vous-mêmes sur place. À présent, si vous n'avez plus d'autres questions, je vais vous saluer. Je vous recommande de dîner ce soir au *Flying Fishbone*, sur le port de Savaneta. Leur bouillabaisse marseillaise, servie avec un puligny-montrachet, est un délice. L'endroit idéal pour vous montrer et crédibiliser votre couverture.

Sur ces mots, l'écran vira au noir.

17

Le dîner, excellent, comme la demi-bouteille de montrachet, avaient contribué à remonter le moral de Gideon. C'est tout juste si sa mine s'était assombrie en apprenant qu'Amy ne buvait pas une goutte d'alcool. Le repas s'était déroulé d'autant plus rapidement qu'aucun des deux convives ne paraissait enclin à alimenter la conversation. Amy mangeait à une vitesse telle qu'elle enfournait sa dernière bouchée de poisson alors que Gideon entamait tout juste son plat.

Le jeune homme en arrivait à se demander s'il n'était pas la victime innocente d'un mariage arrangé. Du Eli Glinn tout craché. Il observa sa compagne du coin de l'œil en remontant sur le superbe yacht amarré dans une marina très chic. Alors qu'il s'enorgueillissait habituellement de savoir juger les gens, il avait cette fois le sentiment de ne rien comprendre à la jeune femme, qu'il trouvait aussi ouverte que le Kremlin. Il se promit néanmoins de ne pas entretenir d'idées préconçues et de garder son calme.

Il était 22 heures et la marina montrait les premiers signes d'assoupissement. Les gens finissaient de dîner ou buvaient un dernier verre sur les yachts brillamment éclairés, profitant de cette nuit très douce dans le murmure des vaguelettes qui léchaient les coques, le cliquetis des drisses le long des mâts, la rumeur des conversations, le cri des mouettes au loin. Gideon, debout sur le pont, respira longuement l'air parfumé. Malgré la présence de son étrange compagne, la vie était plutôt belle.

— Je te propose de visiter le bateau, suggéra Amy.

— Bonne idée.

— Une fois que nous aurons appareillé, on devra se partager les rôles. Tu me serviras de second, en quelque sorte. Il faudra que tu saches tenir la barre et que tu apprennes à te servir des systèmes de navigation. Je te montrerai quelques nœuds simples et comment attacher les écoutes. Ce n'est pas très compliqué.

Gideon acquiesça. En pénétrant dans le cockpit quelques instants plus tard, il voulut allumer la lumière, sans résultat.

— Tiens, il n'y a pas de jus.

— Le premier réflexe en montant sur un bateau est de brancher l'électricité, lui expliqua Amy en lui indiquant l'écran de contrôle de la batterie qu'elle mit en position MARCHE.

Les lumières s'allumèrent. Gideon suivit sa compagne jusqu'au pupitre de commande et l'écouta tandis qu'elle lui débitait un véritable cours sur l'utilisation du radar, du sonar, du traceur de carte, de la radio VHF. Elle lui désigna successivement les essuie-glaces, la jauge à fioul, les indicateurs de consommation, de température du moteur, de pression d'huile, la barre, la manette des vitesses, le joystick de pilotage. Gideon, les mains dans le dos, hochait consciencieusement la tête en murmurant son assentiment alors qu'il n'avait pas retenu le quart des explications fournies par la jeune femme.

— J'ai bien conscience que ça fait beaucoup d'informations à retenir d'un coup, mais tu verras que tout deviendra clair quand on sera en mer.

— J'espère.

— On dispose également à bord d'appareils scientifiques très pointus, continua-t-elle en rejetant en arrière une mèche noire. Un sonar à balayage, un petit robot téléguidé, des accessoires de remorquage, un équipement de plongée relié à un rouleau de câble, des bonbonnes et un compresseur à air, des sondes, des projecteurs, des dragues, ce genre de trucs. Comme nous n'en aurons peut-être jamais l'usage, je te montrerai leur fonctionnement uniquement en cas de besoin. En revanche, ce machin-là est indispensable.

Elle lui montra du doigt un appareil monté dans l'une des cloisons.

— Il s'agit du téléphone satellite grâce auquel nous resterons en contact avec EES. Tu trouveras également un téléphone portable dans la cabine, dont on pourra se servir quand on sera à terre.

Gideon eut ensuite droit à une visite guidée de la salle des machines, qui débordait de cadrans et d'écrans mystérieux, avant de découvrir la cuisine du bord. Pour une fois, cet univers lui paraissait familier, avec ses plaques, son four, son micro-ondes et son coin repas équipé d'un écran géant et de plusieurs ordinateurs portables, le tout dans une débauche d'acajou, de teck et de laiton. Le salon attenant comportait même une cave à vin tempérée, aux clayettes bien garnies.

Si Garza s'était trouvé là, Gideon l'aurait embrassé.

— Glinn m'a expliqué que tu étais un excellent cuisinier, reprit Amy. Ça pourra servir.

Le ton sur lequel elle s'était exprimée n'était pas pour lui plaire, mais il jugea préférable de ne rien dire.

— Les cabines sont là-bas, ajouta-t-elle en accompagnant son propos d'un geste vague.

— Ça t'ennuie si on y jette un coup d'œil ?

Elle poussa une porte et l'entraîna dans le petit couloir qui séparait les deux pièces.

— Tu dormiras à tribord, moi à bâbord.

— Bâbord et tribord. C'est plus ou moins l'équivalent de gauche et droite, non ?

— Oui.

Gideon ne put résister à la tentation.

— Alors c'est vrai ? On ne dort pas dans la même cabine ?

— Tu ronfles.

La pique amusa Gideon.

— Pas du tout.

Elle posa sur lui un regard sans entrain.

— C'est la raison pour laquelle on dort dans des cabines séparées, si quelqu'un pose la question. Parce que tu ronfles.

— À mon avis, ce serait mieux si c'était toi qui ronflais.

Pour la première fois, la jeune femme esquissa un sourire.

— Parce que j'ai une tête à ronfler, peut-être ? Allons, Gideon, soyons réaliste. Grand et balourd comme tu l'es, je suis sûre que tu ronfles.

Gideon ravala son agacement. Elle était pince-sans-rire, d'accord. Un bon point pour elle. Peut-être.

Il jugea le moment venu de passer enfin à un domaine dans lequel il se sentait parfaitement à l'aise : celui des déguisements et des fausses identités.

— Il va falloir qu'on réfléchisse à notre passé supposé. Je me disais que…

Elle l'interrompit en tirant un carnet de son attaché-case.

— Tout est là.

— Mais…

— Nous avons déjà tout prévu avec Glinn : les détails de notre rencontre, la façon dont nous sommes tombés amoureux, tout.

— Je suis curieux d'entendre ça, répliqua-t-il en la suivant dans la cuisine, déçu.

— Assieds-toi.

Au lieu d'obtempérer, il s'approcha de la cave à vin dont il examina le contenu. Il bénit une fois de plus Garza dans son for intérieur en constatant qu'il s'agissait d'excellents crus. Il choisit une bouteille de bordeaux.

— Je sens que je vais avoir besoin d'un verre de vin pour entendre notre charmante histoire d'amour.

— Je t'en prie.

Il déboucha la bouteille, remplit un verre qu'il tourna entre ses doigts avant d'y tremper les lèvres. Le bordeaux aurait mérité qu'il le laisse s'aérer, mais Gideon avait bien mérité ce verre.

La jeune femme ouvrit son carnet d'un geste raide. Gideon la trouvait décidément très étrange. « Allez, se dit-il intérieurement, attendons la suite. »

— Très bien, commença Amy. Tu t'appelles Mark.

Elle tira de son attaché-case un portefeuille.

— Tiens, c'est pour toi. Tu y trouveras ton permis de conduire, tes cartes de crédit, ton passeport et tout le reste.

— Glinn ne m'avait jamais dit que je devrais changer d'identité.

— On ne peut plus raconter d'histoires sur soi-même aussi facilement, de nos jours. Il suffit que tu donnes ton vrai nom pour que n'importe quel abruti se branche sur Internet et découvre le pot aux roses en cinq minutes.

— Ce n'est pas la question. J'ai l'habitude de créer moi-même mes fausses identités, la contra Gideon avant de porter son verre à ses lèvres.

— Glinn s'en est chargé, c'est lui qui m'a demandé de te mettre au courant. Tu t'appelles Mark Johnson. Et moi, Amy Johnson. Amy est un prénom très commun, autant le garder. Mon nom de jeune fille est Suzuki. Je suis à moitié japonaise, ce qui est d'ailleurs la vérité.

— Mark Johnson ? Pas très sexy. J'aurais préféré m'appeler Ernest Quatermain.

— Mark Johnson présente l'avantage d'être anonyme sur le Net. Il y a pléthore de Mark et d'Amy Johnson sur le Web. Quant à Suzuki, c'est un des patronymes japonais les plus courants. Notre situation personnelle, à présent. Nous nous sommes rencontrés au MIT, en dernière année. J'étudiais les langues anciennes, toi la physique. On s'est connus en cours de théorie de l'informatique.

— Comme c'est romantique. Tu peux me raconter notre nuit de noces ?

Amy fit la sourde oreille.

— On s'est mariés à Boston au cours de l'année qui a suivi la fin de nos études. Tu travailles dans la banque, je suis avocate. On vit à Manhattan, dans l'Upper East Side. Nous n'avons pas d'enfants. Nous sommes tous les deux branchés sport, nous adorons le ski, sans parler du yachting. Le bateau est ma passion.

— Quelle est notre chanson préférée ?

— Notre chanson ?

Elle leva le nez de ses notes.

— Euh… que dirais-tu de *Opposites Attract*, de Paula Abdul ?

— Décidément, notre couple est ennuyeux à mourir. Je préfère *Atomic*, par Blondie.

— Très bien, approuva-t-elle en annotant le carnet. Nous réalisons notre rêve en faisant cette croisière pour notre anniversaire de mariage. On a choisi ce secteur des Caraïbes par goût de l'aventure et de la tranquillité. Nous sommes naïfs sur les bords, jamais nous n'avons imaginé que ces eaux étaient un refuge de trafiquants de drogue. Ce bateau ne nous appartient pas, on l'a loué grâce à ma prime de fin d'année.

— Ta prime de fin d'année. Parce que je ne gagne pas assez, peut-être ?

— Je gagne plus que toi.

— Je vois. Pour quelle banque suis-je censé travailler ?

— Si on te pose la question, ce qui est peu probable, évite d'entrer dans les détails. Reste vague, en évitant de fournir des détails faciles à vérifier.

— Rester vague avec qui ? On est censés rencontrer beaucoup de gens ?

— On ne sait jamais. Simple précaution. Sinon, pour nos hobbies, nos opinions politiques ou religieuses, on dira la vérité.

Une idée lui traversant l'esprit, Gideon posa sur sa compagne un œil neuf.

— Ce n'est pas la première fois que tu fais ça.

— Je l'avoue.

— Qui es-tu vraiment ? Quel est ton vrai boulot ?

— Inutile de t'inquiéter de ça. Contente-toi de notre couverture officielle et oublie qui je suis.

Il regarda la main gauche d'Amy.

— Es-tu vraiment mariée, ou bien cette alliance est-elle bidon, comme la mienne ?

— J'accepte de te répondre sur ce point. C'est une fausse alliance. Je ne suis pas mariée, je ne l'ai jamais été.

Gideon se versa un nouveau verre de bordeaux en secouant la tête.

— Tu es sûre que tu n'en veux pas ? Il commence tout juste à s'aérer. Un vrai nectar.

Elle fit non de la tête.

— Je te remercie.

Gideon se demanda si Glinn l'avait mise au courant du mal dont il était atteint. Sûrement pas. Après tout, peut-être Amy avait-elle accepté cette mission parce qu'elle était malade, elle aussi. Tordu comme il l'était, Glinn aurait été parfaitement capable de monter un coup pareil.

Elle referma son carnet.

— Des questions ?

— Oui. Où sont cachées les armes ?

Elle pointa du doigt un placard d'acajou derrière lui. Il en écarta les portes et découvrit une armoire métallique dont la serrure n'était pas verrouillée. À l'intérieur se trouvait un véritable arsenal : des fusils d'assaut, des armes de poing, des fusils harpon, un fusil de sniper Heckler & Koch PSG1 équipé d'un chargeur de cinq balles, et même un lance-grenades accompagné d'une réserve de grenades incendiaires et de grenades à fragmentation. Gideon laissa échapper un sifflement admiratif et s'empara d'un Colt 1911 de calibre .45 chargé. Une arme customisée, dotée de viseurs de combat à capsules de tritium. Un petit bijou coûtant une fortune.

— Tu sais t'en servir ? demanda-t-il en replaçant le pistolet dans l'armoire métallique.

— Oui. C'est mon 1911 que tu avais en main.

— On a les moyens de déclencher une guerre avec tout ça.

— Espérons ne pas avoir besoin de nous en servir.

Gideon se retourna vers sa compagne. Elle soutint son regard, la mine impénétrable.

— Je serais curieux de savoir où Glinn t'a trouvée.

Elle lui répondit par un sourire fugitif.

— Tu ne le sauras jamais.

18

Gideon fut tiré de ses rêves par des halètements provenant de la cabine d'Amy. Un instant surpris, il comprit que cette dernière effectuait des exercices de gymnastique. Un coup d'œil à travers le hublot lui indiqua qu'il faisait encore nuit. L'écran de son réveil affichait 5 h 30.

Il sortit péniblement de son lit, enfila un peignoir et gagna la cuisine où il découvrit avec délices une petite machine à expresso italienne et un moulin électrique. À force de persévérance, il dénicha dans un placard du café en grains et s'activa aussitôt en se demandant si la sobriété de son « épouse » concernait également les breuvages caféinés. Une fois de plus, il remercia le ciel de lui avoir épargné une femme pareille.

La porte de la cuisine s'ouvrit et Amy fit son entrée dans la pièce, vêtue d'une chemise à carreaux et d'un pantalon blanc.

— Un double pour moi, noir, sans sucre, déclara-t-elle en guise de bonjour. Merci de me l'apporter dans le poste de pilotage. Il est temps d'appareiller.

Gideon sirota sa tasse tout en remettant en marche le moulin à café. Quelques minutes plus tard, il rejoignait le cockpit avec le double noir, au moment où les moteurs du yacht se mettaient en branle.

Elle lui prit la tasse des mains sans un mot, penchée au-dessus du livre de cartes ouvert devant elle. Du haut-parleur de la VHF s'échappait une voix annonçant les conditions météo, le sens du vent et la hauteur de houle.

Le yacht quitta lentement son emplacement dans la marina en marche arrière, vira de bord et prit la direction du large. Le temps était calme, des nuages pommelés flottaient au-dessus de leurs têtes et les premiers rayons du soleil scintillaient sur l'eau. Amy accéléra en quittant le port, et l'aiguille du compteur grimpa jusqu'à vingt-cinq nœuds. Aruba s'éloigna progressivement à l'horizon tandis que la côte du Venezuela s'effaçait à bâbord. Ils ne tardèrent pas à naviguer en pleine mer.

— L'archipel de Los Monjes se trouve à cinquante-cinq milles d'ici, à peu près, expliqua Amy. Nous y serons dans deux heures.

Gideon acquiesça.

— Vous avez besoin de moi, capitaine ?

Elle lança un coup d'œil dans sa direction.

— Un autre expresso.

— Tout de suite.

Il retourna en cuisine afin d'accomplir sa mission. Sans éprouver de plaisir à obéir aux ordres de la jeune femme, il lui fallait bien reconnaître qu'il était agréable de ne pas avoir à prendre de décisions. Il regagna le poste de pilotage avec l'expresso qu'Amy vida d'un trait, à l'image du précédent.

Le yacht fendait l'eau à vive allure en abandonnant derrière lui un long sillage crémeux. Après une heure de navigation, les autres yachts se firent plus rares, avant de disparaître tout à fait en laissant une mer vide. Jusque-là, tout allait bien pour Gideon qui ne ressentait aucun des symptômes habituels du mal de mer.

Amy lui avait confié un certain nombre de tâches qu'il exécuta sans rechigner : relever les courriels, consulter la météo sur le radar Doppler, s'assurer qu'aucun message en provenance d'EES n'était arrivé sur l'imprimante du téléphone satellite. Sans être particulièrement chaleureuse, Amy se montrait courtoise et professionnelle. En outre, son intelligence manifeste n'était pas pour déplaire à Gideon.

À l'heure prévue, une première silhouette apparut à l'horizon, suivie d'une seconde. Le bateau s'approcha de l'île la plus méridionale, un rocher blanc de quelques centaines de mètres de longueur, battu par les flots, sur les falaises duquel se dressaient les ruines d'un phare. En contournant l'îlot, la Bouteille noire leur apparut soudain : un jaillissement de lave situé à une cinquantaine de mètres de la pointe de l'île. Amy afficha sur l'écran de son ordinateur de navigation l'agrandissement de l'indice numéro 6 figurant sur la carte de Phorcys. Le yacht contourna le bloc de basalte jusqu'à se trouver à la position exacte du dessinateur.

Amy coupa les gaz, et le bateau s'immobilisa dans un dernier frisson du moteur.

— Incroyable, murmura Gideon, stupéfait de la ressemblance du croquis avec cette bouteille noire qui se détachait sur le fond blanc de l'île.

— Tu veux bien prendre des photos ? lui recommanda Amy, subjuguée par le spectacle.

Tandis que la jeune femme maintenait le yacht en position, Gideon mitrailla le rocher à l'aide du Nikon numérique fourni par EES avant de réaliser une courte vidéo.

— Je vais charger les fichiers image sur l'ordinateur et les envoyer à Glinn en même temps que notre rapport, proposa Gideon.

— Parfait. Profites-en pour remplir le livre de bord comme je te l'ai montré, en indiquant notre position, la météo, le niveau de carburant et d'eau, le tout accompagné de commentaires. Quand tu auras terminé, prépare-nous un petit-déjeuner. Des œufs et du bacon pour moi, merci.

— À vos ordres, capitaine.

Gideon quitta le poste de pilotage et rejoignit le niveau inférieur où il envoya les photos accompagnées du rapport à Glinn grâce à la liaison satellite. Le yacht avait repris sa route sur une mer plus agitée qui le faisait tanguer. L'estomac de Gideon commençait déjà à lui manifester sa désapprobation.

Il posa une poêle sur les plaques électriques et se mit en devoir de préparer le petit-déjeuner. Malgré la hotte, des odeurs de bacon envahirent la cuisine en lui soulevant le cœur. Il cassa quelques œufs qu'il brouilla, ajouta du fromage et des échalotes, mit la table pour une personne, servit le tout dans une assiette et remonta dans le cockpit.

— Le petit-déjeuner est prêt.

— Bien. Prends les commandes du bateau.

— Moi ?

— Oui, toi. Sers-toi uniquement de la barre. Le joystick sert à manœuvrer dans le port. Garde le cap au 270 en utilisant la boussole électronique qui se trouve ici. Fais bien attention aux débris flottants. C'est le seul vrai danger dans ces parages. Les fonds sont trop profonds pour qu'il y ait des récifs, et la mer est déserte dans le coin. En approchant de la côte, tu remarqueras peut-être que l'eau change de couleur. De toute façon, je serai de retour avant.

Gideon s'empara de la barre avec inquiétude tandis qu'Amy descendait dans la cuisine. Le yacht volait confortablement sur l'eau. L'air frais qui pénétrait à travers les fenêtres ouvertes du poste de pilotage dissipa rapidement la nausée de Gideon. Le traceur de carte indiquait la position du bateau tout en affichant les informations du radar. Le sonar indiquait une profondeur de quelques centaines de mètres sous la quille.

Le yacht poursuivait sa route à une vitesse de vingt-cinq nœuds au cap 270, tout paraissait normal.

Amy le rejoignit peu après.

— Je reprends la barre, annonça-t-elle.

— Tu as déjà fini de manger ?

— On ne passe pas des heures à table sur un bateau. J'ai remarqué que tu n'avais rien avalé.

— Pas faim.

— Apporte-moi un autre expresso, et puis tu feras la vaisselle.

Gideon dissimula son agacement. Le mieux était encore de lui obéir en restant aimable.

Il était occupé à moudre du café dans la cuisine lorsqu'une voix tranchante s'échappa de l'interphone.

— Sur le pont, vite !

Il remonta précipitamment et trouva Amy, un doigt pointé vers l'ouest où se dessinait une ligne sombre.

— Il s'agit de la côte colombienne, lui expliqua-t-elle. Nous allons bientôt atteindre la péninsule de La Guajira. Je pensais la longer, comme les Grecs et les Irlandais avant nous, à la recherche de ce vomi du diable. Avant l'invention de la boussole, les marins naviguaient le plus possible en vue des côtes. J'imagine que ce fameux vomi doit se trouver là.

— On chasse le vomi, maintenant. Super. Amuse-toi bien. Sinon, quel est l'indice suivant, le numéro 8 ?

Amy fit apparaître le croquis à l'écran : une ligne horizontale grimpant brusquement en pente raide, et coupée par une ligne en arrondi. Un seul terme commentait l'ensemble : *aquilonem*.

— Que signifie ce mot ? demanda Gideon.

— « Nord ». Mais inutile de brûler les étapes.

Autour de la coque, l'eau avait pris une teinte d'un brun verdâtre. Gideon s'empara des jumelles et les porta à ses yeux. Il fit le point et distingua des plages brunes interminables au pied de dunes élevées.

— Un vrai désert, murmura-t-il.

— Il s'agit de l'une des côtes les moins hospitalières des Caraïbes. Le glissement constant des bancs de sable la rend particulièrement dangereuse.

— En parlant de danger, je distingue une très grosse épave, approuva Gideon, dont les jumelles s'étaient fixées sur la carcasse rouillée et déchiquetée de ce qui avait dû être un porte-conteneurs.

— D'après les cartes marines, il s'agit du *El Karina*. Ce ne sont pas les restes de bateaux qui manquent dans la région.

— Si je comprends bien, on ferait mieux d'être prudents.

— La *Turquesa* a un tirant d'eau très faible et une coque en Kevlar. Le danger est limité.

Gideon, sentant revenir en force son envie de vomir, ne fit aucun commentaire.

Ils avançaient parallèlement à la côte à vitesse réduite, l'image du septième indice bien en vue sur l'écran de l'ordinateur.

— À propos, déclara Gideon. En regardant la météo tout à l'heure, j'ai vu qu'un système de basse pression se développait à l'est des îles du Cap-Vert. Les prévisions à moyen terme évoquent la possibilité d'une tempête au niveau des Caraïbes.

— À cette époque de l'année, les dépressions sont nombreuses dans la région. La grande majorité des ouragans passent au nord, ils touchent rarement la côte colombienne.

— J'ai préféré t'en avertir… capitaine.

Amy approuva d'un hochement de tête.

— Essaie de repérer tout ce qui pourrait ressembler à un U inversé. Une grotte, un amas rocheux ou autre.

La côte, d'abord basse et monotone, se faisait plus escarpée à mesure qu'émergeaient des flots des promontoires volcaniques. Le vent de terre se renforça brusquement, apportant avec lui des nuages d'un sable orangé. Une forte odeur de poussière imprégnait l'air, dans une chaleur torride. Le yacht continuait de longer la rive à une vitesse de cinq nœuds, à moins de cinq cents mètres du bord.

— Il y a de sacrés creux, remarqua Gideon qui s'efforçait d'oublier sa nausée.

L'allure réduite ne faisait qu'amplifier les mouvements du bateau.

— C'est à cause du manque de profondeur, lui expliqua Amy.

— La côte est encore longue ?

— Il faut compter une centaine de kilomètres d'ici à Cabo de la Vela. Ensuite, elle repart vers le sud, mais je reste convaincue que le vomi du diable doit se trouver dans les environs.

Le vomi du diable... Si ce cirque ne cessait pas, Gideon risquait fort d'apporter sa propre contribution au folklore local.

Le yacht poursuivit son cabotage pendant plusieurs heures au milieu d'un paysage désolé. En approchant d'une anse qu'abritaient deux promontoires, ils virent un grand navire tout rouillé qui dansait sur son ancre. Gideon l'observa longuement à l'aide de ses jumelles.

— C'est curieux, j'aperçois toutes sortes d'équipements électroniques flambant neufs au niveau du mât, s'étonna-t-il.

— Probablement des trafiquants de drogue. Dommage, j'avais prévu de jeter l'ancre dans cette anse pour la nuit.

— On dirait qu'ils nous ont repérés, dit Gideon, les yeux rivés aux jumelles.

— Bien sûr qu'ils nous ont repérés. Espérons qu'ils auront d'autres chats à fouetter.

Le soleil couchant allumait des teintes rouge sang dans un ciel poussiéreux. Un fort vent d'est se mit à souffler et les eaux brunes se couvrirent de moutons.

— Le cap de la Punta Taroa se situe à moins de dix kilomètres, annonça Amy. D'après la carte, on trouvera une baie bien abritée juste derrière.

Gideon tourna ses jumelles dans la direction indiquée et distingua une énorme pyramide de roche volcanique battue par les vagues. Les dunes sablonneuses environnantes s'étalaient à l'abri d'une crête acérée. Il chercha des yeux un repère en forme de U inversé, en vain.

La carte n'avait pas menti. Au-delà du promontoire s'ouvrait une anse peu profonde, bordée d'une plage de sable orangé en forme de croissant. Des dunes sculptées par le vent dessinaient des formes étranges en arrière-plan.

— L'endroit est très exposé, remarqua Gideon en se souvenant que les trafiquants de drogue pullulaient dans la région.

— On ne trouvera rien de mieux ce soir. On éteindra toutes les lumières et on changera de quart toutes les quatre heures.

La jeune femme engagea lentement le yacht dans la baie en scrutant l'écran du sonar dans le ronronnement des deux moteurs diesel.

— J'ai trouvé l'endroit idéal, déclara-t-elle.

Elle montra à Gideon la façon de libérer l'ancre en laissant celle-ci filer par six mètres de fond dans un étroit repli situé à l'abri du promontoire rocheux. Le bateau pivota face au vent et Amy coupa les moteurs tandis que le soleil disparaissait derrière les dunes. Une lueur d'un orange terne baignait le paysage.

Dix minutes plus tard, alors que Gideon aérait la bouteille de malbec qu'il venait de déboucher en préparant un risotto au homard, il entendit la voix d'Amy par l'interphone.

— Gideon ? Apporte-moi le Colt 1911 qui est dans l'armoire et récupère un pistolet. Nous avons de la visite.

19

Respondeo ad quaestionem ipsa pergameni.

De son aire du Meatpacking District de Manhattan, face à la baie vitrée qui surplombait la coulée verte de la High Line, Eli Glinn observait distraitement les eaux sombres de l'Hudson où se reflétaient les lumières de Jersey City. Il était un peu plus de 3 heures du matin et l'énigme du parchemin l'empêchait de trouver le sommeil.

« La page elle-même répond à la question. »

Ipsa pergameni, la page elle-même...

Sans avoir jamais étudié le latin, Glinn avait passé des heures en compagnie de Brock à considérer toutes les possibilités offertes par cette phrase énigmatique. Son sens littéral, son sens caché, un message subliminal éventuel, jusqu'aux allitérations de chacun des mots, les deux hommes avaient tout envisagé avec l'opiniâtreté d'exégètes du Talmud. En vain. Glinn arrivait à saturation, pour avoir ressassé trop longuement la phrase.

La page elle-même...

Il décida de se changer les idées en se plongeant dans un recueil de poèmes de Wallace Stevens. Il ouvrit le volume au hasard et son œil s'arrêta sur un titre : « Absence d'idées sur la chose sinon la chose elle-même ». La chose elle-même, la page elle-même. La coïncidence était amusante.

Il lut le poème une première fois, puis une seconde, avant de reposer le livre.

Absence d'idées sur la chose, sinon la chose elle-même. La page elle-même répond à la question.

La solution lui apparut dans toute son évidence. Il ne s'agissait nullement d'une énigme, mais de la simple affirmation d'un fait. *Ipsa pergameni*. La page elle-même, au sens premier du terme. La réponse se trouvait donc dans le vélin.

La solution pouvait-elle être aussi simple ?

C'était logique. Le vélin de la page Khi Rhô était différent des autres parchemins du *Livre de Kells* : plus épais, plus précieux, plus blanc, plus pur. Le secret se dissimulait dans le vélin.

Glinn se sentit rougir de honte dans l'obscurité. La solution était si évidente qu'elle lui avait échappé.

Il actionna le levier de son fauteuil roulant et monta dans l'ascenseur afin de gagner le rez-de-chaussée. Le petit laboratoire consacré au projet Phorcys était désert. Glinn s'arrêta devant le coffre contenant la page Khi Rhô, entra le code et s'empara du document qu'il posa délicatement sur une plaque de verre. Puis, à l'aide d'un bistouri stérile, il préleva un minuscule carré d'un millimètre de côté sur un coin de la feuille. Il l'enferma dans un tube à essai en se servant d'une pince à épiler, boucha le tube, l'étiqueta et le reposa dans son rack.

Immobile, il contempla le grand carré de parchemin pendant une éternité.

— Je me demande… je me demande… de quel animal tu proviens, grommela-t-il entre ses dents.

20

Gideon glissa deux pistolets dans la ceinture de son pantalon, avec l'impression de jouer les pirates, avant de rejoindre le poste de pilotage. À la lueur du crépuscule, il aperçut à quelques centaines de mètres le navire rouillé entrevu un peu plus tôt. Le bâtiment s'approchait lentement, toutes lumières allumées.

Gideon tendit le Colt à Amy, qui le dissimula sous sa chemise au niveau des reins. La jeune femme prit le micro de la VHF et précisa d'une voix neutre aux occupants du bateau qu'elle était la commandante de la *Turquesa*, avant de les prier de s'identifier à leur tour.

— Capitaine Hank Cordray de l'*Horizonte*, répondit une voix masculine dans un américain parfait. Désolé de venir vous déranger, mais les yachts de croisière sont plutôt rares le long de ces côtes.

— Puis-je vous demander la raison de votre présence dans ces eaux ? s'enquit Amy.

— Bien sûr. Nous ne sommes pas des trafiquants de drogue, si c'était votre crainte.

Un petit rire s'échappa de la radio.

— Avec ma femme, Linda, nous réalisons un documentaire.

— Vraiment ? Quel genre de documentaire ?

— On observe les pélicans.

Amy marqua son étonnement par un court silence.

— Les pélicans ? On n'en a vu aucun.

— C'est normal. Ils vivent essentiellement dans un lagon au-delà du Cabo de la Vela. C'est là que nous nous rendons.

Gideon émit un ricanement. Drôles de trafiquants de dope ! Amy le fit taire d'un geste.

— Nous avions l'intention de jeter l'ancre dans cette anse, si ça ne vous dérange pas. C'est l'un des seuls points d'ancrage des environs, reprit Cordray.

— Pas d'objection, approuva Amy.

— Sans vouloir vous déranger, nous aimerions vous rendre une petite visite de courtoisie, à l'heure qui vous conviendra. Je vous le disais, le coin est plutôt sauvage et nous n'avons vu personne depuis plusieurs jours, en dehors des membres d'équipage.

— Vous êtes les bienvenus, répliqua Amy en consultant sa montre. Nous allions dîner. D'ici une heure ?

— Très bien.

Amy raccrocha son micro en lançant à Gideon un coup d'œil en coin. Le vieux bateau ralentissait en pivotant, prêt à jeter l'ancre. Un plouf suivi d'un grincement de chaîne confirma à Gideon que la manœuvre s'achevait.

— Des pélicans ! Et nous qui les prenions pour des trafiquants. Je ferais mieux de terminer les préparatifs du dîner s'ils sont là dans une heure. Tu veux que je range ton Colt ?

— Non merci. Tu ferais mieux de garder ton pistolet, à tout hasard.

Gideon posa sur elle un regard surpris. Un pli barrait le front de la jeune femme.

— Tu te méfies d'eux ?

— Je ne sais pas quoi penser. Je trouve ce bateau bien gros pour un couple de cinéastes.

— Il paraissait plutôt inoffensif.

Amy ne répondit rien.

— Pourquoi avoir accepté de les laisser monter à bord, si tu es inquiète ?

— C'est encore le meilleur moyen de savoir à qui nous avons affaire. Et puis refuser, en contravention avec toutes les lois de l'hospitalité marine, aurait pu leur laisser croire que les trafiquants, c'était nous. Avec le risque qu'ils contactent les gardes-côtes. Il faut savoir que les Colombiens ont l'habitude de tirer avant et de poser des questions après.

La jeune femme porta les jumelles à ses yeux et observa le bateau ancré à moins de deux cents mètres. Plusieurs silhouettes s'agitaient sur le pont. Amy resta longtemps silencieuse, puis baissa les jumelles en fronçant les sourcils.

— L'équipage n'a pas l'air commode.

— Combien sont-ils ?

— Quatre. Écoute-moi… avant de préparer le dîner, envoie un e-mail urgent à Garza. Demande-lui de se renseigner au sujet de l'*Horizonte*, basé à Maracaibo.

— Tout de suite.

Elle examina la carte. Par-dessus son épaule, Gideon découvrit le lagon auquel avait fait allusion le capitaine Cordray, une cinquantaine de kilomètres plus loin.

— Demande également à Garza s'il y a des colonies de pélicans dans la région de la baie Hondita, près de La Guajira en Colombie.

Gideon redescendit dans la cabine principale, envoya le courriel et termina de préparer le repas. Amy le rejoignit et ils avalèrent leur dîner, arrosé de San Pellegrino pour elle et de vin pour lui. Gideon n'avait jamais vu quiconque manger aussi vite, sans prendre le temps d'apprécier sa nourriture.

— Le risotto te plaît ?

— Très bon.

Son plat expédié, Amy se leva de table.

— Très bien, préparons-nous à accueillir nos invités. Tu as ton arme ?

Gideon tapota le Beretta coincé dans la ceinture de son pantalon.

Elle posa sur lui un regard méfiant.

— Avec ces vêtements tropicaux, on remarque tout de suite que tu es armé.

— C'est peut-être aussi bien.

— Peut-être.

Un léger tintement leur indiqua l'arrivée d'un courriel. Gideon se pencha sur l'écran pour lire la réponse de Garza : il n'avait rien découvert de particulier, sinon que l'*Horizonte* était un mauvais bateau de louage mouillant dans le port de Maracaibo, et que la baie Hondita était bien un refuge de pélicans.

Ils gagnèrent le poste de pilotage où Amy convia leurs hôtes à les rejoindre par le biais de la VHF. Quelques instants plus tard, l'équipage de l'*Horizonte* mettait à l'eau une vedette sous un ciel sans lune constellé d'étoiles. Un moteur toussa dans la nuit et la vedette se dirigea vers le yacht en laissant derrière elle un sillage phosphorescent. De la passerelle, Gideon vit un couple mettre le pied sur la plate-forme de nage arrière de la *Turquesa*. Cordray, petit et mou avec une barbichette et des lunettes à verres épais, avait tout d'un *geek*. Sa compagne, plus grande, avait les traits marqués de quelqu'un que la vie n'a pas épargné. Aux commandes de la vedette se trouvait un personnage qui aurait eu toute sa place sur un navire pirate d'antan. Torse nu, la poitrine musclée et couverte de tatouages, une longue queue-de-cheval brune qui lui pendait dans le dos, il avait un visage patibulaire couturé de cicatrices.

Gideon aida Linda Cordray à monter à bord, suivie par son mari, tandis que le pilote faisait demi-tour et repartait en direction de l'*Horizonte*.

— Venez prendre un verre, suggéra Amy en dirigeant ses invités vers le pont avant. Mark, apporte-nous du vin et des bougies.

Bien qu'agacé par le ton autoritaire de la jeune femme, surtout en présence d'étrangers, Gideon s'exécuta. Il servit le vin et tout le monde trinqua.

— Ce bateau est énorme pour le tournage d'un documentaire, remarqua Amy. Il fait au moins vingt-cinq mètres de long, non ?

— Seulement vingt, la corrigea Linda. Un vrai gouffre à fioul, mais on ne l'a pas loué très cher, et le personnel est compris dans le prix de la location.

Elle trempa les lèvres dans son verre.

— Et quel équipage ! Ils ont l'air de vrais forbans, mais ils sont doux comme des agneaux.

— Je l'espère pour vous, plaisanta Gideon.

Linda éclata de rire.

— En parlant de bateau, votre yacht n'est pas mal non plus, dit-elle en jetant autour d'elle un regard admiratif. Un Hinckley, vous ne vous refusez rien.

— On a voulu fêter dignement notre cinquième anniversaire de mariage, expliqua Gideon. On l'a loué à Aruba.

— Félicitations, approuva Linda avec un mouvement de tête qui fit voler ses cheveux blonds décolorés. Drôle d'endroit pour partir en croisière.

— On préférait éviter les sentiers battus, répondit Gideon en regardant le mari du coin de l'œil.

Depuis le début de la conversation, Cordray furetait du regard tous les recoins.

— Vous connaissez bien l'endroit ? poursuivit Gideon en se tournant vers Linda.

— Oui.

Voilà qui pouvait se révéler utile.

— Quels sont les lieux intéressants dans les parages ?

— Tout dépend de ce que vous entendez par là.

— Je ne sais pas. Des formations rocheuses spectaculaires, des grottes, par exemple.

Cordray tendit brusquement l'oreille.

— Il existe de nombreuses épaves dans le coin. Vous vous intéressez aux épaves ?

— Pas vraiment. On est plus volontiers attirés par les paysages rocheux ou les grottes.

Linda but une gorgée de vin avant de répondre et Gideon en profita pour l'observer. Elle avait de longs ongles laqués de rouge.

— Des grottes ? Pour quelle raison ?

— Je me suis toujours intéressé à la spéléologie.

— Vous pratiquez la plongée ?

— Pas vraiment.

— J'ai pourtant remarqué que vous aviez une tenue de plongeur.

Gideon balaya l'argument d'un haussement d'épaules.

— On trouve des grottes dans les falaises de Punta Gallinas, à une vingtaine de kilomètres d'ici, reprit Linda après un bref silence.

— Super. On ira y jeter un coup d'œil demain, la remercia Gideon.

Hank Cordray se leva brusquement.

— Pourriez-vous m'indiquer les toilettes ?

— Je vous montre le chemin, proposa Amy.

Ils s'enfoncèrent dans les profondeurs du yacht sous le regard de Linda.

— Pour un peu, je vous aurais pris pour des trafiquants de drogue, rit-elle.

Gideon s'obligea à sourire.

— Pourquoi dites-vous ça ?

Elle embrassa le mât d'un geste.

— Deux énormes radars, deux antennes GPS, une antenne à micro-ondes VHF et ELF, une parabole. Vous êtes équipés jusqu'au cou !

— On a pris le yacht tel qu'il était.

— Quelle est sa vitesse de croisière maximale ?

— D'après ce que j'ai cru comprendre, la *Turquesa* peut atteindre les trente-six nœuds.

— Vous plaisantez ? Je suis persuadée que vous pourriez pousser jusqu'à quarante-cinq nœuds par mer calme. Vous seriez capable de semer les patrouilleurs de la flotte colombienne !

Amy reprit sa place, imitée par Cordray.

— Vous ne vous refusez rien, remarqua ce dernier d'une voix douce en vidant nonchalamment son verre. Matériel électronique dernier cri, sonar latéral, on pourrait croire que vous avez décidé de fouiller les fonds marins.

— On a pris le yacht tel qu'il était, répliqua Amy.

Linda émit un rire rauque de fumeuse.

— C'est drôle, votre mari a utilisé la même expression. On a pris le yacht tel qu'il était.

Elle secoua la tête.

— Il est temps de rentrer, nous vous avons assez ennuyés, reprit-elle en sortant un talkie-walkie de sa poche. José ? *Listos*.

Quelques minutes plus tard, le couple de cinéastes prenait place sur la vedette et repartait en direction de l'*Horizonte* en agitant la main. Gideon les regarda remonter à bord en silence. Amy vida son verre de vin par-dessus le bastingage et fit signe à son compagnon de la rejoindre dans le poste de pilotage.

— Ils ont plus peur de nous que nous n'avons peur d'eux, décréta Gideon.

— Se rendre aux toilettes n'était qu'un prétexte, objecta Amy. Ce type avait les yeux partout.

— Ils auraient très bien pu rester ancrés dans la baie où nous les avons aperçus. Je me demande pourquoi ils ont voulu examiner le bateau de plus près.

Amy acquiesça.

— Tu crois que ce sont des trafiquants et qu'ils sont furieux de nous voir empiéter sur leur territoire ? suggéra Gideon.

La jeune femme fit non de la tête.

— Je ne sais pas ce qu'ils trafiquent, mais ce n'est rien de bon.

Gideon s'apprêtait à se verser un autre verre de vin lorsque Amy l'arrêta d'un geste.

— Je préfère que tu sois en possession de tous tes moyens. On se relaiera toute la nuit par quarts de deux heures.

— On pourrait aussi bien lever l'ancre et repartir. Nous n'aurions aucun mal à semer leur vieux bac à savon.

— Non. Qui sait comment ils réagiraient ? Ils seraient capables d'alerter les gardes-côtes colombiens, et nous n'avons vraiment pas besoin de ça.

21

Confortablement installé dans le poste de pilotage, Gideon, de quart depuis minuit, attendait qu'il fût 2 heures du matin pour aller réveiller Amy. Le vent s'était levé et soufflait en rafale depuis la terre, dessinant des moutons sur l'eau de la baie. Chaque nouvelle bourrasque apportait des nuages d'une poussière de sable salée qui picotait les yeux. Les étoiles s'étaient effacées dans un ciel chargé, totalement opaque.

À intervalles réguliers, Gideon portait les jumelles à ses yeux afin d'observer l'*Horizonte*, que deux cents mètres à peine séparaient du yacht. Tout semblait calme à bord. Le bateau était plongé dans le noir, sa vedette sagement arrimée à ses bossoirs.

Il se leva, monta sur le pont et contourna le poste de pilotage afin de faire le tour du bord. Faute d'avoir sommeil, il n'était pas mécontent de monter la garde plutôt que de se retourner en vain entre ses draps dans la moiteur de sa cabine.

Le vent se mit à souffler de plus belle en rafales et il plissa les paupières en détournant la tête de façon à éviter les assauts du sable. Il peinait à imaginer comment une bande de moines irlandais avait pu naviguer le long de cette côte inhospitalière à bord d'une coquille de noix. Un tel exploit défiait l'entendement.

Le vent se calma l'espace d'un instant et Gideon crut distinguer un petit bruit dans le silence retrouvé. Comme un bouillonnement de bulles d'air sur la gauche du bateau. À bâbord, donc. Il avança silencieusement en direction du clapotis, la crosse du Beretta serrée dans son poing. Tapi dans l'ombre, il tendit l'oreille. Un nouveau bouillonnement troua le silence.

Un plongeur.

Il sortit de sa poche une torche, se pencha lentement au-dessus du bastingage, pointa la torche en direction des bulles d'air qui trouaient l'eau d'une écume phosphorescente, et l'alluma.

Le faisceau lumineux perça l'eau translucide sans rien révéler d'anormal. À quelle profondeur pouvait se trouver le plongeur ? Était-il occupé à saboter la coque à l'aide d'explosifs ? Ou bien comptait-il monter à bord ? En tout cas, l'intrus se savait désormais repéré, à cause de la lumière.

Gideon se pencha afin de sonder une nouvelle fois les eaux troubles. L'espace d'un instant, il crut voir briller un éclat métallique.

Tirer dans l'eau n'aurait servi à rien. Le mieux était encore de réveiller Amy et d'éviter que l'ennemi ne monte à bord.

Il se hissa d'un bond sur le pont avant, sous lequel se trouvaient les deux cabines, et frappa le bois à deux reprises, conformément au signal convenu. L'instant d'après, il sautait sur le toit du poste de pilotage d'où il dominait l'ensemble du yacht. Sa torche éteinte afin de ne pas servir de cible, il se colla contre le mât et attendit.

Le vent qui sifflait dans les drisses l'empêchait d'entendre. Les yeux plissés, il chercha du regard un bouillonnement écumeux qui lui signalerait la présence de bulles d'air à la surface de l'eau. En vain.

Quelle expression avait utilisée Glinn, déjà ? Une promenade de santé. Tu parles, oui.

Où diable se trouvait Amy ? Sans doute n'avait-elle pas entendu le signal.

Un éclair phosphorescent brilla sur sa droite, suivi d'un autre sur sa gauche. Et s'il y avait deux plongeurs ? Son cœur se mit à battre plus fort. Un banc de poissons ? Non, impossible. Il avait clairement aperçu un éclair métallique un peu plus tôt. Cette histoire sentait le coup fourré.

— Amy ! Amy ! appela-t-il dans la nuit.

— *Ella esta aqui*, résonna une voix grave derrière lui.

Il se retourna d'un bloc et vit la jeune femme, en pyjama, sous la menace du pistolet que pressait contre sa tempe le pirate tatoué. Entièrement nu, sans même un caleçon de bain, une bonbonne de plongée dans le dos, il ressemblait à un poisson monstrueux dont les tatouages figuraient les écailles.

Une autre silhouette se dressa brusquement au niveau de la plate-forme de nage. Gideon reconnut Cordray.

— Pose ton arme si tu ne veux pas qu'on l'abatte, ordonna le capitaine de l'*Horizonte*.

22

Gideon ouvrit des yeux effarés. Comment le pirate avait-il pu mettre le pied à bord et s'emparer d'Amy alors qu'il montait la garde ?

Cordray, un sourire aux lèvres, écarta d'un geste la mèche mouillée qui lui barrait les yeux.

— Inutile de jouer les héros, vieux. Je compte jusqu'à trois. Un, deux…

Gideon leva les bras en l'air, son Beretta accroché au pouce par le pontet.

— C'est bien.

Une troisième silhouette émergea de l'eau et se hissa sur la plate-forme. Un autre monstre tatoué et musclé, à moustache et cheveux longs, aussi nu que son frère d'armes. Il se débarrassa de sa bonbonne et se rendit sur le pont avant, un harpon à requin de deux mètres de long à la main.

— Descends à présent, en veillant à bien montrer ton arme.

Gideon quitta son perchoir et longea le bastingage. Moustache le désarma et lui agrippa les poignets qu'il entrava dans son dos à l'aide de menottes en plastique, puis il le poussa sans ménagement à côté d'Amy.

Cordray s'approcha. Gideon remercia le ciel qu'il n'ait pas eu la mauvaise idée de se promener nu, lui aussi.

Malgré sa corpulence et sa petite taille, ses lunettes épaisses et son bouc détrempé, il était curieusement plus effrayant que les deux pirates en tenue d'Adam.

— Si tu me racontais un peu ce que vous fabriquez dans le coin ? demanda-t-il à Gideon.

Comme son prisonnier ne répondait pas, Cordray le gifla à la volée. Gideon s'entêta dans le silence, récoltant une seconde gifle.

— Très bien. On devinera tout seuls.

Il donna des instructions en espagnol à Pirate qui se planta à côté des prisonniers, un fusil à la main.

Cordray gagna le poste de pilotage dont il alluma les lumières. Gideon le vit ouvrir les placards, qu'il vida les uns après les autres après en avoir examiné le contenu. Il mit en route l'ordinateur de bord et proféra un juron en constatant qu'il était protégé par un mot de passe. Il repéra soudain le dossier du projet Phorcys posé sur une table et le feuilleta longuement.

Quelques instants plus tard, il regagnait le pont.

— Je le savais ! s'écria-t-il en brandissant le dossier.

Il fourra la carte de Phorcys sous le nez de Gideon.

— Putain, c'est encore mieux que ce que j'imaginais.

Derrière lui, Gideon entendit le ronronnement de la vedette qui s'approchait. L'esquif s'immobilisa le long de la plate-forme de nage et Linda Cordray sauta à bord.

— Regarde ! s'exclama Cordray sur un ton triomphal. J'en étais sûr ! Ce sont des chasseurs de trésor, comme nous. Et ils ont une putain de carte au trésor !

Linda s'empara du document et le déchiffra à la lueur du cockpit.

— Surprenant, jugea-t-elle.

Elle s'approcha de Gideon et l'observa longuement, avant de dévisager Amy.

— J'ai comme l'impression que vous allez pouvoir nous aider à interpréter cette carte.

Amy se mura dans le silence, tout comme Gideon, qui avait sur les lèvres un léger goût de sang. Les gifles de Cordray l'avaient à peine blessé. Le résultat aurait été tout autre si Pirate ou Moustache l'avaient frappé.

Linda s'approcha tout près de Gideon. Une odeur de cigarette rance envahit les narines du prisonnier.

— Tu t'appelles Mark, c'est bien ça ?

Pas de réponse.

— Laisse-moi t'expliquer un truc, Mark. Je ne sais pas si vous êtes vraiment mariés ou non, et je m'en fous. En revanche, je sais ceci : si tu ne me fournis pas les explications sur cette carte dont j'ai besoin, mon mari fera passer un sale quart d'heure à ta petite copine. Un très sale quart d'heure.

Au son de sa voix, on sentait qu'elle envisageait une telle éventualité avec délices.

— Ce n'est pas une carte au trésor. Il s'agit d'une vieille carte… d'une vieille carte irlandaise. Il n'y a pas de trésor à la clé…

— Tais-toi, lui ordonna Amy qui ouvrait la bouche pour la première fois.

— Mais…

Linda recula d'un pas.

— Hank, tu peux t'occuper de cette petite salope, s'il te plaît ?

Cordray s'avança.

— *Dame el arpón.*

Moustache lui tendit le harpon. Un instrument inquiétant, équipé à son extrémité d'une lame à double tranchant et d'un énorme crochet. Il le fourra sous le nez de Gideon en le tournant lentement entre ses doigts.

— On s'en sert pour tuer les requins. Les gros requins, expliqua-t-il d'une voix douce.

Il effleura la lame.

— Cette partie se nomme la flèche. Elle pénètre dans le corps des squales comme dans du beurre, mais le plus intéressant est encore la gaffe. Une vraie lame de rasoir. Il suffit de harponner la bête et de tirer. On peut aisément éventrer un grand requin blanc d'un seul coup de gaffe et le regarder bouffer ses propres entrailles.

Il ponctua son explication d'un sourire.

Gideon observa la femme de Cordray. Le teint animé, le souffle court, elle ne perdait pas une miette de la scène.

— C'est précisément le sort que je réserve à cette chère Amy, poursuivit Cordray. Je vais lui planter ma gaffe dans le ventre et tirer. À moins que tu ne préfères tout me raconter.

— Ne lui dis rien, réagit Amy.

Constatant que Gideon restait muet, Cordray arracha d'un geste la veste de pyjama d'Amy. Il détacha du harpon l'énorme crochet et l'approcha lentement du ventre de la jeune femme sous le regard brillant de Linda.

À peine la pointe acérée entra-t-elle en contact avec la peau que le sang se mit à couler.

Pas un muscle ne trembla sur le visage d'Amy.

— C'est bon, arrêtez, s'écria Gideon. Je vais tout vous dire.

— Tais-toi, lui ordonna sa compagne.

— Parle, insista Cordray.

— Cette carte indique l'emplacement d'un trésor. Un trésor énorme.

— Quel genre de trésor ? demanda Linda avec cupidité. Un trésor de pirates ?

— Non. Des galions de la flotte espagnole.

Gideon réfléchissait à toute vitesse. Il lui fallait rassembler les souvenirs qu'il avait réunis sur les trésors à l'époque où il cambriolait les musées et les sociétés historiques.

— Au début du XVIIe siècle, la flotte espagnole s'est fait surprendre par un ouragan le long de ces côtes. Les occupants des galions échoués ont été obligés de débarquer leur butin et de l'enterrer. Personne ne l'a jamais retrouvé depuis.

— À quoi correspond cette carte ?

— Elle indique l'emplacement des coffres.

La femme ouvrit des yeux étonnés.

— Pourquoi est-elle rédigée en latin ? Je ne comprends pas.

— La plupart des documents officiels espagnols de l'époque étaient rédigés en latin, improvisa Gideon.

— Où se trouve le trésor en question ?

— Il suffit de découvrir un point de repère bien précis pour localiser l'emplacement.

— Quel point de repère ?

Gideon hésita.

— Le vomi du diable.

— Quoi ?

— C'est le septième indice de la carte, sous lequel figure l'indication suivante : « Suivre le vomi du diable. » On ne sait pas exactement à quoi ça correspond, on sait juste que c'est là qu'est enterré le trésor. C'est pour cette raison que je vous posais toutes sortes de questions hier soir sur les curiosités géologiques de la région.

Cordray et sa femme, le regard brillant, buvaient littéralement ses paroles. Une telle découverte représentait la chance de leur vie. Gideon comprit que le seul moyen de sauver Amy consistait à gagner du temps.

Linda examina la carte d'une main tremblante.

— Le vomi du diable... c'est quoi, ce bordel ?

— Regardez le dessin, insista Gideon. Le point de repère ressemble à un U inversé, avec une sorte de poignée sur le côté. Vous n'avez rien remarqué de ce genre dans le coin ?

— Un U inversé ? Avec une poignée ? Oui, je vois..., haleta la femme, tout excitée.

— Le trésor est enterré là.

Elle écarquilla les yeux.

— Putain, je sais où ça se trouve !

— Où ? la pressa Cordray.

— Il s'agit de cette arche de pierre, le récif qui porte un drôle de nom : Cayo Jeyupsi. Il ressemble comme deux gouttes d'eau au dessin.

— Je ne vois pas le rapport avec le vomi du diable.

Elle fut prise d'une hésitation.

— Qu'est-ce que ça peut foutre ? Je te dis que c'est ce récif.

Cordray se pencha sur le dessin.

— Putain ! Tu as raison !

La femme se tourna vers Gideon.

— À quel endroit le trésor est-il enterré ? Dis-moi où !

— Parle, le poussa Cordray en tournant lentement la pointe acérée du crochet sur le ventre d'Amy, qui grimaça de douleur.

— Puisque je vous dis qu'on ne sait pas !

— Arrête de mentir. À quel endroit du récif est enterré le trésor ? À quel endroit ?

— Je viens de vous l'expliquer, on n'avait pas encore trouvé ce putain d'endroit. Je ne peux rien vous dire de plus.

— Oh que si ! Que dit la carte au sujet de l'emplacement exact ? Réponds-moi ou je l'éventre !

Cordray, survolté, hurlait presque.

— Je refuse de parler tant que tu n'auras pas éloigné ce crochet.

Cordray n'esquissa pas un geste.

— Il ne te croit pas, intervint Linda en se tournant vers son mari. Vas-y, il finira bien par parler si tu l'éventres.

— Avec plaisir, fit Cordray en enfonçant lentement le crochet dans la chair.

23

Le crochet s'enfonça de quelques millimètres dans le ventre d'Amy et le filet de sang se transforma en ruisseau.

— Je ne dirai pas un mot de plus si vous continuez, avertit Gideon.

— Tais-toi, répéta la jeune femme.

Le regard clair, les dents serrées, Gideon n'avait jamais vu personne affronter la mort avec autant de détermination.

— Vous ne trouverez jamais ce trésor, insista-t-il.

— Vas-y, grinça Linda à l'intention de son mari. Quand il verra les boyaux de sa chère et tendre se déverser sur le pont, je peux te jurer qu'il parlera.

À force de s'exciter réciproquement, les Cordray étaient capables de mettre leurs menaces à exécution. Le mieux était encore d'utiliser leur propre folie contre eux.

— La valeur du trésor se monte à plus d'un milliard de dollars, annonça Gideon. Vous n'en verrez jamais la couleur si vous touchez à un cheveu de sa tête.

Cordray se figea.

— Un milliard de dollars ? Sous quelle forme ?

— Cinq tonnes d'or en pièces et lingots. Des crucifix incrustés de pierres précieuses, des reliquaires, des pièces d'une valeur inestimable.

Les deux bourreaux d'Amy en restaient comme pétrifiés.

— Si vous tuez ma femme, vous pouvez dire adieu au trésor. Vous n'aurez plus qu'à me tuer à mon tour, je peux vous jurer que je ne parlerai jamais.

— Cinq tonnes ? Enterrées sur ce récif ?

— Retirez immédiatement ce crochet et promettez-moi de ne plus la brutaliser et je vous dis tout.

Après une hésitation, Cordray retira la pointe du crochet.

— On t'écoute.

— Je vous ai dit d'éloigner d'elle ce foutu crochet.

— Comment peut-on être sûrs que tu nous racontes la vérité ? insista Cordray.

Constatant qu'il était un peu moins atteint que sa femme, Gideon fut pris d'une inspiration.

— C'est bon, je vous ai menti. On a déjà trouvé le trésor.

Cordray et sa femme en demeurèrent bouche bée.

— Mark..., commença Amy en se tournant vers son compagnon.

— Une partie du trésor se trouve sur le yacht, poursuivit Gideon.

— Vous l'avez déterré ?

— Une petite partie seulement, il y en a bien trop. On comptait revenir avec un plus gros bateau. On a tout de même emporté ce qu'on pouvait. Voilà ce que je vous propose : vous nous laissez repartir et on vous le laisse. Prenez le yacht tant que vous y êtes, vous n'aurez qu'à nous déposer sur la côte.

— Où est le trésor ? s'écria Linda.

— Dans la cuisine. Caché derrière les provisions, dans le double fond des placards. Des lingots d'or, des caisses de doublons.

Il lança un coup d'œil à Amy qui l'observait d'un air interrogateur, puis il regarda longuement, de façon significative, le crochet dont la pointe acérée s'échappait du poing de Cordray.

— Putain, mais va donc vérifier ! s'exclama ce dernier à l'intention de sa femme.

Linda ne se le fit pas dire deux fois. Elle remonta le pont et descendit les marches conduisant à la cuisine. À travers le hublot, Gideon la vit monter sur la table et saccager les placards en les vidant de leur contenu.

Cordray ne perdait pas un des mouvements de sa femme.

— Tu as trouvé ? lui cria-t-il.

— Une minute, bordel ! s'énerva Linda en continuant d'envoyer voler les provisions à travers la pièce.

Les deux pirates, aussi impatients que Cordray, semblaient hypnotisés.

Du pont, Gideon vit Linda descendre de la table, s'emparer d'un couteau de cuisine, remonter sur son perchoir et s'acharner sur le fond du placard. Cordray n'avait d'yeux que pour elle, au point d'oublier le crochet qu'il tenait à la main, la pointe tournée vers son propre ventre.

C'est le moment ou jamais…

D'un bond, Gideon se jeta sur le bras de Cordray et le crochet s'enfonça profondément dans l'abdomen du chasseur de trésor.

Celui-ci tomba en arrière en laissant échapper un cri perçant. En voulant instinctivement se dégager, il se déchira les chairs plus profondément encore dans un épais jaillissement de sang. Amy profita de la confusion pour pivoter sur elle-même, glisser ses poignets sur la lame acérée dont l'extrémité dépassait, sectionner ses menottes en plastique et se ruer sur Cordray en empoignant le harpon.

Attirée par les cris, Linda sauta de la table et se rua sur le pont, l'arme au poing. Les deux pirates, pris de court, brandirent leurs armes sans oser tirer dans la mêlée.

— Pas un geste ou je retire le crochet, les avertit Amy d'une voix incroyablement calme. Lâchez vos armes, sinon je l'éventre.

— Non ! hurla Cordray. *¡Manuel, Paco, no se mueven!*

Les deux pirates se figèrent.

Imitant l'exemple d'Amy, Gideon se libéra de ses menottes et avança vers les pirates qui reculèrent, prêts à tirer.

— *¡Baja las armas!* leur ordonna Amy en faisant mine de retirer le crochet.

— *¡Baja!* répéta Cordray affolé. Toi aussi, Linda ! Mon Dieu, tout ce sang ! Tout ce sang !

Après une dernière hésitation, les deux pirates jetèrent leurs pistolets sur le pont où Gideon les ramassa. Il recula aussitôt en les tenant en respect.

— Toi aussi, ordonna-t-il à Linda, pétrifiée sur le seuil du poste de pilotage, affolée à la vue du harpon planté dans le ventre de son mari. Et vite, sinon Amy ne lui fera pas de quartier.

Elle s'exécuta sans un mot.

— Mon Dieu ! hurla Cordray. Je suis en train de me vider de mon sang !

Amy lâcha la poignée du harpon. Elle recula en attrapant au passage l'arme que lui tendait Gideon et la pointa en direction des pirates.

— *¡En el agua!*

Les deux pirates en tenue d'Adam, trop heureux de s'en tirer à si bon compte, sautèrent dans l'eau et s'éloignèrent à la nage en direction de l'*Horizonte*.

— Quant à vous, poursuivit Amy à l'intention de Linda, remontez dans la vedette avec votre mari et déguerpissez.

— Oui, oui, bredouilla Linda qui tremblait de tous ses membres.

À côté d'elle, Cordray se tenait le ventre à deux mains sans oser retirer le crochet. Elle voulut l'aider à se relever, mais il restait prostré par terre, secoué de sanglots.

— Tu as vu tout ce sang ? gémit-il. J'ai mal... Je t'en supplie, emmène-moi à l'hôpital...

— Dans la vedette, tout de suite ! aboya Amy en tirant un coup de feu en l'air.

Gideon prit Cordray par le bras, l'obligea à se relever et le conduisit jusqu'à la plate-forme de nage où l'attendait la vedette. Cordray poussait des hurlements désespérés, suivi par une Linda hébétée.

Gideon les menaça de son arme.

— Maintenant, foutez-moi le camp d'ici.

La femme lança le moteur de la vedette. À ses pieds, recroquevillé au fond du bateau, Cordray hoquetait de douleur. L'esquif s'éloigna dans l'obscurité en direction du vieux navire sur lequel les deux pirates venaient de remonter.

— Nous sommes à portée de leurs pistolets, déclara Amy. Dépêche-toi de couper le filin de l'ancre, il n'y a pas une minute à perdre.

Gideon obtempéra. Sur l'*Horizonte*, Pirate, Moustache et les deux autres membres d'équipage aidaient Cordray et sa femme à se hisser sur le pont. L'un des marins se précipita brusquement vers le pont avant. Il retira d'un coup sec une bâche dissimulant ce que Gideon croyait être un tas de caisses, dévoilant le canon d'une mitrailleuse.

24

— Et merde ! gronda Gideon entre ses dents.

Il s'empressa de scier la corde de l'ancre alors que les moteurs diesel du yacht se mettaient en route. La *Turquesa* bondit en laissant dans son sillage un bouillonnement d'écume, libérée de son entrave.

La mitrailleuse de l'*Horizonte* tonna dans la nuit et une traînée blanche se dessina derrière le yacht. La *Turquesa* gîta si brutalement que Gideon, projeté sur le bastingage, faillit tomber à l'eau tandis qu'une pluie de balles lui sifflait aux oreilles. Le yacht gîta dangereusement, obligeant Gideon à s'agripper de toutes ses forces au bastingage, les jambes dans le vide. Un geyser jaillit au niveau de la proue et plusieurs projectiles s'écrasèrent contre la coque, mais la *Turquesa* filait sur l'eau et le tir de la mitrailleuse se fit moins précis.

Le yacht quitta l'abri de la baie au niveau de la pointe rocheuse et se trouva brusquement pris dans une mer agitée. Amy se vit alors contrainte de ralentir l'allure afin de stabiliser le bateau qui dansait sur les vagues. Gideon en profita pour remonter sur le pont et rejoindre le poste de pilotage.

— Vacherie ! s'écria Amy, les yeux rivés sur l'écran du radar. Ils nous prennent en chasse.

Gideon se jeta sur les jumelles et regarda en arrière. L'*Horizonte*, toutes lumières allumées, filait à vive allure dans leur sillage.

Amy coupa d'un geste toutes les lumières du yacht. Quelques instants plus tard, l'*Horizonte* imitait son exemple.

— Nous sommes plus rapides qu'eux, déclara Gideon.

— Rien n'est moins sûr, répliqua Amy qui ne quittait pas le radar des yeux.

— Avec ce pachyderme ?

— Le pachyderme en question file à plus de trente nœuds, et il accélère encore. Il est probablement doté de très gros moteurs. Sans parler de son poids, qui lui permet d'affronter la tempête beaucoup mieux que nous.

En dépit de l'obscurité, Gideon distingua une flaque de sang aux pieds de la jeune femme.

— Amy, tu es blessée. Ce crochet...

— Rien de grave. La lame n'a pas percé le péritoine.

— Il faut arrêter l'hémorragie tout de suite. Pas question d'attendre.

— Il faudra bien. Avec la tempête qui fait rage, ils vont encore gagner sur nous.

— Je prends la barre pendant que tu te soignes.

— Non.

— J'insiste...

— Tu obéis à mes ordres.

La jeune femme n'avait pas élevé la voix, mais son ton indiqua à Gideon que toute discussion était inutile.

— Dans ce cas, autant soigner la plaie ici.

Amy ne répondit rien. Gideon descendit à l'étage inférieur en s'accrochant comme il le pouvait afin d'échapper aux secousses du yacht. À tâtons, il rapporta la trousse de secours et du désinfectant dans un flacon. La jeune femme se laissa faire en le voyant écarter sa veste de pyjama, lui éponger le ventre et l'examiner. Le crochet avait déchiré la peau sur plusieurs centimètres. Il nettoya la plaie avec de la Bétadine, la tartina de pommade antibiotique, la referma avec du sparadrap et appliqua un pansement.

La *Turquesa* dansait sur la mer dans une obscurité que seule trouait l'écume des moutons. Sur l'écran du radar, l'*Horizonte* dessinait une tache verte à un demi-mille marin.

— Ils gagnent sur nous, remarqua Amy.

— Quelle est la portée d'une mitrailleuse de 50 ?

— Deux mille mètres.

Il posa les yeux sur l'écran.

— Ils sont à moins de mille mètres.

— Avec une mer pareille, les bateaux tanguent trop pour que leur tir soit efficace, estima Amy.

— Ils tireront au jugé dans l'espoir de nous toucher. S'ils nous atteignent, leurs balles n'auront aucun mal à traverser notre coque en Kevlar.

Une rafale au loin confirma les inquiétudes de Gideon. Des geysers d'écume s'élevèrent à cinquante mètres à bâbord, suivis d'autres, à tribord cette fois.

Le yacht poursuivait sa course dans le grondement de ses moteurs en tressautant au milieu des vagues. Dans la cambuse, les vivres s'éparpillaient dans tous les sens.

Amy changea de cap.

— Nous n'arriverons jamais à les semer. Je te laisse le soin de trouver un plan B.

— Un plan B ?

— J'ai déjà assez de mal comme ça à tenir ce bateau.

Gideon passa en revue une myriade de possibilités, les rejetant l'une après l'autre. Une nouvelle salve s'éleva dans leur sillage.

— Gideon !

— C'est bon, c'est bon. J'ai une idée. Nous n'avons qu'à lancer notre dinghy après avoir allumé ses feux, pour qu'ils se lancent à sa poursuite.

Amy leva les yeux au ciel.

— Mais enfin, ils ont un radar ! Ils verront tout de suite la différence entre le dinghy et le yacht.

Gideon se mura dans le silence.

— Non, attends ! s'exclama Amy. Ton plan peut fonctionner.

— Comment ?

— En se servant des réflecteurs radar qui se trouvent dans le coffre arrière.

— Les réflecteurs radar ?

— Des accessoires en métal qu'on accroche au mât en cas de brouillard, de façon à rester visible sur les écrans radar des cargos.

— Le signal radar du dinghy sera aussi gros que celui de la *Turquesa* ?

— Oui, à condition que tu fixes les réflecteurs le plus haut possible.

— Compris.

Gideon s'éclipsa du poste de pilotage en s'accrochant du mieux qu'il le pouvait. Au rugissement des moteurs s'ajoutaient les coups sourds des vagues sur la coque et le vacarme du vent. Il ouvrit le coffre arrière et découvrit, au milieu d'un amas de cordages et de matériel de navigation, deux sphères métalliques munies de câbles. Il les sortait de leur abri lorsqu'une pluie de balles s'enfonça dans l'eau à l'avant du yacht.

Le dinghy de la *Turquesa,* un Zodiac de trois mètres, se balançait violemment sur ses bossoirs de poupe. Faute de mât, rien ne permettait à Gideon d'accrocher les réflecteurs en hauteur.

Une idée lui traversa l'esprit en remarquant la présence d'anneaux sur les deux boudins latéraux du dinghy.

Des fixations pour la pêche au gros...

Gideon se rua dans la cuisine du bord en enjambant les vivres qui jonchaient le sol, ouvrit à la volée les placards contenant les accessoires de pêche et monta à la hâte les deux plus grosses cannes, à l'extrémité desquelles il ficela les réflecteurs. De retour sur le pont, il se hissa dans le Zodiac qui gîtait dangereusement, fixa les cannes dans leurs anneaux en les immobilisant à l'aide de ruban adhésif. Il accrocha une lampe tempête à l'avant, une autre à l'arrière. Pris d'une idée, il sortit de son caisson le jerrycan de secours, puis s'extirpa péniblement du Zodiac.

La mitrailleuse retentit dans le lointain.

Le plus dur restait à accomplir : mettre le Zodiac à l'eau alors que le yacht filait à plus de trente-cinq nœuds sur une mer déchaînée.

Il dénicha dans le coffre arrière une corde de remorquage qu'il fixa à l'anneau de proue du dinghy d'un côté, de l'autre à l'un des taquets arrière de la *Turquesa*. Avec la plus grande prudence, de façon à ne pas risquer d'être projeté à la mer par les mouvements du yacht, il se pencha pour allumer les lampes tempête et descendit le dinghy de ses bossoirs. Au contact de l'eau, le Zodiac s'arracha de ses attaches. Il se serait renversé si Gideon n'avait pas donné du mou à la corde de remorquage au dernier moment.

Le dinghy, stabilisé, surfait à présent sur le sillage du yacht. Gideon lâcha progressivement la corde jusqu'à ce que le Zodiac se stabilise, puis il laissa filer la corde et regagna le poste de pilotage.

— Tout est prêt, annonça-t-il à Amy.

— Je changerai de cap dès que tu lâcheras le dinghy.

— L'idéal serait de s'éloigner dans la direction la plus inattendue.

— Fais-moi confiance.

Une nouvelle rafale de mitrailleuse troua la nuit. Plusieurs projectiles traversèrent les parois du poste de pilotage au milieu d'une pluie d'échardes de fibre de verre.

— Saloperie !

Sans l'ombre d'une hésitation, Gideon se rua à l'arrière du yacht et cisailla la corde.

— C'est bon ! hurla-t-il dans la tempête.

Le Zodiac ralentit sur son erre avant de laisser dans la nuit un minuscule point lumineux. De nouvelles rafales crépitèrent, sans que la *Turquesa* dévie de sa trajectoire.

— J'ai dit que c'était bon ! répéta Gideon en regagnant à la hâte le poste de pilotage. Vite, change de cap !

Elle secoua la tête.

— Le plus inattendu est précisément de ne pas changer de cap.

Elle avait raison.

— Ils ne tarderont pas à s'apercevoir que nous les avons dupés, réagit Gideon.

— Le tout est que notre ruse fonctionne suffisamment longtemps pour qu'on soit hors de portée de leur radar. Avec cette houle, les vagues brouillent la réception, d'autant que ce yacht est bas sur l'eau. Trois mille mètres d'avance devraient nous suffire.

Gideon se pencha sur l'écran où s'affichait, immobile, le point vert du Zodiac. La tache figurant l'*Horizonte* s'en approcha, et ralentit en pivotant sur elle-même.

Plusieurs rafales de mitrailleuse se firent entendre. Loin derrière le yacht, Gideon vit une colonne de flammes jaillir dans la nuit. Le Zodiac était en feu. Une boule incandescente partit à l'assaut du ciel, signalant l'explosion du réservoir, suivie d'un grondement sourd. De nouvelles rafales, une seconde boule de feu. Le réservoir de secours venait de sauter à son tour.

Chaque seconde écoulée les éloignait de l'*Horizonte*.

— Ils ont découvert notre ruse, s'écria Amy. Ils reprennent la chasse !

Sur l'écran, le point de l'*Horizonte* prenait de la vitesse. Le Zodiac, coulé, avait disparu du radar. Seul achevait de se consumer sur l'eau le reste de son carburant.

— Tu devrais changer de cap, conseilla Gideon à la jeune femme. Pas beaucoup, dans les vingt degrés, histoire de vérifier s'ils continuent de nous voir ou non.

— D'accord, acquiesça-t-elle après un instant d'hésitation.

Au lieu de modifier sa course, le point vert de l'*Horizonte* avança tout droit avant de s'éloigner dans une direction différente, au hasard.

Tout semblait indiquer qu'ils étaient sur le point de semer leurs poursuivants.

Quelques secondes plus tard, l'*Horizonte* s'effaçait définitivement de l'écran radar de la *Turquesa*.

— Tu auras remarqué comme moi que la femme a préféré nous prendre en chasse plutôt que de s'occuper de son mari. À l'heure qu'il est, je ne serais pas surpris qu'il se soit vidé de son sang.

Amy secoua la tête.

— Ce n'est pas la première fois que je croise la route de chasseurs de trésor. Ce sont tous des cinglés dangereux. Je peux te dire que nous n'en avons pas fini avec elle.

— Comment le sais-tu ?

— Tu peux être certain qu'elle nous attendra à Cayo Jeyupsi. La mort de son mari ne risque pas de l'avoir amadouée.

25

Brock poussa la porte du laboratoire qu'il occupait dans les locaux d'EES. Il était à peine 7 heures et ces convocations matinales commençaient sérieusement à lui hérisser le poil. Glinn semblait persuadé que tous ses employés devaient partager ses insomnies.

Le médiéviste trouva Garza et deux chercheurs penchés au-dessus d'une machine de grande taille, reliée à un écran plat sur lequel s'affichaient des bandes numériques curieusement striées. Glinn, à moitié dissimulé dans l'ombre, observait la manœuvre de son fauteuil roulant.

— Merci d'être venu, professeur Brock, l'accueillit le mutilé.

Brock, connaissant le flegme habituel de son patron, s'étonna de lui découvrir une mine anormalement animée.

— Asseyez-vous, je vous en prie, l'invita Glinn. Du café ?

— Volontiers. Noir, sans sucre.

Brock prit place à la petite table. Garza et les deux chercheurs firent pivoter leurs fauteuils dans sa direction afin de participer à la réunion.

— Alors ? demanda Brock. Avez-vous pu déterminer l'origine animale de ce parchemin ?

— Le problème est complexe, lui répondit Garza. Pour en avoir la certitude, il faudrait procéder à des tests ADN, mais nous souhaitons tout d'abord vous poser quelques questions relatives à la fabrication du vélin. Nous avons cru comprendre que les peaux de trois animaux différents permettaient la confection du vélin : le mouton, le veau et la chèvre. Utilisait-on parfois d'autres peaux ?

— Eh bien, commença Brock qui ne détestait pas étaler son savoir, de nombreux manuscrits arabes et persans ont été rédigés sur des peaux de chameau.

— Intéressant. D'autres animaux ?

— Dans de très rares cas, on se servait de peau de porc, de chevreuil, de cheval ou d'âne. Il arrivait aussi parfois que l'on fasse usage de peau de chat pour réparer certains parchemins.

— Rien d'autre ?

— Pas à ma connaissance.

Un court silence accueillit le verdict du médiéviste.

— Quoi qu'il en soit, ajouta Brock sur un ton méprisant en se tournant vers Glinn, j'ai bien peur que votre idée ne nous conduise dans une impasse. Je vois mal en quoi le vélin pourrait nous apporter la réponse que nous cherchons.

— Réfléchissez à l'indication portée sur le parchemin, professeur. *Respondeo ad quaestionem, ipsa pergameni*. « La page elle-même répond à la question. » Vous nous avez également expliqué que le mot *pergameni* signifiait aussi « parchemin » ou « vélin ».

Glinn battit des paupières.

— À la lumière de ces indications, que nous dit la phrase ? « Le parchemin lui-même répond à la question. » Il nous fournirait donc la clé de l'énigme.

— Nous avons soumis l'hypothèse d'Eli à nos programmes d'analyse linguistique, enchaîna Garza. Ils font apparaître une probabilité supérieure à quatre-vingt-dix pour cent.

L'idée même qu'un logiciel puisse traduire une phrase rédigée en latin du Moyen Âge semblait parfaitement absurde à Brock, mais il préféra taire ses réserves.

— Comment le parchemin serait-il susceptible de nous éclairer ? demanda-t-il.

— Pour le savoir, il nous faut découvrir l'origine de la peau utilisée, répliqua Glinn en se tournant vers les chercheurs. L'étape suivante, messieurs ?

Weaver, spécialiste de l'ADN chez EES, prit la parole.

— L'unique façon de le savoir est d'analyser l'ADN de l'animal dont la peau a été utilisée ici. Il nous faudrait des éléments génétiques intacts, prélevés sur un follicule pileux. Malheureusement, ce parchemin a été soigneusement gratté et lavé lors de sa préparation.

Brock poussa un soupir.

— Si vous cherchez un poil, puis-je m'autoriser une suggestion ?

— Bien sûr, l'encouragea Garza.

— Je ne vous apprendrai rien en vous disant que le vélin possède deux faces. L'une attachée à la chair de l'animal, l'autre couverte de poils. Cette dernière, à la fois plus sombre et rugueuse, conserve parfois des résidus de follicules pileux. Les follicules eux-mêmes ont été détruits lors de la préparation du support, mais vous devriez vous intéresser à la partie du parchemin destinée à la reliure. Les marges des peaux sont généralement moins bien nettoyées que le reste de la page, de façon à bénéficier d'une meilleure épaisseur à cet endroit. Il y subsiste parfois des follicules pileux intacts.

— Formidable, s'enthousiasma Glinn. Je vous remercie, professeur. Vous méritez pleinement vos émoluments.

Brock rougit malgré lui à l'énoncé du compliment.

26

Une aube sale se leva sur la côte colombienne. Le vent soufflait en rafales et d'épais bancs de nuages noirs filaient dans un ciel bas. Gideon et Amy avaient trouvé refuge dans la baie Hondita, un lagon peu profond parsemé de plusieurs dizaines d'îlots, d'anses et de mangroves. Une cachette idéale. Grâce au système de propulsion à jet, leur tirant d'eau était inférieur à un mètre. Ils s'étaient enfoncés à l'intérieur d'une mangrove où ils ne couraient pas le risque d'être rattrapés par l'*Horizonte*, trop gros pour les suivre.

Gideon passa la matinée à nettoyer la cambuse dévastée et à laver le sang qui maculait le pont. Amy en profita pour examiner le moteur et les appareils de navigation afin d'évaluer les dégâts provoqués par la mitrailleuse.

Ils se retrouvèrent dans la cuisine, autour d'un expresso, une heure avant leur rendez-vous quotidien avec EES. Amy affichait une mine sombre.

— Ta blessure ? s'enquit Gideon.

— Tout va bien. En revanche, nous avons subi de sérieux dégâts. Une balle de calibre .50 a explosé dans l'espace moteur.

— Pourtant le yacht paraît fonctionner normalement.

— Pour l'instant. Les éclats ont abîmé les tuyaux de carburant et d'huile, que je vais devoir réparer ou remplacer. La batterie a également été touchée, sans provoquer de fuite. Un circuit imprimé est HS. J'en ai pour la journée. Nous appareillerons pour Cayo Jeyupsi ce soir.

— Tu es sûre que le bateau tiendra ?

— Ce sont surtout les ricochets des éclats de balle qui m'inquiètent. Impossible de savoir quelles parties du moteur ont été atteintes. Jusqu'à la panne.

— Et ailleurs ?

— Les autres balles ont essentiellement traversé le poste de pilotage. L'une d'elles a troué la coque au-dessus de la ligne de flottaison. La rustine que j'ai posée tiendra temporairement.

— On peut dire adieu à la caution.

La remarque fit naître un sourire las sur le visage d'Amy.

— C'est le problème de Glinn, pas le nôtre.

— À propos de Glinn, on est censés l'appeler dans une demi-heure. Autant se mettre d'accord sur la façon de lui présenter la situation. Je dois également raconter nos mésaventures dans le journal de bord électronique.

Amy sembla hésiter.

— Inutile de... de l'inquiéter.

— Que proposes-tu ?

— Je ne veux pas qu'il nous demande d'abandonner la mission. Il est trop tard pour renoncer.

— OK.

— Je ne dis pas non plus qu'il faut lui mentir. Évitons simplement de donner un tour dramatique à la situation. Nous avons fait une mauvaise rencontre. Simple incident de parcours.

— Tu parles d'un incident de parcours ! Il y a eu mort d'homme, Amy.

— Nous n'en savons rien, riposta-t-elle en posant sur lui un regard brillant. Tu as envie d'abandonner ?

Gideon hésita à son tour.

— Non.

— Dans ce cas, rédige ton rapport en conséquence, et réfléchis à la façon dont tu présenteras les événements de la nuit lors de la transmission vidéo.

— C'est un ordre, capitaine ?

Un long silence accueillit la question.

— Non, ce n'est pas un ordre. Je sais que nous sommes tous les deux sur la même longueur d'onde.

Gideon acquiesça, conscient qu'elle avait raison.

⁂

La communication avec Glinn fut brève. Gideon se contenta d'évoquer une mauvaise rencontre avec des chasseurs de trésor et précisa que tout allait bien. À tout prendre, cet épisode s'était même révélé positif puisqu'il avait permis de déterminer la position du vomi du diable. Glinn écouta le rapport de Gideon, posa peu de questions, ne donna aucun conseil et mit rapidement un terme à la communication.

Amy passa le reste de la journée dans la cale du yacht à procéder aux réparations nécessaires. Le soleil se couchait lorsqu'elle réapparut, couverte de traînées d'huile. Elle prit une douche et s'installa devant l'ordinateur. Autour du bateau, la mangrove frissonnait sous l'effet d'un vent de plus en plus violent. La dépression annoncée au niveau de l'archipel du Cap-Vert s'était transformée en tempête tropicale et se dirigeait à présent vers les îles du Vent, en direction d'Haïti. La côte colombienne avait beau se trouver très au sud, elle se trouverait affectée par ce système dépressionnaire de grande envergure.

Cette perspective n'était pas pour déplaire à Amy.

— Plus la météo sera mauvaise, moins l'*Horizonte* aura de chances de nous surprendre au niveau de Cayo Jeyupsi.

— De toute façon, ça m'étonnerait qu'ils s'y trouvent.

— Tu peux en être certain, au contraire. Le mot « obsessionnel » a été inventé pour les chasseurs de trésor.

— Comment se fait-il que tu connaisses aussi bien ce milieu ?

— Tu connais la règle, je ne réponds jamais aux questions d'ordre personnel.

Sur cette fin de non-recevoir, Amy se pencha à nouveau sur son clavier pendant que Gideon préparait un dîner fin – magrets de canard marinés, riz sauvage et salade de chèvre chaud – tout en surveillant sa compagne du coin de l'œil. Elle comparait le parchemin de Phorcys à d'autres cartes anciennes tout en consultant des textes rédigés en grec ancien.

— Que fais-tu ?

— Je vérifie de simples hypothèses.

— Le dîner est prêt.

Elle abandonna son écran et s'installa à table. Gideon déposa cérémonieusement les plats devant elle, puis se versa du vin avant de lui servir le verre d'eau, sans glace, qu'elle avait demandé.

Elle déplia sa serviette et se rua sur la nourriture, comme à son habitude.

— Holà ! l'arrêta-t-il d'un geste. Nous avons toute la soirée devant nous. Serait-il possible de manger de façon civilisée ? Je me suis donné du mal, tu ferais mieux de prendre ton temps et d'apprécier ce repas.

— Je ne t'inflige pas de conseils, alors fiche-moi la paix, répliqua-t-elle en enfournant un énorme morceau de magret qu'elle mastiqua bruyamment, les joues aussi gonflées que celles d'un hamster.

Gideon prit un air navré.

— Tes parents ne t'ont donc jamais enseigné les bonnes manières ?

Elle lui répondit par un silence glacial.

Décidément, sa vie privée relève du sacré, pensa Gideon.

Amy repoussa son assiette vide et se leva.

— On appareille pour Jeyupsi à minuit, annonça-t-elle. Le récif se trouve à trente milles marins. Je doute qu'on puisse dépasser les douze nœuds à cause de la tempête, on devrait arriver sur place vers 2 h 30 du matin. Nous commencerons par tourner autour de la baie à portée limite du radar, histoire de savoir s'ils nous guettent. Leur bateau est beaucoup plus gros que le nôtre, on les repérera avant qu'ils ne nous voient. Si tout paraît calme, on va jusqu'au récif et on essaie de comprendre ce que signifie la phrase « Suivre le vomi du diable ». D'accord ?

— D'accord.

— Tu devrais aller dormir un peu. Je m'occupe de la vaisselle.

— Aucune objection.

Il s'apprêtait à quitter la pièce lorsqu'elle posa une main sur son bras.

— Gideon.

— Oui ?

— Tu t'es très bien débrouillé la nuit dernière avec ces chasseurs de trésor. Tu leur as fait perdre la tête en leur parlant de ce milliard de dollars en or. Tu nous as sauvé la vie.

— Je suis un as du baratin et de la manipulation. Cela dit, tu n'es pas non plus restée les bras croisés.

— L'idée d'utiliser le Zodiac nous a permis de leur échapper.

— Grâce à tes réflecteurs radar.

Un silence gêné s'installa entre eux. Gideon, sachant à quel point Amy était avare de compliments, se contenta de sourire.

— Merci.

Elle hocha la tête sans un mot.

Au moment de quitter la pièce, il vit du coin de l'œil qu'elle reprenait l'étude de la carte et des textes en grec ancien.

27

Weaver, le spécialiste de l'ADN à EES, étudia longuement la lamelle posée sur la platine du microscope, l'œil rivé à l'oculaire. Deux de ses assistants s'étaient postés à ses côtés, prêts à intervenir en cas de besoin. Garza, qui observait attentivement la manœuvre, avait le sentiment d'assister à une opération chirurgicale.

Glinn s'était éclipsé silencieusement après avoir mis fin à sa conversation avec Gideon, sans préciser où il se rendait ni quand il comptait revenir. Le caractère naturellement secret de Glinn semblait s'accentuer avec le temps. Jusque-là, il avait toujours tenu Garza informé de ses projets. Après tout, ce dernier était son bras droit chez EES, mais il avait l'impression croissante de se trouver réduit au rang de garçon de course.

— Parfait, murmura Weaver, l'œil collé au microscope. Je suis positionné sur le bord du parchemin ayant servi à la reliure, il semble rester quelques follicules intacts.

Les tests réalisés sur le parchemin avançaient à une vitesse d'escargot. La préparation de cette étape avait pris le plus clair de la journée. Weaver poursuivit ses observations dans un silence religieux alors que s'égrenaient les minutes. Garza renonça à l'envie de consulter sa montre une fois de plus.

— Celui-ci m'a l'air très bien, reprit Weaver. Ceux-ci, à la vérité, car ils sont deux. J'ai besoin d'une sonde, d'un forceps stérile n° 3 et d'une barrette de tubes PCR.

Les deux assistants avancèrent avec le matériel exigé et Garza vit Weaver extraire du parchemin, avec la plus grande délicatesse, un premier poil microscopique, puis un autre.

— Ces deux follicules sont intacts, confirma le chercheur en se redressant.

— Quand pourrez-vous nous fournir des résultats précis ? lui demanda Garza.

— Nous devrons procéder à une opération de microchirurgie en milieu stérile afin d'accéder à l'intérieur de ces follicules. Il faut éviter à tout prix de contaminer l'ADN. Nous réaliserons ensuite une réaction en chaîne par polymérase avant de passer au séquençage. Autant d'opérations longues et fastidieuses. Tout dépend de l'état de contamination des échantillons...

Il n'acheva pas sa pensée, visiblement hésitant.

— Qu'y a-t-il ? s'inquiéta Garza.

— Je n'ai rien voulu dire auparavant, se lança Weaver, mais à l'examen de ces follicules pileux et de la disposition des pores sur la peau, il n'y a plus guère de doute.

— À quel sujet ?

— Au sujet de... euh, de l'animal ayant servi à fabriquer ce vélin.

— Je vous écoute, l'aiguillonna Garza, surpris de tant de précautions oratoires.

Weaver se passa la langue sur les lèvres.

— Il s'agit de peau humaine.

Un silence pesant s'abattit sur le laboratoire.

— Vous plaisantez, réagit Brock en reposant le stylo qu'il tenait à la main.

Weaver ne répondit rien.

— Je suis désolé, mais vous devez vous tromper, insista Brock. Il n'existe aucun exemple de parchemin réalisé à partir de peau humaine.

Garza se tourna vers le médiéviste.

— Vous en êtes sûr ?

— Tout à fait. L'idée même d'écorcher un être humain et d'utiliser sa peau en guise de vélin était impensable pour les moines de l'époque. Aucun chrétien n'aurait agi de la sorte, même s'agissant d'un ennemi païen. Il faudra attendre le XXe siècle pour assister à des comportements aussi barbares.

— Qu'en est-il des pillards vikings ? suggéra Garza. Ou bien d'autres tribus païennes du haut Moyen Âge ? Ils ont très bien pu fabriquer leurs parchemins en utilisant de la peau de moines chrétiens.

L'adjoint de Glinn adressa à Brock un sourire narquois.

— En aucun cas ! Les Vikings ne lisaient pas de livres, ils les brûlaient ! D'ailleurs, la profanation du corps humain après la mort ne relevait nullement de la culture viking, ou païenne. Ils étaient capables de violer votre femme et de vous brûler vif chez vous, mais jamais ils n'auraient mutilé un cadavre. Si vous voulez connaître mon opinion, messieurs, vous vous trompez lourdement.

Weaver se pencha sur les petits tubes de plastique contenant les deux follicules.

— Vous pouvez me dire ce que vous voulez, je reste convaincu qu'il s'agit de peau humaine.

— Le mieux est encore de procéder aux tests ADN le plus rapidement possible, conclut Garza.

28

Amy réveilla Gideon à 23 h 30. Le vent continuait de souffler et la météo signalait une dégradation de la situation. En parfait second, il leva l'ancre, ordonna les cartes dans le poste de pilotage et s'assura que les appareils électroniques du bord fonctionnaient normalement, satisfait de constater qu'il avait rapidement pris le pli.

Il était minuit lorsque la *Turquesa* quitta la mangrove et s'engagea dans les eaux agitées de la baie. Des nuages d'un sable qui piquait les yeux traversaient un ciel sans lune ni étoiles. Il fallut au yacht une demi-heure pour atteindre le chenal menant à la pleine mer.

Le bateau tanguait sur des creux terrifiants, sa coque battue par des vagues de plusieurs mètres hérissées d'écume.

— Le temps idéal, remarqua Amy, une main agrippée à la barre, en réglant le radar de l'autre.

— Idéal ? Tu plaisantes, j'espère ? s'étonna Gideon qui commençait à ressentir les premiers effets de la nausée.

Lors de leur course-poursuite avec l'*Horizonte*, il avait été trop occupé, et trop effrayé, pour souffrir du mal de mer. Ce n'était plus le cas et il savait déjà que la nuit serait pénible.

— L'écran radar est presque entièrement vert à cause de la houle. Il faut dire que les vagues sont quasiment aussi hautes que le bateau. Jamais ils n'arriveront à nous repérer sur leur radar.

— Si tu le dis.

Le yacht fendait l'écume à une vitesse de dix nœuds. On ne distinguait rien de l'autre côté des vitres ruisselantes du poste de pilotage, sinon un noir d'encre. Ni horizon ni étoiles. Rien qui permette de s'orienter. Sous l'effet d'une forte houle arrière, chaque nouvelle vague faisait plonger la proue en soulevant latéralement la poupe par un mouvement de tire-bouchon angoissant, obligeant Amy à lutter de toutes ses forces avec la barre pour garder le cap. Sur l'écran du traceur de carte, la flèche noire figurant la *Turquesa* s'éloigna lentement de la côte, jusqu'à devenir un point minuscule au milieu d'un océan de blanc. Gideon tenta de régler la définition du radar, conformément aux instructions d'Amy, sans grand succès.

Vers 1 heure, une vibration inquiétante secoua le bateau.

— Vacherie, gronda Amy en examinant le tableau de bord.

Le yacht se mit à dériver latéralement et elle s'efforça de le redresser en baissant le régime de l'un des moteurs tout en accélérant de l'autre.

Une nouvelle vibration fit frissonner la coque. Amy s'escrima de plus belle sur les manettes en jurant entre ses dents, puis le martèlement cessa brusquement.

— Le moteur bâbord est en rade, annonça-t-elle. Il faut que j'aille voir de quoi il retourne dans la cale. Prends la barre.

— Moi ? Mais je n'y vois rien !

— Écoute-moi bien : l'essentiel est que le bateau ne se mette jamais en travers. Les vagues nous poussent latéralement, tu dois contrer le mouvement en tournant la barre dans le sens contraire, en veillant à ne pas exagérer le mouvement.

Elle désigna à son compagnon les deux manettes des gaz.

— Tu n'as plus que le moteur de tribord. La manette de droite. Essaie de maintenir le régime aux alentours de deux mille cent tours en donnant plus ou moins de gaz en fonction des creux. Compris ?

— Pas vraiment...

Mais la jeune femme avait déjà disparu dans les profondeurs du yacht. Gideon saisit la barre à deux mains tout en essayant de sonder la nuit. Il ne distinguait même pas les vagues au niveau de l'étrave. Un grondement féroce résonna sur l'arrière et il sentit la poupe se soulever tandis qu'une vague s'abattait sur le yacht en rugissant. Les mains de Gideon se figèrent sur la barre. Au moment où la proue s'enfonçait profondément dans la mer déchaînée, la poupe dériva violemment, comme sous un coup de boutoir.

— Saloperie !

Il tourna la barre dans le sens inverse en mettant les gaz. Le yacht se redressait à peine qu'il basculait brutalement de l'autre côté, la proue en l'air et la poupe noyée d'écume. Gideon contra le mouvement du mieux qu'il le put, sa manœuvre ponctuée par un vacarme dans la cuisine : le contenu des placards venait de voler dans tous les coins. Il relâcha légèrement la manette des gaz afin de rectifier le tir.

Et ce n'était que la première vague. Gideon allait devoir affronter la fureur de toutes les suivantes.

Il sentit son cœur se soulever. Tout en continuant de maintenir la barre d'une main, il débloqua laborieusement de l'autre le loquet du hublot latéral qui s'ouvrit en laissant pénétrer un rideau de pluie. Il passa la tête à travers l'ouverture et vomit douloureusement. Il avait à peine fini de rendre tripes et boyaux qu'une vague se présenta à nouveau par le travers, soulevant la poupe et noyant la proue. Il redressa trop brutalement et s'empressa de corriger le tir tandis que le yacht titubait entre les lames.

Un cri étouffé se fit entendre de la cale.

Gideon contrôlait déjà un peu mieux le bateau lorsque les vagues suivantes vinrent s'abattre sur la *Turquesa*, il trouva même le temps de vomir entre deux creux. L'objectif s'affichait à présent sur le traceur de carte, à dix milles de distance. Cette équipée tenait de la folie. Ils auraient été mieux inspirés de patienter sagement dans la baie en attendant la fin de la tempête.

Gideon n'était pas au bout de ses peines. Il sentit toussoter l'unique moteur qui lui restait, alors que l'aiguille du compte-tours tremblait avant de retomber. Il ne fit qu'aggraver la situation en poussant la manette des gaz, menaçant d'étouffer le moteur. Il s'empressa de baisser le levier et le ronronnement se stabilisa. Sur le cadran, l'aiguille ne dépassait plus les mille cinq cents tours et la mer menaçait de submerger le bateau en le sentant ralentir.

La vague suivante déferla avec une violence inouïe et la *Turquesa* gîta dangereusement. Gideon lança la barre à gauche et le bateau reprit péniblement son cap. Une nouvelle lame frappa le yacht de plein fouet par le travers.

Le moteur toussa, gronda, toussa encore.

— Amy ! cria Gideon. Que se passe-t-il ?

Son appel se perdit au milieu des hurlements du vent et de la mer.

Au même moment, le moteur époumoné cala. Le ronronnement sourd qui faisait vibrer la coque se tut brusquement, cédant la place au rugissement de la tempête.

Le bateau pivota sur lui-même, brusquement à la merci des vagues. Gideon dut se cramponner à la barre pour ne pas être projeté à terre. Dans le poste de pilotage, les lumières clignotèrent.

La voix incroyablement calme d'Amy sortit de l'interphone.

— Va à l'avant et jette l'ancre flottante qui se trouve dans le puits aux chaînes.

— L'ancre flottante... ?

— Oui, une sorte de parachute. Tu le jettes à l'eau et tu laisses filer une trentaine de mètres de ligne. Ensuite, rejoins-moi et viens m'aider.

Il quitta précipitamment la cabine de pilotage et fut accueilli par la force de la tempête. Instantanément trempé, il tituba sur le pont que soulevaient des vagues monstrueuses dont les crêtes écumantes entouraient le bateau de toutes parts.

Agrippé au bastingage, il rampa jusqu'au puits aux chaînes. La *Turquesa*, ballottée par les lames qui la soulevaient et la projetaient sur le flanc, se cabrait à la façon d'un cheval sauvage en faisant trembler sa coque. À chaque nouvelle vague qui submergeait le pont, Gideon devait se cramponner à deux mains au bastingage pour ne pas être emporté.

Il atteignit avec difficulté l'avant du bateau et souleva le couvercle du puits aux chaînes. Faute de lumière, il chercha l'ancre flottante à tâtons et finit par sentir sous ses doigts, sur sa gauche, un amas de toile rugueuse.

Une lame le projeta loin du coffre et il se retrouva soudain les jambes dans le vide. Il parvint à s'agripper au bastingage et trouva la force de reprendre pied sur le pont. Il s'empressa de rejoindre le puits aux chaînes et d'en extraire le tas de toile plié sur lui-même. Sans avoir la certitude qu'il s'agissait de l'ancre flottante, il jeta le tout par-dessus bord. *Alea jacta est.* La masse de toile s'enfonça dans l'eau, suivie par le filin auquel elle était attachée. Gideon se brûla les mains en arrêtant la ligne qu'il attacha difficilement sur un bollard avec des doigts gourds.

L'ancre flottante opéra aussitôt sa magie. La ligne se tendit en grinçant et la *Turquesa* pivota lentement sur elle-même en faisant face au vent. En l'espace de quelques instants, le yacht se stabilisait.

Un Gideon trempé jusqu'aux os regagna péniblement le poste de pilote, secoué de haut-le-cœur. Il souffrait d'un mal de crâne carabiné à cause de l'angoisse et du mal de mer. Il devait encore rejoindre Amy dans la cale. Les panneaux d'accès au compartiment moteur étaient ouverts et il trouva la jeune femme allongée sur le dos, la tête et le torse enfouis sous les machines.

— En quoi puis-je t'aider ?

— Je veux que tu coupes les arrivées de carburant, s'il te plaît.

Gideon saisit les manettes qu'elle lui indiquait et les manœuvra d'un quart de tour.

Tout en poursuivant ses efforts, Amy lui donnait des ordres. L'ancre flottante, en freinant la course du bateau qu'elle maintenait dans l'axe du vent, lui permettait d'échapper à la furie des déferlantes qui se contentaient de longer bruyamment la coque.

— C'est bon, déclara Amy au terme de longues minutes. Essaie de démarrer le moteur de tribord.

Gideon remonta dans la cabine de pilotage, régla la commande des gaz et enfonça le démarreur. Le moteur toussota avant de se mettre en branle avec un grondement, à son grand soulagement.

Amy ne tarda pas à le rejoindre, couverte d'huile, les cheveux poissés par la graisse. Elle lui reprit la barre des mains.

— Tu peux relever l'ancre flottante. Attache la ligne autour du guindeau, que je puisse l'enrouler.

Gideon obtempéra. Quelques instants plus tard, la ligne s'enroulait sagement autour du guindeau motorisé et l'ancre flottante sortait de l'eau, que Gideon s'empressa de remiser dans son coffre.

Le yacht pivota sur lui-même et une vague le submergea alors qu'il regagnait le poste de pilotage à quatre pattes.

— On ferait mieux de retourner dans la baie Hondita, le temps d'attendre la fin de la tempête, suggéra-t-il en recrachant de l'eau.

— Nous sommes à deux milles de Jeyupsi, répliqua Amy d'une voix calme. Autant finir ce que nous avons entamé.

D'une main, elle coupa une rangée de fusibles et le bateau se trouva soudainement plongé dans le noir. Dans la cabine, seuls luisaient faiblement les cadrans des appareils électroniques.

Gideon se pencha sur le traceur de carte où se dessinait la forme biscornue du récif, au milieu de nulle part.

— Je vais contourner le Cayo à un mille de distance, au cas où nos amis nous y attendraient. Si la voie est libre, on s'approche et on allume le projecteur de façon à vérifier qu'il s'agit bien de notre point de repère. Tu en profiteras pour prendre des photos et des vidéos, histoire de comprendre ce que les moines voulaient dire en parlant de vomi du diable.

— Et si les autres sont en embuscade ?

— On prend la fuite.

— Avec un seul moteur ?

— On les verra avant qu'ils ne nous voient. Jamais ils n'arriveront à nous suivre dans une mer pareille. Les vagues sont plus hautes que le yacht.

— Merci de la précision, je n'avais pas remarqué.

Le yacht, ballotté par les vagues, effectua lentement le tour du récif sans qu'ils voient rien d'anormal sur l'écran radar.

— C'est bon, approuva Amy. On y va.

Elle prit la direction du bloc rocheux et Gideon ne tarda pas à entendre le grondement des vagues qui se lançaient à l'assaut des brisants, avec la puissance sonore d'un tir de barrage. Un large bandeau d'écume émergea de l'obscurité.

Amy ralentit et contourna l'énorme récif afin de se mettre à l'abri du vent. Le contour de l'îlot se précisa sur l'écran radar, jusqu'à ressembler au point figurant sur la carte. Amy ralentit plus encore, veillant à ce que la *Turquesa* garde le bon cap malgré la houle.

— Prépare-toi à allumer les projecteurs en les dirigeant bien vers le récif. On n'a pas envie de traîner dans le coin.

Gideon s'empara des bras des projecteurs accrochés sur le toit du poste de pilotage et les manœuvra en se guidant sur le contour écumeux du rocher. Les vagues s'écrasaient sur le récif avec un grondement de tonnerre qui faisait vibrer l'air.

— Vas-y.

Il enclencha les interrupteurs et les projecteurs trouèrent la nuit en jetant une lumière crue sur le bloc basaltique. Le spectacle était extraordinaire : la roche noire dessinait une arche gigantesque, fouettée par les vagues et ruisselante d'écume, que prolongeait d'un côté une bande rocheuse de quatre cents mètres de long, battue par les flots.

Avec chaque nouvelle vague, un torrent bouillonnant traversait l'arche. Cette dernière vomissait alors l'eau en projetant sur la mer un jet d'écume qui dessinait une longue traînée blanche dans la nuit.

Armé de son appareil photo, Gideon mitrailla le récif avant de passer en mode vidéo.

— Ce sillage d'écume qui descend le courant nous indique le cap à suivre, déclara Amy.

Elle donna les gaz et le yacht finit de contourner le récif.

Au même instant, l'*Horizonte* jaillit de sa cachette, de l'autre côté de l'arche, le canon de sa mitrailleuse de .50 braqué sur la *Turquesa*.

29

Les poings de Linda Cordray se crispèrent autour de la barre de l'*Horizonte*. Elle tenait enfin sa proie.

La ruse avait parfaitement fonctionné. Le bateau, réfugié dans un creux du récif où il était protégé par l'écho radar de l'arche, avait pu rester invisible jusqu'au dernier moment.

Elle sentit monter en elle une bouffée de haine en voyant la *Turquesa* tenter vainement de lui échapper. Le corps sans vie de son mari, enveloppé dans un drap couvert de sang, reposait dans leur cabine. Il avait fini par mourir d'une hémorragie massive en hurlant sa souffrance et sa peur avant de sombrer dans le coma. Linda avait préféré prendre en chasse le yacht. Elle voulait se rassurer en se répétant que jamais elle n'aurait pu rallier un port à temps pour le sauver.

Un rejet commun des règles qui régissent le monde avait contribué à souder le couple Cordray. Très semblables dans leur soif d'aventure et leur mépris de toute vie installée, ils se complétaient à merveille. Il était la main de velours, elle était le gant de fer. Paradoxalement, le contraste physique qui les opposait avait contribué à cimenter leur relation.

Le couple rêvait depuis cinq ans de retrouver l'épave du *Compostela*, dans les cales duquel reposait le fabuleux trésor de Coromandel. Le bateau corsaire avait été coulé au large de la péninsule de La Guajira en 1550, et ils avaient pu circonscrire le lieu du naufrage à une zone très limitée. Quelques semaines de recherche devaient leur permettre d'atteindre leur but.

Ils avaient tout d'abord craint de se trouver en présence de concurrents en voyant la *Turquesa* naviguer dans ces mêmes eaux. Les occupants du yacht n'auraient pas été les premiers, le trésor de Coromandel était bien connu, mais les Cordray avaient toujours veillé jusqu'alors à se débarrasser de leurs adversaires. Lors de leur visite de courtoisie à bord de la *Turquesa*, le couple Cordray s'était aperçu que Mark et Amy Johnson s'intéressaient à un trésor plus prodigieux encore que celui du *Compostela*.

Cinq tonnes d'or !

Linda avait tout de suite compris qu'elle n'avait pas affaire à des chasseurs de trésor stupides, équipés d'un bateau-lavoir et d'un vieux plan découvert dans un vide-grenier. Ils disposaient d'une carte ancienne dont Linda avait mesuré la valeur au premier coup d'œil. Toutes les fausses cartes au trésor se ressemblent. Celle-là était différente. Très différente.

Son mari et associé avait beau reposer désormais dans un linceul imbibé de sang, Linda entendait dans sa tête les conseils que lui murmurait le mort d'une voix douce. Son désir le plus cher était de la voir récupérer la fameuse carte et tuer les Johnson. Dans cet ordre. Elle aurait fort bien pu couler leur yacht si elle l'avait voulu, mais Cordray n'aurait pas été satisfait. Le Cayo Jeyupsi était trop vaste, il lui aurait fallu un an pour le retourner. Elle avait absolument besoin du plan.

L'*Horizonte* tanguait sur la mer déchaînée, dirigé d'une main sûre par Linda Cordray. La *Turquesa* avait éteint ses lumières, mais son écho apparaissait clairement sur l'écran radar. Le yacht avait tout au plus huit cents mètres d'avance et marchait nettement moins vite que la veille. Des problèmes mécaniques, peut-être, d'autant que le yacht avait essuyé le feu de la mitrailleuse.

Linda disposait de quatre hommes d'équipage. Tous jeunes, musclés, instinctifs et sans états d'âme. Elle comptait sur eux pour se lancer à l'abordage du yacht et neutraliser les Johnson. Pas de bêtise, cette fois. Elle n'aurait plus qu'à récupérer la carte et infliger une mort atroce aux deux prisonniers.

Sept cents mètres. L'écart se resserrait. L'ennemi se trouvait à portée de feu de la mitrailleuse, mais rien ne pressait. Elle avait pris la mesure de la situation lorsque ses hommes avaient fait exploser le Zodiac, comprenant enfin à quel point elle convoitait cette carte. Elle avait traversé quelques minutes pénibles, persuadée que le précieux document avait été détruit, avant de constater avec soulagement qu'elle avait été victime d'une simple ruse.

Elle appela Manuel, son second, et lui expliqua en détail la manœuvre d'abordage de la *Turquesa*. Il l'écouta en silence, la mine sombre. Linda le sentait prêt à tuer. Elle lui précisa les enjeux de l'opération, lui promettant d'être riche au-delà de toutes ses espérances s'ils parvenaient à mettre la main sur ce fameux plan.

Le succès ne pouvait pas lui échapper. Elle disposait d'un bateau plus solide, de quatre hommes déterminés, et d'une puissance de feu considérable. Même si les occupants de la *Turquesa* possédaient des armes de poing, la mitrailleuse de .50 les taillerait en pièces.

Un coup d'œil au radar lui indiqua que le yacht n'avait plus que six cents mètres d'avance. N'importe quel idiot aurait compris que les Johnson étaient fichus, et Linda était tout sauf idiote. Elle décrocha le micro de la VHF qu'elle régla sur le canal 16.

— *Turquesa*, ici l'*Horizonte*.

Pas de réponse. Ils avaient pourtant entendu son appel, les navigateurs laissent le canal d'urgence ouvert en permanence.

— *Turquesa*, mettez en panne ou nous ouvrons le feu.

Nouveau silence.

— Mettez en panne. Nous voulons uniquement la carte.. À condition de nous la donner gentiment, nous vous laisserons tranquilles. Vous m'entendez ?

Elle accéléra encore alors que l'aiguille du compte-tours frôlait déjà la zone rouge.

L'écart diminuait à chaque instant. Plus que cinq cents mètres. Une vague plus puissante que les précédentes frappa le bord de plein fouet en submergeant le pont. Linda peina à redresser la barre. La tempête se renforçait. Les appels météo diffusés sur la VHF bruissaient de nouvelles inquiétantes. La tempête tropicale circulant au nord gagnait en puissance et menaçait de se transformer en ouragan. On annonçait des creux de six mètres et plus.

Une autre lame noya le pont avant en laissant des traînées d'une écume verdâtre au niveau du bastingage. Sans voir la *Turquesa*, Linda savait que la situation était plus critique encore pour le yacht, du fait de sa petite taille, de son étroitesse et de sa légèreté. Il devait être ballotté comme un vulgaire bouchon, elle s'étonnait même qu'il n'ait pas encore chaviré.

Les deux bateaux approchaient du bassin de Baranquilla, une fosse éloignée de la côte.

Linda Cordray n'en avait cure. Plus que quatre cents mètres.

Elle reprit le micro.

— *Turquesa*, ici l'*Horizonte*. Je répète, mettez en panne, ou bien nous vous coulons. Ceci est notre dernier avertissement.

Rien. Aucune réponse. Encore trois cents mètres.

Elle appela Manuel à ses côtés. Le marin avait navigué sur les mers les plus agitées, pourtant il était pâle.

— Prends la mitrailleuse avec Paco, lui ordonna-t-elle en espagnol. Tenez-vous prêts à tirer à mon signal. Visez la cabine de pilotage, il ne faudrait pas couler le yacht.

— *Sí, señora.*

Deux cents mètres. Cent mètres.

Un grésillement s'échappa de la VHF.

— C'est bon, l'*Horizonte*. Nous mettons en panne.

La voix de la femme. L'heure de l'hallali arrivait enfin.

— Allumez les feux ! ordonna Linda Cordray.

Les puissants projecteurs de l'*Horizonte* dessinèrent une trouée aveuglante sur la mer en furie. La silhouette de la *Turquesa* se découpa dans la lumière. Le yacht pivotait sur lui-même afin de se placer face à eux.

Les projecteurs de la *Turquesa* s'allumèrent à leur tour.

Linda se précipita sur le micro de la VHF.

— Éteignez-moi ces putains de projecteurs ou bien…

Un premier projectile traversa la vitre du poste de pilotage, arrosant son visage d'éclats de plastique. Elle commençait seulement à comprendre ce qui lui arrivait lorsque la balle suivante l'atteignit en plein front, faisant exploser sa boîte crânienne.

30

Posté à l'avant du yacht, Gideon bascula le M4 en position automatique et tira en direction des deux hommes qui manœuvraient la mitrailleuse. Il se trouvait à une distance confortable d'eux, mais les soubresauts du bateau l'empêchaient de viser correctement et il rata ses cibles. Le coup de feu eut néanmoins un effet bénéfique car les pirates se jetèrent à plat ventre.

Amy, qui avait été plus heureuse en abattant Linda Cordray avec son fusil de sniper H&K, relança le moteur. La *Turquesa* piqua aussitôt sur l'*Horizonte*. Gideon, les jambes écartées, continuait de tirer tandis que la distance se réduisait entre les deux navires.

La plus grande confusion régnait à bord de l'*Horizonte*, où les deux servants de la mitrailleuse n'osaient pas se relever. Plus personne ne tenait la barre dans la cabine de pilotage et le bateau avançait pleins gaz. La proue fendit une énorme lame qui éclata au-dessus du gaillard d'avant. Les deux pirates restés sur le pont, agrippés aux montants de la mitrailleuse, disparurent au milieu d'un nuage d'écume.

L'impact était imminent. L'un des pirates parvint à se relever en s'appuyant aux poignées de la mitrailleuse dont il tourna le canon vers la *Turquesa*.

Gideon fit feu à l'instant où son adversaire tirait une rafale dans un vacarme étourdissant. Une pluie de balles s'abattit sur la *Turquesa* dont le pont se trouva haché menu. À la barre, Amy dévia la course du yacht à l'ultime seconde. Le bateau passa à quelques mètres de l'*Horizonte* avant de virer brutalement. Gideon suivit des yeux la grenade que sa compagne avait lancée au passage sur le cockpit arrière du bateau ennemi.

Le mitrailleur tira une salve désespérée qui traversa l'avant de la *Turquesa*, juste avant que la grenade explose. Une boule de feu orange, jaune et noir monta dans le ciel de tempête tandis que l'écho de la détonation se répercutait sur l'eau au milieu d'une avalanche de débris enflammés. Plusieurs explosions prirent le relais de la première en provoquant de nouveaux dégâts, signe que l'alimentation en carburant avait été touchée.

En quelques secondes, la partie supérieure de l'*Horizonte* était la proie des flammes. Le bateau s'enfonça au milieu des vagues sous le regard horrifié de Gideon, pétrifié à l'avant de la *Turquesa*. Une dernière explosion traversa la nuit et une déferlante submergea le navire chaviré, le cachant à la vue. Quelques instants plus tard, il ne restait plus à la surface de l'eau qu'une mer de feu parsemée de débris.

L'*Horizonte* avait disparu corps et biens.

31

Gideon quitta son poste à l'avant du yacht et regagna la cabine de pilotage en s'accrochant au bastingage pour ne pas risquer d'être emporté par une lame. Il trouva Amy à la barre. Le moteur rescapé toussait de façon inquiétante et les lumières clignotaient. Chaque nouvelle déferlante menaçait d'entraîner vers l'abîme un yacht qui avait le plus grand mal à se redresser.

— Va vérifier la cale avant, cria la jeune femme qui peinait à se faire entendre dans la tempête.

Une vague déferla sur le bateau qui vint en travers, manquant de renverser Gideon alors qu'il s'exécutait. La cabine principale ressemblait à un champ de bataille. Les balles de la mitrailleuse, en traversant le pont, avaient littéralement haché les panneaux de bois et les plaques de fibre de verre.

Gideon se souvenait que la trappe d'accès à la cale se trouvait dans la coursive avant. Il la déverrouilla et la souleva.

L'eau était montée jusqu'à quelques centimètres du plancher. Une lame de travers heurta la coque et le yacht gîta en projetant un geyser d'eau dans la coursive. Gideon voulut refermer la trappe, mais la force de l'eau l'en empêcha.

Les lumières clignotèrent dangereusement et le moteur toussa de plus belle. Une forte odeur de gazole montait de la cale. Gideon sortit son talkie.

— La cale est pleine d'eau, il y en a jusqu'au plancher de la cabine et le niveau continue de monter. Il y a aussi une fuite de carburant quelque part.

— Récupère deux gilets de sauvetage et rejoins-moi.

Gideon se plia aux instructions de la jeune femme, enfila l'un des deux gilets et remonta le second dans la cabine de pilotage. Amy, une main sur la barre, tenait de l'autre le micro de la VHF et envoyait un mayday d'une voix calme.

— Allume la balise de détresse, lui dit-elle. Les instructions sont imprimées dessus.

Gideon s'éclipsa du poste de pilotage et localisa sans peine le coffre contenant la balise. Celui-ci avait été réduit en miettes par la mitrailleuse. Il porta le talkie à sa bouche.

— La balise a été détruite. On en a une de rechange ?

— Pas à ma connaissance.

— Dans ce cas, j'appelle Glinn pour qu'il nous envoie des secours.

Gideon regagna le cockpit et s'empara du téléphone satellite qu'il tenta d'allumer. En vain.

En examinant l'appareil de plus près, il constata qu'une balle avait traversé le boîtier.

— Merde ! explosa-t-il en tapant du poing sur l'appareil mort.

Amy le prit par le bras.

— Écoute-moi. Prends des sacs étanches, remplis-les avec de l'eau, des vivres, des allumettes, un couteau, deux lampes frontales, le téléphone satellite portable, le dossier de la mission, deux pistolets, des munitions, des cartouches de colorant infrarouge, des jumelles, du répulsif antirequin, une trousse de secours, de la corde. Récupère autant de gilets de sauvetage que tu peux, attache-les ensemble avant d'y fixer les sacs étanches une fois que tu les auras remplis.

— Compris, approuva Gideon en quittant le poste de pilotage.

Dans la cabine principale, l'eau lui arrivait aux mollets. Le bateau coulait rapidement. Il n'y avait pas une seconde à perdre. En s'alourdissant, le yacht se mettait à la merci de la tempête. Les coups de boutoir des vagues menaçaient de le réduire en miettes à tout moment. Des débris flottaient dans tous les coins, les placards s'arrachaient les uns après les autres des parois, les restes des luminaires pendaient au bout de leurs fils électriques.

Les lumières s'éteignirent d'un seul coup tandis que le moteur se taisait après un ultime soubresaut.

Gideon poursuivit sa tâche en s'aidant d'une lampe frontale. Le yacht tournoya sur lui-même en l'envoyant valser dans l'eau stagnante. Il se releva péniblement en s'accrochant où il le pouvait tout en veillant à protéger les sacs étanches. Il ouvrit à la volée le placard contenant les armes du bord et récupéra les munitions correspondant à leurs pistolets respectifs avant d'y ajouter quelques grenades. Il récupéra le dossier, des cordes, deux couteaux droits dans leurs fourreaux, une demi-douzaine de grandes bouteilles d'eau, et plusieurs boîtes de barres aux céréales.

Le niveau de l'eau lui atteignait désormais les cuisses.

Une vague particulièrement puissante fit trembler le yacht. Des craquements se firent entendre, l'eau jaillit de plus belle et les derniers placards s'arrachèrent de la cloison.

Il était temps de sceller les sacs étanches et de récupérer les gilets de sauvetage. Il s'empara de tous ceux qu'il dénicha dans le coffre de secours, passa une corde à travers les ouvertures des bras et voulut remonter en traînant son butin derrière lui.

Une lame gigantesque gifla le bateau, qui se coucha sous le choc, cette fois sans se redresser. Le yacht ne tarderait plus à sombrer.

— Vite ! Sur le pont ! lui cria Amy.

L'eau commençait à s'engouffrer dans le cockpit. Gideon grimpa les marches de l'escalier incliné. Accroché aux sacs étanches et aux gilets de sauvetage, il luttait contre les flots qui tentaient de le repousser.

La *Turquesa* s'enfonçait par le travers. L'eau qui pénétrait dans le poste de pilotage se transforma en cataracte. Gideon n'avait jamais éprouvé une sensation aussi atroce. Ils étaient bel et bien en train de couler.

— Sur le pont ! l'intima Amy.

Gideon repoussa la porte donnant sur le pont, à présent vertical, et se hissa sur le cockpit en escaladant les vitres de la cabine de pilotage. Le yacht se retourna et s'enfonça par l'arrière sous la pression de l'eau, sa proue tournée vers le ciel.

Une déferlante acheva de déstabiliser le bateau, précipitant Gideon dans le poste de pilotage inondé. Il réussit à se relever et chercha à distinguer Amy dans l'obscurité. Seule sa voix lui parvint.

— Vite ! Sors de là !

La porte du poste de pilotage se trouvait sous l'eau, la proue se dressait à la verticale et la poupe s'enfonçait rapidement. Gideon se trouvait piégé à l'intérieur du cockpit dont les fenêtres ne s'ouvraient pas. Jamais il ne s'échapperait en nageant sous l'eau, encombré comme il l'était par les sacs étanches et les gilets de sauvetage.

Où avait disparu Amy ?

Une première détonation lui vrilla les oreilles, accompagnée d'un éclair, puis deux autres successivement. Le pare-brise en plexiglas du poste de pilotage vola en éclats et Gideon vit Amy, à cheval sur le bollard. Son Colt à la main, elle tentait de lui ouvrir une issue de secours.

L'air s'échappa en sifflant à travers l'ouverture, et l'eau monta d'un seul coup, l'entraînant dans sa course. Il glissa les gilets de sauvetage à travers le trou. En montant, l'eau contribua à la réussite de la manœuvre tout en menaçant de le noyer. Il trouva la force de se faufiler à son tour hors de la cabine de pilotage et se retrouva brusquement à la surface de l'eau, porté par les gilets.

Quelques instants plus tard, la proue de la *Turquesa* disparaissait au milieu des vagues, sa coque blanche évoquant le ventre d'une baleine.

— Amy ? appela-t-il.

— Je suis là.

La jeune femme le rejoignit en quelques brasses. Une vague les submergea en poussant leur radeau de fortune vers le fond. Ils remontèrent à la surface et Gideon avala goulûment une bouffée d'air.

— Merci, balbutia-t-il.

Une autre vague passa au-dessus de leurs têtes en les noyant dans un torrent d'écume.

Gideon s'agrippa désespérément aux gilets de sauvetage, à la limite de l'asphyxie. Il n'avait plus qu'une seule pensée en tête : nous sommes à deux cent cinquante kilomètres des côtes.

32

Une aube boueuse se dessina à l'horizon. La tempête ne semblait pas vouloir faiblir, le vent continuait de souffler en rafales sur une mer houleuse. Accrochés à l'amas de gilets de sauvetage, Gideon et Amy n'avaient plus la force de se parler. Leur vie se trouvait réduite à un manège infernal. Chaque nouvelle vague les voyait monter, monter, monter, jusqu'à ce qu'un déferlement d'écume les submerge en les entraînant vers le fond, le plus souvent accrochés l'un à l'autre. Ils finissaient par refaire surface, les poumons vidés, dans un silence de mort que venait bientôt rompre le mugissement de la vague suivante. L'air était saturé d'humidité au point que Gideon avait le plus grand mal à respirer, entraîné vers l'ouest à une vitesse impressionnante par les courants et le vent.

Du moins disposaient-ils d'eau potable. Gideon avait réussi à ouvrir l'un des sacs étanches dans lequel il avait récupéré une bouteille, sans pouvoir éviter que de l'eau de mer s'introduise dans le sac. À force de se passer la bouteille, ils l'avaient vidée, mais Gideon avait tout vomi.

Le jour se levait enfin, avec une lenteur exaspérante. Sans que le vent faiblisse, la mer se faisait moins dangereuse sous l'effet des courants qui entraînaient les vagues dans la même direction. Des averses torrentielles éclataient à intervalles réguliers dans un ciel zébré d'éclairs. Les deux naufragés n'auraient pas songé à s'en plaindre car ces lourdes pluies avaient une vertu apaisante sur la houle et le vent. Gideon s'aventura à prononcer quelques mots. Une Amy aux traits tirés et pâles, le visage entouré d'un casque de cheveux noirs, lui faisait face de l'autre côté de leur bouée de fortune.

— Amy ?

Elle hocha la tête.

— Ça... ça va ?

— Oui. Toi ?

— Bien.

— De l'eau.

Gideon attendit le passage d'une vague, puis ouvrit le sac étanche dont il tira une autre bouteille. Du liquide salé s'introduisit à nouveau dans le sac avant qu'il ait pu le refermer.

Il attendit que la lame suivante passe au-dessus de leur tête, l'eau serrée contre lui, puis il tendit la précieuse bouteille à sa compagne.

Elle la déboucha et but avec avidité. Le temps d'une nouvelle vague et elle donna la bouteille à moitié pleine à Gideon qui acheva de la vider. Cette fois, il réussit à contrôler sa nausée et ne recracha rien.

Ils poursuivirent leur combat contre la mer toute la journée, subissant le cycle impitoyable des montagnes russes provoqué par la houle, les assauts du vent, et l'eau qui s'entêtait à vouloir les noyer au passage de chaque nouvelle lame. Vers le soir, Gideon sentit ses bras s'engourdir. Il savait déjà qu'il ne tiendrait plus très longtemps. Pas une nuit de plus, en tout cas.

— Amy, il faut qu'on s'attache ensemble, hoqueta-t-il. Au cas où on ne pourrait plus...

— Compris.

Au terme de longs efforts à cause de ses doigts gourds, Gideon tira de l'un des sacs une corde qu'il parvint à nouer à sa ceinture et à passer dans celle qui maintenait les gilets de sauvetage avant de l'enrouler autour de la taille d'Amy. Il avait veillé à ne pas trop serrer, afin qu'ils restent ensemble sans courir le risque de s'étouffer mutuellement.

Le vent tomba avec la nuit et ils se retrouvèrent perdus au milieu de l'immensité noire de la mer. Cela faisait dix-huit heures qu'ils se trouvaient dans l'eau. Les yeux grands ouverts, Gideon vit clignoter des points lumineux brun et orangé dans l'obscurité. Il crut tout d'abord à une illusion d'optique, avant de distinguer clairement un visage. Un visage démoniaque, ouvert sur une bouche gigantesque vomissant du sang.

Des hallucinations...

Il ferma les paupières, mais ses visions s'amplifièrent. Il s'empressa de rouvrir les yeux, se gifla d'une main faible dans l'espoir de revenir à la réalité. Cela faisait plusieurs heures qu'il n'avait plus échangé une parole avec Amy. Était-elle encore là ? Il tendit le cou et aperçut la tache de son visage de l'autre côté du radeau. Il chercha des doigts la main froide de la jeune femme et la serra. Elle lui rendit son geste de façon à peine perceptible.

Une vague les submergea, avant de les soulever. Même dans une eau à vingt-neuf degrés, Gideon était conscient que l'hypothermie le guettait. Ou bien une intoxication au sel. Dieu sait quelle quantité d'eau de mer il avait ingurgitée. Un murmure de voix inquiétant traversa le rugissement bouillonnant de la mer. Des voix démoniaques.

Il serra les paupières, attendit, rouvrit les yeux. Le diable était toujours là. Un démon vomissant de la bile et du sang, sa gueule béante large ouverte sur une caverne d'un rose hideux, peuplée de dents gâtées...

— Arrêtez ! Je ne veux pas !

Avait-il vraiment crié ? Il crut entendre Amy balbutier des paroles inintelligibles. La tête lui tournait.

— ... Résister... me battre...

Se battre contre quoi. Elle lui apparut soudain, flottant sur l'eau. Une lumière. Une vraie lumière. Les secours envoyés par Glinn.

— Amy ! s'écria-t-il. Regarde !

La jeune femme resta sans réaction.

— Au secours ! hurla-t-il. Nous sommes là !

Il fut pris d'un profond désespoir. Jamais ils ne les apercevraient dans l'obscurité de ce désert marin rugissant.

— Amy, un navire ! Là-bas !

Elle lui agrippa le bras d'une main de fer.

— Il n'y a rien, Gideon. Pas le moindre navire.

— Mais si ! Pour l'amour du ciel, regarde !

Il le voyait parfaitement à présent. Un paquebot aussi gros que le *Titanic,* un bateau de croisière gigantesque, éclairé comme un sapin de Noël, troué de rangées entières de hublots qui jetaient sur la mer un éclat doré, peuplé de passagers dont on apercevait les silhouettes en ombre chinoise sur le pont, bercés par la chaleur de la nuit. Un miracle. Glinn avait accompli un véritable miracle.

— Mais enfin, Amy ! Tu ne le vois pas ?

— Reprends-toi, Gideon.

Les doigts de la jeune femme se crispèrent autour de son bras.

La sirène du paquebot résonna longuement de sa voix grave dans un jet de vapeur. Une première fois, puis une seconde.

— Tu as entendu ? Mon Dieu, ils ne vont pas nous voir. Par ici... !

Une lame déferla sur eux en les entraînant dans un trou noir assourdissant. Gideon griffa l'eau, asphyxié par celle avalée en criant. Il crut qu'il ne remonterait jamais à la surface. Il finit par émerger en crachant, en toussant. Il observa les alentours de ses yeux hagards.

— Il est parti !

— Ce paquebot n'existait pas.

— Revenez ! hurla-t-il, au comble du désespoir.

— Gideon ! le rappela à l'ordre Amy en lui serrant le poignet. Il n'y avait pas de paquebot. Par contre, si tu te tais cinq minutes, je suis persuadée d'avoir entendu un autre bruit. Pour de vrai.

Gideon tendit l'oreille. Seule la rumeur de la mer et du vent lui répondit.

— Qu'as-tu entendu ? demanda-t-il.

— Le grondement du ressac sur une côte.

Gideon ouvrit grand les oreilles en s'appliquant à ignorer les formes étranges qui dansaient devant ses yeux. Un faible murmure lui parvint, masqué par le grondement de la mer. Le vent et les vagues les poussaient droit vers les rouleaux.

— Une île ?

— Sais pas. L'arrivée risque d'être brutale.

— Comment s'y prendre ?

— Rien, à part tenir bon. On ferait mieux de se détacher, pour ne pas risquer de rester emmêlés, suggéra Amy après une courte hésitation.

Gideon tenta vainement de dénouer la corde. Ses doigts ne lui obéissaient plus.

— Le couteau, haleta Amy. Dans le sac.

Le bruit du ressac augmentait de minute en minute. Le courant entraînait les deux naufragés à une vitesse hallucinante. Les creux se faisaient plus marqués, les déferlantes plus violentes. Gideon ouvrit maladroitement l'un des deux sacs étanches, glissa la main à l'intérieur et tâtonna jusqu'à ce qu'il trouve un poignard. Il referma tant bien que mal ses doigts autour du manche, réussit à trancher la corde, et tendit l'arme à Amy.

Une lame les submergea et le sac étanche, resté ouvert, se remplit d'eau de mer. Parvenu au sommet de la vague, Gideon aperçut l'ourlet blanc d'énormes rouleaux dans le noir.

— Merde, gronda-t-il.

— Le mieux est de te laisser porter sans chercher à te débattre, lui conseilla Amy.

Les vagues, tels des murs liquides, prenaient des proportions terrifiantes. Le grondement de la mer n'avait rien à envier à celui d'une centaine de trains de marchandises. Soulevés avec une force inouïe, ils virent une énorme masse d'eau s'abattre sur eux.

— Tiens bon ! eut le temps de lui crier Amy.

Gideon, secoué dans tous les sens, se sentit avalé par un torrent bouillonnant qui lui arracha des mains le radeau de gilets de sauvetage auquel il s'agrippait. Il se débattit, roulé par les eaux noires qui menaçaient de le démembrer, incapable de reconnaître le haut du bas, à la fois hébété et terrifié par son impuissance face à la toute-puissance de la mer.

À l'instant où il pensait que ses poumons allaient éclater, il refit surface. Il aspira une bouffée d'air mêlée à de l'eau salée avant d'être à nouveau aspiré par le tourbillon qui l'essorait sans pitié. Une armée de visages grimaçants et vomissants lui apparut, auxquels il tenta vainement d'échapper… Soudain, il sentit lentement monter en lui un étrange sentiment de paix tandis que la mer, les vagues et les visages s'évanouissaient dans l'encre noire d'une nuit tiède et rassurante.

33

En reprenant conscience, Gideon sentit s'évaporer la nuit délicieuse qui l'enveloppait. Il se sentait épuisé et moulu, jusqu'à l'écœurement. Il toussa, les poumons en feu, et ouvrit les yeux. Le bruit du ressac lui parvenait, tout près, mais il était allongé sur un lit de sable mouillé au milieu d'une nuit toujours aussi épaisse.

Il dégagea un bras et se mit en position assise au prix d'un effort surhumain. Sa peau gorgée de sel était à vif. Il devina dans l'obscurité une plage anonyme.

— Amy, tenta-t-il d'une voix à peine audible.

La plage était déserte. Il se releva péniblement, les tempes vrillées par un violent mal de crâne, et son monde se mit à tournoyer. Il retomba à genoux et recracha des litres d'eau salée jusqu'à ce qu'il n'ait plus rien à vomir. Il se remplit les poumons à plusieurs reprises et s'écroula sur le sable avant de perdre à nouveau connaissance, recroquevillé sur lui-même.

⁂

Gideon revint à lui après une éternité. Il ouvrit les yeux et constata qu'il faisait jour. Le paysage était noyé dans une lumière d'un gris terne. Il observa d'un regard atone la plage déserte sur laquelle se fracassaient des rouleaux d'une eau sombre. Le fait d'avoir survécu à une telle épreuve défiait l'entendement.

Le vent s'était calmé, la tempête s'éloignait. Son mal de tête, sans avoir disparu, commençait à s'estomper. Il se mit à genoux puis se releva, aussitôt pris de nausées et de vertiges. La lumière sale de l'aube le renseigna sur sa situation : il avait atterri sur une côte déserte. La plage s'étendait à perte de vue des deux côtés, au pied de collines couvertes d'une jungle épaisse. Pas un signe de vie. Amy avait disparu, tout comme le radeau et les sacs étanches.

Une soif ardente lui brûlait la gorge. Ses lèvres crevassées saignaient, sa langue avait doublé de volume, il se sentait si faible qu'il tenait à peine debout.

Il devait absolument retrouver Amy, ainsi que les gilets de sauvetage et les sacs étanches contenant les bouteilles d'eau.

Il fit un pas et retomba à genoux. Malgré tous ses efforts, il ne trouva pas la force de se relever. Alors, il rampa sur le sable jusqu'à l'épuisement et finit par s'arrêter. Il voulait dormir. Ou peut-être mourir. Il ferma les yeux.

— Gideon.

Il entrouvrit les paupières et vit Amy penchée au-dessus de lui. Livide, maigre à faire peur, trempée, elle était en piteux état.

— Amy… Dieu soit loué…

— Laisse-moi t'aider à te remettre debout.

Elle le prit sous les aisselles et le souleva en titubant sous l'effort.

— De l'eau…

Elle lui tendit une bouteille dont il dévissa le bouchon d'une main tremblante. Il glissa le goulot dans sa bouche et but avec avidité en laissant des traînées noircir sa chemise.

— Doucement, doucement, le tempéra-t-elle en posant une main sur la bouteille. Ne bois pas trop vite.

Il attendit en tremblant. L'eau provoqua chez lui un sursaut d'énergie.

— Encore.

— Il faut boire lentement.

Il vida la bouteille en enchaînant cette fois les petites gorgées.

— Encore.

— Désolée, nous devons nous rationner.

Il n'en revenait pas de la rapidité avec laquelle l'eau le réveillait et lui redonnait des forces. Il jeta un regard autour de lui en aspirant l'air à pleins poumons. Il aperçut le tas de gilets de sauvetage détrempés un peu plus loin, et distingua l'empreinte des pieds d'Amy dans le sable.

Sa langue et ses lèvres, réhydratées, lui permettaient de s'exprimer quasiment normalement.

— Comment tu t'en es tirée ?

— Les vagues m'ont rejetée sur la plage, comme toi. Ne me demande pas comment. On doit avoir un bon karma.

— Où sommes-nous ?

— Sur la côte des Mosquitos, au Nicaragua. À une trentaine de kilomètres au nord du cap Monkey.

— Où se trouvent les habitations les plus proches ?

— Je ne sais pas, faute de carte. Il s'agit de l'une des côtes les plus sauvages de la planète. Tu peux marcher ?

— Oui.

— Je me sens assez faible. Donne-moi le bras.

Ils s'éloignèrent sur la plage en s'aidant mutuellement. Elle l'entraîna vers une palmeraie voisine où il reconnut les sacs étanches, leur contenu sagement aligné sur des feuilles de bananier : les deux pistolets, les couteaux, le coffret contenant le téléphone satellite, le dossier Phorcys en train de sécher, une douzaine de barres aux céréales, le reste des bouteilles d'eau. À son grand étonnement, Gideon découvrit également un tirage papier du mystérieux manuscrit grec que sa compagne avait longuement étudié sur l'ordinateur du bord, enfermé dans un sachet en plastique. La jeune femme se laissa tomber sur le sable, Gideon l'imita aussitôt.

En dépit de son état de faiblesse, il ne put réprimer un certain agacement à la vue du tirage papier. Amy avait dû l'emporter au moment d'abandonner la *Turquesa*, puis le glisser dans l'un des sacs étanches lorsqu'ils surnageaient, accrochés à leur radeau improvisé.

— Quand je pense que tu aurais pu sauver des cartes ou un GPS à la place ! En quoi ce document est-il si important ?

— Je travaillais sur ce texte.

— Quel texte ?

Elle secoua la tête.

— Je t'expliquerai plus tard. On a tous les deux besoin de reprendre des forces. Et de manger.

Quoique lessivé, Gideon éprouvait les premiers symptômes de la faim. Amy prit deux barres de céréales et lui en tendit une.

Il s'allongea sur le sable, retira l'emballage et fourra la barre dans sa bouche. Le soleil commençait à percer derrière les nuages, l'un de ses rayons dessina un puits de lumière dans l'océan. La barre de céréales n'avait fait qu'aiguiser sa faim, mais il sentait ses forces revenir.

Ils passèrent le reste de la journée à récupérer, allongés sur la plage, immobiles et muets. En début de soirée, les derniers nuages finirent de se dissiper. Gideon commençait à se sentir à nouveau lui-même. C'est tout juste s'il ressentait encore les effets des courbatures. Il avait en revanche perdu toute notion du temps. Combien de temps avait bien pu s'écouler depuis le naufrage ? Quarante-huit heures ? Soixante-douze ?

— Tu crois que le téléphone satellite fonctionne encore ? demanda-t-il.

— Probablement. Son boîtier est étanche, normalement.

— Dans ce cas, nous ferions mieux d'appeler Glinn.

Amy approuva d'un hochement de tête. Elle récupéra le coffret contenant le téléphone et l'ouvrit. L'appareil semblait intact. Elle l'alluma et l'écran s'éclaira.

— Un vrai miracle, commenta Gideon.

— Oui, sauf que la batterie est quasiment à plat. Il ne reste plus que cinq pour cent.

— Putain, marmonna Gideon en secouant la tête.

Elle lui lança un regard en coin.

— Je voudrais lui parler, si ça ne t'ennuie pas.

— Je t'en prie.

Elle brancha le haut-parleur et enfonça la touche correspondant au numéro abrégé du quartier général d'EES. Glinn décrocha en personne, plus sec que jamais.

— Où êtes-vous et que se passe-t-il ?

— Nous avons croisé la route de chasseurs de trésor qui ont coulé le yacht.

— Le Zodiac ?

— Détruit.

— Le radeau de survie ?

— Inutilisable. C'est une longue histoire. Nous avons réussi à envoyer leur bateau par le fond, mais la *Turquesa* n'a pas survécu à la tempête.

— Votre position ?

— À vue de nez, 11 degrés 44 minutes nord, 81 degrés 1 minute ouest. Nous avons échoué sur la côte des Mosquitos à une trentaine de kilomètres au nord du cap Monkey, au Nicaragua.

— Avez-vous suffisamment d'eau et de nourriture, le temps que nous mettions sur pied une équipe de secours ?

— Inutile.

Gideon posa sur Amy un regard surpris. Elle lui imposa le silence d'un geste.

— Je ne comprends pas, fit la voix de Glinn dans le haut-parleur.

— Nous avons atterri exactement au bon endroit. Nous comptons rejoindre à pied le point de repère suivant.

Gideon fronça les sourcils. C'était complètement dingue... Il voulut s'emparer du téléphone, mais Amy l'en empêcha en s'écartant.

— À pied ? grésilla la voix de Glinn. Je suis extrêmement inquiet de vous savoir naufragés sur une côte inconnue. Comment comptez-vous mener à bien votre mission ? Nous allons affréter un nouveau bateau et vous fournir un équipage. J'ai une carte devant moi. En vous dirigeant vers le cap Monkey, vous trouverez sur votre chemin un lagon qui fera un point de rendez-vous idéal. Le temps de remettre sur pied l'expédition.

— Votre sollicitude nous touche, mais c'est inutile, répliqua Amy d'une voix ferme. Nous continuons la mission. Le point de repère suivant se trouve à une quinzaine de kilomètres de l'endroit où nous sommes. Je le sais.

— Comment pouvez-vous le savoir ?

Amy ne répondit pas à la question.

— Gideon ? reprit Glinn. Vous êtes là ? Êtes-vous d'accord avec Amy ?

Il lança un coup d'œil à la jeune femme. Celle-ci le regardait fixement.

— Oui, répliqua-t-il après une hésitation.

Il y eut un long silence.

— C'est bon, je vous fais confiance. Mais j'insiste pour être tenu au courant de la situation matin et soir. C'est compris ?

— Il n'est pas certain que nous soyons en mesure de vous contacter aussi facilement, rétorqua Amy. La batterie du téléphone est en bout de course.

La conversation terminée, Amy adressa un sourire à Gideon. Sur son visage aux traits tirés se dessina une fossette qu'il ne lui connaissait pas.

— Merci de ton soutien, dit-elle.

— J'attends que tu me donnes une explication.

— Je te demande de m'accorder ta confiance en attendant que...

— Pas question. J'exige une explication immédiatement.

Constatant que sa compagne conservait le silence, Gideon insista.

— Mais enfin, Amy ! Nous avons atterri par hasard sur cette côte déserte, comment peux-tu savoir que nous sommes sur la bonne piste ?

Amy s'empara du dossier Phorcys encore humide et déplia la copie du parchemin. Le huitième indice, accompagné du mot *aquilonem*, figurait une ligne horizontale que venaient briser deux silhouettes : la première était pointue, la seconde arrondie.

— Pourquoi me montres-tu ce dessin ? Je l'ai déjà vu.

— Retourne-toi et regarde ces collines.

Gideon, intrigué, obtempéra. Il sursauta en découvrant dans le lointain un pic à côté d'une montagne ronde : la reproduction exacte de la figure dessinée.

— Putain...

— Putain, comme tu dis. Le mot *aquilonem* désigne le nord. Il nous faut donc poursuivre vers le nord si nous entendons découvrir le point de repère suivant.

— Tu exagères, Amy. Tu aurais pu m'en parler plus tôt. Et pourquoi avoir caché ce détail à Glinn ?

— Parce que j'ai fait une découverte plus incroyable encore, en rapport avec ce document en grec que j'ai tenu à emporter.

— De quoi s'agit-il ?

— Du texte de l'*Odyssée* d'Homère. Tu en as peut-être déjà entendu parler ? s'enquit-elle d'une voix ironique.

34

— Il s'agit bien de l'histoire de ce type paumé qui se retrouve dans une grotte avec une jolie magicienne ?

— Très drôle. Avant de t'expliquer ce que j'ai découvert, faisons un feu, histoire de finir de nous sécher et d'apporter une touche civilisée à cet endroit de malheur. Nous aurons tout le loisir de discuter ensuite.

Une demi-heure plus tard, ils étaient assis sur le sable près d'un feu. Le soleil s'était couché en teintant de vermillon le décor des collines, et les premières étoiles commençaient à s'allumer dans le ciel. Une légère brise faisait bruire les feuilles de palmier au-dessus de leurs têtes.

Gideon n'avait jamais autant apprécié de porter des vêtements secs.

— Très bien, déclara-t-il. Je t'écoute, en espérant ne pas être déçu.

Amy lui répondit en déclamant une phrase dans une langue inconnue de Gideon.

— C'est quoi, ce cirque ? Tu avais encore besoin de recracher de l'eau de mer ?

— Il s'agit de grec ancien.

— Désolé, mon grec est un peu rouillé.

— Je souhaitais uniquement te montrer qu'il s'agit de la plus belle langue au monde. Je ne prétends pas ça uniquement parce que je suis diplômée de lettres classiques. Homère se lit très bien en anglais. ἄνδρα μοι ἔννεπε, μοῦσα, πολύτροπον, ὃς μάλα πολλὰ Πλάγχθη « Chante-moi, ô ma muse, cet homme plein d'astuce qui erra si longtemps. » Désolée, ça sonne mieux en grec.

Gideon secoua la tête d'un air navré.

— Nous sommes complètement perdus sur une côte déserte, et voilà qu'elle me récite des vers d'Homère !

— J'ai de bonnes raisons, réagit-elle en tapant d'un doigt le tirage papier encore humide.

— Lesquelles ?

— Commençons par le début, si tu veux bien, pour que tu puisses comprendre mon raisonnement. Nous savons déjà que la carte de Phorcys s'inspire d'un document grec plus ancien, ainsi que nous l'a expliqué Glinn. Cette carte a été découverte par les moines de l'abbaye d'Iona dans leurs réserves de vieux parchemins.

Gideon hocha la tête en guise d'approbation.

— Nous pouvons en déduire que les Grecs avaient déjà visité ce lieu. Ce sont donc eux qui ont « découvert » le Nouveau Monde.

— C'est ce qu'affirmait Glinn.

— Se pose alors une question évidente : qui était le Christophe Colomb grec, et comment est-il parvenu jusqu'ici ?

Gideon, pendu à ses lèvres, attendit la suite.

— En 1200 avant notre ère a eu lieu la célèbre guerre de Troie. Remportée par les Grecs, comme chacun sait, en investissant la cité grâce à un cheval de bois rempli de soldats.

— « Méfie-toi des Grecs lorsqu'ils apportent des cadeaux. » Je me souviens de la maxime.

— Exactement. À présent, concentrons-nous sur la carte de Phorcys.

La jeune femme feuilleta le dossier, à la recherche de l'agrandissement du premier dessin.

— Voici le premier indice. Un cheval stylisé, qui rendait perplexe le vieux Brock, accompagné de la phrase *Ibi est initium*. « Voici le début. » Mais le début de quoi ?

— Aucune idée, répondit Gideon.

— Le début du voyage d'Ulysse.

— Le voyage d'...

Gideon n'acheva pas sa phrase.

— Tu veux dire qu'il faut prendre l'*Odyssée* au premier degré ? Je ne sais pas ce qui est le plus absurde, de cette idée ou de l'hypothèse que les Grecs ont découvert l'Amérique.

— Ce n'est pas absurde du tout et je ne suis pas la première à émettre une telle hypothèse. Un petit groupe de spécialistes d'Homère plaident pour cette lecture depuis des années. Jusqu'ici, tout le monde s'est évertué à les ridiculiser et à les marginaliser.

— À juste titre.

— Parce qu'ils n'étaient pas en mesure de produire la preuve que nous possédons, grâce à cette page du *Livre de Kells* que tu as volée.

Amy s'exprimait d'une voix sourde qui trahissait sa conviction.

— J'ai comparé la carte de Phorcys avec certains passages de l'*Odyssée*. Tout correspond. À la suite de la défaite de Troie grâce à ce fameux cheval de bois, Ulysse et ses hommes quittent la ville à bord de six navires. Ils affrontent deux tempêtes successives : la première les entraîne vers l'ouest pendant trois jours, la seconde pendant neuf jours. J'en ai déduit qu'ils avaient d'abord traversé la Méditerranée avant de franchir l'Atlantique jusqu'aux Caraïbes. C'est ainsi que les Grecs ont découvert le Nouveau Monde, avant de dessiner une carte de leur périple. Les moines d'Iona l'ont découverte parmi leurs parchemins, ses indications leur ont permis d'arriver à leur tour en Amérique.

En un mot, le Christophe Colomb grec n'est autre qu'Ulysse.

— Il faut avoir suivi des études de lettres classiques pour inventer un truc aussi tiré par les cheveux.

— Pas du tout. Ulysse a mis dix ans à rentrer chez lui. Toutes les aventures qu'il évoque se sont déroulées ici, sur des îlots des Caraïbes. Le neuvième chant de l'*Odyssée* nous fournit des éléments capitaux. Laisse-moi te le traduire au vol :

> Je me vis poussé vers l'ouest par les vents et les courants rapides qui m'entraînaient loin de Cythère. Pendant neuf jours, nous errâmes sur le plus profond des océans. Le dixième jour, nous atteignîmes le pays des Lotophages, un peuple qui se nourrit d'un fruit délicieux censé rendre la santé et guérir toutes les infirmités, au détriment de l'esprit et de la mémoire. Sur cette côte désolée nous trouvâmes de l'eau et prîmes un rapide repas. Une fois mes hommes rassasiés et désaltérés, j'envoyai quelques-uns d'entre eux, deux soldats et un coursier, s'enquérir de ceux qui vivaient là. Ils partirent sur-le-champ en direction du nord et découvrirent les Lotophages, qui les accueillirent pacifiquement et leur donnèrent des fleurs de lotus à manger. Ceux qui les mangèrent se trouvèrent guéris de leurs blessures de guerre, mais ils en oublièrent leurs familles et leurs compagnons, ils ne cherchèrent pas à rejoindre leurs vaisseaux ni même à envoyer de message. Leur seule envie était de rester avec les Lotophages à manger ce fruit délicat, perdus dans leurs rêves, oublieux de toutes choses. Ils versèrent des pleurs amers lorsque je les obligeai à repartir avec moi. Il me fallut les attacher sur leurs bancs de nage.

Amy reposa le texte.

— La majorité des chercheurs ont cru que Cythère était l'île de la mer Égée qui porte ce nom, mais il y a un hic. Cythère était également le nom donné au détroit de Gibraltar dans l'Antiquité. En d'autres termes, les vents qui poussent Ulysse et les siens loin de Cythère les entraînent dans l'Atlantique, « le plus profond des océans ». De là, ils dérivent en direction de l'ouest pendant neuf jours, sous l'effet des vents et des courants.

— Neuf jours, pour traverser l'Atlantique ?

— La route empruntée par les tempêtes tropicales conduit directement de l'archipel du Cap-Vert jusqu'aux Caraïbes. Ulysse aurait donc été porté par ces alizés, renforcés par le courant équatorial. Il s'agit très précisément de la route empruntée par les navigateurs d'autrefois. Les vents favorables leur permettaient de traverser en une vingtaine de jours, mais il existe de nombreux exemples de navires effectuant la traversée en une semaine. À condition de survivre à la tempête.

Gideon resta plongé dans un mutisme agacé.

— Si je comprends bien, finit-il par réagir, on reste coincés dans cet endroit sinistre, sans l'aide de quiconque, uniquement pour vérifier cette théorie ridicule ?

Amy poussa un soupir d'impatience.

— Tu n'as donc pas écouté ce que je viens de te dire ? Si Ulysse a traversé l'Atlantique sous l'effet d'une tempête, ses vaisseaux auront ensuite remonté le long des côtes, poussés par le courant des Caraïbes qui prolonge le courant équatorial. Et il aura atterri ici. C'est l'objet des recherches que j'effectuais sur le bateau avant qu'on se fasse attaquer, précisa-t-elle.

— Pourquoi n'en avoir pas parlé à Glinn ?

— Parce que je craignais qu'on accueille ma théorie avec le même scepticisme que le tien.

Gideon secoua la tête. Il avait du mal à adhérer à une théorie aussi fumeuse.

— J'ai trouvé dans l'*Odyssée* un argument qui te semblera peut-être plus convaincant, reprit Amy en recherchant un passage précis :

> ... Un fruit délicieux censé rendre la santé et guérir toutes les infirmités, au détriment de l'esprit et de la mémoire.

— Cette phrase ne te fait penser à rien ?

— Éventuellement au remède que nous cherchons.

— Bien sûr. C'est la description exacte du *remedium* qui intéresse Glinn.

Gideon resta plongé dans ses pensées, hypnotisé par le feu. Il se sentait trop las pour se mettre en colère. Si Amy avait raison, cette histoire de remède ne tenait peut-être pas de la légende. Ce produit pourrait même l'aider à guérir. Il se reprocha aussitôt de céder aux sirènes d'un espoir aussi insensé et chassa cette pensée de sa tête.

— Revenons à la carte de Phorcys, poursuivit Amy. « Suivre le vomi du diable. » C'est précisément ce que nous avons fait. La traînée d'écume qui s'échappe du récif de Jeyupsi suit un courant qui nous a poussés jusqu'ici. C'est-à-dire à l'endroit où se trouve le huitième indice. Au point précis où Ulysse et ses hommes ont abordé le rivage il y a trois mille ans.

Gideon lança une brindille au milieu des flammes.

— Depuis quand as-tu fait le rapprochement ?

— Je connaissais déjà les théories des chercheurs auxquels je faisais allusion tout à l'heure. Quand Glinn nous a montré la carte de Phorcys, je me suis souvenue de certains passages de l'*Odyssée* et je me suis lancée dans ces recherches.

Gideon resta silencieux un moment.

— Je ne dis pas que je suis prêt à te croire, déclara-t-il en changeant de position devant le feu. Mais je suis prêt à te suivre pour l'heure. Quelle est l'étape suivante ?

— *Aquilonem*. Le nord, en latin. La direction qui nous conduira au dernier indice. Nous approchons du but.

— À quoi ressemble l'indice en question ?

Elle lui désigna au bas de la carte un rectangle aux bords légèrement tordus. Le dessin était accompagné, comme toujours, d'une phrase en latin : *Trans ultra tortuosum locus*.

— *Tortuosum locus*. Un lieu tordu. *Trans ultra*. Au-delà. Nous sommes donc censés nous rendre « au-delà du lieu tordu ». Et donc au nord d'ici. C'est là, ajouta-t-elle avec des yeux brillants, que nous attend le pays des Lotophages, les mangeurs de lotus.

35

Au terme de son bain bouillonnant quotidien, Eli Glinn redressa le torse avec une lenteur douloureuse, puis utilisa le bras robotisé et l'élévateur électrique pour extraire de la baignoire son corps maigre, parfumé d'huiles et de plantes. Il dirigea l'élévateur vers son dressing où il lui faudrait une longue demi-heure pour se sécher et s'habiller.

Au lendemain de son accident, Glinn avait mis beaucoup de temps à trouver des vêtements confortables, faciles à enfiler comme à retirer. Il avait finalement jeté son dévolu sur des pantalons de survêtement à base de coton iranien particulièrement doux, dotés d'une ceinture élastique, fabriqués sur mesure par le tailleur Jonathan Crofts de Savile Row, à Londres, et sur des pulls à col roulé St. Croix volontairement choisis une taille trop grande. Il possédait plusieurs dizaines d'exemplaires de cette tenue qu'il portait de jour comme de nuit.

Enfin habillé, il éteignit les lumières à l'aide de sa télécommande, s'installa dans son fauteuil roulant et se rendit dans le salon. Fidèle à son habitude, il manœuvra le fauteuil électrique jusqu'à l'immense baie vitrée dominant les eaux de l'Hudson. Glinn dormait très peu et passait là des heures à lire de la poésie ou à contempler le paysage, perdu dans ses pensées.

Grâce à ce baume secret, les moines avaient réussi à guérir « de graves blessures, des maladies, des affections et des infirmités ». Était-ce seulement vrai ? Un tel remède miracle pouvait-il exister, ou bien s'agissait-il d'une légende de plus, née de l'imagination d'individus qui possédaient une vision naïve et imparfaite du monde ? Le scepticisme de Brock finissait par se révéler contagieux.

À ceci près qu'on avait bien retrouvé ces squelettes. Leur découverte était incontestable.

Glinn tourna ses pensées vers Gideon et Amy, inquiet de la direction que prenait leur mission. Leur yacht avait coulé et ils se retrouvaient coincés sur la côte des Mosquitos, ce qui n'avait pas empêché la jeune femme de refuser son aide. Cette réaction correspondait aux résultats de l'Analyse comportementale quantitative, certes, mais le tandem n'avait pas su anticiper l'attaque de ces chasseurs de trésor et se trouvait à présent en plein territoire hostile. Le téléphone satellite était un autre sujet de préoccupation. Amy lui avait précisé que la batterie de l'appareil était quasiment épuisée, or il était essentiel que Glinn puisse rester en contact avec eux.

Le recrutement d'Amy pour ce projet avait donné du fil à retordre aux chasseurs de têtes d'EES. Les résultats de l'ACQ effectuée sur elle étaient pour le moins intéressants. Le savoir-faire d'EES en matière d'analyse d'échec visait précisément à garantir la réussite des projets concernés ; paradoxalement, l'ACQ d'Amy avait montré qu'elle échouerait au cours de sa mission, mais que cet échec garantirait le succès final de l'opération.

Glinn ne s'attendait pourtant pas à voir survenir cet échec aussi vite, ni de cette façon-là, ce qui n'était pas sans l'inquiéter. Pour l'heure, il allait devoir se fier aux instincts de la jeune femme.

La sonnerie grave du téléphone interrompit le cours de ses réflexions. Un coup d'œil à la pendule lui indiqua qu'il était 5 h 30. Il fit pivoter son fauteuil et décrocha le combiné.

— Oui ?

— Weaver. Je me demandais si vous accepteriez de descendre jusqu'à mon laboratoire. Le plus rapidement possible.

La voix du chercheur trahissait son anxiété. Peut-être même sa peur.

— De quoi s'agit-il ?

— Je préfère vous montrer en personne, monsieur Glinn.

— J'arrive.

À peine le téléphone raccroché, Glinn traversa la pièce en direction de l'ascenseur, dans le ronronnement de son fauteuil électrique.

36

Un Garza épuisé fit son entrée dans le laboratoire à 5 h 45. Il en avait plus qu'assez de ces réunions de crise.

Weaver, le spécialiste de l'ADN, avait les traits tirés. Il paraissait tendu et mal à l'aise. Brock, debout dans un coin les bras croisés, ne paraissait guère plus vaillant. Assis près de lui dans son fauteuil roulant, Glinn écoutait les explications du chercheur, le visage impassible.

— J'ai terminé les tests ADN sur les deux follicules, expliqua Weaver d'une voix mal assurée.

— Allez, mon vieux. On vous écoute, l'encouragea Garza.

— Vous vous souvenez sans doute de ma conviction que le vélin utilisé pour la carte était d'origine humaine.

Garza acquiesça.

— J'avais tort.

— Je vous l'avais bien dit, réagit Brock d'un air pincé.

— J'avais également raison.

— Expliquez-vous, intervint Garza.

Le chercheur poussa un grand soupir.

— Les résultats des tests montrent que les séquences ADN de ces follicules correspondent à quatre-vingt-dix-sept pour cent à de l'ADN humain, mais que des séquences importantes ne collent pas avec le génome habituel.

Il balaya des yeux son auditoire.

— D'où ma conclusion que j'ai à la fois raison et tort. Cette peau est celle d'un humanoïde possédant avec l'homme un écart un pour cent supérieur à celui entre un homme et un chimpanzé, mais deux pour cent inférieur à l'écart entre un homme et un orang-outang.

Weaver avala sa salive en écartant d'un doigt le col de sa chemise, manifestement affolé par cette découverte.

— Sottises ! s'écria Brock. Des centaines de moines ont manipulé ces pages avec leurs doigts gras au cours des siècles, rien d'étonnant à ce que l'on découvre sur ce vélin de l'ADN humain.

— Nous avons pris les plus grandes précautions. En outre, les deux follicules nous donnent exactement le même résultat. Nous avons prélevé ces échantillons au niveau de la reliure, à un endroit mieux protégé que le reste de la page. Nous avons également procédé à des tests de contamination qui se sont révélés négatifs.

— Broutilles, rétorqua Brock. Ce livre a été relié à plusieurs reprises, il porte forcément de nombreuses traces d'ADN.

Le médiéviste se tourna vers Glinn.

— Je vous l'ai dit, jamais on n'aurait utilisé de la peau humaine pour fabriquer du vélin. Il s'agit d'une peau animale, du porc très probablement, qui aura été contaminée.

Ignorant la remarque, Glinn s'approcha légèrement dans son fauteuil.

— Vous dites que vous avez obtenu le même résultat sur les deux follicules ?

Weaver hocha la tête.

— Un être quasiment humain, marmonna Garza en s'efforçant de masquer son scepticisme. Cette histoire n'a aucun sens, Weaver. Je suis d'accord avec Brock, le vélin a été contaminé.

— Pas de conclusions hâtives, Manuel, le tempéra Glinn à mi-voix avant de s'adresser à Weaver : De façon concrète, comment peut-on vérifier la contamination d'un échantillon ?

— Nous utilisons une méthode de recherche baptisée Blast, l'acronyme de Basic Local Alignment Search Tool.

— Cette technique est-elle fiable ?

— Pas à cent pour cent, évidemment.

— Vous voyez bien, intervint Garza en balayant l'argument d'un geste.

L'attention que portait Glinn à tout ce cirque commençait à lui taper sur les nerfs.

— Existe-t-il d'autres moyens de vérifier la contamination ? insista Glinn.

— C'est-à-dire... il y a bien cette nouvelle méthode mise au point par nos équipes l'an dernier pour le compte d'un client suisse. Une version hybride de l'algorithme BWA-SW. On peut tenter l'expérience, mais ça prendra beaucoup plus de temps qu'avec la méthode Blast.

— Quel est son principe de fonctionnement ? demanda Garza.

— Cette technique s'appuie sur le dispositif d'alignement de Burrows-Wheeler. En termes simples, il s'agit d'un algorithme qui aligne les séquences à partir d'un génome de référence, de façon à dénicher les séquences de contamination éventuelle. La variante que nous avons inventée permet d'analyser des séquences plus longues, avec une marge d'erreur plus réduite que la technique originale.

— Mettez-vous au travail, décida Glinn.

Weaver marqua son accord d'un hochement de tête.

— Tant que vous y êtes, ajouta Garza, procédez à une nouvelle analyse de ces échantillons, au cas où les résultats seraient différents.

Tant de précautions lui paraissaient inutiles, mais il connaissait suffisamment Glinn pour savoir que le dossier n'avancerait pas tant que le chef d'EES ne serait pas satisfait des résultats.

— Une autre question, enchaîna Glinn d'une voix douce. Si jamais il n'y a pas eu contamination, à quoi correspondent ces quelques pour cent de différence avec le génome humain ?

— On pourrait tenter une comparaison avec les génomes d'autres espèces.

— Exactement. Voyez s'il est possible d'extrapoler sur les différences anatomiques que ces gènes pourraient entraîner. Je voudrais savoir à quel type de créature nous avons affaire. À quoi elle ressemble, ce dont elle est capable. À condition, bien sûr, qu'il s'agisse d'une espèce d'hominidé inconnue.

Le visage de Weaver, déjà très pâle, devint livide. Pas étonnant, pensa Garza. Il doit déjà calculer dans sa tête le nombre de nuits blanches qu'il va devoir enchaîner.

37

Vingt-quatre heures après avoir débarqué sur la côte du Nicaragua, Amy et Gideon n'avaient progressé que de huit kilomètres. Leur avancée sur la plage déserte n'avait rien d'une sinécure. Gideon n'en pouvait plus de patauger à travers des mangroves et des lagons boueux servant de refuge à des millions d'insectes agressifs. La jungle toute proche les empêchait de contourner ces marigots qu'ils devaient traverser à la nage ou en barbotant.

Le soleil se rapprochait du couchant lorsqu'ils décidèrent de s'arrêter. Gideon s'enfonça dans l'océan afin de décrasser ses vêtements. Il avait le sentiment de remonter le temps dans la peau d'un Robinson Crusoé perdu sur un rivage préhistorique. Ils n'avaient trouvé aucun signe de vie humaine de la journée : ni traces de pas sur le sable, ni bateau à l'horizon. Constatant d'un coup d'œil qu'Amy était en train de nettoyer son pistolet, il se déshabilla entièrement, rinça ses hardes, les essora, et les enfila de nouveau.

Au camp, sa compagne achevait de remonter son arme.

— Sois gentil, fais un feu, lui demanda-t-elle. Pendant ce temps-là, je pars chercher des protéines.

Elle remit le chargeur en place d'un geste sec et disparut dans la jungle qu'éclairaient les dernières lueurs du jour.

Gideon choisit un coin plat sur lequel il rassembla des feuilles mortes, des brindilles et des morceaux de bois flotté. Persuadé que sa compagne reviendrait bredouille, il se résigna à dîner une fois de plus d'une barre de céréales. Sous un ciel dégagé, l'océan labourait inlassablement la plage de ses énormes rouleaux.

Des coups de feu éclatèrent au loin et Amy émergea de la jungle dix minutes plus tard en tenant par la queue le cadavre d'un tatou d'une main, et de l'autre un régime de bananes plantains.

— Un tatou ? Tu aurais pu trouver mieux.

Elle déposa l'animal sur une feuille de bananier.

— Vide-le, lui ordonna-t-elle.

Gideon observa l'étrange créature, avec sa tête ridicule et son épaisse carapace.

— C'est à moi que tu parles ?

— C'est moi qui l'ai tué, à toi de le faire cuire.

— Et ensuite ?

— Je croyais que tu étais un cordon-bleu ?

— Parce que tu t'imagines que je cuisine des tatous chaque matin ?

— Allez, au boulot, M. le second, déclara-t-elle en lui adressant un sourire ironique.

— Excuse-moi, mais, aux dernières nouvelles, ton bateau avait coulé. Tu as perdu tes prérogatives de capitaine.

La remarque fut accueillie par un silence.

— D'accord, reconnut-elle. N'empêche, c'est toi qui vas t'occuper de ce tatou.

Gideon, un couteau à la main, retourna l'animal, lui ouvrit le ventre et le vida. La tâche était écœurante, mais il avait trop faim pour s'en formaliser. Il détacha la chair de la carapace et découpa la viande en tranches qu'il déposa sur les braises. Une odeur de grillade lui monta aux narines, qui décupla son appétit. De l'autre côté des flammes, Amy dévorait l'animal des yeux. La viande cuite, ils la retirèrent du feu et s'empiffrèrent avec des mains tremblantes en manquant de se brûler.

En un clin d'œil, il ne resta plus sur les feuilles de bananier que des os soigneusement rongés. Pour la première fois en deux jours, Gideon reprenait forme humaine. Il jeta un coup d'œil en direction d'Amy. Le visage éclairé par les flammes qui dansaient dans ses yeux, elle était plongée dans le texte de l'*Odyssée*, qu'elle comparait à la carte de Phorcys.

— De nouvelles découvertes ? s'enquit-il en veillant à ne pas laisser percer son ironie.

— Rien de bien palpitant, répondit-elle en reposant le texte. Cela dit, je suis plus que jamais convaincue de marcher sur les traces d'Ulysse.

Gideon s'allongea sur le sable, les mains croisées sous la nuque en guise d'oreiller.

— Tu ne voudrais pas me raconter l'histoire d'Ulysse ? J'ai lu l'*Odyssée* il y a une éternité.

Elle se rapprocha de lui. Au-dessus de leurs têtes, les étoiles commençaient à scintiller dans le ciel, bercées par le crépitement du feu.

— C'est un vrai polar dans lequel on trouve de tout : des monstres, des divinités mystérieuses, des démons et des sorcières, de l'aventure, de la violence, des naufrages, des meurtres, et même une histoire d'amour. Tout ça porté par un héros qui est l'anti-James Bond par excellence, capable de se tirer des pires guêpiers par la ruse et non par la force.

— Le premier manipulateur de l'Histoire.

La remarque fit naître un sourire sur le visage d'Amy.

— Exactement.

— Un peu comme moi.

Elle posa les yeux sur lui.

— D'une certaine façon.

— Allez, je t'écoute.

— Je me contenterai des grandes lignes de son périple. À la chute de Troie, Ulysse et ses hommes embarquent avec leur butin en mettant le cap à l'ouest. Ils sont pris dans une violente tempête. Celle dont je t'ai déjà parlé, qui les pousse au-delà de « Cythère » avant de les conduire de l'autre côté du « plus profond des océans » après une traversée de neuf jours. Le dixième jour, ils mettent le pied sur la terre des Lotophages, les mangeurs de lotus. Là, Ulysse envoie trois de ses hommes à la rencontre des indigènes. Les types en question perdent la boule en mangeant le fruit du lotus, au point qu'Ulysse doit les ramener de force et les attacher dans le bateau. Cette nuit-là, ils reprennent la mer et arrivent quelques heures plus tard dans l'île des cyclopes.

— Les géants borgnes.

— Des géants dotés d'un seul œil, plus exactement.

— Mille excuses.

— Ulysse et ses hommes ont découvert deux îles l'une à côté de l'autre. Une grande et une petite. Ils commencent par visiter la plus grande où ils se nourrissent de chèvres sauvages, avant de se rendre sur l'île des cyclopes. Ils y découvrent une grotte pleine de lait et de fromage. C'est là qu'Ulysse se met à déconner. Au lieu d'emporter les provisions sans demander son reste, il décide de rester dans l'espoir de rencontrer le maître des lieux. Un cyclope arrive sur ces entrefaites, une horrible brute du nom de Polyphème qui n'est autre que le fils de Poséidon. Polyphème commence par amadouer ses visiteurs avec de belles paroles jusqu'à ce qu'ils baissent la garde. Il s'empare alors de deux des hommes d'Ulysse et leur éclate le crâne sur le mur de la grotte avant de les manger tout crus, sous le regard horrifié de leurs compagnons.

— Les premiers sandwichs grecs.

— Polyphème, qui se réserve les autres pour plus tard, les enferme dans la grotte dont il bloque l'ouverture avec un énorme rocher. Le lendemain, il part s'occuper de son troupeau. À son retour, Ulysse trouve le moyen de l'enivrer en lui expliquant qu'il se nomme Personne. Quand le géant finit par s'endormir sous l'effet de l'alcool, Ulysse lui plante un pieu rougi au feu dans l'œil. Polyphème, réveillé en sursaut, crie à l'assassin, mais quand ses voisins lui demandent qui a voulu le tuer, il répond : « Personne. » Si bien que les voisins, convaincus qu'il est simplement soûl, ne se précipitent pas à son secours.

— Cet Ulysse était un petit malin, reconnut Gideon. Mon nom est Personne. Il faudra que je me souvienne de celle-là.

— Ulysse et ses hommes n'en restent pas moins prisonniers de la grotte. Le lendemain matin, le cyclope devenu aveugle est bien obligé de pousser le rocher pour laisser sortir ses moutons en leur tâtant le dos l'un après l'autre, histoire de s'assurer qu'Ulysse et les siens ne tentent pas de s'échapper en leur grimpant dessus. Ce que la brute n'a pas prévu, c'est que ses prisonniers se sont agrippés au ventre des moutons, ce qui leur permet de s'évader, de voler le troupeau du cyclope, et de s'embarquer sur leurs vaisseaux. Parvenu à bonne distance du rivage, Ulysse en profite pour narguer Polyphème : « Eh, espèce d'enfoiré, voilà ce qui arrive quand on mange ses hôtes ! Si jamais on te demande qui t'a crevé l'œil en arrangeant ta jolie petite bobine, tu pourras répondre qu'il s'agissait d'Ulysse, fils de Laërte, de l'île d'Ithaque. »

— Comment dit-on « enfoiré » en grec ancien ? s'enquit Gideon.

Amy prononça un mot incompréhensible dont elle traça l'orthographe sur le sable : ἀναγης.

— Vraiment ?

— Disons qu'enfoiré n'est pas aussi poétique.

— Ton Ulysse me plaît bien.

— Polyphème jure alors de se venger. Il fait appel à son père, le dieu de la mer, Poséidon, qui s'arrange pour compliquer le périple d'Ulysse. À force d'essuyer les tempêtes que Poséidon place sur leur chemin, les Grecs se retrouvent chez Hadès, le dieu des enfers. Ils ne s'en tirent qu'en demandant leur route à Tirésias, un devin aveugle.

— Jusqu'en enfer, dis-tu ? Le malheureux s'est vraiment retrouvé au diable !

— Je ne te le fais pas dire. Tout indique qu'il ne s'est pas contenté de se balader dans les îles de la mer Égée.

— Que se passe-t-il à son retour ?

— Il trouve chez lui toutes sortes de prétendants désireux de séduire sa femme. Pour s'en débarrasser, il imagine une solution pour le moins... comment dire ? aussi peu orthodoxe que la façon dont il a échappé à Polyphème. Mais c'est une autre histoire.

Elle s'empara d'une banane plantain qu'elle entreprit d'éplucher.

— J'espère que je ne t'ennuie pas avec mon récit, au moins.

— Pas du tout. C'est génial.

Elle engloutit la banane et jeta la peau dans l'obscurité.

— J'ai fait une autre découverte. Homère parle très souvent de cannibalisme dans l'*Odyssée*. Il se trouve que le cannibalisme était totalement inconnu en Méditerranée dans l'Antiquité, alors qu'il était extrêmement courant dans les Caraïbes.

— Intéressant.

Elle observa son compagnon en silence. Les braises crépitaient à leurs pieds et une petite brise agitait les feuilles des palmiers au-dessus d'eux.

Gideon s'attarda sur le visage d'Amy, éclairé par les flammes.

— Tu es très belle.

Elle rougit.

— Je ne vois pas le rapport avec...

Il se pencha pour l'embrasser, mais elle le repoussa.

— Il y a un problème ? demanda-t-il.

— Notre mission est déjà suffisamment compliquée comme ça.

Gideon la dévisagea longuement.

— Tu es sérieuse ?

— Absolument, balbutia-t-elle en triturant le tirage papier de l'*Odyssée*. Maintenant, laisse-moi travailler. Tu n'as qu'à aller te baigner pour te rafraîchir les idées.

38

Ils passèrent la nuit sous la protection d'un bouquet de palmiers et furent réveillés le lendemain par les premiers rayons d'un soleil ardent. La chaleur, immédiatement suffocante, apportait avec elle des nuées de phlébotomes. Gideon tenta de leur échapper en prenant un bain matinal. À son retour au camp, Amy avait allumé un feu dans l'espoir de les éloigner.

Ils mangèrent en silence les restes du tatou en passant leur temps à chasser les insectes attirés par la viande. Le manque d'eau les avait obligés à se rationner. À mesure que grimpait la température, Gideon ressentit les premiers effets de la soif.

— Il est temps de repartir, décida Amy en rangeant leurs maigres possessions dans un sac étanche.

— Tu ne crois pas qu'on devrait appeler Glinn ?

— N'oublie pas qu'on n'a quasiment plus de batterie. Autant l'économiser et la conserver en cas d'urgence.

— Je veux bien, mais Glinn risque de péter un plomb si on ne le contacte pas très vite.

Amy accueillit la remarque avec un sourire en coin.

— Tant pis pour lui.

— On dirait que tu ne l'apprécies guère.

— Comment l'as-tu deviné ?

Gideon fit la moue en voyant Amy rouler consciencieusement le tirage papier de l'*Odyssée* et le glisser dans le sac. La théorie de la jeune femme semblait nettement moins attrayante que la veille, lorsqu'elle lui racontait avec enthousiasme les exploits d'Ulysse à la lueur du feu. Le soin tout particulier avec lequel elle rangeait son précieux texte commençait à l'énerver. À ce sentiment d'agacement s'ajoutaient peut-être sa gêne d'avoir tenté d'embrasser Amy et le rejet de cette dernière. Et puis, pour quelle raison s'entêtait-elle à vouloir refuser l'aide de Glinn ?

Ils reprirent leur chemin sur la plage jusqu'à ce que l'embouchure d'un lagon les empêche d'aller plus loin. Nettement plus imposant que ceux qu'ils avaient traversés la veille avec ses trois cents mètres de largeur, le chenal laissait s'écouler un fort courant d'eau boueuse en direction de l'océan. Le lagon auquel il était rattaché constituait une véritable mer intérieure.

— C'est bien ce que je craignais, remarqua Amy en déposant son sac. Il doit s'agir de Los Micos, une immense lagune qui figurait sur la carte.

— Impossible de traverser le chenal à la nage sans être entraîné vers le large, remarqua Gideon. Quant à le contourner, ce serait bien trop long.

Amy ne répondit pas.

— Pourquoi ne pas accepter l'offre de Glinn et lui demander de nous fournir un nouveau bateau ? Ce lagon est un point de rendez-vous idéal.

Elle fit non de la tête.

— Nous sommes trop près du but.

Elle sortit les jumelles de son sac, avança dans l'eau du chenal et observa la rive qui dessinait un long croissant à l'horizon. Un insecte se perdit dans l'oreille de Gideon en bourdonnant furieusement. Il le chassa d'un doigt, mais il en revenait toujours plus qui se glissaient dans sa bouche, son nez, ses yeux. Il battit des mains pour les repousser.

Amy baissa ses jumelles.

— Le mieux est encore de longer la rive. Le courant semble faiblir lorsque le lagon s'élargit, nous devrions pouvoir le franchir à la nage.

— N'importe quoi plutôt que de rester ici à se faire bouffer par ces foutues bestioles.

Ils s'élancèrent dans la vase en évitant l'enchevêtrement de racines d'arbres et de végétaux formant la mangrove. Ils avançaient dans un mètre d'eau, aspirés à chaque enjambée par la boue sur laquelle ils marchaient. Une marche usante, rendue plus harassante par l'arrivée massive d'insectes.

Le chenal finit par s'élargir et le courant diminua d'intensité. Ils poursuivirent leur avance dans une eau stagnante, puante et chaude, enveloppés dans un nuage d'humidité moite peuplé de bestioles.

— On pourrait essayer de nager, suggéra Gideon en constatant que l'autre rive du lagon se trouvait à moins de deux kilomètres.

Amy plissa les paupières. Elle tira les jumelles de son sac et entreprit l'examen minutieux de la rive. Soudain, elle sursauta.

— Que se passe-t-il ?

Elle lui tendit les jumelles.

— À huit cents mètres, à peu près. La tache blanche.

Gideon scruta la rive à son tour.

— On dirait une barque.

S'enfonçant plus profondément, ils atteignirent le bateau en pataugeant le long de la mangrove. Il s'agissait d'un vieux canoë en bois, à moitié rempli d'eau, qui avait dérivé avant de se prendre dans un nœud de racines. Une bonne dizaine de couches de peinture successives s'écaillaient sur sa coque, lui donnant une allure psychédélique.

— Essayons de le vider et de voir s'il peut nous porter, proposa Gideon.

Ils écopèrent l'eau en se servant de leurs mains. Moins de dix minutes plus tard, l'esquif flottait sur l'eau du lagon. Seul un minuscule filet transpirait du fond de la coque. Ils y posèrent leurs sacs et choisirent, en guise de pagaies, deux morceaux de bois plats parmi les débris accumulés sur le bord. Ils montèrent dans le canoë, s'agenouillèrent dans le fond et commencèrent à pagayer. En s'éloignant de la mangrove, Gideon constata avec soulagement qu'un souffle d'air éloignait enfin les nuages d'insectes.

— J'ai bien cru que j'allais devenir cinglé, dit-il en chassant les bestioles les plus acharnées. Quand je pense qu'on pourrait être en train de se reposer dans la cabine principale d'un yacht de luxe à l'heure qu'il est ! Il nous suffirait d'un simple coup de fil à Glinn.

— Tais-toi et rame, gronda Amy.

— À vos ordres, capitaine Bligh.

La rive opposée, constituée d'une épaisse mangrove, approchait rapidement. Gideon l'examina attentivement à la jumelle et découvrit un chenal menant à ce qui ressemblait à une plage.

Moins d'une demi-heure plus tard, ils mettaient pied à terre et tiraient le bateau sur un banc de sable boueux lorsque Gideon aperçut un mouvement du coin de l'œil.

— Amy ? dit-il à la jeune femme qui tirait les sacs étanches sur la rive. Nous avons de la visite.

Elle se retourna. Six hommes armés de lances, venus de nulle part, se tenaient en arc de cercle à moins d'une dizaine de mètres.

— Oh, oh, murmura Gideon.

Les deux groupes s'observèrent longuement.

— Laisse-moi leur parler, recommanda Gideon à sa compagne.

Il avança, un large sourire aux lèvres.

— Amis, dit-il en écartant les mains dans un geste de paix. *Amigos. Somos amigos.*

Celui qui semblait être le chef se racla la gorge et cracha par terre. Le temps donna l'impression de s'arrêter. Gideon en profita pour examiner les nouveaux venus. Tous étaient vêtus de shorts crasseux, de T-shirts et de tongs usés. Plusieurs exhibaient des colliers réalisés à partir d'objets empruntés au monde développé : capsules de bouteille, pampilles en plastique, petites cuillères, appareils électroniques cassés, vieux circuits imprimés. Le chef portait autour du cou un vieil iPhone accroché à un lacet de cuir. Sur l'écran du portable était gravé un visage de singe grimaçant.

— *Somos amigos*, tenta à nouveau Gideon.

L'homme à l'iPhone avança et s'exprima d'une voix courroucée dans une langue inconnue en tendant sa lance en direction du canoë. Il ponctua à plusieurs reprises sa diatribe de mouvements de lance en direction de ses interlocuteurs, puis vers l'endroit où ils avaient découvert l'embarcation.

— L'homme à l'iPhone nous accuse d'avoir volé son canoë, traduisit Amy. Dis-leur que nous nous excusons.

Gideon se creusa la cervelle. Son espagnol se limitait aux bribes apprises lorsqu'il vivait au Nouveau-Mexique. Il se tourna vers Amy.

— C'est toi, la linguiste, non ?

— Désolée, mais je doute qu'ils parlent grec ancien.

L'homme à l'iPhone ponctua son discours de gestes agressifs avant de conclure :

— *Ven. Ven*, déclara-t-il en désignant une piste dans la mangrove.

— *Ven*... on dirait de l'espagnol, commenta Gideon. Il nous demande de l'accompagner.

L'homme à l'iPhone insista d'un mouvement de lance.

— *Ven*, répéta-t-il.

Gideon et Amy suivirent leur guide sur un sentier sablonneux qui s'enfonçait dans la jungle en serpentant. Avec le retour de la moiteur, des nuées d'insectes se ruèrent à l'assaut des intrus. Gideon constata avec satisfaction que son ami iPhone n'était pas le dernier à se défendre contre les attaques carnivores en jurant. Il avançait d'un pas vif devant les Américains, laissant ses hommes fermer la marche.

Ils avaient parcouru près de dix kilomètres lorsque Gideon perçut dans le lointain la rumeur des vagues. Les premiers palmiers apparurent, la végétation s'éclaircit et une bouffée d'air marin lui caressa les narines. Quelques minutes plus tard, le petit groupe pénétrait dans un village constitué de masures de bois flotté et de tôle ondulée, disséminées à l'ombre d'une palmeraie. L'océan restait invisible, mais son grondement leur parvenait de l'autre côté d'un écran de jungle.

Au centre du campement, de vieilles femmes s'activaient autour d'une énorme marmite d'émail écaillé, posée sur un lit de braises. Deux totems en bois, disposés de part et d'autre du hameau, figuraient des singes grimaçants identiques à celui de l'iPhone. À l'écart se dressait un sanctuaire : une maison miniature de bois flotté savamment sculpté, surmontée d'un toit en herbe. Gideon distingua à l'intérieur de vieux crânes humains brunis par le temps, sagement alignés à côté d'ossements divers.

L'homme à l'iPhone prit à nouveau la parole en leur faisant comprendre qu'ils devaient s'asseoir sur le tronc d'arbre qu'il leur désignait. De leur côté, les femmes continuaient de s'affairer autour du chaudron comme si de rien n'était. Des enfants émergèrent brusquement de la forêt voisine et se plantèrent devant les étrangers qu'ils dévisagèrent en silence.

— Tu as une idée de qui sont ces gens ? murmura Gideon à l'adresse de sa compagne.

— Comme on est sur la côte des Mosquitos, je suppose qu'il s'agit d'Indiens miskitos.

Les anciens se réunirent autour d'iPhone et se lancèrent dans une conversation animée. Il ne faisait guère de doute qu'ils s'interrogeaient sur le sort à réserver aux intrus. L'homme à l'iPhone se détacha du groupe et s'approcha de Gideon dont il désigna le sac étanche.

— *¡Dar!*

— Non, répliqua Gideon en protégeant son bien.

L'homme à l'iPhone avança la lance d'un geste inquiétant tout en tendant la main.

— *¡Dar!*

— N'oublie pas que tu as un calibre .45 dans ce sac en cas de besoin, glissa Amy à son compagnon.

— *Mi*, rétorqua Gideon en reculant d'un pas.

L'homme à l'iPhone se rua sur le sac de Gideon tout en essayant de frapper ce dernier avec sa lance.

— Salopard ! s'écria le jeune homme en faisant un bond de côté.

L'homme multiplia les imprécations en agitant dangereusement la pointe de son arme.

— Tu devrais sortir ton pistolet, histoire de le calmer, suggéra Amy.

— Mauvaise idée. Il est encore trop tôt.

L'autre cria de plus belle en agitant sa lance.

Gideon avança au point de toucher la pointe métallique.

— Baisse cette lance ! hurla-t-il. *¡Baja!* Nous sommes de simples visiteurs. *¡Somos amigos! Visitantes!*

L'Indien se figea sur place, interloqué par la véhémence de Gideon.

— *¡Lo siento!* Je m'excuse pour le canoë. *Muchas gracias.* Mais nous nous sommes échoués sur cette côte. *Nuestro barco, baja en agua.*

Il mima la perte du bateau en pleine mer, la façon dont ils avaient gagné la rive à la nage. Puis, enchaînant les gestes que leur outrance rendait comiques, il expliqua à son interlocuteur qu'ils avaient longtemps erré sur la plage, en quête d'eau et de nourriture.

Le petit groupe rassemblé autour d'iPhone observait attentivement la pantomime de Gideon.

— Nous avons besoin d'aide. Vous comprenez ? *Socorro. ¿Comprende? Ayuda. Alimento y agua.*

Il fit mine de manger et de boire.

L'homme à l'iPhone recommença à agiter sa lance. Gideon avança et se dénuda la poitrine.

— Vas-y, puisque tu as décidé de m'embrocher ! Si c'est comme ça que vous traitez les étrangers dans ce patelin, finissons-en tout de suite !

Un murmure parcourut le groupe des vieilles femmes qui observaient la scène de leurs petits yeux noirs.

L'homme à l'iPhone, furieux, posa la pointe de sa lance sur la poitrine de Gideon en faisant jaillir quelques gouttes de sang.

— Je ne suis pas certain de l'efficacité de ta stratégie, remarqua Amy en s'approchant du sac, prête à saisir le calibre .45. Il est grand temps de montrer à ces gens de quel bois nous nous chauffons.

39

— Attends, murmura Gideon à sa compagne.

Il essuya des doigts le sang qui s'écoulait de la plaie, dessina deux traits de chaque côté de son visage, au niveau des tempes, avant d'en tracer un troisième sur son front.

Son geste eut un effet aussi imprévisible que spectaculaire. L'homme à l'iPhone recula précipitamment en éloignant son arme, et des murmures s'élevèrent du groupe des femmes.

Le rideau fermant la porte de la hutte la plus proche s'écarta et un vieil homme tout ridé apparut sur le seuil. Les jambes arquées, le dos ployé par les ans, il marchait difficilement. Contrairement aux autres villageois, l'inconnu portait un pagne traditionnel.

Il avança et fit taire d'un regard féroce les hommes avant de s'adresser sèchement à iPhone. Il se tourna alors vers Gideon à qui il adressa dans sa langue une longue diatribe ponctuée de grands gestes. Si l'arrivée des deux étrangers ne semblait pas ravir le vieil homme, du moins ne donnait-il pas l'impression de leur vouloir du mal. Il se tut et fit signe aux visiteurs de venir s'asseoir avec lui sur un tronc d'arbre, près du feu.

— C'était quoi, ce cirque ? demanda Amy à Gideon dans un murmure. Pourquoi avoir peint ton visage avec du sang ?

— Je n'ai pas eu le temps de me maquiller ce matin.

À la vue du regard mauvais qu'elle lui adressait, il s'empressa d'ajouter :

— Sérieusement, je ne sais pas du tout pourquoi ils ont réagi de la sorte. Je me suis contenté d'imiter leur statue, expliqua-t-il en montrant d'un discret mouvement du menton le totem le plus proche. Tu verras que le monstre borgne sculpté en haut du poteau porte les mêmes signes.

Amy secoua la tête.

— Il aurait été plus simple de sortir un pistolet.

— Je peux t'assurer que la situation serait devenue nettement moins simple si on les avait menacés d'une arme. Je préfère de loin exercer mes talents de manipulateur, comme ton copain Ulysse.

On plaça devant eux des bols d'un ragoût fumant qui sentait divinement bon. Gideon avait une telle faim qu'il faillit se brûler en se jetant sur sa nourriture. Hommes, femmes et enfants s'étaient regroupés autour d'eux et ils mangèrent en silence sous le regard inquisiteur du village.

— Je n'ai jamais rien avalé de meilleur, commenta Gideon entre deux cuillerées.

Amy remua lentement le brouet dont elle extirpa ce qui ressemblait à une queue de rat.

— Je me demande bien ce qu'ils ont mis dedans.

— Si tu veux mon avis, tu ferais mieux de manger les yeux fermés.

Ils achevèrent de vider leurs bols.

— Et maintenant ? s'enquit Amy. Que raconte-t-on à ces braves gens ?

— L'expérience m'a enseigné que les gens sont les mêmes partout dans le monde, répondit Gideon.

Il se leva et serra chaleureusement la main du vieil homme dans la sienne.

— *Muchas gracias*, dit-il. *¡Muchas gracias!*

Il fit le tour de l'assemblée et serra successivement les mains des hommes, puis des femmes, en affichant un grand sourire. En dépit de leur étonnement, les villageois ne semblaient pas rester insensibles à cette marque d'amitié.

— Il est temps de leur adresser un beau discours, ajouta Gideon à l'intention d'Amy.

— Tu plaisantes ? Ils ne connaissent pas un mot d'anglais.

— Tu n'as pas compris. Nous avons un rôle à tenir, celui des étrangers respectueux. Et que font les étrangers respectueux lorsqu'ils débarquent quelque part ? Ils prononcent un discours.

Amy afficha une mine dubitative.

— Et ils offrent des cadeaux, ajouta Gideon se hissant sur une souche d'arbre, les mains levées.

— Mes amis ! commença-t-il d'une voix forte.

La foule des villageois se tut.

— Nous avons effectué un long périple, par-delà les mers, pour nous joindre à vous aujourd'hui…

Il se lança dans une vibrante allocution que les villageois écoutèrent attentivement, sans en comprendre un traître mot. Sa déclaration terminée, Gideon sortit de son sac une lampe frontale qu'il offrit au vieil homme avec solennité.

Le chef, visiblement mécontent, alluma et éteignit la torche à plusieurs reprises, signe qu'il en connaissait le fonctionnement, puis il la tendit à l'enfant le plus proche.

Les réactions bienveillantes suscitées par le discours de Gideon se dissipèrent dans un silence tendu.

— Oups, chuchota Amy. J'ai comme l'impression que les indigènes du cru ne se contenteront pas de verroterie.

Gideon, à la recherche d'une porte de sortie, plongea la main dans son sac. Ses doigts rencontrèrent la crosse du calibre .45. Pas question. Il possédait bien un poignard, mais les villageois n'en manquaient pas. Des barres de céréales, des allumettes, la trousse de secours... Il avait beau se creuser la cervelle, il ne trouvait pas d'issue à son problème. Des gouttes de transpiration perlèrent sur son front.

Le vieil homme commençait à s'impatienter. Il n'avait guère apprécié qu'on le prenne pour un imbécile devant l'ensemble de la tribu en lui offrant une vulgaire torche.

Gideon sortit du sac une grenade.

Amy ouvrit des yeux ronds.

— Tu es complètement cinglé... ?

Gideon la tendit à son interlocuteur. Un murmure s'éleva de la foule. Le vieux chef saisit l'offrande dans ses mains tendues, examina la grenade en connaisseur et l'accrocha à son foulard par la cuillère. À son air ravi, il ne faisait aucun doute qu'il connaissait la valeur d'un tel engin. Il serra chaleureusement la main de Gideon, aussitôt imité par les autres hommes de la tribu.

À son tour, le chef prononça pompeusement un long discours dans sa langue en abreuvant Gideon d'œillades amicales, sous le regard respectueux de ses hommes. Son laïus achevé, il pénétra dans sa hutte au milieu d'un silence impatient.

— Je te parie qu'il va en ressortir avec une fille belle comme le jour, plaisanta Gideon à voix basse.

Le chef ressortit de la case avec un petit coffret de bois poli qu'il tendit à Gideon. L'objet, superbement ouvragé dans un bois exotique sombre, était orné de la même divinité que celle sculptée en haut du totem. Gideon souleva le couvercle et découvrit un petit matelas d'herbes sèches dont s'échappaient de délicieux arômes de miel et de cannelle. Il écarta l'herbe et posa les yeux sur une sorte de fleur séchée, noire et fripée, de quelques centimètres de diamètre. Il la saisit entre ses doigts, provoquant les commentaires animés de toutes les personnes présentes. À l'évidence, le chef venait de lui offrir un présent d'une valeur immense.

Il se tourna vers Amy.

— De quoi s'agit-il, à ton avis ? D'une sorte de drogue ?

Amy, hypnotisée par la fleur séchée, ne lui répondit pas immédiatement.

— J'ai comme l'impression que nous avons débarqué chez les Lotophages, murmura-t-elle enfin. Le chef vient de t'offrir une fleur de lotus.

40

Amy s'empara délicatement de l'objet et le déposa dans le creux de sa main. Il s'en dégageait un parfum entêtant. Gideon observa d'un air hébété ce qui pouvait aussi bien être une cosse séchée qu'un bouton de fleur. Pouvait-il réellement s'agir du fameux *remedium* ? Il sentit monter en lui une bouffée d'espoir, aussitôt tempérée par le doute.

— Gideon ? l'interrompit Amy à voix basse. Alors ? Tu ne dis rien ?

— Comment ? Oh, s'excusa le jeune homme en se tournant précipitamment vers le vieux chef. Nous vous remercions beaucoup de ce cadeau ! *¡Muchas gracias!* insista-t-il en soulignant son propos d'une légère courbette.

— Essaie de lui demander d'où vient cette fleur, lui glissa Amy.

— Oui, bien sûr. Euh... *donde... donde...* désolé, je parle mal espagnol...

Il brandit le curieux présent.

— *Donde?*

Le chef ouvrit grand les yeux et pointa du doigt l'océan, invisible de l'autre côté du rideau de jungle.

— *Isla*, répondit-il. *Isla Tawaia.*

— *Isla*, répéta Gideon.

Le lotus provenait donc d'une île.

Le cercle s'était resserré autour des deux étrangers, les villageois se poussaient pour mieux les voir. Le chef conduisit ses hôtes jusqu'à une petite hutte à l'écart, écarta les feuilles de palmier qui faisaient office de porte et leur fit comprendre, dans un flot de paroles ponctué de gestes, qu'il s'agissait de leur chambre. Des nattes tissées étaient étalées sur le sol, à côté de draps bon marché et d'une couverture d'enfant en polyester décorée d'un gros Titi.

— Merci, s'empressa de réagir Gideon. *Gracias*.

Il signala au chef qu'ils souhaitaient se retirer. Le soleil couchant teintait d'une lumière dorée la jungle alentour.

Le chef s'éclipsa et Amy se jeta sur l'une des nattes.

— Je suis épuisée.

— Je pars en reconnaissance, dit Gideon. Je suis curieux de savoir s'il est possible d'identifier cette île Tawaia sur laquelle a été cueilli le lotus. Je vais jusqu'à l'océan. Tu m'accompagnes ?

— Bien sûr, approuva Amy en se relevant.

À peine avaient-ils quitté la hutte qu'iPhone les rejoignait. Il leur débita un long discours dans sa langue en leur proposant son aide par gestes.

— Tu t'es fait un nouveau copain, remarqua Amy.

— On va à l'océan, expliqua Gideon. *Al mar*. Nager.

Il simula les mouvements de la brasse. L'homme à l'iPhone hocha la tête, signifiant qu'il avait compris, et désigna l'ouverture d'un sentier en pleine jungle.

Gideon s'y engagea avec sa compagne, heureux de constater qu'iPhone ne cherchait pas à les suivre. La rumeur des vagues s'amplifiait à mesure qu'ils avançaient, jusqu'à ce que l'océan apparaisse entre les palmiers, au détour d'un bosquet de raisins de mer. L'eau, couronnée de moutons, brillait d'un éclat doré.

Amy s'immobilisa, fascinée par les silhouettes montagneuses qui se découpaient à l'horizon. Elle examina longuement les îles à l'aide de ses jumelles avant de tendre celles-ci silencieusement à Gideon.

Les îlots, très éloignés de la côte, étaient constitués de pics volcaniques particulièrement abrupts, hauts de plus de trois cents mètres. Les flancs noirs des montagnes, parcourus d'éboulements, laissaient place, au sommet, à une jungle luxuriante qu'embrasaient les derniers rayons du soleil. Un nuage solitaire, posé audessus de l'île la plus proche, brillait d'une lueur orangée à la lumière du crépuscule. Gideon sursauta en découvrant un curieux récif noir battu par les flots, à l'avant-garde des îlots. Avec sa forme tourmentée, on aurait dit un tire-bouchon géant.

— Le « lieu tordu », murmura Gideon, subjugué par cette vision.

— Incroyable, lui fit écho Amy. *Tortuosum locus*. Ces îles en arrière-plan sont donc le *trans ultra* du dernier indice. « Au-delà du lieu tordu. » Notre destination finale.

Gideon baissa les jumelles.

— Comment diable nous rendre là-bas ?

— Nos amis se chargeront de nous y conduire, suggéra Amy en désignant sur la plage une rangée de canoës creusés dans des troncs.

— Traverser dans ces baignoires ? Non merci. Il est grand temps d'appeler Glinn et de lui réclamer le yacht tout neuf qu'il nous a proposé.

Amy hésita.

— Attendons un peu.

Gideon posa sur elle un regard étonné.

— Je ne comprends pas. Pourquoi refuses-tu systématiquement l'aide de Glinn ?

Elle conserva le silence un moment.

— Je n'aime pas sa façon de tout contrôler. En plus, je ne suis pas certaine que voir débarquer un gros yacht sur leur plage nous aide vraiment à gagner la confiance des autochtones.

— Tu sembles oublier que nous travaillons pour son compte.

Elle se tourna vers Gideon.

— Non. Nous ne travaillons pas pour un individu, mais pour un projet.

Ils observèrent les îles pendant de longues minutes, jusqu'à ce que Gideon rompe le silence.

— Je voudrais me baigner, si ça ne t'ennuie pas. Je suis couvert de transpiration et de piqûres d'insectes.

— Bonne idée.

— Euh... c'est-à-dire que je n'ai pas de maillot de bain, comme tu t'en doutes.

— Quelle importance ? Moi non plus.

Gideon enleva ses vêtements crasseux avec un haussement d'épaules, puis traversa la plage en courant et se jeta dans les vagues. L'eau était délicieusement fraîche, et plutôt calme à condition de ne pas s'aventurer jusqu'aux gros rouleaux. Il nagea un moment, se rinça, sortit de l'eau en s'ébrouant du mieux qu'il le pouvait et retourna s'asseoir sur le sable en étalant sa chemise sous lui. Amy le rejoignit quelques minutes plus tard et il se surprit à admirer son corps à la peau mate.

— Un vrai gentleman ne regarde pas une femme nue aussi ostensiblement, remarqua-t-elle en s'asseyant à côté de lui.

— Mille excuses, rougit-il en lui tournant le dos.

La petite brise qui soufflait du large les sécha rapidement et ils restèrent longtemps immobiles. Amy sortit la première de son silence.

— Je voulais te dire. Glinn m'a raconté la façon dont tu t'y étais pris pour voler cette page du *Livre de Kells*. Du bon boulot.

— Merci.

— Cela dit, je ne suis pas certaine de trouver rassurant de travailler en tandem avec un voleur d'objets d'art.

— Les gens finissent généralement par s'y habituer.

— Les gens s'habituent à tout. Même à la peste.

Gideon secoua la tête d'un air amusé.

— Tu t'es déjà fait prendre ? lui demanda Amy.

— Non.

— Alors tu n'as jamais été en prison ?

— Une fois, à la suite d'une erreur. On m'avait pris pour un type coupable d'un délit de fuite. J'ai passé la nuit en cellule, ils m'ont libéré le lendemain après avoir attrapé le responsable.

— Quel effet ça fait de se retrouver derrière des barreaux ?

Gideon haussa les épaules.

— J'ai passé le temps en lisant de la poésie.

— De la poésie ?

— J'ai trouvé un vieux recueil de poèmes dans ma cellule. J'avais le choix entre ça, ou bien le journal des Témoins de Jéhovah.

Les deux jeunes gens se rhabillèrent.

— Je n'en peux plus de ces fringues dégoûtantes, se plaignit Amy.

— Pense à un beau yacht avec des cabines de douche, du savon, des draps et des vêtements propres, un matelas confortable, un expresso bien chaud.

— Un expresso bien chaud…

— Il va nous falloir un bateau, des cartes et un GPS si nous comptons explorer ces îles. Tant pis pour la confiance des autochtones. On appelle Glinn demain.

Amy demeura silencieuse un long moment avant de laisser échapper un soupir.

— C'est bon. On l'appelle demain matin. J'ai trop envie d'un expresso, conclut-elle en souriant.

41

Les quatre hommes s'étaient donné rendez-vous dans la salle de réunion : Garza, Glinn et Weaver, le spécialiste de l'ADN, ainsi que le médiéviste Brock. La tension dans la pièce était la même qu'au sein d'une salle de rédaction, à la veille d'un scoop majeur.

Weaver n'était plus seulement inquiet, il paraissait hagard, à la limite de l'épuisement. Plusieurs jours s'étaient écoulés depuis son exposé précédent. Il avait choisi cette fois de venir les mains vides.

— Dites-nous tout, l'encouragea Glinn.

Le chercheur passa une main nerveuse dans ses cheveux blonds.

— Nous avons procédé à de nouveaux tests ADN, ainsi que vous me l'aviez demandé. Non pas une fois, mais deux, en utilisant chaque fois de nouveaux fragments des échantillons. Les séquences génétiques obtenues à chaque fois sont parfaitement identiques. Parallèlement, nous avons réalisé une analyse à l'aide de l'algorithme BWA-SW. Nous avons pu constater que le niveau de contamination est approximativement de 0,04 paire de bases, largement inférieur au niveau de pertinence statistique.

Il se tut.

— Et alors ?

— Tous les tests pointent dans la même direction. Nous sommes en présence d'un ADN essentiellement humain, avec toutefois plusieurs différences notables. Certaines sections ne relèvent d'aucune espèce connue. On note en particulier la présence de séquences relevant des pongidés, c'est-à-dire les singes.

Garza secoua la tête. On s'enfonçait dans le grand n'importe quoi.

Weaver s'éclaircit la gorge.

— Nous avons également découvert un certain nombre de séquences caractéristiques de...

Il acheva sa phrase dans un murmure :

— ... De l'homme de Neandertal.

— Quoi ? s'exclama Garza.

— L'homme de Neandertal, répéta Weaver.

— C'est parfaitement ridicule ! glapit Brock. On ne sait même pas à quoi ressemblait le génome de l'homme de Neandertal !

— Vous vous trompez, professeur. Son génome a été entièrement séquencé il a quelques années par l'institut Max-Planck de Leipzig. Ces travaux ont été réalisés à partir d'éléments ADN prélevés sur des dents découvertes lors de fouilles en Europe. Cela dit, nous n'y avons nous-mêmes pas cru dans un premier temps. Nous avons donc procédé au séquençage du génome complet de l'individu dont la peau a été utilisée comme vélin.

Glinn fronça les sourcils.

— Le génome complet ?

— C'était la meilleure solution. Cette étape franchie, nous avons entré les résultats dans notre analyseur génétique.

— De quoi s'agit-il ? s'enquit Brock.

— C'est un ordinateur dédié. Ou, plutôt, une série d'ordinateurs reliés entre eux, capables de reconstituer la morphologie, le comportement et les caractéristiques d'un organisme à partir de son génome.

Weaver marqua une légère hésitation avant de poursuivre :

— Je préfère vous prévenir. Nous sommes en présence d'une espèce inconnue. Un cousin de l'homme de Neandertal, mais assez différent de ce dernier à bien des égards.

— De quelle façon ?

— Cette créature possède des gènes très particuliers en termes de vieillissement, de taille, de robustesse, et de vision. Son hémoglobine contient un taux d'oxygène extrêmement élevé. Sa respiration et son rythme métabolique sont anormalement lents, nos analyses montrent que la créature concernée est capable de modifier ces rythmes à volonté en cas de stress, ce qui évite l'endommagement oxydatif des tissus.

— Pourriez-vous être plus précis ? insista Glinn.

Weaver dévisagea successivement son interlocuteur et Garza.

— Bien sûr. On note de fortes spécificités génétiques au niveau des hormones de croissance. L'individu en question est très grand. Bien plus grand que son cousin de Neandertal.

— Mais encore ? s'enquit Garza.

— Difficile à dire. Cinquante pour cent plus grand, peut-être.

— Vous voulez dire qu'il mesure deux mètres soixante-dix ?

Weaver hocha la tête.

— Tout indique que nous sommes en présence d'une créature très puissante, modérément intelligente, et extrêmement agressive.

— Agressive, dites-vous ?

— Oui. On note chez lui des séquences génétiques altérant ses prédispositions au combat, un patrimoine hormonal très différent au niveau de la maîtrise des émotions, ainsi qu'une hypertrophie des régions du cerveau permettant de gérer la peur et l'agressivité. Nous sommes en présence d'un individu parfaitement adapté à son environnement, et très développé dans sa capacité à se défendre.

— Vous décrivez ni plus ni moins un hominidé aussi grand que primitif, résuma Garza. Doué d'intelligence, agressif, et d'une force hors du commun.

— Avez-vous pu établir l'âge de ce vélin ? questionna Glinn.

— Oui. La datation par le carbone 14 nous montre qu'il vivait il y a deux mille cinq cents ans. En clair, cela signifie que l'espèce concernée s'est éteinte au plus tôt aux alentours de l'an 500 avant notre ère.

Glinn s'agita dans son fauteuil roulant.

— C'est tout à fait extraordinaire. Vous avez fait allusion, tout à l'heure, aux capacités visuelles de cette créature. J'aimerais en savoir davantage.

Weaver releva brièvement les yeux.

— Je me demandais quand vous me poseriez la question. Figurez-vous que ce n'est pas le moins étrange…

42

À la première heure le lendemain, Gideon et Amy se rendirent sur la plage, munis du téléphone satellite, pensant bénéficier de meilleures conditions de réception que dans la jungle. Amy alluma l'appareil et plusieurs messages s'affichèrent sur l'écran, signalant l'arrivée de messages et d'appels en absence en provenance d'EES. Gideon grimaça intérieurement, sachant d'avance que Glinn serait mécontent de n'avoir pas reçu d'appel depuis plusieurs jours.

Amy régla le téléphone sur haut-parleur et enfonça la touche préréglée. Glinn décrocha à la première sonnerie. Contrairement à ce que craignait Gideon, il entama la conversation d'une voix calme et posée.

— Vous n'avez pas appelé depuis trop longtemps. J'attends vos explications.

— Nous n'avons plus que quatre pour cent de batterie, nous ne pourrons pas parler longtemps.

— Alors je vous écoute.

Amy se lança dans le détail de ses hypothèses au sujet de l'*Odyssée*, mais Glinn l'interrompit rapidement.

— J'en ai assez entendu. Cette histoire ne nous concerne pas. À présent, écoutez-moi bien. Nous arrêtons la mission.

— Qu'est-ce que vous racontez ? intervint Gideon.

— Nous sommes entrés en possession d'éléments nouveaux que nous allons devoir analyser.

— Quels éléments nouveaux ?

— Nous sommes venus à bout de l'énigme du parchemin. Je n'ai guère le temps d'entrer dans les détails, sinon pour vous annoncer que le vélin utilisé pour la carte a été réalisé avec la peau d'un hominidé de type Neandertal.

— Attendez une seconde. Vous pouvez répéter ?

— Ce nouvel élément nous conduit à réviser notre modélisation informatique. Nous avons donc décidé de vous rapatrier, de revoir nos analyses et d'organiser une nouvelle mission. Un bateau vous ramènera prochainement à New York. Toutes mes félicitations pour le travail accompli, je me réjouis d'avance de la séance de débriefing qui…

Amy mit fin à la communication en voyant l'indicateur de batterie passer au rouge.

Gideon la regarda avec des yeux ronds.

— Qu'est-ce que tu fabriques ?

Elle posa sur lui deux yeux noirs.

— C'est ça que tu veux ? Qu'on annule la mission ? Après tout ce qu'on a fait, tous les risques qu'on a pris ?

— Bien sûr que non.

— Ravie de te l'entendre dire, bordel ! Notre objectif se trouve à moins de trente kilomètres d'ici, précisa-t-elle en désignant les îles volcaniques à l'horizon. Là, sous nos yeux !

— Pas la peine de crier, je t'ai entendue, maugréa Gideon.

— J'ose espérer que tu ne te contentes pas de m'entendre. Il nous suffit d'explorer ces îles, de découvrir la nature exacte de ce baume et d'en rapporter un spécimen. Sachant qu'il s'agit très probablement de ce « lotus » que t'ont offert les indigènes.

— Désobéir aux ordres de Glinn ne sera pas sans conséquence. Il peut très bien décider de nous bloquer.

— Il ne sait même pas où nous sommes.

— Il n'aura aucun mal à le deviner.

— À ce stade, une seule question m'importe, Gideon : es-tu décidé à me suivre ?

Il prit une longue respiration. S'il avait longtemps jugé fumeuse la théorie d'Amy, leur rencontre avec les Lotophages s'était chargée de l'ébranler dans ses convictions. D'autant qu'il n'avait jamais croisé la route d'une personne aussi intrépide. Homme ou femme.

— Je te suis, décida-t-il.

Amy se pencha vers lui, un sourire aux lèvres.

— Pour un peu, je t'embrasserais.

— Ne te gêne surtout pas.

— Pas tout de suite. Nous avons du pain sur la planche.

Il éclata de rire.

— D'accord, mais quand ?

— Tu seras le premier au courant le moment venu.

Elle rangea le téléphone satellite dans son sac étanche, se releva en essuyant le sable collé à ses vêtements, et scruta longuement la mer.

Les îlots volcaniques, à peine visibles à l'horizon, flottaient au milieu d'une brume mauve mystérieuse. Un nuage restait suspendu au-dessus du pic le plus élevé. Gideon, rêveur, se demanda l'espace d'un instant s'il était vraiment possible que se cache dans cette île de légende un remède capable de guérir la maladie incurable dont il se savait atteint.

43

L'homme à l'iPhone les attendait lorsqu'ils regagnèrent le village. Il les invita à s'asseoir près du feu et leur offrit de partager un petit-déjeuner peu appétissant, composé d'un gâteau de maïs gluant, agrémenté de bananes plantains écrasées. Le repas terminé, Gideon fit signe à iPhone de s'approcher.

— *Isla*, dit-il en faisant mine de pagayer à bord d'un canoë, le doigt tendu en direction de l'océan. *Vamos isla*. Nous voulons aller sur l'île. D'accord ?

La proposition sembla dérouter iPhone, qui fit non de la tête, le front barré d'un pli.

Gideon insista.

— *Vamos isla. Importante. Vamos ahora.*

Son interlocuteur secoua la tête de plus belle en murmurant des paroles négatives, puis il se leva et pénétra dans la case du chef de village. Ce dernier émergea peu après de sa hutte, le visage sombre, et vint s'asseoir à côté des deux étrangers.

— *No vamos isla*, décréta-t-il en agitant le doigt à la façon d'un instituteur. *No*.

Gideon prit sa respiration.

— *¿Porque?*

— *Isla... peligrosa.*

Peligrosa. Gideon, perplexe, tenta de rassembler dans sa tête le peu d'espagnol qu'il connaissait.

— *Peligrosa? No comprende.*

— *¡Peligrosa! ¡Mala! ¡Difícil !*

Difficile. Un mot aisément compréhensible. L'espagnol du chef n'était guère meilleur que le sien, ce qui ne facilitait pas la conversation.

— *Vamos in canoa*, suggéra Gideon en feignant de pagayer.

— *No. Isla sagrada.*

Sagrada. Encore un mot qui lui échappait. Il se tourna vers Amy.

— Essaie de m'aider. Toi qui connais le latin, que peut signifier *sagrada* ?

— Probablement « sacré ». Quant à *peligrosa*, ça ressemble au mot latin *periculosum*, qui signifie « danger ».

— Si je comprends bien, cette fichue île est sacrée et dangereuse. Ils doivent pourtant bien s'y rendre à l'occasion, sinon où trouveraient-ils leurs lotus ?

Il se tourna à nouveau vers le vieux chef.

— *Cuando...*

Incapable de terminer sa phrase, il mima la question avec les mains. Quand allez-vous dans l'île ? Après plusieurs essais, le chef parut comprendre. Entre ses gestes et son mauvais espagnol, il expliqua à son interlocuteur que les villageois s'y rendaient à l'occasion d'une cérémonie d'action de grâce.

— *Gracias*, le remercia Gideon.

Le chef reparti, il proposa à Amy une promenade sur la plage. Ils s'engagèrent sur le petit sentier traversant la jungle et se retrouvèrent bientôt au bord de l'océan où les attendaient les canoës, sagement alignés sur le sable.

— Il suffirait de leur voler un canoë, suggéra Amy.

— On finirait noyés. Le simple fait de franchir la barre des rouleaux à bord de l'une de ces embarcations tient de l'exploit.

— Dans ce cas, comment procéder ?

— Je propose de s'inspirer de l'exemple de ton copain Ulysse.

— Comment ? En enfonçant un bâton dans l'œil d'iPhone ?

— Je pense plutôt à une bonne vieille manipulation.

— Laquelle ?

Gideon lui exposa son idée. Il lui suffisait de feindre de tomber malade, de façon à obliger leurs hôtes à lui administrer du lotus. Sa guérison serait l'occasion d'organiser une cérémonie d'action de grâce.

Amy le gratifia d'un regard affolé.

— Mais enfin, Gideon ! C'est une très mauvaise idée ! Comment sais-tu que ce lotus n'est pas du poison ?

— Il faut l'espérer.

— Tu parles d'un espoir. Et puis comment peux-tu être si sûr qu'il parlait d'une cérémonie d'action de grâce ? Ses gestes n'étaient pas vraiment limpides.

— Mais si, tu as bien vu qu'il joignait les mains en baissant la tête. Il remerciait les dieux. Quoi qu'il en soit, je tiens à tester ce lotus.

— Pour quelle raison ? demanda Amy d'un air soupçonneux.

— Pour voir.

— Voir quoi ?

Gideon ne répondit pas.

Ils discutèrent longuement de la meilleure façon de pousser les indigènes à les conduire dans l'île, mais ils retombaient inévitablement sur le même écueil : le seul moyen de parvenir à leurs fins était de susciter l'organisation d'une cérémonie rituelle.

— Très bien, céda enfin Amy. Je suis d'accord à une seule condition : c'est moi qui goûterai au lotus.

En dépit de toutes ses tentatives, Gideon ne parvint pas à l'ébranler.

De retour au village, ils s'installèrent près du feu où Amy avala une quantité impressionnante de gruau de maïs à la banane plantain tandis que Gideon vérifiait le contenu de sa trousse de secours. Il avait le cœur au bord des lèvres de la voir s'empiffrer de la sorte. Elle montra du doigt une noix de coco qu'iPhone s'empressa de lui apporter après l'avoir décalottée d'un habile coup de machette. Elle but une longue gorgée de jus et tendit la noix de coco à Gideon qui but à son tour avant de la poser à côté de lui. S'assurant que personne ne pouvait le voir, il y versa le contenu d'un petit flacon d'ipéca, récupéré quelques minutes plus tôt dans la trousse de secours.

Amy demanda alors à son compagnon de lui repasser la noix de coco dont elle but avidement le jus en lui adressant un regard complice.

À peine eut-elle vidé la noix qu'elle fut prise de violents vomissements.

Le corps secoué de hoquets, elle recracha son repas sous le regard horrifié des personnes présentes. Pliée en deux sur le sol, elle se mit à pousser des hurlements effrayants.

L'effet fut immédiat. Tandis que Gideon se précipitait pour l'aider, la moitié du village prit la fuite dans la jungle au milieu des cris en emportant les enfants. Le chef, suivi par un iPhone très hésitant, s'approcha lentement.

— Je vais mourir, gémit Amy. Je meurs !

— *¡Muerte!* traduisit Gideon en faisant appel à son espagnol scolaire.

Les effets de l'ipéca dissipés, Amy poursuivit sa comédie en laissant échapper des cris atroces. Les yeux révulsés, elle griffait le sable de ses doigts en feignant d'être prise de convulsions. Le tableau était si réaliste que Gideon sentit sa gorge se nouer. Les rares villageois qui n'avaient pas fui dans la jungle gardaient prudemment leurs distances.

Le chef et iPhone, n'écoutant que leur courage, voulurent venir en aide à la jeune femme. Le vieil homme entonna une mélopée en imposant les mains tandis qu'iPhone s'efforçait de maintenir Amy au sol.

Gideon tira de son sac étanche le coffret sculpté dont il tira le lotus.

— Donnez-lui ça !

Le chef du village manifesta son approbation d'un cri, bondit sur ses pieds et partit chercher de l'eau qui bouillait sur le feu dans une marmite pendant qu'iPhone réduisait la fleur en morceaux à grands coups de machette avant de les écraser avec le plat de la lame. Une odeur nauséabonde s'échappa de la plante écrasée et Gideon, inquiet, fut pris de sueurs froides. Il se rassura en se disant que leurs hôtes n'avaient rien d'empoisonneurs, heureux de constater que les deux hommes s'activaient du mieux qu'ils le pouvaient. À peine la fleur réduite en poudre, iPhone la versa dans un pot d'eau chaude.

Amy poussa un dernier cri, puis elle retomba sur le sol, inconsciente, les yeux révulsés.

Le chef et iPhone firent infuser la poudre de lotus, puis ils filtrèrent leur préparation en versant l'eau dans une noix de coco à travers un morceau d'écorce. Ils ajoutèrent un peu d'eau fraîche dans le liquide rosé et malodorant afin de le refroidir, puis ils firent signe à Gideon d'asseoir sa compagne évanouie de façon à l'obliger à boire. Gideon redressa péniblement Amy dont la tête retombait à chacun de ses efforts, la bouche écumante. Il avait rarement vu une actrice aussi convaincante.

Le chef s'agenouilla près d'elle, la noix de coco pleine du liquide nauséabond à la main, et gifla la malade. Celle-ci rouvrit les yeux et il porta la noix de coco à ses lèvres, l'obligeant à en avaler le contenu. Amy, une grimace aux lèvres, but la décoction jusqu'à la dernière goutte.

Sa tête retomba aussitôt en arrière. Constatant qu'elle avait perdu connaissance, Gideon l'allongea sur le sol.

Une minute s'écoula sans qu'elle bouge. L'angoisse se lisait sur le visage du chef et d'iPhone. Debout près d'elle, ils se tordaient les mains d'inquiétude.

Enfin, Amy ouvrit les yeux et balaya le décor d'un regard éteint.

Le chef et iPhone poussèrent un grand cri. Les villageois qui avaient battu en retraite aux confins de la jungle s'approchèrent timidement, intrigués.

Amy, appuyée sur un coude, observa leur manège en clignant les yeux.

Un murmure d'excitation parcourut la foule. Le soulagement était palpable.

Amy se releva avec une infinie lenteur. Ses convulsions s'étaient définitivement calmées. Elle commença par exprimer sa gratitude au vieux chef, avant de remercier iPhone derrière lequel se pressaient les habitants du village. La jeune femme, visiblement épuisée, tanguait légèrement sur ses jambes. Aucun de ceux qui revenaient de la jungle ne semblait s'en inquiéter. Les yeux écarquillés en présence d'un tel miracle, ils exprimaient bruyamment leur reconnaissance à leurs dieux en adressant de grands gestes en direction du firmament.

Le chef saisit le poignet de Gideon et le leva triomphalement, puis il se lança dans un long discours incompréhensible tout au long duquel il donna l'impression de vanter les mérites et de louer la sagesse de l'étranger. Du moins l'espérait ce dernier, qui avait mis au point cette mascarade dans ce seul but.

Le vieil homme frappa dans ses mains et donna quelques instructions. Les enfants du village s'élancèrent aussitôt à la poursuite d'une chèvre qu'ils attachèrent après l'avoir capturée. iPhone s'approcha avec sa machette et trancha la gorge de l'animal au son sinistre de ses bêlements.

Le chef, radieux, tapa à nouveau dans ses mains.

— *¡Fiesta!* s'écria-t-il.

— *Fiesta*, murmura Amy d'une voix lointaine. *Fiesta*.

Laissant leurs hôtes achever les préparatifs, Gideon et Amy se rendirent sur la plage où le jeune homme aida sa compagne à nettoyer les traces de terre et de vomi qui maculaient sa tenue. Ce soir-là, tous réunis autour du feu, ils dégustèrent la chèvre rôtie. Le chef termina les agapes par une annonce largement applaudie. À force de questions, Gideon parvint à en découvrir le sens. Ainsi qu'il l'avait prévu, un périple à l'île de Tawaia aurait lieu le lendemain matin afin de remercier les dieux de la guérison et de célébrer l'esprit du lotus.

La nuit était bien avancée lorsque Gideon et Amy purent se retirer dans leur case. Allongé sur sa natte, les mains croisées sous la nuque, Gideon se laissa bercer par le bruit des vagues sur la plage et les murmures des voix autour du feu.

— Tu sais, Amy. Ton petit numéro était vraiment extraordinaire.

Un léger ronflement lui répondit. Les effets de la fleur de lotus ne s'étaient pas encore dissipés. La jeune femme avait eu toutes les peines du monde à rester éveillée tout au long de la soirée.

— Amy ? insista Gideon.

— Hmmmm.

— Tu étais plus vraie que nature. Ton cinéma a fichu la trouille à tout le monde, moi le premier.

Elle mit longtemps à marmonner un semblant de réponse.

— Dans une autre vie, quand j'étais jeune et bête, j'ai pris des cours d'art dramatique.

— Ah, ah ! la railla Gideon. Je vais enfin savoir qui est la véritable Amy. En tout cas, ces cours t'ont bien profité.

— C'était ton idée, balbutia-t-elle en retour avant de retrouver une respiration régulière.

Gideon l'observa dans la pénombre. Il ne l'avait jamais vue dormir sans qu'une moue trouble ses traits.

On aurait pu croire qu'elle poursuivait sans cesse une lutte avec des éléments dont il n'aurait pu déterminer la nature. Pour la première fois, un sourire éclairait son visage. Un sourire paisible et serein.

44

Ils installèrent Gideon au fond de l'un des canoës, Amy dans un autre. Gideon avait veillé à se munir des précieux sacs étanches. Les hommes qui les accompagnaient poussèrent les embarcations à l'eau, sautèrent à l'intérieur et pagayèrent frénétiquement en fendant les premiers rouleaux. Trempé jusqu'aux os, Gideon avait cru mourir dix fois lorsque ses compagnons franchirent enfin la barre.

La conclusion de cette étape ne signala pas pour autant la fin des angoisses du jeune homme. La mer était houleuse et le long canoë suivait les creux à la façon d'un ascenseur fou alors que les hommes, leurs dos musclés couverts de gouttelettes brillantes, pagayaient dans un ensemble parfait au rythme de leur mélopée. Ils avançaient vent debout, mais les canoës fendaient l'eau à près de dix kilomètres à l'heure. Le soleil du matin, en se levant derrière les îles dont les silhouettes mauves se dessinaient au loin, jeta une lumière mordorée sur l'océan.

Gideon distingua bientôt deux îlots. Le premier, d'une hauteur d'à peu près trois cents mètres, surgissait tout droit de la mer et partait à l'assaut des nuages. Le suivant, moins vaste, était encore plus haut et escarpé. Le récif torsadé, un amas de roches volcaniques noires, se dressait à l'avant-garde des îles tel un doigt crochu de sorcière.

À peine franchi le récif, les canoës prirent la direction de l'île la plus proche. Gideon distingua bientôt une plage de sable noir, ourlée de vagues écumeuses, qui s'étendait jusqu'au pied de falaises volcaniques en pente raide, percées de grottes.

Les deux embarcations se laissèrent glisser sur les rouleaux jusqu'au calme du bord avant de s'échouer sur le sable. Les hommes sautèrent à terre et tirèrent les canoës hors de portée de la marée.

Amy rejoignit Gideon pendant que les hommes attachaient leurs bateaux.

— On se croirait dans un monde perdu, remarqua la jeune femme en examinant les alentours.

Les villageois s'approchèrent, guidés par un vieillard ridé que Gideon n'avait jamais aperçu avant ce matin-là. Vêtu d'une tenue traditionnelle, contrairement aux autres hommes de la tribu, il tenait à la main un long bâton surmonté d'un aigle sculpté et de curieuses figures ésotériques. Ses doigts étaient couverts de bagues, une douzaine de colliers lui enserraient le cou. Les hommes le traitaient avec la plus grande déférence, baissant les yeux sur son passage.

Le vieillard se planta devant Gideon et Amy, qu'il dévisagea longuement. Son visage buriné, sa lèvre inférieure pendante et les deux points noirs qu'il avait à la place des yeux ajoutaient à l'air de majesté et de mystère qui flottait autour de sa personne. Gideon crut deviner qu'il avait affaire au chef spirituel ou au shaman de la tribu.

Son examen achevé, le vieil homme appela d'un geste muet iPhone, manifestement élevé au rang de compagnon des deux étrangers. Ce dernier se précipita et le shaman lui adressa ses recommandations.

iPhone se retourna vers Amy. S'exprimant par une série de gestes ponctués de rares mots espagnols, il lui fit comprendre qu'elle devait rester sur la plage avec lui car elle n'avait pas sa place lors de la cérémonie.

Amy voulut protester, mais Gideon la calma d'un geste.

— Autant ne pas les contrarier pour l'instant. On aura tout le temps d'explorer l'île par la suite.

Elle acquiesça en lui lançant un regard noir, et iPhone l'entraîna vers la plage.

Le prêtre leva son bâton et les villageois s'alignèrent en silence. Gideon marchait à leur tête, juste derrière le vieillard. Ils longèrent les falaises pendant quelques centaines de mètres jusqu'à une saignée dans la roche volcanique à travers laquelle grimpait un sentier à peine visible. Le prêtre entama la montée, suivi par Gideon et tous les autres. Il était incroyablement leste pour son âge, au point que Gideon peinait à le suivre.

À mesure que le petit groupe prenait de l'altitude, un paysage somptueux s'offrit à la vue : l'immensité de la mer, les vagues qui grondaient sur la plage en contrebas, les côtes qui s'étendaient à l'infini dans le lointain, tel un océan de verdure parsemé de hauts sommets dans l'intérieur des terres. Un couple d'aigles, dérangés par la survenue des intrus, tournoyaient au-dessus de leurs têtes en poussant des cris perçants.

Gideon avait beau explorer les alentours du regard, il n'apercevait nulle part de plante susceptible de porter des fleurs ou des cosses semblables à celles du « lotus ». Il renonça à interroger ses compagnons et préféra laisser l'aventure suivre son cours, intimidé par le silence des villageois et la solennité du moment.

Le petit sentier se faisait de plus en plus escarpé, mais le prêtre continuait son ascension en s'aidant des deux mains, son bâton pastoral accroché dans le dos. Gideon s'obligea à oublier sa hantise du vide en voyant s'ouvrir sous lui des à-pics vertigineux. Dans le ciel, les aigles poursuivaient leur ballet en criant.

Soudain, la sente franchit une crête et s'éloigna de la falaise. Gideon faillit s'arrêter sous l'effet du soulagement, mais les autres progressaient et le prêtre poursuivait son chemin. Le petit groupe contourna une colonne basaltique en direction d'une vaste grotte. Les vénérables buissons fleuris qui la surmontaient, leurs branches tels des scalps verdâtres, en masquaient partiellement l'ouverture tourmentée.

Gideon n'eut guère le temps de prolonger son examen des lieux car ses compagnons s'engageaient déjà dans la bouche noire à la file indienne. Une caverne basse de plafond, au sol de sable fin, les attendait à l'intérieur. Le groupe parcourut une trentaine de mètres et s'immobilisa. À mesure que ses yeux s'habituaient à l'obscurité, Gideon distingua sur les parois de curieux pictogrammes rouge et bleu. Plusieurs villageois s'emparèrent de torches sur un tas posé dans un coin et les allumèrent en quelques frottements de silex avant de s'enfoncer plus avant dans la grotte.

Gideon sentit les battements de son cœur s'accélérer en distinguant dans la pénombre un énorme rocher noir en forme d'autel. Derrière la pierre géante, peint sur une dalle, il devina la silhouette grotesque d'un monstre velu aux bras musclés, le menton en galoche et les pieds tordus. Un œil énorme lui trouait le visage, sous un front épais.

Gideon ouvrait la bouche pour interroger le prêtre à ce sujet lorsque le vieillard le fit taire d'un regard courroucé.

La petite troupe s'approcha de l'autel à la lueur des torches. Les hommes se disposèrent en arc de cercle tandis que le prêtre s'avançait. Gideon sursauta en l'entendant psalmodier une mélopée nasillarde à laquelle répondirent les villageois par un jeu d'appels et de réponses. À mi-chemin entre chant et déclamation, les formules rituelles se réverbéraient sous la voûte de la caverne. Gideon en déduisit que la cérémonie d'action de grâce avait débuté.

En voyant les participants enfoncer leurs torches dans le sable tout autour de l'autel, Gideon s'aperçut que celui-ci était en réalité un coffre géant fermé par un couvercle. Les hommes avancèrent en un seul mouvement et soulevèrent le couvercle sans jamais interrompre leurs psalmodies.

Des effluves nauséabonds, plus forts que ceux du lotus qu'ils évoquaient, s'échappèrent de l'autel.

Le rythme des chants s'accéléra alors que le prêtre ramassait dans le coffre une poignée de petits cigares noirs biscornus. Il en déposa un dans la main de Gideon, distribua solennellement les autres aux Indiens de la tribu et conserva le dernier pour lui-même.

Gideon s'intéressa discrètement à l'étrange objet. On aurait dit une racine séchée, ou peut-être un champignon. Il en émanait une puanteur atroce, mélange d'odeur de pieds mal lavés et d'amandes amères.

Les membres de l'assistance s'assirent en tailleur sur le sable au pied de l'autel. Le prêtre remit en place le couvercle de pierre alors que plusieurs de ses fidèles élevaient un bûcher en allant chercher du bois sec stocké dans un coin reculé de la caverne. Cette tâche accomplie, le prêtre mit le feu au bûcher avec sa torche. Des flammes jaillirent, qui éclairèrent la grotte d'une lumière dansante.

Les détails de la grotte apparurent à Gideon à la lueur du brasier. La pierre soigneusement polie de l'autel, d'un noir d'ébène, luisait dans la pénombre en mettant en valeur le dessin stylisé, d'un réalisme dérangeant, de la curieuse créature.

L'un des villageois plaça devant chacun une pierre plate. Il y déposa un mortier et un pilon taillés dans des blocs de lave, ainsi qu'un bol rempli d'eau. Le prêtre, assis sur une pierre plus élevée à l'entrée du cercle, leva le mortier et le bol en signe rituel. Les autres l'imitèrent et Gideon se joignit à eux.

Le prêtre versa un peu d'eau dans son mortier et détacha un morceau de la racine mystérieuse qu'il broya consciencieusement en accompagnant chacun de ses gestes d'une mélopée sacrée. Les membres de l'assistance, Gideon le premier, reprirent son exemple jusqu'à obtention d'un mélange grumeleux dont s'échappait une odeur éprouvante.

Son curieux champignon entièrement transformé en gruau, le prêtre porta le mortier de pierre à ses lèvres et but longuement. Gideon, après un instant d'hésitation, s'enhardit à tenter l'expérience en voyant que tous ses compagnons imitaient le geste de leur shaman. Le breuvage avait un goût infect, au point que Gideon crut avaler un bol de pus chargé d'épices, mais il se força à l'engloutir en se demandant s'il pouvait s'agir du véritable lotus. Si c'était le cas, la plante administrée à Amy la veille n'était qu'une version édulcorée de cette racine nauséabonde.

Les chants montèrent sous la voûte. Gideon s'interrogea sur les effets de la concoction en pensant avec inquiétude aux travaux de l'anthropologue Carlos Castaneda. Il tenta de se rassurer en se disant que la tisane ne devait pas être mortelle, puisque les autres y avaient également goûté. Pour avoir expérimenté son lot de drogues au cours de sa jeunesse mouvementée, il voulut se convaincre qu'il s'en sortirait. Après tout, cette cérémonie était destinée à remercier les dieux.

En l'espace de quelques minutes, il se sentit emporté par une sensation étrange. Un état cotonneux de bien-être et de paix, une sorte d'illumination intérieure qui s'emparait progressivement de son être et lui donnait l'impression d'être enveloppé d'une douce chaleur, à la façon d'un enfant dans les bras de sa mère. Jamais il ne s'était senti aussi en paix avec lui-même et le reste du monde. Et puis un étrange phénomène se produisit.

L'expérience lui avait appris à ne pas s'appesantir sur les épisodes les plus douloureux de son existence, le meurtre de son père, son enfance difficile, l'impression de solitude qui ne l'avait jamais quitté, le mal incurable dont il était atteint. Mais comment aurait-il pu les rayer totalement de la carte de son inconscient ? À mesure que les effets de la drogue prenaient possession de lui, il en arrivait pourtant à oublier les drames de son existence. Plus exactement, à s'en moquer. Libéré de ce fardeau, il se sentait libre, parfaitement en phase avec lui-même, d'une façon qu'il n'avait jamais connue. Tout s'éloignait brusquement : son enfance, son père et sa mère morts depuis longtemps, son cabanon dans les montagnes du Nouveau-Mexique. Tout se noyait dans un océan d'oubli, alors que le temps lui-même cessait d'exister...

45

Les chants rituels fluctuaient au gré d'une mer invisible. Allongé sur le sable, Gideon ne s'était jamais senti aussi bien, aussi vivant. Les flammes du brasier dansaient joyeusement le long des murs de la grotte sur lesquels elles allumaient des reflets dorés peuplés d'ombres animées. Le sable coulait entre ses doigts avec une douceur incomparable en lui chatouillant les doigts, au milieu d'une riche odeur de pierre que parfumaient des arômes de feu de bois. Les craquements des braises faisaient monter en lui une chaleur douce et rassurante. L'ardeur du feu pénétrait chacun des pores de sa peau en lui réchauffant les os, faisant naître au plus profond de son être une douceur suave qui envahissait son âme, prenait possession de sa vie tout entière.

Il constata soudain que ses voisins s'étaient tous levés et l'observaient d'un air béat. Curieusement, leur bienveillance suprême donnait l'impression de ne pas être totalement désintéressée. Ils s'approchèrent de lui, et Gideon se sentit soulevé, emporté à bout de bras dans les profondeurs de la grotte.

La chaleur du feu s'éloigna et la pénombre reprit ses droits, mais Gideon n'en avait cure tant il avait confiance en ses nouveaux amis. Pris d'une sensation de moiteur, il continuait de se laisser porter à la lueur de la torche que brandissait l'un des hommes, avec l'assurance absolue que ses compagnons se souciaient exclusivement de son bien-être. Le mystère de cette caverne obscure ravissait Gideon, sûr de la bonté de ce peuple chaleureux.

Les hommes entonnèrent une mélopée douce, lente et plaintive dont la beauté le toucha profondément.

Le tunnel dans lequel ils avançaient s'élargit et laissa place à une caverne plus vaste. Gideon n'était plus certain d'être éveillé ou de rêver. À bien y réfléchir, il ne pouvait s'agir d'un rêve, les sensations étaient trop fortes, trop ancrées dans sa conscience. En dépit de ses membres endormis et du délicieux état de somnolence qui l'avait envahi, jamais son esprit n'avait été aussi affûté, et il attendit la suite avec curiosité.

Les hommes le déposèrent sur une couche de pierre en chantant de plus belle. Ils allumèrent un nouveau brasier qui chassa instantanément l'humidité ambiante et plongea la caverne dans une chaleur rassurante. Le prêtre se dressa au-dessus de Gideon, une jarre en terre à la main. Il y trempa les doigts et les ressortit dégoulinant d'une huile parfumée qu'il étala sur le corps du jeune homme. Ce dernier comprit la mesure de l'honneur qui lui était accordé en voyant les autres se rassembler autour de lui. Touché par leur intérêt et leur gentillesse, il les remercia intérieurement de tant d'attentions.

Les hommes entamèrent une danse rituelle. Ils tournaient lentement autour de la caverne en multipliant les gestes étranges. Huit d'entre eux émergèrent de l'ombre en portant à l'épaule deux madriers sur lesquels reposait une planche en bois surmontée d'une énorme tête de mort blanche. Le crâne, plus gros que celui d'un gorille, était curieusement troué d'une seule orbite sous un front massif.

Gideon observa longuement le curieux objet, se demandant s'il pouvait s'agir d'une sculpture, avant de comprendre qu'il était en présence d'un véritable crâne. Sans cette étrange orbite unique, on aurait pu croire à celui d'un géant et il fit instantanément le lien avec le monstre dessiné sur la paroi de la première grotte. La découverte était fascinante... Ce crâne était la preuve flagrante qu'une telle créature avait bien existé... Emporté par les effets du lotus auxquels il se soumettait entièrement, Gideon restait hypnotisé par ce trophée fantastique.

Le lotus, les Lotophages, l'*Odyssée*. Malgré l'état second dans lequel il se trouvait, Gideon eut un éclair de lucidité en se souvenant qu'Ulysse, après avoir quitté le pays des Lotophages, avait abordé l'île des cyclopes.

Les cyclopes !

Il avait sous les yeux un crâne de cyclope. Le monstre évoqué dans l'*Odyssée* avait donc existé. Ce crâne que les indigènes adoraient lui en fournissait la preuve.

Gideon examina le trophée avec ravissement. Un crâne splendide, avec sa puissante mâchoire, ses canines carnassières, cet énorme pli frontal. Quelle découverte formidable pour la science ! Il sourit... Après tout, que lui importait la science ?

Les hommes du village descendirent le crâne de son piédestal de bois et le posèrent sur une console en pierre. Leurs chants prirent une tournure étrange, jusqu'à ressembler au souffle du vent au cœur d'une forêt. Le vieux prêtre s'approcha, une assiette en bois à la main sur laquelle reposait un petit tas de cosses de lotus séchées. Il en parsema le corps de Gideon puis l'aspergea d'huile sacrée, avant de s'agenouiller et de brandir au-dessus de la tête du jeune homme un long poignard dont la lame d'obsidienne scintilla à la lueur des flammes.

Gideon s'efforça de donner un sens à la scène, sans y parvenir. Il aurait été incapable de prononcer une parole. Qu'aurait-il pu lui arriver, puisqu'il était entouré d'amis délicieux ? L'un des hommes jeta une brassée de branchages sur le feu qui se ranima en projetant dans la pénombre une pluie d'étincelles. Le craquement des braises se répercuta longuement entre les parois de la caverne.

La lame d'obsidienne descendit lentement et s'arrêta sous l'une des oreilles de Gideon, au niveau du cou.

Loin, très loin dans sa tête, Gideon entendit résonner une sonnette d'alarme. La situation était d'autant plus paradoxale qu'il ne ressentait pas la moindre douleur, alors que la lame entamait l'épiderme et que les premières gouttes d'un sang tiède commençaient à couler...

46

Une détonation assourdissante résonna à l'intérieur de la grotte.

— Laissez-le ! ordonna une voix.

Le poignard se figea dans la main du vieux prêtre. Gideon crut reconnaître la voix. Une voix de femme. Qui était-elle, et pourquoi venait-elle interrompre une cérémonie aussi magique ?

Une nouvelle détonation fit taire les chants et une silhouette jaillit de l'ombre, qui bouscula le prêtre en envoyant voler son couteau d'obsidienne. Un visage que Gideon connaissait bien entra dans son champ de vision. Deux yeux de feu, une masse de cheveux courts. Il connaissait cette femme.

Elle l'agrippa d'une poigne ferme.

— Lève-toi !

Il voulut se dégager, et elle le gifla de toutes ses forces à deux reprises. Pourquoi se montrait-elle si dure avec lui ? Ses excellents amis les indigènes avaient reculé sous la menace de l'intruse à qui ils adressaient des gestes hostiles en l'invectivant.

Gideon tenta mollement de la repousser, désireux de renouer avec cette merveilleuse sensation de paix intérieure, mais elle le força à se mettre debout en lui enserrant le cou d'un bras.

— Ne vous approchez pas ! cria-t-elle en tirant en l'air. Gideon, pour l'amour du ciel, réveille-toi !

Il posa sur elle un regard hébété. Toujours incapable de parler, il s'étonnait de tenir debout.

— Allez ! Remue-toi, bordel !

Elle s'empara d'un tison et se dirigea à reculons vers l'entrée de la caverne en tirant Gideon par le bras. Il lui marmonna des reproches dont elle ne tint pas compte. À peine avaient-ils atteint le tunnel menant à la première grotte qu'elle se retourna et donna une bourrade à son compagnon pour l'obliger à avancer.

— Cours, bon sang !

Il tituba et faillit tomber, mais elle le rattrapa de justesse par les cheveux et le gifla de plus belle.

— Vite !

Il obtempéra à regret, complètement perdu, désolé à l'idée de quitter un endroit aussi fabuleux.

— Tu as vu... ?

— Allez, plus vite ! le coupa-t-elle en le poussant brutalement devant elle.

Quelques instants plus tard leur parvenait une bouffée d'air marin, portant avec elle la rumeur de l'océan. Gideon constata que le soleil s'était couché en découvrant que la nuit enveloppait la crête, à l'entrée de la grotte. L'air frais lui éclaircit les idées, ce qui ne l'empêcha pas de s'extasier en découvrant des milliers d'étoiles dans le ciel.

— Seigneur, que c'est beau...

Une bourrade lui rappela que la femme en colère se trouvait à ses côtés. Il lui semblait pourtant la connaître. Comment se nommait-elle, déjà ?

— Tu as vu ces étoiles... ?

— Oublie les étoiles et remue-toi les fesses !

Il se remit en marche d'un pas incertain et ne tarda pas à parvenir à l'entrée de l'étroite sente qui dévalait la falaise quasiment à la verticale. Il oscilla au bord du vide, hypnotisé par l'écume des rouleaux en contrebas, les eaux sombres de l'océan. Le souvenir de son ascension lui revint soudain. Il allait devoir redescendre en empruntant ce chemin escarpé, à son grand désespoir.

— Attention à toi ! Avance lentement.

Gideon s'aventura prudemment sur le sentier raviné en posant un pied devant l'autre. Il avait à peine fait quelques pas qu'il se retourna vers sa compagne.

— On ferait mieux de regagner la grotte...

Elle l'interrompit en le gratifiant d'une calotte sur le sommet du crâne.

— Avance !

Préférant obéir plutôt que de se battre, il reprit sa descente. Il s'arrêta presque aussitôt afin de respirer à pleins poumons l'air de la nuit. Elle le frappa à nouveau et il poursuivit son chemin jusqu'à la plage. Là, il tomba à genoux et plongea les mains avec volupté dans le sable noir. La femme s'empressa de le priver de ce modeste plaisir en l'agrippant par les cheveux.

— Au canoë !

Il obéit d'un pas mal assuré tandis qu'elle récupérait les sacs étanches sur la plage et les jetait au fond de l'un des bateaux.

— Aide-moi à le mettre à l'eau.

Il saisit la corde à regret et tira le tronc creusé jusqu'aux premières vagues.

— Monte.

Il obtempéra et se retrouva aussitôt avec une pagaie entre les mains.

— Rame.

Il posa la pagaie et se dressa sur ses jambes.

— Laisse-moi retourner là-bas quelques minutes, déclara-t-il en faisant mine de débarquer.

La femme l'obligea à reprendre sa place dans le canoë, l'attacha au banc de nage avec un morceau de corde, puis elle poussa l'embarcation et se hissa à bord d'un bond.

— Rame, bordel !

Il enfonça la pagaie dans l'eau, la ramena en arrière, et recommença. Dans son dos, la femme pagayait de toutes ses forces. Il répéta son geste à plusieurs reprises, mollement, jusqu'à ce qu'elle lui ordonne d'accélérer la cadence.

Gideon ne parvenait pas à comprendre pourquoi elle lui en voulait au point de l'attacher, mais il n'avait pas la force de résister. Le canoë approchait lentement de la barre écumeuse signalant l'entrée dans l'océan.

— Plus vite !

La proue fendit les premiers rouleaux en arrosant les passagers du canoë. Dopé par l'eau fraîche, Gideon pressa le mouvement. Le canoë s'éleva dans les airs, porté par une vague puissante. La suivante projeta l'embarcation de côté tandis qu'une troisième la submergeait, mais le canoë résista en dépit de l'eau embarquée et franchit bravement l'obstacle.

Alors, pour la première fois, un soupçon de peur l'assaillit.

— Écope avec tes mains ! lui ordonna la femme en joignant le geste à la parole.

Gideon l'imita, mais l'eau, projetée par la houle, ne cessait d'envahir la coque à mesure qu'ils la vidaient.

Trempé, Gideon sentit ses idées s'éclaircir au contact de l'eau et du vent. Le nom de la femme lui revint brusquement. Amy ! Elle se nommait Amy. Il posa une main sur sa gorge à l'endroit où l'eau salée picotait la peau entamée. Les types de la grotte... ils avaient voulu le tuer, et il se serait laissé mourir sans un geste. Et puis ce crâne de cyclope... Il ne pouvait s'agir que d'une hallucination, provoquée par la drogue. Il secoua la tête en se disant que l'esprit humain était décidément une machine complexe.

Il redoubla d'efforts, s'évertuant à écoper l'eau à deux mains. Les premiers symptômes d'un violent mal de crâne commençaient à lui marteler les tempes.

— C'est bien ! Continue ! l'encouragea-t-elle.

Le canoë, porté par un courant puissant, s'éloignait de la côte en direction de la pleine mer. Il arriva bientôt en vue de l'îlot situé derrière la grande île.

— Ils nous poursuivent, s'écria Amy.

Gideon se retourna. Des lumières dansaient dans la nuit, signe que certains des hommes s'étaient munis de torches, laissant le soin de pagayer à leurs compagnons.

Des brumes de l'oubli commençaient à surgir les premiers souvenirs. Gideon se souvint d'avoir avalé une drogue avant d'être porté jusqu'à une table sacrificielle. Le clou de la cérémonie d'action de grâce était... un sacrifice humain !

— Amy, tu m'as sauvé la vie.

— Tu me remercieras plus tard. En attendant, continue d'écoper.

Il redoubla d'efforts. Porté par le courant, le canoë n'était plus qu'à mille cinq cents mètres de la seconde île dont la silhouette sombre se découpait dans la nuit étoilée. Bordée de tous côtés par des falaises escarpées, elle était surmontée d'un large plateau couvert d'une végétation dense.

Tout en remarquant que ses tentatives d'écopage étaient couronnées de succès, Gideon constata, en se retournant, que les lumières du second canoë se rapprochaient à toute vitesse.

— C'est bon, décida Amy. Tu peux pagayer.

Gideon lui obéit et l'embarcation fit un bond en avant.

— Jamais nous ne parviendrons à les battre de vitesse, ajouta la jeune femme. Notre seul espoir de survie est de débarquer sur cette île.

— Compris, approuva Gideon. Sauf que je ne vois pas de plage.

— On verra bien en se rapprochant du bord.

La forme noire de l'île était si proche à présent qu'elle bloquait les étoiles à la vue. Le grondement de la marée se fit plus distinct, jusqu'à ce qu'ils distinguent dans la nuit les vagues battant le pied des falaises.

— Je ne vois nulle part où aborder, s'inquiéta Amy.

L'embarcation, entraînée par la puissance des vagues, menaçait de s'écraser contre les rochers dans un déferlement d'écume. L'autre canoë, facilement visible à la lueur des torches qui dansaient sur l'eau, ne tarderait pas à les rejoindre.

Amy lança l'un des sacs étanches à Gideon.

— Accroche-le dans ton dos. Je prends l'autre. Prépare-toi à sauter.

Il passa les lanières autour de ses épaules et les serra. En dépit d'un violent mal de tête, il avait enfin les idées claires.

— Écoute-moi, suggéra-t-il. Le mieux est d'attendre que les vagues nous poussent sur les falaises, de sauter à la dernière seconde et de s'accrocher aux rochers.

— D'accord. On compte jusqu'à trois.

Portée par un rouleau à la façon d'une planche de surf, l'embarcation prit de la vitesse et se précipita sur la roche.

— Un, deux, trois !

Ils sautèrent dans un même élan. Gideon atterrit brutalement sur un rocher auquel il parvint à se raccrocher, au prix d'écorchures aux mains et aux tibias. Il resta un instant pendu dans le vide avant de trouver des points d'appui avec les pieds. Une vague, en se lançant à l'assaut du rocher, faillit le contraindre à lâcher prise. Il tint bon alors que le rouleau suivant fracassait le canoë contre la paroi, à quelques mètres de là.

Il lança autour de lui un regard paniqué. L'eau se retira et il fut soulagé d'apercevoir Amy agrippée au rocher voisin. Trempée de la tête aux pieds, elle lui parut d'une pâleur irréelle.

— Grimpe ! l'encouragea-t-elle.

Sans être à la verticale, la falaise n'en était pas moins terrifiante. Seule consolation aux yeux de Gideon, les prises pour les mains ne manquaient pas. Amy, alpiniste confirmée, ne tarda pas à le dépasser.

— Suis-moi, lui conseilla-t-elle. Sers-toi des mêmes points d'appui pour les mains et les pieds.

— D'accord.

— Il faut en permanence garder trois points de contact avec la roche. Reste le plus près possible de la paroi et évite de trop serrer les doigts autour des prises.

Quelques dizaines de mètres plus bas, le canoë transportant les hommes du village restait à l'écart des falaises, évitant soigneusement la fureur des vagues. Des cris inintelligibles fusaient de l'embarcation. Une flèche s'écrasa sur les rochers, et puis le canoë disparut, emporté par les courants.

Les deux jeunes gens poursuivirent leur ascension sans que Gideon se hasarde trop à regarder dans le vide.

Ils atteignirent enfin une petite grotte, un creux dans la lave à peine assez grand pour qu'ils puissent s'y blottir. Gideon se hissa péniblement dans le trou et s'écroula sur le sol, trop heureux d'échapper au vertige. Amy se laissa tomber à côté de lui.

Il lança un coup d'œil dans sa direction et sursauta violemment en voyant la tache sombre qui maculait la chemise de la jeune femme au niveau des côtes.

— Hé ! Qu'est-ce qui t'arrive ? Mais tu es blessée !

— Oui, il va falloir que tu m'aides.

Gideon déboutonna la chemise et la releva, découvrant une mauvaise plaie.

— Dans la grotte tout à l'heure, expliqua-t-elle en respirant avec difficulté. Un coup de lance…

— Ne bouge pas, je m'en occupe.

Il sortit de l'un des sacs étanches la trousse de secours et une lampe électrique avec laquelle il éclaira la plaie. La blessure n'était pas belle à voir, mais elle était peu profonde.

— Je vais te soigner.

Il ouvrit un paquet de gaze et entreprit de laver les bords de la plaie avant de l'examiner. L'eau de mer s'était chargée de la nettoyer et il termina de l'éponger en se servant d'un peu d'eau fraîche prélevée dans la gourde. Il aurait fallu la recoudre, mais Gideon ne possédait pas le nécessaire. Il stérilisa la blessure à l'aide de Bétadine, en referma les lèvres du mieux qu'il le pouvait en découpant des bandes de sparadrap, et appliqua un pansement. En fouillant dans la trousse, il dénicha un flacon d'amoxicilline dans lequel il prit un comprimé qu'il obligea Amy à avaler avec quelques cachets d'ibuprofène.

— Comment te sens-tu ?

— C'est douloureux. J'ai la tête qui tourne, je pense avoir perdu pas mal de sang.

— Décidément, tu es une dure à cuire. Quand je pense que tu as fait tout ça avec cette plaie au côté !

Elle balaya l'argument d'un geste.

— J'ai surtout besoin de dormir et de reprendre des forces, en prévision de l'escalade qui nous attend demain.

— N'imagine pas aller où que ce soit avec cette blessure. On restera ici le temps que tu te remettes.

Elle s'allongea.

— Sauf que si on reste ici, on meurt. C'est aussi simple que ça.

47

Gideon fut tiré de son sommeil par les cris des oiseaux nichés dans les falaises et les rayons du soleil qui pénétraient dans la petite grotte. Amy dormait encore. Elle avait les joues rouges de fièvre.

Il se mit en position assise en se tenant la tête à deux mains. Il avait un mal de crâne carabiné et un goût désagréable dans la bouche. Il se désaltéra en portant à ses lèvres l'une des gourdes et prit le temps d'examiner la situation. Il leur restait deux litres d'eau, deux barres de céréales, ainsi que quelques morceaux de viande séchée enveloppés dans des feuilles de bananier, donnés par les Indiens. En revanche, ils ne risquaient pas de tomber à court de pansements, d'antalgiques et d'antibiotiques.

Il se pencha à l'extérieur du trou et observa les alentours. La grotte était perchée à plus de cinquante mètres au-dessus de la mer. Il lui était impossible d'apercevoir le haut de la falaise, caché par un repli de la grotte. D'après ce qu'il avait pu en voir la nuit précédente, l'île s'élevait sur trois cents mètres, peut-être plus.

Il se retourna et constata qu'Amy était réveillée. Il posa la main sur son front qu'il trouva chaud.

— Comment te sens-tu ?

— Pas trop mal.

C'était faux, naturellement. Il lui tendit une gourde dans laquelle elle puisa longuement.

— Laisse-moi examiner ta plaie.

Elle se remit en position allongée et il écarta sa chemise après l'avoir déboutonnée. Le pansement était noir et humide. Elle grimaça lorsqu'il le retira. Gideon s'efforça de dissimuler son inquiétude. Les lèvres de la plaie étaient restées fermées, aussi ne voulut-il pas changer les bandes de sparadrap et préféra badigeonner la blessure de Bétadine, la tartiner de crème antibiotique et lui appliquer un nouveau pansement.

— Merci.

— Tu as été blessée en voulant me sauver la vie, Amy. Comment pourrais-je te remercier assez ?

Elle se contenta de secouer la tête.

— Comment t'est venue l'idée de partir à ma recherche ?

Elle prit sa respiration.

— L'homme à l'iPhone m'a entraînée dans une grotte au bord de la plage, et c'est son comportement qui m'a mis la puce à l'oreille. Il se montrait excessivement nerveux. À la nuit tombée, j'ai voulu l'interroger, mais il restait très évasif. Je me suis doutée à ce moment-là qu'il risquait de t'arriver des bricoles. Je lui ai posé clairement la question et il s'est entêté à nier tout en transpirant abondamment. Alors j'ai sorti mon pistolet et je l'ai ligoté avant de partir à ta recherche.

— Je te remercie.

— Tu as vu ce crâne énorme ? demanda-t-elle.

Gideon ouvrit de grands yeux.

— Tu veux dire… tu l'as vu, toi aussi ?

— Plutôt deux fois qu'une. Il m'a fallu un moment pour comprendre qu'il s'agissait d'un crâne de cyclope.

— Et moi qui croyais avoir des hallucinations !

— *Hic sunt gigantes*. « Ici se trouvent les géants. » La carte ne mentait pas, des cyclopes vivaient sur ces îles autrefois. Les Indiens s'apprêtaient à te sacrifier aux dieux des cyclopes.

— J'étais complètement assommé, prêt à me laisser égorger sans esquisser un geste. Je me sens tellement bête...

— Ils t'avaient drogué, Gideon.

— Ils m'ont fait boire une sorte de racine noire. J'imagine qu'il s'agit du véritable lotus. Un truc incroyablement puissant, qui m'a fait tout oublier. Je me sentais si bien que j'aurais voulu que ça continue éternellement. Comme les marins d'Ulysse.

— Dans ce cas, quelle était la plante qu'on m'a fait boire l'autre jour ?

— Un ersatz de lotus, dont ils se servent pour leurs rituels, peut-être ? Ou bien la partie de la plante qui pousse au-dessus du sol, je ne sais pas.

Amy s'humecta les lèvres.

— J'aurais dû établir le lien plus tôt. Le nom de cette île, Phorcys. Il désigne une divinité marine mineure, un autre fils de Poséidon, tout comme Polyphème. En clair, Phorcys était le frère du cyclope Polyphème. Si ce n'est pas une preuve supplémentaire du rapport entre cette île, l'*Odyssée* et les cyclopes, je ne sais plus quoi dire...

Elle était au bord du délire, le front brûlant.

— Tu as de la fièvre, conclut Gideon en lui posant à nouveau la main sur le front.

— Je sais. Il faut absolument qu'on termine notre ascension avant que je tombe vraiment malade.

— Tu n'y penses pas, Amy.

— Autant grimper tant que j'en suis encore capable. Ce ne sera plus forcément le cas dans six ou douze heures. Je sens monter la fièvre. On ne peut pas rester ici, quasiment sans eau ni nourriture. Le mieux est de monter jusqu'au plateau, sinon cette grotte sera notre tombeau.

Elle se mit péniblement en position assise et endossa son sac étanche.

— C'est complètement absurde, voulut la raisonner Gideon.

— C'est peut-être absurde, mais c'est notre unique porte de sortie. Suis-moi. Nous n'en avons pas pour très longtemps.

Gideon n'en revenait pas de la détermination dont elle faisait preuve. Il savait déjà que rien ne pourrait l'ébranler. En y réfléchissant bien, elle avait d'ailleurs raison. Ils n'avaient pas le choix.

Ils grignotèrent en silence les deux dernières barres de céréales et les arrosèrent d'un peu d'eau. Leur repas terminé, Amy sortit de la grotte et entama son ascension.

La falaise de lave, terrifiante, était quasiment à la verticale, mais il ne manquait pas de crevasses et de prises pour s'y accrocher. Gideon, quelques mètres derrière elle, imitait soigneusement l'exemple de sa compagne en observant attentivement ses points d'appui. Il lui demanda à plusieurs reprises comment elle se sentait, jusqu'à ce qu'elle lui ordonne de se taire. Elle progressait en silence à un rythme soutenu, accompagnée par les piaillements des oiseaux, le grondement des vagues et les caresses du vent. Certains passages, extrêmement abrupts, se révélaient plus ardus que d'autres, mais le vide n'en était pas moins le pire ennemi de Gideon. Ils franchirent la barre des cent cinquante mètres d'altitude, puis deux cents, et trois cents... Il s'efforçait de ne pas regarder en bas, ce qui était presque impossible puisqu'il devait constamment chercher des appuis pour ses pieds. À défaut d'apercevoir le haut de la falaise, ils ne pouvaient pas savoir quand prendrait fin leur épreuve. Gideon avait mal aux bras. Comment Amy trouvait-elle la force de poursuivre ? Une tache sombre s'étalait sur sa chemise, qui allait en s'élargissant. La plaie s'était rouverte et saignait.

L'énergie de la jeune femme montrait des signes d'épuisement. Elle mettait plus de temps à trouver des prises pour les doigts, des points d'appui pour les pieds.

D'épais nuages masquèrent le soleil et un roulement de tonnerre gronda dans le lointain. Les premières gouttes s'échappèrent du ciel. Amy glissa à plusieurs reprises, de petits cailloux roulèrent dans le vide alors qu'elle cherchait une accroche du pied, pendue à un rocher. La pluie, en se mettant à tomber pour de bon, dessina des ruisseaux humides sur la falaise, rendant la pente plus glissante. Chaque fois qu'ils levaient la tête à la recherche d'une prise, de l'eau et des débris les aveuglaient.

Amy ralentit encore son ascension. Elle commençait à peiner dans les passages les moins compliqués, s'arrêtait fréquemment. Gideon se sentait impuissant à l'aider. Il s'inquiétait pour elle, tout en sachant qu'elle avait raison de vouloir s'obstiner.

Ils atteignirent enfin une crevasse en pente douce dans laquelle Amy se jeta, épuisée. Gideon la rejoignit. Ils étaient trempés et de grandes quantités d'eau s'écoulaient désormais le long des flancs du volcan que giflaient les rafales de vent.

Gideon n'avait pas vraiment regardé sa compagne depuis plusieurs heures et il s'inquiéta de la trouver aussi pâle. Elle avait les lèvres bleues et le regard vitreux.

— Un peu de repos, marmonna-t-elle. Un peu de repos avant de reprendre notre ascension. On... on ne doit plus être très loin du plateau.

Gideon ne chercha pas à la contredire, mais il était clair qu'elle n'irait pas plus haut. Il voulut toucher son front, mais elle s'écarta.

— Je vais bien, s'agaça-t-elle, parcourue d'un frisson. On se repose, et on repart.

Gideon, imperturbable, lui posa de force la main sur le front. Elle était brûlante. Il sortit la trousse de secours du sac, prit plusieurs cachets d'ibuprofène et les lui glissa entre les lèvres.

En prenant le flacon d'amoxicilline, il remarqua la présence d'un autre antibiotique, de l'azithromycine. Il hésita à lui administrer les deux simultanément, faute de savoir si le mélange était susceptible de provoquer des effets secondaires. Restait à déterminer si la plaie s'était infectée, ou bien si la fièvre signalait une simple réaction du corps à la blessure. L'espace d'un instant, il regretta de ne pas être médecin.

Il décida finalement de lui administrer les deux médicaments. Elle les prit d'une main tremblante et sombra aussitôt dans un demi-sommeil.

Tu parles d'une infirmerie, pensa Gideon en constatant que leur refuge, à peine profond d'un mètre, était perché à plus de quatre cents mètres d'altitude. Dans l'impossibilité de bouger, fouetté par le vent et la pluie, il se retrouvait coincé avec une compagne dont le mal empirait de minute en minute. Le ciel s'assombrit encore davantage et plusieurs coups de tonnerre éclatèrent au-dessus de leurs têtes. La pluie se transforma en une averse torrentielle qui tombait en cascade au-dessus de l'ouverture de la crevasse. Gideon récupéra les gourdes dans les sacs étanches et les remplit avec l'eau boueuse qui dévalait le long de la falaise. Voyant qu'Amy tremblait à en claquer des dents, il quitta sa chemise et l'obligea à l'enfiler, malgré ses récriminations.

Il était temps de trouver une solution. Il sortit le téléphone satellite. La batterie était presque morte. Il l'alluma en veillant à le protéger de la pluie avec son corps. L'inscription À LA RECHERCHE D'UN SATELLITE s'afficha sur l'écran.

La recherche se poursuivit une éternité. Leur asile les empêchait sans doute d'envoyer un signal perceptible. Il tendit le bras muni du téléphone à l'extérieur de la crevasse, au risque de le noyer, sans résultat. L'indicateur de batterie, au rouge, clignotait furieusement. Il indiqua deux pour cent, puis un, sans que l'appareil parvienne à localiser un satellite.

Gideon s'empressa d'éteindre le téléphone. Il attendrait d'être sur le plateau pour tenter à nouveau sa chance.

— Qu'est-ce... qu'est-ce que tu fais ?

Il serra les doigts de la jeune femme entre les siens en s'obligeant à sourire.

— J'essayais de joindre Glinn. Malheureusement, on est trop près de la falaise.

Dix minutes s'écoulèrent sous une pluie battante.

— J'ai peur, chuchota-t-elle.

Cet aveu l'effraya plus que tout.

Ses yeux, brillants comme des charbons ardents, s'agitaient dangereusement au rythme des tremblements de ses lèvres livides. Le masque d'assurance et de stoïcisme derrière lequel elle se dissimulait en permanence venait de se fissurer. Elle paraissait terrifiée, non sans raison. Jamais elle ne parviendrait à reprendre son ascension dans un tel état, ils étaient prisonniers de cette horrible crevasse. Gideon se creusa la tête, en quête d'une solution.

— Que fait-on ? s'enquit-elle d'une voix presque plaintive.

— Ne t'inquiète pas de ça et repose-toi, voulut la rassurer Gideon d'une voix douce. Je m'occupe du reste.

Le silence avait repris ses droits depuis quelques minutes lorsqu'elle lui serra la main.

— Je t'en prie... parle-moi.

— Tu verras, Amy. Tout ira bien.

La phrase sonnait faux, tout indiquait que rien n'irait bien.

— Arrête de m'appeler Amy. Mon vrai nom est Amiko.

— Bien sûr, Amiko.

Elle poussa un soupir terrifiant. Ses paupières se fermèrent et s'ouvrirent, comme au ralenti, et ses doigts s'accrochèrent avec désespoir à ceux de Gideon.

— Mon père était japonais, ma mère originaire de la Suisse allemande. Je… je suis née au Japon.

— Tu n'es pas obligée de me raconter tout ça, tu sais.

— Je dois te parler. J'en ai besoin. Il faut que tu saches. Au cas où je mourrais.

— Alors je t'écoute.

— Mon père avait eu trois fils d'un mariage précédent. Des Japonais de pure souche. C'était un homme très à cheval sur les traditions, très vieux jeu. Quant à ma mère, c'était une femme… extrêmement froide. Quand je suis née, je ne correspondais pas du tout aux attentes de mon père. J'ai tenté par tous les moyens de gagner son amour et son respect, mais j'avais beau prendre des leçons de karaté, d'ikebana ou de musique, être la meilleure en maths ou interpréter au violon tous les concertos de Vivaldi, ce n'était jamais assez. J'étais une fille et, surtout, je n'étais pas japonaise. Pas à ses yeux, en tout cas.

Elle se tut, le temps de reprendre son souffle.

— À l'âge de douze ans, mon père a été muté aux États-Unis. Mes demi-frères, qui menaient déjà leurs carrières respectives avec succès, sont restés au Japon.

Elle marqua une nouvelle pause.

— Je ne m'étais jamais sentie à l'aise au Japon, mais c'était encore pire en Amérique. Mon père ne comprenait rien à la mentalité des gens, il était perdu et tout a dérapé. On manquait constamment d'argent, alors que mon père avait apparemment un boulot solide. Ma mère est partie du jour au lendemain, sans explication. Et puis, un jour où je rentrais de l'école, j'ai découvert mon père mort. Il s'était pendu.

— Quelle horreur. Je suis sincèrement désolé, Amiko.

— La vérité a brusquement éclaté. Mon père avait perdu son poste dix-huit mois plus tôt. Pour sauver la face, il continuait de quitter la maison chaque matin en costume et ne rentrait que le soir. Il passait ses journées à chercher du travail, ou dans les bibliothèques municipales, dans les jardins publics. C'était trop pour moi. À dix-sept ans, j'aurais voulu mourir aussi, alors j'ai tout abandonné. J'ai financé mes études toute seule. C'est à cette époque-là que j'ai voulu devenir comédienne. J'étais douée, mais ce n'était pas un métier. Je venais de passer ma thèse quand Glinn m'a recrutée. J'ai mené plusieurs opérations clandestines à sa demande, ma connaissance des langues anciennes faisait de moi une candidate idéale pour l'étude des vieilles cartes... et la chasse au trésor. Voilà comment je me suis retrouvée sur cette mission.

Elle ferma brièvement les yeux.

— Qu'est devenue ta mère ?

— À part m'envoyer une carte pour mon anniversaire ou un cadeau à Noël, je n'ai plus jamais entendu parler d'elle.

Gideon, bouleversé, s'en voulait d'avoir pleuré sur son propre sort en estimant avoir connu une enfance difficile. Il comprenait désormais pourquoi la jeune femme s'était forgé une telle carapace, dans l'espoir de se protéger des agressions de la vie.

— De l'eau... j'ai soif.

Gideon approcha la gourde des lèvres de sa compagne, qui but avidement. Elle brûlait de fièvre.

La nuit commençait à tomber. Il pleuvait des cordes, des éclairs zébraient le ciel au-dessus de la mer dans le grondement de violents coups de tonnerre. L'assaut des vagues sur les rochers, loin au-dessous d'eux, faisait vibrer la falaise.

— Parle-moi, je t'en prie, le supplia Amiko.

Gideon ne réagit pas immédiatement.

— Je suis atteint d'une maladie incurable, murmura-t-il.

Elle tourna vers lui deux yeux fiévreux.

— Quoi ?

— Je suis atteint d'un anévrisme de l'ampoule de Galien. Un nœud de veines et d'artères dans le cerveau.

— Et… ça ne s'opère pas ?

— Non.

— Combien de temps te…

Elle n'acheva pas sa phrase.

— Dix mois, à peu près.

Il n'aurait pas su expliquer la raison pour laquelle il se confiait à elle. L'atmosphère était suffisamment lugubre sans qu'il en rajoute, mais c'était la première parole qui lui était venue à l'esprit.

— Oh, Gideon…, murmura-t-elle.

— C'est bon, j'ai appris à l'accepter.

Peut-être tentait-il, par un étrange tour de passe-passe, de la réconforter en lui montrant qu'elle n'était pas la seule à porter secrètement un fardeau.

— C'est donc pour ça que tu voulais tester la fleur de lotus.

— Oui.

Ils restèrent un moment silencieux.

— Ne me laisse pas m'endormir, l'implora Amiko.

Ce qui ne l'empêcha pas de sombrer rapidement dans un sommeil agité, tandis que Gideon, les yeux perdus dans l'immensité noire de l'océan, sentait sourdre en lui une vague de désespoir.

48

Avec la nuit, les averses orageuses cédèrent la place à un crachin persistant. Amy restait bouillante de fièvre, Gideon espérait seulement qu'elle aurait récupéré suffisamment le lendemain matin. À mesure que les heures s'écoulaient, cet espoir finit par s'évanouir car la fièvre ne cessait d'augmenter.

Gideon comprit alors qu'il n'avait d'autre choix que de terminer l'ascension seul et d'appeler Glinn du plateau volcanique. Il savait toutefois qu'une expédition de secours mettrait plusieurs jours avant de les atteindre et qu'Amiko serait morte si elle demeurait coincée dans cette crevasse, à la merci des éléments. Le mieux était encore d'installer un système de corde pour la hisser jusqu'au plateau avant de trouver un abri et d'allumer un feu.

Il réunit les cordes enfermées dans les sacs étanches et constata qu'elles mesuraient une trentaine de mètres tout au plus. Ce n'était pas des cordes d'alpiniste, bien sûr, mais de solides câbles en nylon capables de supporter le poids d'un être humain.

Il se creusa la cervelle, à la recherche d'une solution pragmatique. Amiko n'était plus en mesure de fournir le moindre effort. Le mieux était encore d'improviser une élingue et de la hisser du plateau. Encore lui fallait-il explorer les lieux dans un premier temps, mettre au point un dispositif et l'installer avant de redescendre attacher sa compagne, remonter et extraire Amiko de la crevasse.

Gideon vida l'un des sacs étanches, s'en servit pour emporter les cordages et les quelques accessoires dont il aurait besoin, puis il ajusta sur sa tête l'une des lampes frontales après en avoir vérifié le fonctionnement. Amiko dormait profondément, il décida de ne la réveiller qu'à son retour. Il prit toutefois la précaution de griffonner les mots « Je reviens tout de suite » sur une feuille de papier qu'il glissa dans le creux de son bras.

Il prit une longue respiration, mit le sac étanche sur son dos, avança jusqu'à l'entrée de la crevasse et leva les yeux en direction du ciel. Comme la lampe éclairait à peine trois mètres de falaise au-dessus de sa tête, il opta pour la voie qui lui semblait la plus prometteuse en repérant ses premiers points d'appui. Le temps d'un dernier soupir, il entama son ascension.

Dans la nuit, sans Amiko, l'opération se révélait plus terrifiante que jamais. Une pluie fine lui cinglait le visage, brouillant le faisceau de la lampe, et les rafales de vent qui giflaient la falaise faisaient monter jusqu'à lui le grondement des vagues sur les rochers. Le pire était encore de ne pas savoir s'il lui restait à escalader trente mètres de falaise, ou bien trois cents.

La roche humide s'effritait sous ses doigts. L'un de ses pieds dérapa lors d'un passage difficile et il se retrouva pendu dans le vide, à la seule force de ses doigts. Il parvint à trouver un point d'appui de justesse au moment où l'une de ses mains lâchait. Des cailloux se détachèrent, qu'il entendit rouler le long de la paroi, accroché par une main et un pied en équilibre précaire. Le temps de reprendre l'initiative, les débris de roche s'écrasaient au sol avec un bruit mat. Paralysé de peur après avoir frôlé une chute mortelle, il crut un instant que son cœur allait exploser.

Calme-toi. Tu peux y arriver.

Gideon se reprit lentement. Il ne pouvait pas rester bloqué là, il devait continuer à grimper. Plus haut, plus haut, se répétait-il à la façon d'un mantra pour se donner du courage. C'était le seul moyen de sauver Amiko, et lui aussi par la même occasion. La peur, telle une drogue, s'agrippait à lui. Sans compter qu'il devrait redescendre tout à l'heure, avant d'escalader à nouveau la paroi volcanique.

Évite d'y penser.

Il reprit son ascension. Une première prise, un point d'appui, basculer le poids du corps, chercher un autre point d'appui, une nouvelle prise, recommencer.

La roche devenait de plus en plus friable. Un caillou sur lequel il s'appuyait bascula dans le vide et il demeura brièvement suspendu à la force des bras avant de trouver un autre appui. Au moment où il allait céder au découragement, incapable d'aller plus loin, il distingua brusquement au-dessus de lui une excroissance de végétation. Au prix d'un dernier effort, il réussit à s'accrocher à des racines et se hissa sur le plateau où l'attendait une épaisse forêt. Il se laissa tomber par terre, ravi de découvrir enfin un sol plat.

Il s'accorda quelques minutes pour récupérer, évitant de réfléchir aux épreuves qui l'attendaient. Première bonne nouvelle, moins de cinquante mètres séparaient le plateau de la crevasse. À condition de rallonger les cordes dont il disposait déjà, il serait en mesure d'extraire Amiko de son refuge. La jungle qui l'entourait ne manquait pas de lianes et de plantes grimpantes.

Il se mit en position assise, le souffle court. Il n'y avait pas une minute à perdre. Prisonnière de sa crevasse, Amiko était trempée et brûlait de fièvre, mais elle restait consciente. La tâche serait infiniment plus rude s'il devait hisser jusqu'au plateau une malade évanouie.

Il se releva, retira le sac à dos étanche et commença par repérer soigneusement l'endroit précis où l'avait conduit son escalade. Il allait avoir besoin d'une bonne soixantaine de mètres de lianes.

En effectuant le tour des environs, il remarqua la présence de nombreuses plantes sinueuses accrochées aux arbres voisins. Insuffisamment épaisses, elles pouvaient néanmoins aisément être tressées pour en renforcer la solidité. Il entama sa cueillette et réunit plusieurs dizaines de tiges de longueurs différentes qu'il noua en un cordage naturel de plus de soixante mètres de longueur, à raison de six brins par tresse. Chaque fois qu'il arrivait à l'extrémité de l'un des brins, il lui suffisait de le nouer solidement avec le suivant.

Au bout d'une heure, sa corde artisanale était achevée. Il n'avait plus qu'à fabriquer une élingue avec la corde en nylon et à y attacher le torse d'Amiko, en espérant qu'elle trouverait la force de l'aider.

Il fixa solidement le cordage de liane autour d'un tronc et le fit glisser le long de la falaise en priant le ciel qu'il soit assez long, puis il entama sa descente.

L'opération se révéla encore plus délicate que la montée, à ceci près qu'il pouvait cette fois se tenir à la corde improvisée.

En moins d'une demi-heure, il regagnait la crevasse et constatait qu'il disposait d'une bonne dizaine de mètres de lianes supplémentaire.

Amy, plus pâle que jamais, l'attendait éveillée en position assise.

— Où étais-tu passé ?

Il lui expliqua brièvement le plan qu'il avait mis au point.

— Tu veux dire que tu es monté jusqu'en haut... avant de redescendre ?

— Oui.

Elle se tassa sur elle-même, gênée.

— Pourquoi ?

— Je vais te hisser jusqu'au plateau, précisa-t-il en lui montrant son harnais improvisé.

Amiko fronça les sourcils.

— Ça ne marchera jamais comme ça.

Elle s'empressa de dénouer la corde en nylon, puis se leva péniblement et la passa habilement autour de sa taille et de ses jambes.

— On appelle ça un nœud de chaise suisse, lui murmura-t-elle, au bord de l'épuisement.

— Comment te sens-tu ? s'inquiéta Gideon.

La jeune femme prit le temps de réfléchir avant de répondre.

— J'y arriverai.

— Dans ce cas, assieds-toi. Je commence par remonter avant de te hisser.

Elle obtempéra en donnant son accord d'un hochement de tête.

Gideon jeta dans le second sac étanche le reste de leurs trésors, passa les bretelles autour de ses épaules et repartit à l'assaut de la falaise en s'aidant cette fois des lianes tressées. L'ascension, grandement facilitée par celles-ci, dura cette fois une demi-heure.

Il se débarrassa de son sac à dos et entreprit de hisser Amiko en se servant d'un second tronc d'arbre afin d'empêcher la corde de redescendre après chaque traction. Il restait à espérer que les lianes tressées ne resteraient pas coincées dans une anfractuosité rocheuse, ce qui ne manqua pas d'arriver après une quinzaine de mètres de remontée. Gideon avait beau tirer dans tous les sens, la corde refusait de bouger.

Un faible cri lui parvint. Il attacha la corde et s'allongea au bord de la falaise. Amiko demeurait invisible, mais sa voix monta jusqu'à lui.

— La corde est coincée.

— Où ?

— À moins de dix mètres au-dessus de moi.

Il n'avait d'autre choix que de redescendre afin de la libérer, ce qu'il fit en se guidant sur les lianes tressées. Il trouva sa corde de fortune prisonnière d'un promontoire rocheux aux arêtes acérées. La seule solution était de l'extraire par le bas. Quelques mètres sous lui, Amiko pendait dans le vide, le teint terreux.

— Tu n'y arriveras jamais, Gideon…

Ignorant l'avertissement, il descendit de quelques mètres, au mépris du danger alors que les prises étaient rares à cet endroit précis. Accroché à la corde d'une main, agrippé à la roche de l'autre, il se glissa sous le promontoire et tira sur la corde. Mais il avait beau la secouer dans tous les sens, elle était coincée.

Refusant de se décourager, il insista et la tresse de lianes se libéra brutalement, lui faisant perdre les appuis de ses deux pieds. Il eut tout juste le temps de saisir la corde à pleines mains et parvint à stopper sa chute au prix de brûlures et de nombreuses échardes végétales avant de se retrouver à son tour pendu dans le vide.

— Gideon ! Balance-toi !

Il suivit le conseil d'Amiko une première fois, puis une autre. La corde improvisée grogna sous leur poids et s'étira de plusieurs centimètres en commençant à se déliter.

Gideon se jeta alors sur la falaise à laquelle il s'agrippa d'une main afin de soulager la corde. Il trouva un appui du pied et posa un regard paniqué sur la tresse de lianes. Elle avait résisté.

Il reprit son escalade et réussit péniblement à se hisser sur le plateau, les muscles des bras tremblant de fatigue et de peur. Il s'accorda quelques instants de repos et recommença à tirer la corde, centimètre par centimètre. Enfin, alors que les premières lueurs de l'aube apparaissaient à l'est, le visage d'Amy apparut au-dessus des derniers rochers.

Elle se laissa tomber sur le sol, incapable de rester en position assise.

— Tu… tu m'as sauvé la vie, balbutia-t-elle entre deux quintes de toux.

— Nous sommes quittes, haleta Gideon, épuisé. Repose-toi. Ne parle pas.

Le souffle court, le visage couvert de transpiration, elle demeura allongée, tandis que Gideon observait les alentours. Ils se trouvaient dans une jungle épaisse que les rayons du soleil levant peinaient à traverser.

Il lui fallait d'urgence construire un abri.

49

Gideon, à genoux, dressa l'inventaire de leurs maigres possessions en vidant les deux sacs étanches. Il leur restait deux morceaux de pemmican détrempé, un seul pistolet, quelques munitions, deux couteaux, des bols en métal, des briquets, quatre litres d'eau, la trousse de secours, ainsi que le téléphone satellite. Il appellerait Glinn à la première occasion, à condition que la batterie le lui permette, mais Amiko constituait pour l'heure sa priorité.

Il se releva péniblement, récupéra l'un des couteaux et coupa de grandes feuilles vernissées qu'il posa par terre en guise de tapis de sol, puis il aida Amiko à s'y allonger en lui confectionnant un oreiller d'un tas de feuilles.

Il réussit à allumer un feu, malgré l'humidité ambiante, et mit de l'eau à bouillir dans un bol.

— Je vais changer ton pansement, annonça-t-il.

Elle hocha la tête d'un air reconnaissant. Les yeux injectés de sang, les joues rouges, elle brûlait de fièvre.

Il déboutonna la chemise. Le pansement était noir de sang. Il le retira et décolla les bandes de sparadrap qui avaient cédé lors de leur ascension. Du sang s'écoulait des lèvres ouvertes de la plaie.

Gideon trempa quelques morceaux de gaze dans l'eau bouillante, nettoya la blessure, la rinça, appliqua de la Bétadine et de la pommade antibiotique, et la referma avec des bandes de sparadrap neuves. Il posa un pansement propre sur le tout, écrasa un cachet d'amoxicilline dans un peu d'eau, fit de même avec l'autre antibiotique, et approcha le bol des lèvres d'Amiko.

— Il faut que tu manges.

— Pas faim.

Gideon la força à avaler les deux tranches de pemmican.

— On a réussi, dit-elle en souriant faiblement. On est là. Tu m'as sauvé la vie. Et je me sens nettement mieux.

— Tant mieux, se réjouit Gideon qui avait remarqué une légère amélioration chez sa compagne.

La plaie n'en nécessitait pas moins des soins urgents.

— J'appelle Glinn, décida-t-il en récupérant le téléphone satellite.

Elle se redressa avec difficulté.

— Attends, Gideon. Explorons d'abord cette île.

Gideon répondit non de la tête.

— Ta blessure est trop grave, il faut que tu consultes un médecin au plus vite.

— On a des pansements et des antibiotiques, c'est bien suffisant.

— Non. Que tu le veuilles ou non, j'appelle.

Il récupéra le téléphone dans son boîtier et vérifia la batterie. Elle affichait tout juste un pour cent.

L'appareil chercha longuement un signal satellite tandis que l'indicateur de batterie clignotait dangereusement. Le téléphone enfin opérationnel, Gideon appuya sur la touche préprogrammée.

— Gideon ? résonna aussitôt la voix de Glinn.

— Je dois aller vite, la batterie est quasiment morte.

— Je vous avais pourtant bien dit d'interrompre la mission et de…

— Ça suffit ! Nous avons besoin d'aide. Amiko est blessée.

— Gravement ?

— Elle a besoin d'un médecin d'urgence.

— Très bien. Donnez-moi vos coordonnées.

— Nous sommes sur un îlot à une trentaine de kilomètres de la côte, mais je n'en sais pas plus.

— Nous pourrons vous localiser d'ici une minute grâce au signal satellite.

— Nous avons réussi. Nous avons découvert la plante. Elle pousse ici, sur ces îles. Mais vous ne savez pas le plus extraordinaire. Ce lieu était habité autrefois par des hominidés géants dotés d'un œil unique. Des cyclopes. Les indigènes ont conservé le crâne de l'un d'entre eux pour pratiquer leur culte. Autant d'éléments qui confirment la thèse d'Amiko au sujet de l'*Odyssée*.

— C'est extraordinaire, reconnut Glinn après un court silence. C'est bon, encore quelques secondes et nous aurons vos coordonnées.

Amiko avança la main.

— Laisse-moi lui parler. Tout de suite.

Gideon lui tendit le téléphone. Elle retourna brusquement l'appareil et sortit la batterie de son logement.

— Mais qu'est-ce que… ?

Avant que Gideon ait terminé sa phrase, elle lança la batterie de toutes ses forces du haut de la falaise.

50

Gideon bondit sur ses pieds en voyant la batterie disparaître dans le vide.

— Tu es complètement folle ?

Elle lui lança un regard de défiance.

— Je refuse de quitter cet endroit.

Gideon en resta muet de saisissement. Jamais il n'aurait dû lui donner le téléphone, sachant qu'elle n'était pas dans son état normal à cause de la fièvre.

— Tu t'imagines peut-être que Glinn nous laissera terminer tranquillement notre mission ? poursuivit Amiko. Il va s'empresser de mettre sur pied une expédition après avoir passé un accord avec le Nicaragua, à qui ces îles appartiennent sûrement. Tout ça se terminera en cirque scientifique et nous serons mis sur la touche.

— Tu risques de mourir si tu ne reçois pas des soins rapidement.

— Je te dis que je vais beaucoup mieux.

Gideon dévisagea longuement sa compagne. Elle paraissait plus vaillante, à moins que l'amélioration apparente de son état ne soit une simple conséquence de sa détermination.

— Nous touchons au but, reprit-elle d'une voix douce. Il nous faut absolument explorer cette île, identifier le lotus et en rapporter un spécimen.

En dépit de ses joues rouges et de son front couvert de sueur, son regard n'était pas celui d'une malade prise de délire.

Elle avait d'ailleurs raison. Si Glinn leur envoyait des secours, c'était la fin de leur aventure, alors qu'ils se trouvaient si près du but. Il ne leur restait plus qu'à découvrir la plante, ce qui ne devait pas être bien sorcier. Lui aussi avait envie de réussir. Il entretenait surtout le secret espoir d'échapper à la mort en avalant la plante mystérieuse. Il savait qu'il faudrait des années pour que l'étude du lotus débouche sur la fabrication et la commercialisation d'un médicament, or il ne pouvait pas se payer le luxe d'attendre. Il se leurrait peut-être en pensant guérir, mais il n'avait plus rien à perdre.

— Très bien. Je suis d'accord.

Elle lui adressa un sourire.

— Je savais que tu finirais par te rallier à ma position. Nous ne sommes pas si différents, tous les deux.

Il haussa les épaules.

— Je vais voir ce que je peux trouver à manger. Repose-toi pendant ce temps-là.

Il vérifia l'état du pistolet, le glissa dans sa ceinture et se leva. Pris de vertige, il dut se raccrocher à une liane. Le plateau sur lequel ils avaient pris pied s'étendait sur plusieurs kilomètres et recelait une faune importante, à en juger par les oiseaux qui volaient d'arbre en arbre et les cris d'animaux qu'il aurait été bien incapable d'identifier.

Il glissa une gourde et des munitions dans l'un des sacs et s'enfonça dans la jungle. La végétation, incroyablement dense, était quasiment impénétrable. De hauts troncs d'arbre parfaitement lisses s'élevaient vers le ciel sans que l'on puisse distinguer celui-ci du fait de leur feuillage luxuriant.

Il eut un instant peur de se perdre avant de comprendre, en se taillant difficilement un passage avec son couteau, qu'il lui serait facile de revenir sur ses pas. Il progressait dans la jungle avec une lenteur exaspérante, s'arrêtant régulièrement pour étudier une plante, arracher une feuille et la broyer entre ses doigts afin de la sentir. Aucune ne lui rappelait pourtant l'odeur caractéristique de la cosse et de la racine de lotus.

Soudain, alors qu'il tendait la main en direction d'une plante d'aspect inhabituel, il sentit le sol s'enfoncer sous son poids. Il se rattrapa de justesse à une branche, évitant de glisser à l'intérieur de ce qui semblait être un tunnel de lave. L'incident l'incita à la prudence et il ne tarda pas à découvrir que l'île recelait de nombreuses crevasses similaires, ainsi que des rochers volcaniques aux arêtes tranchantes, dangereusement camouflés sous un épais manteau de fougères et de broussailles. Il leva la tête en entendant une clameur et découvrit une bande de singes. Perchés dans les arbres, ils l'apostrophaient en lui lançant des cris aigus. Il leva le canon de son arme, mais la végétation était trop dense et les singes trop rapides.

Il déboucha brusquement sur une sente animale. Il scruta le sol à la recherche d'excréments ou de traces susceptibles de trahir l'espèce concernée, sans succès. La découverte était encourageante car la largeur de la sente trahissait le passage d'une bête de grande taille, très probablement comestible. À condition d'arriver à l'abattre.

Il suivit les traces de l'animal, soulagé de ne plus être obligé de s'ouvrir un chemin avec son couteau. Le soleil de ce début de matinée, en dardant ses rayons sur la frondaison, transformait la jungle humide en une véritable étuve. Tout en continuant de tester des plantes au hasard, il comprit que découvrir le lotus ne serait sans doute pas aussi aisé qu'il l'avait initialement cru. Ses explorations botaniques le conduisirent jusqu'à un buisson couvert de fruits d'un rouge sombre ressemblant à de petites prunes. Il en goûta un prudemment, le trouva délicieux, et s'empressa de remplir son sac.

La sente dessinait une fourche dont il emprunta l'une des branches au hasard. Un peu plus loin l'attendait un buisson d'une espèce différente, porteur de fruits aussi goûteux que les précédents. L'île lui faisait l'effet d'un paradis tropical perdu, il en arrivait à regretter de ne pas avoir lu les traités botaniques qui se trouvaient dans la bibliothèque du yacht.

Un bruissement dans les broussailles le poussa à se retourner. Il eut tout juste le temps de voir une famille de porcelets velus armés de défenses, sans doute des pécaris, traverser la sente en trombe avant de disparaître dans la jungle, trop rapidement pour qu'il ait le temps de tirer.

Le petit chemin se dirigeait vers un imposant rocher volcanique dont il put constater, en s'approchant, qu'il abritait une vaste grotte.

Gideon s'approcha à pas mesurés de l'ouverture. Il s'agissait visiblement d'une tanière, mais il restait à déterminer quel type d'animal elle abritait. Les bisons ne se réfugient pas dans des cavernes, contrairement aux ours. Qu'en était-il des jaguars ? Gideon se glissa à l'intérieur de la grotte. Il y flottait une forte odeur de fauve, d'excréments et de chien mouillé. La prudence lui dicta de rebrousser chemin.

Avant de repartir, il scruta néanmoins le sol à la recherche de traces. Celles qu'il découvrit dans le sable appartenaient à un ongulé. Un tapir, probablement. La bibliothèque de la *Turquesa* possédait une section fournie consacrée aux mammifères d'Amérique latine. Gideon croyait se souvenir des empreintes inhabituelles du tapir, un animal nocturne capable de défricher des sentes dans la jungle. Pour ne rien gâter, sa chair était très prisée des indigènes.

Gideon retourna au campement où il trouva Amiko endormie. Son cœur se serra en voyant à quel point elle était pâle.

Il ranima le feu et prépara du thé, qu'elle but une fois réveillée. Lorsqu'il lui demanda comment elle se sentait, elle lui lança un regard agacé.

— Je vais nous bricoler un abri au cas où il recommencerait à pleuvoir, décida-t-elle en faisant mine de se lever.

— Tu restes allongée, lui ordonna Gideon. Il faut que tu reprennes des forces.

Un couteau en main, il tailla tant bien que mal des piquets avec lesquels il érigea le squelette d'une cabane en se servant de lianes pour les attacher ensemble. Il coiffa le tout de branches d'arbres qu'il couvrit d'énormes feuilles avant d'improviser un tapis de sol de la même façon. Il aida Amiko à s'installer sur le lit de feuilles préparé à son intention et posa le sac de fruits près d'elle.

— Je m'en veux de ne pas pouvoir t'aider.

— Repose-toi. Pendant ce temps-là, j'en profiterai pour explorer l'île.

Elle voulut se lever.

— Je t'accompagne.

— Il n'en est pas question.

— Tu m'emmerdes, Gideon, grinça-t-elle en refusant de se recoucher.

— Tu tiens à peine debout.

— Bouger un peu me fera le plus grand bien.

Gideon sentit la moutarde lui monter au nez.

— Écoute-moi bien. À cause de toi, on n'a plus de téléphone alors qu'il te faudrait un médecin. Le moins que tu puisses faire pour moi est de reprendre des forces. Ce qui signifie rester ici.

Elle le défia du regard un long moment avant de céder.

— Bon, d'accord. Mais essaie de trouver le lotus.

— Si seulement je savais à quoi ressemble cette foutue plante !

Elle s'allongea en grimaçant.

— Tâche de rapporter un peu de viande. Un steak me ferait du bien.

Gideon prépara un sac avec des munitions, de l'eau, et une lampe frontale. Le mieux était de retourner à la grotte dans l'espoir de surprendre le tapir dans sa tanière. En attendant qu'il soit rentré, il valait mieux continuer ses explorations.

Il atteignit la piste de l'animal et la remonta cette fois dans la direction opposée. Il avançait lentement en prenant le temps d'observer la végétation, d'écraser une feuille ou des graines entre ses doigts pour vérifier leur odeur. Chaque fois qu'il rencontrait un nouvel embranchement, la position du soleil lui permettait d'avancer vers l'ouest. Trois quarts d'heure plus tard, il atteignait l'autre côté de l'île. Il s'arrêta devant un précipice d'où il dominait l'immensité de l'océan. Il admira longuement les reflets du soleil sur l'eau, sous un ciel dans lequel flottaient de rares nuages blancs. À ce paysage magnifique s'ajoutait le bruit des vagues au pied des falaises, aussi raides de ce côté que celles qu'il leur avait fallu escalader. Gideon se demanda un instant comment ils allaient pouvoir s'échapper de cette forteresse, le moment venu.

Le petit sentier poursuivait sa route en longeant le vide. La jungle autour de lui regorgeait de créatures aussi étranges qu'exotiques : des araignées aux couleurs vives, des lézards surmontés d'une crête qui s'enfuyaient à son approche, des oiseaux aux plumes chatoyantes qui échangeaient des cris rauques dans les arbres. Des singes d'une espèce différente de la fois précédente s'approchèrent bruyamment. Gideon se tapit aussitôt au milieu de la végétation, prêt à tirer. Avec leur tête blanche, ils ressemblaient à des capucins dont ils se différenciaient grâce à la fourrure jaune qui habillait leurs membres inférieurs, à la façon de chaussettes.

S'excusant d'avance auprès des dieux de la nature, avec l'espoir de ne pas s'attaquer à une espèce protégée,

Gideon attendit en silence que la troupe s'approche. Les singes grappillaient avidement des fruits dont ils faisaient pleuvoir les noyaux tout autour de lui. Il visa lentement le plus gros. À plus de trente mètres de distance, il risquait fort de rater son coup. Il retint son souffle et pressa la détente.

La détonation provoqua une folle débandade parmi les singes qui s'égaillèrent dans un tonnerre assourdissant de cris en faisant trembler les branchages. L'animal visé par Gideon, indemne, laissa échapper un chapelet de crottes en guise d'adieu.

— Espèce d'enfoiré, marmonna Gideon.

Il glissa le calibre .45 dans sa ceinture et chassa d'un doigt la crotte qui lui maculait l'épaule avant de s'éloigner en se pinçant le nez.

Il entendit aussitôt un bruit de course dans son dos, ponctué par un rugissement terrifiant. Il pivota sur lui-même en cherchant son arme de la main. Avant d'avoir pu saisir le pistolet, il découvrit un monstre hideux qui se ruait sur lui en grondant, la bouche béante. Un humanoïde gigantesque doté d'une grosse tête au centre de laquelle brillait un œil jaune, grand comme une soucoupe.

La créature tendit un bras énorme couvert de poils et fit voler Gideon à plusieurs mètres dans les broussailles. À demi assommé par la violence du coup, il vit le monstre en colère fondre sur lui en poussant un rugissement grotesque et le gifler de sa main large comme une pelle.

51

La douleur ramena lentement Gideon à la conscience. Allongé dans la pénombre, il flottait entre deux états tout en croyant comprendre que quelqu'un s'occupait de lui. Le souvenir des derniers événements lui revint par bribes. Lorsqu'il voulut bouger, une main douce lui prit la nuque et porta une gourde à ses lèvres. Il reconnut Amiko.

— Mon Dieu… quel horrible cauchemar…

— Si tu savais comme je suis contente que tu te réveilles.

— J'ai mal…

— Je sais. Bois.

Il obéit.

— Où… ?

— Dans une grotte.

— Et toi ? Comment te sens-tu ?

— Beaucoup mieux.

— Combien de temps suis-je resté inconscient ?

— Presque vingt-quatre heures.

Gideon reposa la tête sur un oreiller de feuilles improvisé. Cette histoire n'avait aucun sens. Comment Amiko pouvait-elle se porter aussi bien, alors qu'elle était encore tremblante de fièvre la veille ? Et comment étaient-ils arrivés dans cette grotte ?

L'attaque. Le monstre. Était-ce vraiment un cauchemar ?

— J'ai fait un rêve atroce. J'étais attaqué par une créature monstrueuse.

— Tu n'as pas rêvé. C'est lui qui nous retient prisonniers.

— Prisonniers ?

Il voulut se mettre en position assise, mais un éclair de douleur lui vrilla le crâne et il retomba sur sa couche.

— Que s'est-il passé ?

Amiko écarta la gourde. Gideon, pris de vertige, avait le plus grand mal à distinguer les traits de la jeune femme dans la pénombre.

— Mon état a empiré après ton départ. La plaie s'était infectée et la fièvre est revenue en force. J'étais incapable du moindre mouvement. J'étais brûlante, j'imagine que j'ai dû crier en délirant. Et puis cette... créature à un œil est arrivée. J'ai d'abord cru à une hallucination. Il tournait autour de moi en poussant des borborygmes inquiets. Je te laisse imaginer à quel point j'ai paniqué en comprenant qu'il ne s'agissait pas d'un rêve. J'étais trop faible et malade pour représenter une menace pour lui, c'est ce qui m'a sauvée. Il s'est approché, m'a secouée en me prenant par les cheveux. J'ai crié et il m'a frappée en laissant échapper des sons épouvantables. Ma plaie s'est rouverte.

— Le salaud...

— Gideon, je suis convaincue que nous avons affaire à un cyclope vivant.

— Impossible. Leur race s'est éteinte il y a plusieurs millénaires.

— Écoute plutôt la suite. J'étais persuadée que ce monstre allait me tuer, mais ça n'a pas été le cas. Il semblait plus inquiet qu'agressif. Alors, j'ai eu l'idée de lui parler.

— Lui parler ? Pour lui dire quoi ?

— J'ai prononcé le mot « ami » en grec ancien.

Gideon avait du mal à suivre.

— Les cyclopes de l'*Odyssée* étaient doués de parole. Je me suis dit que si Ulysse avait fait étape ici, peut-être les cyclopes avaient-ils appris quelques mots de grec.

— Il a compris ?

— Il s'est arrêté net en m'entendant. Il me regardait fixement avec cet œil atroce. J'ai répété le mot, j'en ai ajouté d'autres. J'ai eu l'impression qu'il comprenait, sans avoir la capacité de me répondre. J'ai poursuivi sur ma lancée en prononçant de nouveaux mots. Il m'écoutait, en transe. On aurait dit qu'il se souvenait...

Les yeux de la jeune femme se perdirent dans le lointain.

— Je lui répétais que j'étais son amie, qu'il pouvait m'accorder sa confiance, en veillant à m'exprimer d'une voix douce. Et puis ma fièvre a repris le dessus et je ne me souviens pas exactement de la suite des événements. Il m'a transportée jusqu'à cette grotte. Je me souviens vaguement de t'avoir découvert là. Ma plaie, enflée et violacée, a commencé à suppurer et j'ai pensé que j'allais mourir. Je sais seulement qu'il m'a obligée à avaler un gruau infect.

— La racine de lotus.

— Oui. Elle a produit sur moi la même réaction que tu as ressentie lors de la cérémonie sacrificielle. Je ne m'étais jamais sentie aussi bien. Et quand j'en suis sortie, j'allais nettement mieux. La fièvre était tombée, ma blessure se refermait à une vitesse incroyable. Tu as vu dans quel état j'étais par rapport à maintenant. Il m'a sauvé la vie.

— Que s'est-il passé ensuite ?

— La créature avait disparu quand je me suis réveillée. Tu gisais à terre, en sang. J'ai tout d'abord cru que tu étais mort, qu'il t'avait tué. En t'examinant, je me suis aperçue que tu étais vivant. Tu dois avoir plusieurs côtes cassées et une fracture du bras, sans parler d'une mauvaise blessure à la tête.

Gideon ferma les yeux, pris de vertige, le corps perclus de douleur. Il avait du mal à croire à ce qui lui arrivait.

— La créature a bloqué l'entrée de la caverne à l'aide d'un gros rocher. Nous sommes prisonniers.

— Que veut-il ? parvint à balbutier Gideon.

— Aucune idée. Tu n'es pas beau à voir. Il faudrait te donner du lotus. Je dois le convaincre de t'aider comme il m'a aidée.

Gideon éprouvait les plus grandes difficultés à se concentrer. Le décor qui l'entourait lui apparaissait trouble. Il souffrait de multiples fractures, les extrémités des os brisés frottaient douloureusement l'une contre l'autre à chacun de ses mouvements. À la faible lumière qui filtrait d'une fissure dans le plafond de la caverne, il constata qu'ils étaient enfermés dans une grotte volcanique. Les restes d'un feu se consumaient sur le sable.

— Je doute que tu parviennes à convaincre ce monstre. Il faut impérativement trouver le moyen de lui échapper.

— Non. Nous avons besoin de son aide. Jamais tu ne t'en tireras autrement.

Leur conversation fut interrompue par un grincement.

— Il revient, murmura Amiko. Il repousse le rocher.

Le grincement s'arrêta et Gideon perçut des bruits de pas qui faisaient trembler le sol. Il tourna timidement la tête en direction du vacarme et vit émerger de l'ombre la créature qui l'avait attaqué.

Un monstre incroyable, d'une taille de près de trois mètres, doté d'une tête énorme perchée sur un cou musclé. Il roulait de tous côtés son œil unique, de la taille d'une assiette, au blanc jaunâtre injecté de sang. Il avait un nez plat et luisant aux narines dilatées, une large bouche aux lèvres épaisses et parcheminées qui laissaient entrevoir deux rangées de dents jaunes pointues, plantées dans des gencives roses. Son crâne était surmonté d'une tignasse argentée dont les longues tresses emmêlées, telles des dreadlocks, lui descendaient jusqu'à la taille. Son corps, couleur de sable, était couvert d'un duvet clair semblable à de la laine mohair. Son épiderme n'en était pas moins couturé de cicatrices et de rides. Une vieille peau de bête lui ceignait la taille, dont pendait un sac de cuir.

Sans son arme, une gigantesque sagaie en bois munie d'une pointe de pierre, on aurait dit un singe hideux. Il ne faisait aucun doute aux yeux de Gideon qu'il était en présence d'un spécimen vivant de la créature dont les Indiens adoraient le crâne. Amiko avait raison : il s'agissait d'un cyclope vivant.

Le cyclope posa l'énorme globe jaunâtre qui lui servait d'œil sur Gideon. Il poussa un cri guttural et le menaça de la pointe de sa lance. Gideon voulut se protéger en détournant la tête, mais une douleur obsédante entravait ses mouvements.

Amiko bondit sur ses jambes avec un cri, se planta devant le cyclope et lui adressa quelques paroles en grec ancien d'une voix douce. Cela ne calma le monstre que temporairement. Il la repoussa bientôt d'un geste, s'approcha et posa un pied griffu sur la poitrine de Gideon. Ce dernier laissa échapper un hurlement de douleur en sentant le poids du monstre sur ses côtes cassées.

— Non ! s'écria Amiko. Je vous en prie !

La créature appuya la pointe de son arme sur le cœur de Gideon.

Un flot de paroles s'échappa des lèvres d'Amiko. La créature baissa la tête, le visage tordu dans un rictus de haine et de peur. Gideon sentit la pointe de la lance traverser sa chemise et lui entamer la peau.

— Non... non...

Submergé par la douleur, il était incapable de réagir.

Amiko insista d'une voix plus forte. La lance s'enfonça jusqu'au sternum.

— Arrête ! cria Amiko en anglais en faisant tomber sur le géant une pluie de coups de poing.

Surpris, le monstre recula et la saisit dans l'une de ses énormes mains. Elle se débattit en essayant de lui griffer l'œil. Il se débarrassa d'elle gentiment en l'envoyant voler sur le sable de la caverne. Elle tenta de se relever en lui criant des paroles en grec.

Le cyclope éloigna sa lance de Gideon, puis émit un bruit agacé et s'adossa à l'un des murs de la grotte en écartant les mains dans un geste d'apaisement.

Amiko poursuivit sa diatribe en grec jusqu'à ce que le cyclope la fasse taire d'un geste brutal accompagné d'un grondement inquiétant. Amiko, tremblante de peur, se tut.

— Il veut te tuer, dit-elle à mi-voix à l'adresse de Gideon.

— Le pistolet... sors ton pistolet.

— Je ne peux pas. Il m'a sauvé la vie, Gideon. Et si je le tue, il ne pourra pas t'administrer du gruau de lotus. Il faut trouver une autre solution.

Gideon hoqueta de douleur.

— Il se méfie de toi. Il est clair qu'il a déjà eu affaire à des humains auparavant.

Le cyclope ajouta quelques branches sèches sur le feu et souffla sur les braises. La lumière des flammes projeta une lueur dansante sur les murs de la grotte. Gideon était littéralement hypnotisé par cet homme de Neandertal monstrueux, tout droit sorti d'un film d'horreur de série B, avec son front fuyant et l'épaisse barre osseuse sous laquelle s'abritait cet énorme œil tout rond. Le cyclope s'accroupit, détacha le sac de cuir qu'il portait à la ceinture et en tira un gros iguane qu'il mit à rôtir après l'avoir embroché sur une branche.

Gideon crut qu'il allait s'évanouir.

Amiko implora à nouveau le géant en faisant de grands gestes en direction de Gideon. La créature, feignant tout d'abord de l'ignorer, finit par pousser un grognement menaçant sans que la jeune femme s'en inquiète. Malgré tous ses efforts pour rester conscient, Gideon sentit ses dernières forces l'abandonner et sombra dans un gouffre insondable.

52

Trois jours s'écoulèrent. Trois jours étranges durant lesquels Gideon passait du rêve à la conscience sans qu'il lui reste davantage que des bribes de souvenirs : le cyclope qui le poussait du pied en grognant ; le cyclope en train de dormir près du feu, allongé sur le sable ; Amiko l'obligeant à avaler un bol d'un brouet nauséabond sous l'œil courroucé du cyclope ; cette même sensation de paix intérieure et de plénitude qu'il avait déjà éprouvée en compagnie des Indiens, suivie de terribles maux de tête.

Et puis, une fois la migraine disparue, l'impression de se sentir beaucoup mieux. Gideon était faible, la douleur toujours présente, mais les os se ressoudaient à une vitesse ahurissante et sa plaie à la tête s'était refermée. Les vertus curatives de la racine de lotus étaient proprement stupéfiantes.

Pour la première fois, Gideon se prit à espérer. Le destin lui réservait peut-être un avenir. L'anévrisme dont il souffrait avait fort bien pu se résorber, tout comme ses fractures. À ceci près qu'il ne s'agissait pas d'une blessure, mais d'une malformation congénitale, contre laquelle le lotus était probablement impuissant.

En attendant, ils se trouvaient prisonniers du cyclope.

Gideon, allongé près du feu, vit Amiko griller l'un des rats dont le cyclope avait rapporté toute une famille.

— Miam, plaisanta Gideon en regardant rôtir l'animal dont la graisse s'écoulait au milieu des flammes, ses pattes couronnées de griffes transformées en moignons fumants.

— Ce sera bientôt prêt. Tu vas adorer.

— Le pire, c'est que c'est vrai. J'ai une faim de loup.

Amiko retira le rongeur des flammes et le laissa tiédir sur sa brochette improvisée avant d'en détacher la viande avec les doigts et d'en donner à Gideon sur une feuille de bananier.

— Nous disposons à présent de toutes les preuves dont nous avions besoin, déclara la jeune femme en regardant manger son compagnon. Nous avons pu constater tous les deux les effets bénéfiques de cette plante. Il n'y a plus qu'à l'identifier, avec l'aide du cyclope.

— C'est vite dit. Comment comptes-tu t'y prendre pour l'amadouer ?

— Je fais confiance au manipulateur-né que tu es. Tâche d'imaginer un moyen de le convaincre.

— La dernière fois que j'ai voulu embobiner un cyclope, ça s'est mal terminé, plaisanta Gideon. Sais-tu pour quelle raison il nous garde ici, au moins ?

— Il a peur des humains, suggéra Amiko. Il craint qu'en nous laissant repartir on revienne avec d'autres de nos semblables.

— Il a probablement raison.

— Je suis sérieuse quand je te dis qu'il faut l'embobiner, Gideon. J'ai essayé par tous les moyens, mais il reste méfiant. En fait, ajouta-t-elle avec un petit rire, c'est un bon gros bêta. Ça ne devrait pas être trop difficile de le berner.

Gideon plongea dans ses pensées. Ulysse avait réussi à crever l'œil du cyclope en le faisant boire. Outre qu'ils n'avaient pas d'alcool à portée de main, il était hors de question de blesser la malheureuse créature. Le cyclope lui avait peut-être cassé plusieurs côtes, mais il lui avait également sauvé la vie, ainsi que celle d'Amiko. À défaut de leur accorder sa confiance, du moins tolérait-il leur présence. Le tout était de gagner son amitié.

Profitant de l'absence du cyclope, qui s'était éloigné en repoussant le rocher derrière lui, Gideon s'approcha des sacs étanches oubliés dans un coin de la grotte.

Il vida leur contenu sur le sable. Un couteau, un pistolet, quelques babioles. L'amitié passe par le rituel d'un échange de cadeaux. Pas question de lui offrir le pistolet, dont il n'aurait d'ailleurs pas l'usage. Le couteau ? Gideon risquait d'en avoir besoin. En outre, le cyclope disposait d'une large panoplie de lames en silex taillé, munies de manches en os.

— Si tu cherches un cadeau, j'y ai déjà pensé, l'interrompit Amiko. Nous n'avons rien qui puisse lui servir. On a oublié d'emporter la verroterie.

— Une lampe frontale ?

— Il voit apparemment très bien dans l'obscurité.

Gideon se mit à réfléchir. Le meilleur moyen de manipuler un individu est encore de connaître ses désirs, d'abuser de lui en s'appuyant sur un besoin élémentaire. De quoi pouvait avoir besoin le cyclope ? De nourriture ? D'eau, de sexe, d'un abri, de feu... ?

Gideon eut un éclair et s'empressa de s'en ouvrir à Amiko.

— On peut toujours essayer, approuva-t-elle après s'être accordé un moment de réflexion.

— Alors prends une de ces lances et grimpe sur mes épaules.

Amiko obtempéra et Gideon, ignorant sa douleur, parvint à se relever avec son fardeau. La jeune femme introduisit la pointe de la lance dans la fissure du plafond qu'elle creusa consciencieusement.

— Évite de provoquer un éboulement.

— Je fais ce que je peux.
— Dès qu'une pierre se descelle, préviens-moi.
À force de remuer la lance dans la faille, un bloc de lave se détacha. Amiko poussa un cri et sauta des épaules de son compagnon qui se jeta de côté afin d'éviter la pierre. Le bloc s'écrasa près du feu avec un bruit mat, accompagné d'une pluie de cailloux.
Sans perdre un instant, Gideon réunit ceux-ci et les déposa sur le feu en donnant l'impression qu'ils étaient tombés naturellement, puis il roula le bloc de lave sur les braises. Quelques volutes de fumée s'élevèrent autour du rocher avant de s'éteindre définitivement.
— Vacherie d'éboulement, ricana Gideon. Figure-toi que ces putains de cailloux ont éteint les braises. Je me demande bien comment notre ami va pouvoir se débrouiller.
Plusieurs heures s'écoulèrent avant que le cyclope regagne son antre. Il fit rouler la pierre qui bouchait l'entrée avec force ahanements et pénétra dans la grotte, deux énormes iguanes morts sur l'épaule. Il se figea en découvrant le feu éteint, leva les yeux sur la fissure et s'empressa de dégager les pierres et autres débris qui avaient étouffé les flammes. Il posa précipitamment des brindilles sur les braises froides, s'agenouilla et souffla ardemment. En vain. Le feu s'était éteint.
Il se releva en poussant un rugissement, fusilla ses prisonniers du regard en leur désignant le feu. Amiko haussa les épaules. Il gronda de plus belle, l'écume aux lèvres, et avança d'un air méchant vers Gideon, comme s'il le tenait pour responsable du malheur qui était arrivé.
Gideon lui répondit à son tour par un haussement d'épaules.
Le géant exprima sa frustration par un vagissement.
Gideon tira de sa poche un briquet qu'il tendit au cyclope. La créature s'approcha, observa longuement l'étrange objet, le prit entre ses doigts, le renifla, et

le jeta dans un coin en émettant un grognement mécontent.

Gideon, tout sourires, ramassa le briquet. Puis, sous le regard soupçonneux du géant, il fit jaillir une flamme.

L'œil rond du cyclope s'écarquilla, son front obtus se plissa. Il laissa échapper un cri guttural, hésita, s'approcha et posa sur la flamme un doigt qu'il retira aussitôt, convaincu qu'il s'agissait bien de feu.

Gideon poursuivit son opération de charme en approchant le briquet des brindilles posées sur les braises mortes. Le petit bois s'enflamma en crépitant et Gideon alimenta le feu avec des branches sèches prélevées sur le tas de bois. En l'espace de quelques minutes, un feu dansait joyeusement au centre de la caverne.

La créature en restait pétrifiée.

Gideon lui offrit à nouveau le briquet. Le cyclope s'en empara prudemment et tenta de l'allumer, mais le briquet refusa de s'enflammer entre ses doigts maladroits et tomba par terre. Gideon le ramassa, l'alluma à plusieurs reprises sous l'œil attentif du cyclope, puis il le déposa entre ses énormes doigts et lui montra comment actionner la molette à l'aide du pouce. Le géant, après quelques essais infructueux, ouvrit grand son œil rond en voyant jaillir enfin la flamme dans sa main.

Gideon se tourna vers Amiko.

— Explique-lui qu'il s'agit d'un cadeau.

Amiko prononça quelques paroles en grec. Le cyclope actionna le briquet plusieurs fois, puis le rangea précieusement dans son sac de cuir. Il s'assit près du feu en marmonnant tout en observant régulièrement Gideon du coin de son œil unique.

Amiko s'adressa à son compagnon :

— Comment avais-tu deviné qu'il ne savait pas faire du feu ?

— J'avais remarqué la façon dont il couvait les braises comme un bébé en veillant à ce qu'elles ne s'éteignent jamais. Il les remuait longuement le soir avant de dormir et ranimait les flammes en se levant. En outre, j'avais noté l'absence d'outils permettant d'allumer un feu dans sa panoplie.

— Tu crois que ses ancêtres ont entretenu leur feu pendant des millénaires ?

— Peut-être.

— En tout cas, beau travail, monsieur Prométhée.

— Le feu. Le bien le plus précieux de l'homme. Et du cyclope.

Amiko hésita.

— Tu sais ce que je crois ?

— Non ?

— Je suis persuadée qu'il souffre de solitude. Nous n'avons croisé aucun de ses semblables. Il est peut-être le dernier représentant de son espèce, ce qui pourrait expliquer son envie de nous garder ici. Pour ne pas se sentir seul.

— Tu sais, on ne s'est même pas présentés à lui. Du genre, moi Tarzan, toi Jane.

— Tu as tout à fait raison, approuva Amiko. Tu crois qu'il a un nom ?

— Il y a un moyen de le savoir.

Gideon se leva et, surmontant ses réticences, s'approcha de la créature. Celle-ci releva sa tête hirsute que perçait son œil effrayant.

Gideon posa les deux mains sur sa poitrine.

— Gideon, annonça-t-il d'une voix forte.

Le géant l'observa d'un air étonné.

— Gideon, répéta le jeune homme avant de poser une main sur l'épaule d'Amiko.

— Amiko, dit-il avant de frapper sa propre poitrine : Gideon.

Enfin, il écarta les mains et tendit un doigt vers son interlocuteur.

La créature resta sans réaction.

Gideon recommença son manège, mais le cyclope poussa un grognement surpris sans donner l'impression de comprendre.

— Attends, laisse-moi tenter ma chance.

Amiko se leva, s'approcha à son tour du cyclope et le toucha en prononçant un mot en grec ancien.

Le géant réagit de façon stupéfiante. Figé sur place, la respiration coupée, il écarquilla légèrement son œil comme si un souvenir très ancien remontait à sa mémoire.

Amiko répéta le mot.

L'œil s'ouvrit très grand cette fois, alors que le géant affichait son ébahissement avec une mine presque comique. Un profond silence enveloppa la grotte. Enfin, la créature tendit une main tremblante vers Amiko et lui toucha délicatement l'épaule en répétant le mot qu'elle avait prononcé d'une voix grave et mal assurée.

Seigneur, voilà qu'il parle ! pensa Gideon, au comble de la stupéfaction.

Amiko prononça une troisième fois le mot magique et la créature le répéta. Alors, contre toute attente, son œil monstrueux se mit à briller et une larme gigantesque roula sur son visage buriné. Elle fut suivie d'une autre, puis d'une troisième, jusqu'à ce que le cyclope, bouleversé, cache son visage entre ses mains velues.

— Que lui as-tu dit ? s'enquit Gideon à voix basse.

— J'ai prononcé le nom de Polyphème.

— Et lui ?

— Il m'a répondu par un très vieux terme grec signifiant aïeul, ou ancêtre. Littéralement, le père de tous.

53

La jungle regorgeait de vie. Une serre tiède et moite, un paradis bourdonnant d'insectes, de lézards et d'animaux invisibles qui contribuaient au vacarme ambiant par leurs cris, leurs coassements, leurs appels, leurs grognements, leurs glapissements. Gideon marchait sur les traces du cyclope depuis plusieurs heures déjà. Le lendemain du jour où ils avaient échangé leurs noms, le géant était sorti de la grotte, après une « conversation » hésitante avec Amiko, en faisant signe à Gideon de le suivre. Il s'était mis en quête d'un produit rare dont Gideon espérait qu'il s'agirait du mystérieux lotus. En dépit de ses recherches, le géant n'avait pas encore découvert ce qu'il cherchait.

Gideon fut subjugué une nouvelle fois par la beauté de l'île. La diversité de sa faune était stupéfiante, tout comme la richesse de sa flore. Il s'émerveillait à chaque pas des énormes massifs de fleurs sauvages, des cascades d'orchidées, des fougères géantes, des troncs millénaires recouverts de mousse et de vigne vierge, du monde mystérieux qui palpitait à l'intérieur des broussailles. Chaque mètre parcouru lui permettait d'entendre bruisser tout un univers sauvage, de découvrir fugitivement des créatures inattendues, d'apercevoir une multitude de papillons et de lézards chatoyants.

Cette jungle n'était pas sans danger. Le plateau surmontant l'île, pas du tout plat comme il en donnait l'impression de loin, était en réalité un cône volcanique effondré dont le sol était sillonné de tunnels de lave, de crevasses et d'anciens geysers envahis par une épaisse végétation qui en masquait les dangers.

Sans être expert en botanique, Gideon était surpris par l'exotisme des plantes qu'il côtoyait : des sarracènes géantes aux cornets remplis d'eau, d'énormes orchidées violettes dégageant une puanteur de viande pourrie, des lianes tissant un réseau infranchissable, des racines monstrueuses évoquant des coulures de fromage fondu.

Mais rien qui ressemble au lotus.

Le cyclope s'enfonçait dans la jungle en empruntant des sentiers de plus en plus étroits. En l'observant, Gideon s'étonnait qu'un être aussi balourd puisse se mouvoir avec une telle grâce, et parfaitement en silence malgré sa taille. Il avançait sur des pistes que lui seul voyait sans déranger la moindre feuille. Gideon, pourtant deux fois plus frêle, était obligé d'écarter des branches quand il ne trébuchait pas dans les racines, peinant à suivre son étrange guide.

Le don du briquet et le nom de Polyphème avaient changé du tout au tout le comportement du géant. Sans se montrer amical à proprement parler, il avait rendu leur liberté à ses prisonniers en dégageant le rocher qui bloquait l'entrée de la caverne, leur faisant comprendre qu'ils étaient libres de partir. Ils avaient néanmoins décidé de passer la nuit là en envisageant de lever le camp le lendemain.

Après le dîner, Amiko avait tenté d'en apprendre davantage sur l'histoire des cyclopes. Une conversation ardue et frustrante, marquée par des incompréhensions et des faux départs, qui avait permis à Gideon de prendre la mesure du fossé intellectuel qui les séparait du géant, en dépit de leurs ancêtres communs. Amiko avait cru comprendre que Polyphème était un aïeul révéré par sa descendance, au sujet duquel circulaient de nombreuses légendes. Le cyclope lui-même ne semblait pas avoir de nom, ou bien ne souhaitait pas le leur révéler. Il était très vieux, sans qu'il soit possible de deviner son âge réel. À force de le voir mimer le passage des jours et des saisons, Amiko en avait déduit qu'il était plusieurs fois centenaire. Gideon peinait à y croire, tout en reconnaissant que le cyclope semblait usé par une longue existence. Le malheureux donnait l'impression d'avoir beaucoup souffert. Amiko n'avait pas réussi à lui soutirer d'information sur la présence d'autres cyclopes dans l'île, un sujet sur lequel il restait tristement muet.

Aux alentours de midi, la jungle ressemblait à une étuve et le cyclope n'avait toujours rien trouvé. La chaleur, conjuguée à la vitesse à laquelle ils se déplaçaient dans la forêt, commençait à fatiguer Gideon, pas entièrement remis de ses blessures.

Le géant s'immobilisa brusquement. Il tomba à genoux et renifla le sol en le caressant de son nez épaté. Le geste en était presque comique. Il gratta la terre de la pointe de sa lance, puis s'écarta de la piste et s'enfonça lentement au milieu des broussailles. Gideon le suivit à regret, contraint d'avancer à quatre pattes tant la végétation était dense. Le cyclope, beaucoup plus rapide, disparut rapidement au milieu des fourrés en laissant derrière lui un Gideon paniqué.

— Attends-moi ! s'écria-t-il instinctivement, aussitôt rattrapé par le fait que le cyclope ne comprenait pas l'anglais et ne risquait pas de se soucier de ses récriminations.

Il voulut se relever avant de s'apercevoir que les plantes au-dessus de sa tête l'en empêchaient, et reprit sa progression à genoux en s'efforçant de suivre le géant. Il avait parcouru quelques dizaines de mètres lorsque les occupantes d'une fourmilière, dérangées par son passage, s'échappèrent de leur abri de feuilles et s'introduisirent dans ses cheveux et sa chemise en le couvrant de morsures.

— Saloperie ! gronda-t-il en tentant de les chasser à grands coups de claques.

Au moment où il pensait avoir définitivement perdu la trace du cyclope, il franchit un mur de broussailles et vit son guide à quatre pattes au milieu d'une petite clairière, occupé à gratter la terre avec le manche en bois de sa lance.

Quelques instants plus tard apparaissait entre ses doigts une racine dont Gideon ne tarda pas à comprendre qu'il s'agissait en vérité d'un champignon souterrain, proche de la truffe, émettant comme cette dernière un parfum puissant.

Il reconnut l'odeur caractéristique du lotus, savant cocktail de terre, de cannelle et de chaussettes sales.

Le cyclope, faisant preuve d'une délicatesse surprenante, retira le champignon de son lit de terre et le nettoya avec mille précautions. Il tira de son sac un morceau de cuir souple qu'il étala sur le sol de la clairière et y déposa le lotus après l'avoir débarrassé des brindilles et des feuilles qui y restaient accrochées. Le champignon parfaitement nettoyé, il l'enveloppa dans le carré de cuir et fourra le tout dans son sac.

Il se retourna et posa son œil géant sur Gideon en lui adressant un geste incompréhensible.

— Bien joué, approuva le jeune homme en gratifiant son guide d'un sourire, le pouce levé.

Gideon crut le voir grimacer un sourire en retour. L'instant suivant, le géant attachait la bourse de cuir à sa ceinture et quittait la clairière d'un pas rapide. Vingt minutes plus tard, il arrivait à la grotte en empruntant un dédale de pistes et de raccourcis que Gideon aurait été bien en peine de retenir.

Amiko les attendait près du feu qu'elle tisonnait. Le cyclope s'assit en tailleur, détacha son sac et l'ouvrit.

Gideon adressa une œillade à la jeune femme.

— Un lotus ? demanda-t-elle à voix basse.

Gideon acquiesça.

— Il l'a découvert en pleine terre. Il ne s'agit pas d'une plante ordinaire, mais d'une sorte de champignon souterrain.

— Incroyable, murmura-t-elle. Il faut absolument le récupérer.

Le cyclope déballa délicatement le lotus dont l'odeur imprégna aussitôt la caverne. Muni d'un couteau en obsidienne, il le découpa en lamelles capiteuses.

— Que fait-il ? s'inquiéta Amiko.

— Aucune idée.

— J'espère qu'il ne va pas le manger.

C'était pourtant l'intention du cyclope, qui commença par mettre les lamelles à griller sur une pierre plate près des braises avant de les déguster sous les yeux de ses hôtes. Il paraissait observer une sorte de rituel et fredonnait ce qui ressemblait à un hymne sacré. Son repas achevé, il se retira dans le coin sablonneux qui lui servait de couche et s'allongea en position recroquevillée.

Amiko en profita pour ramasser les résidus du précieux champignon, puis les enferma soigneusement dans un sachet en plastique qu'elle glissa dans son sac à dos.

Elle reprit place à côté de Gideon.

— Tu te rends compte ? déclara-t-elle, les yeux brillant d'excitation. Nous avons découvert la pièce du puzzle qui nous manquait. Et quelle pièce ! Une plante aux vertus curatives extraordinaires et un cyclope, preuve vivante de la véracité historique de l'*Odyssée*. Cette découverte va révolutionner le monde, et c'est à nous qu'on la doit.

Gideon resta silencieux, perdu dans les pensées qui l'obsédaient depuis quelque temps.

— Que se passe-t-il ? s'enquit Amiko.

Il secoua la tête.

— Nous n'avons pas réfléchi à toutes les conséquences de cette découverte.

— Que veux-tu dire ?

— À ton avis, qu'arrivera-t-il au cyclope quand nous raconterons ce qui nous est arrivé ?

Amiko posa sur lui un regard intense.

— C'est une découverte extraordinaire. Imagine un peu, un hominidé proche de l'homme de Neandertal, un cyclope vivant !

— C'est bien l'adjectif vivant qui pose problème. Tu n'as pas répondu à ma question : que va-t-il lui arriver ?

— Je... j'imagine qu'on installera ici une réserve naturelle, en veillant à ce que les visiteurs n'abîment pas l'écosystème local.

— Sachant qu'il recèle une plante naturelle aux vertus miraculeuses, susceptible de générer des milliards de profits ?

— Il est sûrement possible de cultiver ce lotus ailleurs.

— D'abord, il s'agit d'un champignon souterrain, au même titre que la truffe. Les truffes ont beau se vendre une fortune au kilo, jamais personne n'a réussi à en domestiquer la culture. Ensuite, le cyclope a mis six heures à découvrir ce lotus, malgré ses formidables capacités olfactives et sa parfaite connaissance du terrain. Six heures ! Je doute que le sol recèle beaucoup de ces plantes. Nous savons à présent qu'il en mange, qu'il est donc lui-même lotophage. Peut-être est-ce le secret de son incroyable longévité. Il en a besoin. Sa survie sur cette île en dépend. Comment imaginer que ça puisse toujours être le cas lorsque les gens sauront la vérité ? Permets-moi d'en douter.

Amiko, silencieuse, s'accorda quelques instants avant de répondre.

— Je n'y avais pas pensé.

— Dernier élément, cette île appartient certainement au Nicaragua. Le gouvernement local s'empressera de reprendre l'initiative si nous faisons part de notre découverte au monde, et Dieu sait ce qu'il en fera.

Amiko posa les yeux sur la créature qui dormait paisiblement. Gideon suivit son regard. Allongé sur le sable en position fœtale, avec sa poitrine velue qui vibrait au rythme de sa respiration et ses orteils aux ongles déchirés, il ressemblait à un énorme chien en plein rêve. Une paupière ridée obscurcissait son œil géant. Le cyclope était l'incarnation même de la différence ; à la fois capable d'une grande douceur et de réactions violentes imprévisibles, il formait une passerelle unique entre l'homme et l'animal.

— Je crois que je commence à m'attacher à lui, remarqua Amiko.

— De mon côté, je ne serais pas surpris qu'il soit en train de... de développer des sentiments à ton endroit.

— Ne parle pas de malheur.

— Je ne plaisante pas. Il se fiche complètement de moi. Il m'a emmené chasser le lotus uniquement parce que tu as insisté. Tu es la seule qui compte à ses yeux. Il suffit de voir la façon dont il te regarde.

— N'importe quoi. Tu te fais un film à la King Kong.

Gideon prit la main de la jeune femme dans la sienne.

— En attendant, nous avons sur les bras un problème autrement plus grave. Impossible de raconter ce que nous avons découvert ici. Sinon, ce sera la révolution et le cyclope sera foutu. Regarde-le. Sa taille et son allure le rendent peut-être inquiétant, mais c'est un être éminemment vulnérable.

54

Le lendemain matin, le cyclope se leva à l'aube et revint avec un petit tatou qu'il fit rôtir sur le dos avant d'en extraire la chair avec la dextérité d'un chirurgien. Lorsqu'il entama son repas avec ses hôtes, Gideon remarqua qu'il avait réservé le morceau le plus juteux à Amiko.

Gideon le regarda manger du coin de l'œil. En le voyant porter la nourriture à sa bouche avec des doigts gras, mâcher bruyamment avec ses deux rangées de dents jaunies, grommeler de plaisir en détachant la viande des os qu'il rongeait avant de les recracher, on aurait difficilement pu le trouver délicat. Pourtant, il émanait de lui une humanité indiscutable, notamment dans la façon dont il se montrait capable de partager sa pitance. D'une certaine façon, cette créature étrange appartenait autant que lui au genre humain. Le cyclope était bien plus qu'un primate intelligent. Gideon se sentait une responsabilité vis-à-vis de lui, il éprouvait même une certaine affection à son endroit. Cette créature n'avait aucune notion du monde extérieur, de ce qui lui arriverait si ce monde apprenait son existence et faisait irruption sur son territoire.

Amiko, troublée, mangeait en silence. Leur collation terminée, la créature se leva et leur fit signe de venir, accompagnant son geste d'un grognement brusque.

Ils le suivirent dans le soleil du matin et s'enfoncèrent après lui sur l'une des nombreuses pistes qui sillonnaient l'île. Gideon, grâce au formidable pouvoir de cicatrisation du lotus, ne souffrait quasiment plus de ses côtes fracturées. Après une série d'embranchements, le petit chemin déboucha au bord de la falaise, face à la mer. C'est tout juste si le cyclope marqua un bref temps d'arrêt avant de disparaître dans le vide. Se penchant prudemment, Gideon découvrit une sente invisible à l'œil nu, dissimulée entre deux roches volcaniques. Le cyclope dévalait d'un pas sûr un escalier naturel dessiné par une coulée de lave. Gideon lui emboîta le pas, s'efforçant de museler son vertige, tandis qu'Amiko fermait la marche.

La sente sillonnait en pente raide au milieu d'un labyrinthe de piliers d'obsidienne, de grottes et d'éboulis. Avec le temps, le sol de pierre volcanique avait été poli par les pieds de nombreux individus. Après avoir serpenté sur une soixantaine de mètres de dénivelé, le petit chemin dessinait une épingle à cheveux, longeait un étroit ravin et traversait un pan de roche.

Ce premier passage débouchait dans un ancien tunnel de lave qui s'enfonçait profondément jusqu'au cœur de l'île. Le sol de pierre polie signalait, là encore, un usage millénaire. Gideon lança à sa compagne un coup d'œil muet.

Derrière eux, le point lumineux de l'entrée du passage menaçait de disparaître lorsque le tunnel déboucha dans une immense grotte haute de plus de trente mètres. Le cyclope s'immobilisa au centre de la caverne, à l'extrémité de laquelle on devinait une porte de lave taillée que surmontait un linteau de roche. Une étrange lumière s'échappait de l'ouverture. Le cyclope s'en approcha d'un pas traînant, presque hésitant.

L'ouverture donnait sur une caverne plus vaste encore que la précédente. Gideon se figea sur le seuil, stupéfait. Derrière lui, Amiko laissa échapper un hoquet de surprise. Les murs de la grotte étaient entièrement incrustés de cristaux d'un blanc laiteux, longs pour certains de plus d'un mètre. Un rai de lumière traversait la voûte et frappait de plein fouet un bloc de cristal dont les éclats allumaient les feux de ceux qui lui faisaient face en diffusant une lumière sourde, parfaitement irréelle, à travers l'obscurité. Un lit de sable fin couvrait le sol. L'une des parois de lave, soigneusement polie, servait de support à des pétroglyphes représentant des animaux, des spirales, des soleils et des lunes, ainsi que des silhouettes humaines géométriques.

Gideon et Amiko en restèrent muets de saisissement. L'atmosphère de la grotte, évocatrice de celle d'une cathédrale, et l'attitude révérencieuse du cyclope imposaient le silence.

Ce dernier avança jusqu'au mur de pétroglyphes. Parmi la multitude des figures qui y étaient dessinées, Gideon reconnut avec le plus grand étonnement la forme d'une galère à voile.

— Il s'agit d'un pentécontère, lui glissa Amiko dans un souffle. Le bateau d'Ulysse.

Le cyclope manifesta son agacement d'un petit grognement et les entraîna vers un passage, aussi étroit que haut. Laissant derrière eux la grotte aux mille cristaux, les jeunes gens découvrirent un univers sombre dont ils ne déchiffrèrent pas immédiatement la nature. Des centaines de niches s'ouvraient dans les parois du tunnel, au fond desquelles luisaient faiblement des ossements blancs. Gideon comprit qu'ils se trouvaient dans une vaste nécropole de lave renfermant les squelettes gigantesques de centaines de cyclopes.

Le géant avança d'un pas prudent. À mesure qu'ils s'enfonçaient à sa suite dans les catacombes, l'obscurité gagnait en épaisseur sans que le cyclope semble s'en soucier. Voyant Amiko trébucher dans la pénombre, il lui prit doucement la main et la guida. Il ne faisait guère de doute que son œil unique était infiniment mieux adapté à l'obscurité que celui de ses hôtes, guidés par le bruit de ses pas.

Il s'immobilisa soudainement. Gideon entendait sa respiration dans le noir. Un grattement résonna sous la voûte de pierre et une flamme jaillit de la main du cyclope. À la faible lueur du briquet, ils découvrirent au milieu des niches de cette étrange cité des morts une alcôve différente des autres. Plus grande, soigneusement encadrée de blocs de pierre taillée, elle était partiellement remplie de cristaux et d'offrandes diverses : des couteaux de pierre, des lances, ainsi qu'un casque de bronze rongé par la corrosion.

Un casque grec datant de l'Antiquité.

Gideon sursauta en entendant un son guttural s'échapper des lèvres du cyclope, prononcé avec déférence.

Le cyclope répéta le mot, que Gideon identifia cette fois : Polyphème. Pouvait-il s'agir de sa sépulture ?

Le géant plongea la main dans l'alcôve et souleva le couvercle d'un coffret de pierre très ancien qui se trouvait là. Il y puisa une poignée de lotus séchés qu'il montra à Gideon, apportant une nouvelle fois la preuve qu'il s'agissait d'un trésor aussi précieux que l'or.

L'instant suivant, il refermait le couvercle et rebroussait chemin, suivi par Gideon et Amiko.

55

Ils regagnèrent l'antre du géant qui alimenta le feu avant de s'éclipser, armé de sa lance, en abandonnant ses hôtes dans la grotte. C'était la première fois que Gideon et Amiko se trouvaient libres de se parler depuis leur visite de la nécropole des cyclopes. Ils avaient beau savoir que le géant ne comprenait pas l'anglais, ils se montraient hésitants à parler en sa présence.

Amiko s'exprima la première, emportée par la passion.

— Bon sang, Gideon. Tu comprends ce que signifie cette nécropole ? Ces cyclopes ne sont pas de simples hommes des cavernes. Ils possèdent une culture, une histoire, le sens de l'au-delà. En d'autres termes, ils possèdent une civilisation. Elle est même très ancienne.

— Leur œil unique est né de leur besoin de s'adapter à l'obscurité, renchérit Gideon.

— Exactement. Cette île regorge de grottes. Il s'agit de leur terre d'origine, un peu comme l'homme de Florès, le fameux « hobbit » d'Indonésie. Je ne serais pas étonnée que notre cyclope soit le dernier représentant de son espèce. À mon avis, il vit seul ici depuis plusieurs centaines d'années.

— Grâce aux pouvoirs du lotus.

— Nous avons le devoir de le protéger, insista Amiko. Sinon, il finira ses jours dans un zoo, un laboratoire de recherche… ou pire. Voici ce que je te propose : récupérons quelques spécimens de lotus séchés et quittons cette île. Après tout, c'est la mission que nous a confiée Glinn et rien ne nous oblige à lui révéler l'existence du cyclope et l'emplacement précis de ce lieu. Les mycologues découvriront bien le moyen de cultiver cette plante, à moins que des chimistes ne parviennent à en isoler et synthétiser les principes actifs.

— Je crains que ce ne soit difficile. Les composés du lotus doivent être incroyablement complexes pour provoquer des effets aussi importants sur le corps humain.

— Si c'est le cas, nous nous trouvons dans une situation extrêmement délicate.

— Sans compter que Glinn est au courant de l'existence du cyclope, et qu'il connaît approximativement notre localisation.

— Il ne sait pas qu'il existe un cyclope vivant. Il nous suffira de mentir, d'inventer une fable quelconque, de brouiller les pistes en évoquant une autre île, de lui dire que nous sommes tombés sur de vieux ossements.

— Glinn n'est pas quelqu'un que l'on dupe aisément, objecta Gideon.

— Dans ce cas, contentons-nous de ne rien lui révéler, de rester vagues s'il insiste pour connaître les détails. Combien de fois Glinn nous a-t-il volontairement caché la vérité ? Il est temps de lui rendre la monnaie de sa pièce.

Gideon demeura un instant pensif avant de réagir :

— Que fait-on à présent ?

— Rien ne nous retient ici, nous pouvons repartir. Avec le lotus.

— Facile à dire, maugréa Gideon. Nous sommes coincés sur un plateau volcanique entouré de falaises à pic, perdu au milieu de l'océan, sans bateau ni téléphone. Sans parler des Indiens de la côte qui ne doivent pas nous porter dans leur cœur à l'heure qu'il est.

Le silence retomba sur la grotte dont les murs, plongés dans la pénombre, s'animaient au gré des dernières flammes. Dehors, l'épaisse végétation filtrait doucement le soleil de l'après-midi dans le murmure des oiseaux et le coassement des grenouilles. Gideon, sous le charme de l'instant, plongea dans le souvenir des derniers jours : la magie de cet îlot perdu, le dernier survivant de l'espèce des cyclopes, la nécropole de cristal enfouie au cœur des falaises, les pétroglyphes représentant des vaisseaux grecs. Le tout composait un univers fantastique, presque irréel. Il scruta les traits magnifiques de sa compagne, hypnotisée par le feu mourant. Les effluves terreux du lotus flottaient encore dans l'air tel un parfum musqué.

Amiko releva la tête en voyant Gideon lui tendre la main. Il l'attira doucement contre lui et leurs lèvres s'unirent. Loin de résister cette fois, elle s'abandonna avec délices. Ils s'embrassèrent lentement, avec délicatesse. Il la serra plus fort dans ses bras, jusqu'à sentir ses seins contre sa poitrine, puis leurs baisers se firent plus passionnés...

Ils s'écartèrent vivement en voyant une ombre les recouvrir. Le cyclope se tenait à l'entrée de la grotte, un singe sanguinolent pendu à l'extrémité du bâton qu'il tenait à la main. Son œil rond et son front barré d'un pli trahissaient sa contrariété. Il jeta la dépouille du singe dans un coin et avança vers Gideon en grondant.

Ce dernier se dressa devant lui, comprenant brusquement l'ampleur du faux pas qu'ils venaient de commettre. La tension était palpable à l'intérieur de la grotte.

Le cyclope s'immobilisa à quelques mètres de lui en le fusillant de son œil injecté de sang. Énorme, il dominait son adversaire de plus d'un mètre. Il émanait de lui une odeur entêtante de sueur, de terre et de plantes. Les muscles noueux de ses longs bras étaient tendus à craquer, sa peau était devenue rouge brique sous son épais duvet. Gideon lui fit face, sentant instinctivement que prendre la fuite était encore le meilleur moyen de déclencher l'explosion de fureur qu'il espérait encore éviter. Le cyclope, enragé de jalousie, hésitait sur l'attitude à adopter.

Gideon cherchait désespérément le moyen d'écarter la crise.

Amiko prononça quelques mots en grec ancien, mais le cyclope la fit taire en laissant échapper un rugissement terrible, ponctué par un claquement de dents sinistre.

Il leva lentement le poing et referma ses doigts gigantesques sur le cou de Gideon. Ce dernier voulut se dégager, mais le cyclope était d'une force herculéenne.

— Arrête. Je t'en prie, coassa-t-il en lançant un coup d'œil en direction du sac dans lequel se trouvait le pistolet.

Amiko suivit son regard.

L'étreinte du géant se resserra.

Amiko ramassa le sac d'un mouvement souple, prit l'arme et mit le géant en joue sans que ce dernier paraisse s'en émouvoir. Gideon, à demi asphyxié, sentait le sang battre violemment dans sa carotide comprimée.

Amiko s'adressa à nouveau en grec au géant qui ne l'entendit même pas. Concentré sur sa proie, il souleva Gideon par le cou.

Le jeune homme, incapable de respirer, sentit un voile noir s'abattre devant ses yeux. Il voulut crier, signifier à Amiko qu'elle devait tirer. Tout de suite.

Au même instant, le sol se mit à trembler tandis qu'un léger grondement traversait la jungle. Le cyclope laissa échapper sa proie en regardant autour de lui d'un air affolé.

Gideon se releva péniblement en se massant le cou et recula de quelques pas. Le cyclope, sans se soucier de l'arme pointée dans sa direction, tendait une oreille inquiète. Le sol trembla de plus belle en grondant. Le cyclope se précipita vers l'entrée de la grotte et observa les alentours de son œil jaune gigantesque.

— Un orage ? suggéra Amiko.

— Non, répondit Gideon d'une voix étranglée.

Le bourdonnement caractéristique d'un hélicoptère troua le silence et le cyclope s'enfonça dans la forêt. Gideon et Amiko émergèrent de la caverne juste à temps pour voir passer au-dessus de leur tête un Sikorsky S-70. Une colonne de fumée s'élevait de l'autre extrémité de l'île. Une nouvelle explosion retentit, dont le souffle fit trembler la jungle, et une boule de feu partit à l'assaut du ciel en laissant une épaisse fumée noire dans son sillage.

— C'est quoi, ce délire ? s'écria Amiko.

— Du napalm ! lui hurla Gideon dans le vacarme des explosions. Ils sont en train de dégager une zone d'atterrissage dans la jungle !

— Ils ? Qui ça, ils ?

Le S-70 repassa au-dessus d'eux. À part son numéro d'immatriculation, aucune indication ne figurait sur le fuselage. L'appareil ralentit et disparut rapidement au-dessus des arbres, mais Gideon aurait juré que le personnage en tenue camouflage qui venait d'ouvrir la portière latérale n'était autre que Garza.

56

L'hélicoptère avait disparu, mais le battement de son rotor était encore perceptible au loin. En vol stationnaire au-dessus du centre de l'île, il débarquait probablement les équipes chargées de nettoyer la zone d'atterrissage.

— Glinn, dit Amiko à mi-voix.

Gideon laissa échapper un juron.

— Il faut croire qu'il a réussi à nous localiser.

Un silence pesant s'installa entre les jeunes gens. Au bourdonnement de l'hélicoptère s'ajouta bientôt un rugissement de tronçonneuses.

Gideon se tourna vers Amiko et lut dans son regard un mélange d'incrédulité et de rage.

— Il faut absolument les arrêter, grinça-t-elle.

— Oui, le mieux est encore d'affronter Glinn pour lui demander ce qu'il fabrique.

Ils jetèrent précipitamment quelques provisions dans l'un des sacs, puis quittèrent la grotte sans un mot en direction de la colonne de fumée. Au hurlement des tronçonneuses s'ajoutèrent bientôt le souffle d'un arbre abattu, des cris, le grésillement des radios et le ronronnement d'un groupe électrogène.

Ils atteignirent la clairière au moment où un second hélicoptère se posait à côté du premier. Un troisième appareil bourdonnait dans le ciel. Gideon n'en revenait pas de la rapidité avec laquelle les intrus avaient travaillé. Une équipe débitait déjà les arbres abattus tandis qu'une autre éteignait les restes de napalm au milieu des broussailles calcinées. Un dernier groupe érigeait les premiers piquets de tente au centre d'un périmètre qui serait bientôt protégé par un grillage électrifié.

Gideon se figea net en apercevant une énorme cage métallique dans un coin de la clairière. C'était impossible. Glinn ne pouvait pas être au courant de l'existence du cyclope puisqu'ils n'avaient pas encore croisé sa route la dernière fois qu'ils avaient été en communication avec le patron d'EES.

— Le salaud, gronda-t-il entre ses dents.

Amiko garda le silence.

Après un instant d'hésitation, Gideon se dirigea vers une grande tente précédée d'un pavillon. Amiko lui emboîta le pas.

Gideon écarta le pan de toile et découvrit Glinn, en tenue safari, dans un fauteuil roulant tout-terrain. Il était entouré d'un jeune soldat blond en tenue camouflage, un fusil M16 à la main, et d'un Manuel Garza au visage fermé.

— Ah ! Gideon et Amiko ! Je vous attendais. Entrez, je vous en prie, les invita Glinn.

— À quoi sert cette cage ? l'interrogea sèchement Amiko.

— Vous ne souhaitez pas vous asseoir ?

— Répondez-moi.

— Vous connaissez une partie du problème. Tout vient du parchemin. *Respondeo ad quaestionem, ipsa pergameni*. « La page elle-même répond à la question. » Il se trouve que la « page elle-même », c'est-à-dire le parchemin, contenait la solution. Ce vélin a été réalisé avec la peau d'un animal, mais pas n'importe quel animal. L'analyse ADN du parchemin nous a permis d'identifier la créature concernée : une sorte d'homme de Neandertal, plus grand, plus robuste, très agressif. Doté d'un patrimoine génétique complètement différent de celui de l'homme de Neandertal ou des humains dans un domaine bien précis : celui de la vue. La créature dont la peau avait servi à la fabrication du vélin ne possédait qu'un seul nerf optique, une zone unique dédiée à la vision au niveau du cerveau et, surtout, un seul œil. Lorsque vous m'avez annoncé avoir vu le crâne d'un cyclope, nous savions déjà de quelle créature il s'agissait. En interrogeant notre logiciel d'Analyse comportementale quantitative, nous avons obtenu un résultat fort intéressant : eu égard à son isolement et à l'absence de contact avec le monde extérieur, il n'y avait aucune raison de croire que l'espèce du cyclope ait pu s'éteindre.

— Cette cage, insista Amiko. Vous avez décidé d'en capturer un ?

— Le lotus reste notre objectif prioritaire, mais il serait criminel pour la science de laisser passer une telle opportunité.

Gideon lança un coup d'œil en coin à Amiko en constatant qu'elle le regardait fixement, comme si elle souhaitait lui lancer un avertissement muet.

Il laissa échapper un petit rire.

— Cette histoire est parfaitement ridicule. Nous parcourons cette île depuis plusieurs jours, je peux vous dire qu'on n'a pas croisé le moindre cyclope. Vous feriez mieux de rembarquer votre cage.

Glinn posa sur lui un regard perçant.

— Vous êtes un excellent menteur, Gideon, mais je ne suis pas dupe.

— C'est-à-dire ?

— C'est-à-dire que je vais au contraire conserver précieusement cette cage. Vous venez de confirmer mes soupçons : il existe bel et bien des cyclopes sur cette île.

— Faux, s'interposa Amiko. Il existe un cyclope. Un individu très âgé, le dernier de son espèce.

Glinn haussa un sourcil.
— Vraiment ?
— Il est tout simplement impossible de le mettre en cage, poursuivit-elle d'une voix lente. Ce serait un crime contre la nature.
— Désolé, Amiko, mais nous allons forcément bousculer son habitat en nous mettant en quête du lotus. Cette créature doit être protégée.
Amiko éleva légèrement la voix.
— Je vous demande de tout arrêter. Immédiatement. Vous êtes en train de détruire un écosystème unique. Ce n'est pas de cette façon que vous pourrez entrer en possession du lotus.
— C'est malheureusement l'unique moyen de mettre la main sur cette plante.
— Vous le tuerez si vous l'enfermez dans cette cage, plaida Amiko.
— Vous entretenez donc des relations avec lui ?
— Oui.
Glinn resta un long moment silencieux. Enfin, il poussa un soupir et tendit sa main toute recroquevillée en signe d'apaisement.
— Puis-je m'exprimer ?
Amiko ne répondit pas.
— Nous sommes confrontés à un double problème, reprit Glinn d'une voix posée. D'un côté, nous sommes en présence d'un produit naturel capable de révolutionner le quotidien de tous nos semblables. De l'autre, nous avons découvert un hominidé…
— Nous avons découvert ? s'insurgea Gideon. Vous n'avez rien découvert du tout !
— Vous avez découvert un hominidé, cousin de l'homme, proche de l'*Homo neandertalensis*. Il est éminemment regrettable qu'une telle créature cohabite avec cette plante miraculeuse, dont elle se nourrit apparemment. L'identification de cette plante peut contribuer au bien-être de l'humanité. De même, l'étude de

cette créature peut nous renseigner sur nos propres origines. Nous faisons d'une pierre deux coups, sachant qu'il est impératif de protéger ce cyclope, ne fût-ce que de lui-même.

— Il est hors de question de l'enfermer dans cette cage, insista Amiko.

— Nous recréerons pour lui un habitat idéal.

— Un habitat ! répéta Amiko sur un ton méprisant. Dans un zoo, c'est ça ?

— Vous comprenez bien qu'il n'est pas possible de le placer n'importe où. Nous veillerons à lui aménager un cadre approprié afin qu'il y passe tranquillement le temps qui lui reste à vivre.

— Amiko a raison, intervint Gideon. Il mourra si on l'enferme dans une cage.

Glinn, d'un calme exaspérant, n'était pas disposé à se laisser fléchir.

— Nous avons passé en revue tous les scénarios possibles avec Manuel Garza. Nous avons opté pour la solution la plus prometteuse. Cela signifie agir promptement et repartir dès que nous aurons découvert le lotus. Si nous voulions garder le cyclope dans son lieu de vie naturel, il nous faudrait entrer dans de longues négociations avec le Nicaragua et le Honduras qui se disputent cette île. La voie diplomatique officielle est vouée à l'échec. Nous débarquons, nous récupérons la plante et nous repartons avant que quiconque ait remarqué notre présence. La présence ici de ce cyclope constitue un sérieux handicap, nous nous efforcerons de le sauver, mais notre priorité est le lotus. C'est un devoir divin.

— Un devoir divin ? s'étrangla Amiko. Vous êtes complètement cinglé.

— Pas le moins du monde. Ce remède ne sera pas mis au service d'une entreprise, d'une nation ou d'une classe d'individus. Le but de notre client est d'en faire bénéficier la planète entière.

— L'objectif est noble, mais pas de cette façon-là ! Ce cyclope m'a sauvé la vie, celle de Gideon aussi ! s'écria Amiko, au bord des larmes.

— C'est la seule solution.

— C'est faux ! Vous n'avez pas le droit !

La jeune femme ravala ses larmes.

— Il vous suffira de le voir pour comprendre. C'est un individu, quasiment un être humain. C'est surtout le dernier représentant de son espèce. Vous n'avez pas le droit de l'arracher à son milieu naturel. Je vous en supplie, Eli, laissez-le vivre en paix jusqu'à sa mort dans cet endroit qu'il connaît et qu'il aime, où se trouvent ses souvenirs.

— Je suis au regret de ne pouvoir accéder à votre requête.

— Pour l'amour du ciel, ne l'enfermez pas dans cette cage !

— Cette cage n'est qu'un refuge provisoire...

Amiko tira le calibre .45 du sac et mit Glinn en joue. Le jeune soldat blond leva le canon de son M16, mais Glinn l'arrêta d'un geste autoritaire.

— Je n'hésiterai pas à vous abattre si vous l'enfermez dans cette cage, l'avertit Amiko. Je le jure devant Dieu.

L'œil gris acier de Glinn se posa sur l'arme.

— Je sais que vous n'en ferez rien.

— Vous voulez que je vous prouve le contraire, espèce de salaud ?

— Je vous en prie.

Amiko leva l'arme et tira un coup de feu en l'air avant de viser à nouveau le patron d'EES. Glinn soutint son regard. Deux soldats pénétrèrent en trombe dans la tente. Glinn les tempéra de sa main rabougrie.

— J'entends régler seul cette affaire.

Il reporta son attention sur la jeune femme.

— J'attends de voir si vous êtes réellement une meurtrière. Vous devrez presser la détente de votre arme si vous comptez vraiment m'arrêter.

Amiko, le souffle court, sentit sa main trembler. L'instant suivant, elle se ruait sur le handicapé, la crosse levée. Le soldat blond voulut lui arracher son arme, mais elle pivota sur elle-même à la vitesse de l'éclair et lui envoya son pied en pleine figure. Les deux autres militaires se jetèrent aussitôt dans la mêlée. Voyant l'un d'eux frapper la jeune femme au visage, Gideon se précipita sur lui et l'envoya rouler dans un coin de la tente avant d'enfoncer son genou dans le plexus solaire de son collègue. La tente s'effondra sur eux dans un craquement de toile. En l'espace de quelques instants, la rixe prenait fin lorsque Gideon se retrouvait le visage contre terre, un genou dans le dos. De son côté, Amiko criait comme une damnée.

— Remettez-moi cette tente d'aplomb, ordonna Glinn d'une voix glaciale.

Aussitôt obéi, il émergea des plis de toile, indemne sur son fauteuil roulant. Amiko, le nez tuméfié, maîtrisée par deux soldats, l'insulta copieusement.

— Relevez Gideon, exigea Glinn.

Les soldats s'exécutèrent et Gideon se redressa en crachant du sang, la lèvre tuméfiée.

— Salopard ! hurla Amiko à tue-tête. En le tuant, vous serez responsable de l'extinction de son espèce !

— Elle a raison, vous êtes vraiment un salopard, réagit Gideon en fusillant Glinn du regard avant de se tourner vers Garza.

La mine neutre, celui-ci avait assisté à l'algarade sans esquisser un geste.

— Vous ne vous en tirerez pas ! poursuivit Amiko. La terre entière saura ce que vous avez fait. Vous le paierez très cher si jamais vous mettez ce cyclope en cage !

Glinn secoua la tête.

— Vous laissez s'exprimer vos émotions.

— Allez au diable !

— Enfermez-la. Je ne veux plus la voir tant qu'elle n'aura pas repris ses esprits.

Les soldats emmenèrent la jeune femme, écumante de rage. Glinn posa sur Gideon son œil gris indemne.

— Vous semblez... perdu.

— Vous vous comportez d'une façon honteuse avec elle.

— J'aimerais que vous compreniez mes raisons. Sachez que je respecte les vôtres.

Gideon lui renvoya un regard agressif. Amiko continuait de multiplier les invectives tandis qu'on l'emmenait. Gideon ne savait quoi penser de sa réaction vis-à-vis de Glinn. La brutalité avec laquelle avait éclaté sa colère le déroutait, alors que le patron d'EES ne semblait pas s'en étonner.

— Ainsi que je le disais, il s'agit de la seule façon efficace de parvenir à nos fins. Si nous laissons agir les gouvernements locaux, ils trouveront le moyen de monnayer cette découverte. S'ils n'ont pas détruit cette île en se la disputant. Ils s'empresseront de passer un accord avec une multinationale pharmaceutique qui vendra ce remède à prix d'or à une minorité de privilégiés. Parallèlement, ils enfermeront le cyclope dans un zoo, histoire de gagner encore plus d'argent. Le seul moyen d'empêcher une telle catastrophe est d'agir comme nous le faisons, par une frappe préventive. Notre client, un homme de bonne volonté au-dessus de tout soupçon, a décidé de mettre sur pied une fondation à but non lucratif qui cultivera la plante afin de la mettre à la disposition de tous les organismes de recherche, de tous les pays, de tous les fabricants de médicament qui en exprimeront le désir, ce qui permettra sa commercialisation au coût le plus bas.

Il se tut afin d'adresser à son interlocuteur un regard significatif.

— Je pensais que vous, en particulier, seriez capable de comprendre l'intérêt d'une telle démarche.

Gideon ne répondit pas. Glinn avait touché un point sensible, bien sûr, mais mettre le cyclope en cage était une décision inhumaine.

Glinn reprit son argumentation d'une voix qu'il voulait pleine de bon sens.

— Notre logique est imparable. Nous aiderons le cyclope du mieux que nous le pourrons, mais il ne peut pas rester sur cette île. D'après les simulations effectuées sur ordinateur, nous disposons de vingt-quatre heures avant que notre présence ici soit détectée. À moins d'avoir trouvé le lotus d'ici là, cette mission sera un échec.

Gideon esquissa une grimace en entendant Amiko crier de plus belle à l'extérieur de la tente.

— Vous avez le don de toujours montrer à quel point vos décisions relèvent de l'inéluctable, déclara le jeune homme. Quoi qu'il en soit, je n'ai pas l'intention de me rendre complice de vos actes.

— Je ne vous le demande pas, pas davantage que je ne voudrais impliquer Amiko. Manuel vous conduira demain matin à Managua, d'où vous vous envolerez tous les deux pour les États-Unis. Votre mission est achevée. Vous l'avez accomplie avec brio, si je puis me permettre, en dépit de ce désaccord final, précisa-t-il en tendant la main en direction des cris qui retentissaient dans la clairière.

En tournant la tête, Gideon constata que la jeune femme donnait du fil à retordre aux deux soldats chargés de la maîtriser.

Soudain, un rugissement effroyable fit trembler l'air. Gideon vit le cyclope jaillir de la jungle, son œil jaune lançant des éclairs. La bouche grande ouverte sur des canines jaunes menaçantes, sa longue crinière argentée volant dans son sillage, il se rua de toute sa masse musculaire sur les hommes qui tenaient Amiko, un gourdin dans l'une de ses mains gigantesques, une lance dans l'autre. Les deux soldats en restèrent pétrifiés d'horreur. Le gourdin s'abattit sur l'un d'eux dont le crâne explosa littéralement et le géant en profita pour attraper Amiko.

— Je le veux vivant ! hurla Glinn.

Plusieurs militaires se précipitèrent vers la créature, un Taser à la main. Il les repoussa avec un rugissement sauvage, enragé par les crépitements électriques qui venaient de l'atteindre. Un filet métallique s'abattit sur lui, que le cyclope déchira de ses mains monstrueuses en faisant sauter les mailles d'acier comme de vulgaires cordes de guitare. Amiko l'aida aussitôt à se dégager, mais des hommes armés de fusils avaient déjà pris position autour du géant.

— Non ! hurla Amiko. Ne tirez pas !

Les fusils aboyèrent en faisant pleuvoir sur le géant des flèches tranquillisantes. Une demi-douzaine d'entre elles s'enfoncèrent dans le dos et les côtes du cyclope qui les arracha l'une après l'autre en faisant trembler la jungle d'un hurlement terrifiant.

— Recommencez ! ordonna Glinn.

— Noooon ! hurla Amiko en voulant se placer devant les soldats.

Une seconde salve de projectiles tranquillisants atteignit le cyclope. Il s'immobilisa et roula grotesquement son œil unique. Un rictus se dessina sur ses lèvres dont s'échappait un filet de bave, puis il battit frénétiquement des bras et s'effondra lourdement en poussant des cris gutturaux qui finirent par s'éteindre dans sa gorge.

Moins de cinq minutes plus tard, les soldats avaient emprisonné son corps gigantesque dans la cage en se servant d'un monte-charge. Amiko, maîtrisée, conservait un silence hébété.

Glinn se tourna vers Gideon.

— Cette créature est venue la sauver. J'avoue que c'est impressionnant. À présent que nous avons capturé le cyclope, il est temps de passer à la phase deux : le lotus.

Il tendit un bras racorni en direction du cadavre du soldat tué par le géant.

— Un incident regrettable. Manuel, veuillez vous occuper de ce malheureux.

Garza quitta la tente sans un mot. Quelques instants plus tard, ses hommes emportaient la dépouille du militaire. Glinn fit signe qu'on lui amène Amiko. Menottée dans le dos, elle avança entre deux soldats.

— C'est terminé, déclara Glinn. Vous ne pouvez plus rien pour cette créature. Je vous propose de vous libérer, à condition que vous me promettiez de rester calme.

Amiko garda longtemps le silence.

— Vous pouvez me libérer, laissa-t-elle finalement tomber d'une voix étrange.

Les soldats détachèrent les menottes qui l'entravaient.

— Vous serez toutefois sous la surveillance de ces hommes jusqu'à votre départ de l'île, précisa Glinn.

— Vous avez négligé un détail, rétorqua Amiko.

— Lequel ?

— Jamais vous ne découvrirez le lotus sans lui.

57

Gideon se réveilla avant l'aube, submergé par le découragement. Les hurlements tristes du cyclope l'avaient longtemps empêché de dormir. C'est tout juste s'il avait réussi à voler quelques heures de sommeil lorsque le géant avait fini par se taire.

Le soleil commençait à peine à poindre au-dessus de la jungle lorsque Gideon et Amiko, celle-ci encadrée par deux gardes armés, s'étaient approchés de l'hélicoptère qui devait les emporter loin de l'île.

Amiko était pâle comme une morte, de profonds cernes se dessinaient sous ses yeux.

— Comment te sens-tu ? s'enquit Gideon en lui prenant le bras.

Elle se dégagea sans répondre.

Les soldats signalèrent l'heure du départ. Garza, attaché au siège du pilote, affichait un visage impénétrable.

Gideon fut pris d'une hésitation. Où était Glinn ? Il lui en voulait de les laisser repartir sans un mot, après tout ce qu'ils avaient enduré pour lui. Il tourna son regard vers l'enclos sécurisé. Le cyclope avait repris ses vagissements sinistres.

L'un des soldats fit signe à Gideon de monter en agitant le canon de son arme. Le jeune homme, son sac jeté sur l'épaule, grimpa dans l'appareil à la suite d'Amiko. Le soldat referma la porte coulissante derrière lui.

Gideon s'installa sur son siège, boucla sa ceinture et mit les écouteurs sur ses oreilles. Quelques instants plus tard, le Sikorsky s'élevait au-dessus de la jungle, piloté par Garza. À mesure qu'il prenait de l'altitude, Gideon put voir l'île du ciel, posée sur l'océan tel un paradis de verdure que venait désormais souiller la cicatrice dessinée par l'aire d'atterrissage et le camp improvisé. Au bord de la clairière, le cyclope secouait les barreaux de sa cage, son œil hideux tourné vers le ciel.

À côté de Gideon, Amiko affichait une mine sombre. Il frissonna en pensant à la façon dont elle était passée la veille de la supplique à la violence avant de s'enfermer dans un mutisme glacial.

L'hélicoptère longea l'épine dorsale de l'île, mais, au lieu de s'éloigner au-dessus de la mer, il vira sur lui-même juste avant de survoler les falaises et d'atterrir au centre d'une clairière découpée dans la jungle par les équipes d'EES.

— Que se passe-t-il ? s'inquiéta Gideon.

Garza se retourna, retira ses écouteurs et lui fit signe de l'imiter.

— Je vais vous dire ce qui se passe, déclara-t-il suffisamment fort pour couvrir le bruit du moteur. Vous savez, ce fameux « client » dont Glinn n'arrête pas de nous rebattre les oreilles ? Je suis surpris que vous n'ayez pas deviné. Le client en question n'existe pas. Tout simplement parce qu'il s'agit de Glinn en personne.

Gideon ouvrit de grands yeux.

— Je me suis étonné de son comportement dès le début de cette mission, poursuivit Garza. Il se montrait plus secret que jamais et refusait de me confier l'identité de son client alors que je suis son bras droit. Et même son seul confident.

Il fronça les sourcils.

— Pour avoir vu Glinn perdre la boule il y a quelques années, j'ai compris qu'il recommençait. Il a décidé de récupérer cette plante miraculeuse pour se guérir lui-même. Il n'a aucune intention de la transmettre à quiconque, il compte sur le lotus pour gagner beaucoup d'argent.

— Vous êtes sûr de ce que vous avancez ?

— Je connais Glinn comme ma poche. Il s'est comporté de la même façon lors de l'affaire de la météorite.

— La météorite ? La mission dont vous m'avez parlé quand nous avons bu un verre ensemble ?

— Oui. Tout est lié. Quand nous en avons discuté, je ne vous ai pas tout révélé au sujet de cette météorite. En fait, il s'agit d'une graine.

— Une quoi ?!!

— Vous m'avez parfaitement entendu. Une version de la théorie de la panspermie. Une graine géante qui flottait dans l'espace depuis Dieu sait quand. Elle s'est écrasée sur la Terre il y a plusieurs milliers d'années et elle est longtemps restée en sommeil, prise dans les glaces. Lorsque Glinn l'a récupérée à la demande du musée Lloyd, la mission a échoué, le navire qui la transportait a coulé et la graine s'est abîmée au fond de l'Atlantique sud où elle a trouvé les conditions idéales pour germer. Et grandir.

— Le baobab géant de vos maquettes, c'est donc ça ?

— Oui.

— Seigneur.

— Cette météorite est la baleine blanche d'Eli. Lui qui s'enorgueillissait de n'avoir jamais connu l'échec a échoué lamentablement lors de cette mission. Il est convaincu que cette plante venue d'ailleurs menace la planète, et juge que sa responsabilité est de l'éradiquer. Pour parvenir à ses fins, il aurait besoin d'un milliard de dollars. Il compte sur le lotus pour réunir cette somme.

— Mais alors... son intention d'offrir ce remède au monde... c'est un mensonge ?

— Il l'offrira au monde... en échange d'une certaine somme. Sans compter qu'il compte sur le lotus pour le guérir de ses blessures. Glinn a absolument besoin de remarcher et d'être capable de se servir de ses membres s'il entend diriger l'expédition.

Gideon n'en revenait pas. Lui qui s'était toujours demandé dans quelle mesure le lotus ne pourrait pas le guérir... Comment n'avait-il pas compris que Glinn avait d'aussi bonnes raisons que lui de vouloir se le procurer ?

— Glinn finira par avoir notre peau à tous, enchaîna Garza. J'ai vu trente-trois personnes mourir lors du naufrage du *Rolvaag*, je ne supporterai pas qu'une telle catastrophe se reproduise.

Gideon lança un coup d'œil en direction d'Amiko avant de se tourner à nouveau vers Garza.

— Que proposez-vous ?

— C'est très simple. Nous court-circuitons Glinn, nous nous emparons du lotus et nous l'offrons nous-mêmes à la science, pour le bien de l'humanité. Nous mettons en pratique le plan de Glinn. À charge pour nous de réussir.

— Comment ? s'enquit soudain Amiko.

Garza posa les yeux sur elle.

— Je me suis longuement interrogé au sujet de votre déclaration d'hier. Vous affirmiez que jamais nous ne pourrions découvrir le lotus sans l'aide du cyclope. C'est vrai ?

— Oui.

— Vous êtes donc capable de le contrôler ?

— Je le crois, répondit la jeune femme.

Gideon lui lança un regard surpris.

— Pour libérer le cyclope, poursuivit Garza, vous allez devoir franchir l'enclos électrifié. Je connais le code d'ouverture de la cage.

Garza tira de sa poche une feuille de papier qu'il tendit à la jeune femme.

— Il est clair qu'il a confiance en vous. Libérez-le et arrangez-vous pour qu'il déterre un lotus. Dès qu'il nous l'aura rapporté, nous le libérerons et nous repartirons avec la plante. Nous disposons de six heures avant que Glinn ne s'étonne de ne pas me voir rentrer. Vous pensez que ce sera suffisant ?

— Bien sûr.

— Gideon, vous êtes dans le coup ?

Le jeune homme resta plongé dans un profond silence.

— Vous trouverez une réserve de lotus dans une grotte souterraine, déclara-t-il enfin d'une voix lente.

Garza écarquilla les yeux.

— Vous ne nous en aviez rien dit.

— C'est pourtant la vérité, répliqua Gideon qui trouvait cette solution moins risquée que la libération du cyclope.

— Dans ce cas, tous nos problèmes sont réglés, réagit Garza. Je vous attends ici pendant que vous allez chercher le lotus.

Il tira de son étui son pistolet et le tendit à Amiko.

— Vous pourriez en avoir besoin.

Elle glissa l'arme dans sa ceinture et quitta son siège.

— Allons-y, dit-elle à Gideon.

58

Gideon avançait d'un pas rapide sur la sente tortueuse menant à la nécropole, Amiko sur les talons. À peine franchi l'étroit passage qui conduisait à la caverne aux cristaux, ils furent éblouis par la beauté et la majesté du lieu, l'atmosphère de mystère à laquelle contribuait son étrange lumière. Cet endroit était bien la preuve que les cyclopes avaient possédé autrefois une culture, des croyances spirituelles. Gideon sentit monter en lui une bouffée de rancœur en repensant à Glinn. Il s'obligea à museler ses sentiments, conscient qu'il leur fallait récupérer le lotus dans les meilleurs délais. De toute façon, les jeux étaient faits. Il se consola en notant que Garza avait rejoint leur camp. Il avait eu tort de mésestimer l'adjoint de Glinn.

Ils s'enfoncèrent au cœur de la nécropole dans un silence d'autant plus oppressant qu'il succédait à la rumeur du camp et aux appels lancinants du cyclope. Ils repérèrent rapidement la tombe de Polyphème, avec son coffre de pierre rempli de lotus. Ils remplirent le sac et firent demi-tour. Quelques instants plus tard, ils retrouvaient le soleil et remontaient le petit chemin.

Arrivé en haut de la falaise, Gideon voulut se diriger vers la clairière où avait atterri l'hélicoptère de Garza, mais Amiko l'arrêta.

— Et le cyclope ? lui demanda-t-elle.

Gideon hésita.

— Que veux-tu dire ?

— Comment ? s'énerva-t-elle. Mais, enfin, il faut le libérer ! On ne peut pas l'abandonner dans cette cage. En plus, il mourra si on ne lui donne pas de lotus.

Gideon la regarda droit dans les yeux.

— On ne peut plus rien pour lui. Il y a trop de soldats autour de son enclos.

— Garza m'a confié le code de la cage, et j'ai un plan. Donne-moi le sac.

— Mais enfin, Amiko... Garza en a besoin.

Le visage de la jeune femme s'assombrit.

— Le cyclope t'a sauvé la vie, et tu voudrais le laisser mourir comme une bête dans cette cage ?

— J'en suis aussi meurtri que toi, mais nous sommes en présence d'enjeux énormes, répliqua Gideon en brandissant le sac de lotus.

— Tu n'as qu'à m'en laisser la moitié. Rapporte le reste à Garza.

— C'est trop risqué, on ne sait pas du tout de quelle quantité les chercheurs pourraient avoir besoin. Écoute...

Vive comme l'éclair, Amiko se jeta sur Gideon. Au cours de la bagarre, le sac se déchira et son contenu s'éparpilla sur le sol. Voyant que Gideon, déstabilisé, s'étalait par terre, Amiko tira le calibre .45 de sa ceinture et assena un coup de crosse sur la tempe de son compagnon.

⁂

Gideon avait le sentiment de remonter interminablement des profondeurs de l'océan. Il se remit péniblement en position assise, les tempes bourdonnantes, et consulta sa montre. Il était resté inconscient un quart d'heure. Il se maudit intérieurement de ne pas avoir anticipé la réaction d'Amiko.

Il lança un regard circulaire et constata que les lotus séchés, répandus par terre lorsque le sac s'était déchiré, avaient disparu. Amiko avait emporté la totalité de leur moisson, à l'exception d'un lotus qu'elle avait déposé à côté de lui.

Un filet de sang s'écoulait de sa plaie à la tête et un mal de crâne carabiné l'empêchait de réfléchir. Il enveloppa le lotus dans une feuille et fourra le tout au fond de sa poche. Il se relevait lentement, l'esprit embrumé, lorsque lui parvint le grondement d'une explosion dans le lointain. Une boule de feu s'éleva au-dessus de la frondaison en direction du camp de base.

Amiko.

Oubliant son mal de crâne, il s'élança dans la jungle en écartant la végétation sur son passage et rejoignit au pas de course l'hélicoptère qui l'attendait.

— Où étiez-vous ? s'écria Garza. Il est arrivé quelque chose au camp.

Il fut interrompu par sa radio alors que s'enchaînaient les messages d'alerte :

... Pris la fuite... en train de tuer tout le monde... la femme... absolument éteindre l'incendie... oh, mon Dieu !

Un rugissement interrompit brutalement les commentaires affolés, suivi d'un cri d'agonie et d'un bruit atroce de chair déchirée.

— Saloperie ! jura Garza en se tournant vers Gideon. À quoi rime tout ce cirque ?

— Amiko, lui lança Gideon. Elle m'a assommé et s'est emparée du lotus. Elle a voulu délivrer le cyclope.

— Elle s'est emparée du lotus ?!! répéta Garza, hébété.

— Elle a tout pris, à l'exception de celui-ci, confirma Gideon en tendant à son interlocuteur le petit paquet enrobé d'une feuille qu'il venait de récupérer au fond de sa poche.

Garza le lui arracha quasiment des doigts.

— Allez, montez ! Quittons cet enfer au plus vite, en espérant que cette plante suffira.

Gideon, un pied dans l'appareil, fut pris d'une hésitation.

— Allez, bon sang ! Montez !

Gideon répondit non d'un mouvement de tête.

— Désolé. Je ne peux pas.

— Pourquoi ça ? s'énerva Garza en allumant le moteur de l'hélicoptère.

— C'est une véritable catastrophe. Je ne peux pas laisser cette créature massacrer tout le monde. Je… je suis incapable de partir en sachant qu'Amiko est en danger.

Garza referma ses doigts sur le manche.

— Dans ce cas, je vous souhaite bonne chance. *Sayonara*.

Sur ces mots, il referma la portière de l'appareil d'un geste sec. Accroupi à l'orée de la jungle, Gideon regarda l'hélicoptère s'élever et disparaître vers l'ouest, direction Managua.

L'appareil avait à peine disparu dans l'immensité bleue du ciel qu'une puissante déflagration ébranla la forêt.

59

Gideon remonta en courant la route de fortune tracée à travers la forêt par les équipes d'EES. Les bulldozers avaient repoussé les arbres tronçonnés sans se soucier des dégâts provoqués à la végétation exubérante, aux fleurs sauvages écrasées sans pitié.

Le camp principal n'était plus qu'un champ de ruines. Les flammes qui s'échappaient du groupe électrogène, alimentées par les réserves de carburant voisines, montaient à l'assaut du ciel en dessinant d'épaisses colonnes de fumée noire. Plusieurs soldats, munis d'extincteurs, tentaient de circonscrire l'incendie de façon à prévenir l'explosion des cuves du groupe électrogène de secours. Trois hommes en uniforme, atrocement mutilés, gisaient à terre au milieu de la clairière. Les secouristes, négligeant les deux premiers pour lesquels on ne pouvait plus rien, soignaient tant bien que mal le troisième, malgré ses cris de douleur. L'enclos protégé par un grillage électrifié avait été arraché en plusieurs endroits et les soldats restants, paniqués, envoyaient des rafales d'armes automatiques dans les fourrés chaque fois qu'ils croyaient entendre un bruit ou détecter un mouvement dans l'épaisseur de la jungle.

Gideon se trouva instantanément encerclé par un groupe de militaires en colère.

— Je veux voir Glinn, leur annonça-t-il.

Deux des soldats le fouillèrent hâtivement avant de le menotter et de le conduire jusqu'à la tente du patron d'EES, dont ils écartèrent les pans pour le laisser entrer.

Dans son fauteuil roulant, Glinn donnait des ordres à deux commandos armés qu'accompagnait un personnage formidablement musclé. Des épaules de catcheur sous un cou de taureau, le crâne rasé et un bouc au menton, il était vêtu d'un pantalon camouflage et d'un débardeur à la Rambo. Glinn, ignorant son visiteur, poursuivit le détail de ses instructions :

— Pistez-le avec les chiens et ne cherchez en aucun cas l'affrontement. Contentez-vous de le rabattre par ici en maintenant constamment le contact radio. Nos équipes seront prêtes. Compris ?

— Oui, monsieur Glinn, répondit le commando aux allures de catcheur.

— Rompez.

Glinn se tourna enfin vers Gideon. Tout en affichant un calme ahurissant eu égard aux circonstances, il respirait plus vite que d'habitude et Gideon lut dans son œil gris une lueur qu'il n'y avait jamais vue.

Des aboiements furieux résonnèrent dehors.

— Que s'est-il passé ? s'enquit Glinn sur un ton sec.

Gideon lui fit le détail des événements récents. Glinn l'écouta, le visage impassible. L'exposé du jeune homme terminé, il resta quelques instants silencieux, puis changea de position dans son fauteuil.

— Vous dites que cette initiative vient de Garza ? demanda-t-il d'un air pensif. J'hésite entre vous fusiller et vous libérer.

— Si ça ne vous ennuie pas, je préfère la seconde solution.

Glinn se tourna vers les soldats.

— Retirez-lui ses menottes.

Les militaires obéirent.

— C'est donc vous, ce mystérieux client, reprit Gideon. Vous m'avez menti. Vous comptez vendre cette plante, et non la donner.

— Je suis en effet mon propre client, mais cela ne change rien. Manuel se trompe sur mes intentions. J'ai créé une fondation qui se chargera de vendre ce médicament au grand public à prix coûtant, en réservant aux besoins d'EES un petit pourcentage…

Un bruit sourd résonna à l'extérieur de la tente, qui noya brièvement la voix de Glinn. La lueur dorée d'une flamme dansa sur la toile de la tente, dans un tonnerre de cris et de rafales d'armes automatiques.

— Votre coéquipière est arrivée tout à l'heure, reprit Glinn. Elle a mis le feu à nos réserves de carburant, démoli le groupe électrogène principal, et endommagé le groupe de secours avant de libérer le cyclope en profitant de la confusion. Celui-ci s'est déchaîné contre mes hommes, vous avez pu voir l'ampleur du carnage en arrivant. Son massacre achevé, il s'est emparé d'Amiko et s'est enfui dans la jungle avec elle. On aurait pu croire à une prise d'otage, à ceci près qu'elle ne semblait guère lui résister.

Il posa sur Gideon un regard incandescent avant de poursuivre :

— Expliquez-moi pourquoi vous avez choisi de revenir ici.

— Je me sens en partie responsable de ce qui est arrivé.

— Je ne saurais vous donner tort sur ce point.

— Responsable, mais pas de la façon dont vous l'entendez. Ce drame n'aurait pas eu lieu si vous n'aviez pas décidé d'envahir cette île et de capturer le cyclope.

— C'est Amy, en libérant cet animal furieux, qui a provoqué cette tuerie.

Gideon balaya l'argument d'un geste.

— Je n'ai pas l'intention de polémiquer avec vous. Le temps nous est compté. Je suis venu ici avec l'intention de trouver une solution.

— Laquelle ?

— Cette créature n'est pas un animal, comme vous semblez le croire. Il est possible de faire appel à ses sentiments. À condition de la rejoindre, seul et sans arme, je peux tenter de l'influencer. Je sais également qu'Amiko m'écoutera. À deux, nous pouvons la calmer et la ramener ici avec le lotus.

Glinn observa longuement son interlocuteur, le visage fermé.

— Le cyclope vous réduira en bouillie.

— Je suis prêt à en prendre le risque.

Glinn resta un moment immobile.

— Nous sommes tellement éloignés des prédictions de notre modèle informatique que tout mérite d'être tenté, même un plan aussi fragile que le vôtre. Je suis disposé à vous donner mon accord à une seule condition : que vous soyez armé.

— Je n'ai aucune intention de le tuer.

— N'importe, insista Glinn en adressant un signe à l'un de ses hommes.

Le militaire saisit un fusil M16 dans un râtelier, récupéra quelques chargeurs de rechange et tendit silencieusement le tout à Gideon.

Ce dernier s'apprêtait à quitter la tente lorsque la voix de Glinn s'éleva dans son dos.

— Un dernier détail.

Gideon tourna la tête.

— Ne commettez pas l'erreur d'accorder votre confiance à cet être. Ou à Amy.

60

Gordon Delgado avait débuté comme maître-chien en Irak. Avec plusieurs périodes d'engagement sur le terrain et plusieurs médailles à son actif, il avait quitté l'armée et intégré l'unité canine du FBI. Il était persuadé d'avoir tout vu dans sa carrière jusqu'à son arrivée dans l'île la veille, et la découverte du cyclope dans sa cage. Lorsque ce dernier, à peine libéré, avait pété les plombs, Delgado avait vu un cauchemar pire que l'Irak, pire que n'importe quel film d'horreur. Jamais il ne pourrait oublier la vision dantesque de ce monstre enragé aux dreadlocks interminables, la bouche grande ouverte sur des dents gâtées et une langue râpeuse couverte d'écume, éventrant un soldat à mains nues avec une facilité ahurissante, avant de s'enfuir en se déplaçant comme un singe. Encore moins cet œil ! Sainte Marie mère de Dieu, un point noir perdu au milieu d'un océan jaune pisseux injecté de sang qui roulait dans son orbite solitaire. Au milieu du carnage, le monstre s'était figé et l'avait regardé fixement, un soldat étouffé dans chaque main. Jamais Delgado n'oublierait ce regard abominable aussi longtemps qu'il vivrait. Il ne lui restait plus qu'à prier le ciel de ne jamais croiser à nouveau le regard de cet œil terrible.

Delgado n'était pas mécontent d'avoir quitté le camp de base, d'autant que le grillage n'assurait plus aucune protection tant que le groupe électrogène de rechange ne serait pas réparé. Sans oublier les survivants, nerveux à l'extrême, qui faisaient feu au moindre prétexte. Heureusement, l'incendie était presque sous contrôle. Car si jamais les flammes avaient atteint la jungle, Dieu sait ce qui serait arrivé.

Les chiens avaient retrouvé la piste du monstre sur la route improvisée qui traversait l'île et Delgado se laissait entraîner à leur suite en les tenant en laisse, encadré par deux soldats en armes. Le maître-chien avait appris à détecter chez les autres la vantardise et l'incompétence, mais les deux types qui l'accompagnaient étaient des gars bien. Lui-même était armé d'un calibre .45 et d'une carabine M4A1, une radio accrochée à sa ceinture. Ils avaient reçu pour mission de pister le monstre et de le rabattre en direction du camp où une unité de huit hommes l'attendait en embuscade, prête à l'abattre. Quant à la fille, ils étaient censés la capturer, ou bien la neutraliser.

Delgado n'avait jamais travaillé avec ce type de chiens, une race italienne entraînée à renifler des truffes. Des bêtes intelligentes et vives qui ne manquaient pas de courage. Face à un monstre pareil, des molosses auraient été aussi inoffensifs que des caniches. Ceux-là avaient parfaitement compris leur mission et ne se montraient en rien terrorisés.

Les chiens firent halte à l'entrée de la jungle qui bordait la route, signe que la piste s'enfonçait au milieu de la végétation.

Le plan, par sa simplicité même, avait toutes les chances de réussir, mais Delgado ne parvenait pas à s'ôter de la tête la rapidité et la férocité dont avait fait preuve le monstre à l'intérieur du camp. Il suivit les chiens dans la jungle en ayant conscience qu'il ne verrait rien venir si jamais la créature décidait de s'attaquer à eux.

Les chiens tirèrent immédiatement sur leurs laisses.

— Stop, ordonna Delgado aux soldats en s'agenouillant près d'eux.

Les muscles tendus, ils tremblaient d'excitation.

— Je vais les détacher, annonça-t-il à ses camarades.

Les deux soldats acceptèrent sa décision sans discuter. Delgado aimait autant ça. Les gars qui passent leur temps à déconner au début d'une mission cherchent uniquement à planquer leur trouille.

Les chiens, bien que libres, avaient compris qu'ils ne devaient pas s'éloigner de leur maître. C'était aussi bien. Leur comportement avertirait Delgado de la proximité du monstre. D'excellents pisteurs, silencieux et concentrés. Qu'il s'agisse des chiens, des bagnoles, des flingues ou des femmes, les Italiens en connaissaient décidément un rayon.

Avancer silencieusement au milieu d'une jungle aussi dense relevait de la gageure. Delgado, victime de la chaleur moite, ne tarda pas à se couvrir de sueur. Le monstre les entendrait arriver bien avant qu'ils ne détectent sa présence, mais, heureusement, les chiens étaient là pour les avertir. Delgado s'inquiétait surtout de leurs arrières, faute de connaître le degré d'intelligence du cyclope. Cons comme ils l'étaient, les buffles du Cap étaient bien capables de prendre leurs pisteurs à revers. Avec un monstre pareil, il fallait s'attendre à tout.

Un calme impressionnant régnait dans la jungle à mesure qu'ils s'y enfonçaient. La rumeur du camp de base avait fini par s'éteindre. Cette putain de forêt paraissait étrangement morte, au point que Delgado en avait les jetons.

L'île n'était pas grande, ils ne tarderaient pas à tomber sur la créature, ce que confirmait la nervosité des chiens. Delgado adressa un signe de vigilance à ses deux compagnons qui hochèrent la tête en retour.

Ils avançaient lentement, attentifs au moindre bruissement.

Les chiens furent brusquement pris de tremblements. Delgado leva la tête, le nez assailli par une odeur puissante aux forts relents humains qui lui soulevait le cœur. C'était bon signe, cela signifiait que le monstre ne pouvait pas les sentir à cause de la direction du vent.

D'un geste de la main, il ordonna aux soldats d'effectuer un virage à quatre-vingt-dix degrés de façon à contourner leur proie. Les chiens hésitèrent un instant en geignant avant de suivre leur maître. Le petit groupe parcourut deux cents mètres à gauche avant de bifurquer à droite dans leur direction initiale. Delgado connaissait bien la tactique, pour l'avoir abondamment pratiquée en Irak avec des insurgés. Invariablement, l'ennemi affolé fonçait droit devant lui. Restait à espérer que le monstre agirait de même.

Il fit signe à ses hommes de s'arrêter en retrouvant leur ligne de déplacement initiale. Normalement, le monstre devait se trouver à trois cents mètres en arrière. Il était temps de le rabattre en direction de l'embuscade. Il leva la main et les deux soldats épaulèrent leur fusil en attendant son signal. Les chiens, comprenant instinctivement le péril, se figèrent sur place, les muscles tendus à bloc.

Une dernière seconde, et Delgado baissa vivement le bras.

Les soldats se ruèrent en avant en arrosant les buissons de rafales. Les chiens se joignirent à la charge en poussant des aboiements furieux. Delgado, qui fermait la marche, vida le chargeur de son pistolet en l'air, les calibres .45 ACP ajoutant au vacarme assourdissant des M16. L'ennemi, terrifié, ne pouvait que prendre la fuite.

Un souffle agita les branches le temps d'un éclair et l'un des chiens poussa un cri aigu étranglé. Delgado, surpris, fit halte. Les deux bêtes avaient disparu. C'est alors qu'il distingua dans la végétation une longue traînée sanglante, perpendiculaire à la direction qu'il suivait, conduisant à des intestins, des morceaux de chair et de fourrure, une langue rose agitée d'un tremblement, une oreille.

Dans la forêt tropicale, tout était silencieux.

Delgado prit soudainement la mesure de ce qu'il venait de découvrir : le monstre avait croisé leur route à une vitesse ahurissante, saisissant au passage les deux chiens qu'il avait purement et simplement démembrés avant de disparaître.

61

Gideon s'immobilisa en entendant clairement les rafales d'armes automatiques et les aboiements hystériques des chiens. Il se figea sur la route déblayée par les bulldozers, estimant la distance du vacarme à moins d'un kilomètre. Un chien laissa échapper un cri suraigu, et puis plus rien.

Comment les hommes de Glinn pouvaient-ils espérer battre le cyclope sur son propre terrain ? Garza ne s'était pas trompé en affirmant que Glinn avait perdu la boule. Ses modèles informatiques et ses analyses comportementales quantitatives étaient de peu de poids face à une créature telle que le cyclope. Ce serait un miracle si l'un de ses agresseurs s'en tirait vivant.

Qu'avait-il bien pu se passer dans la tête d'Amiko ? Jamais le cyclope ne la tuerait, il en avait la conviction. Mais de là à savoir où elle se trouvait, ce qu'elle faisait… ce qu'ils faisaient, plutôt. Le cyclope la retenait-il contre son gré ? Elle aussi avait perdu la boule. Tout bien réfléchi, cet étrange attachement au géant n'était guère surprenant à la lumière du suicide de son père et des épreuves qu'elle avait traversées pendant l'adolescence.

Pour l'heure, Gideon avait d'autres soucis en tête. À en juger par la direction du bruit, il pouvait deviner approximativement la position du cyclope. Il n'avait plus qu'à se mettre en position, le plus discrètement possible.

Il parcourut au pas de course la route improvisée jusqu'à l'aire d'atterrissage d'où s'était envolé l'hélicoptère de Garza une heure plus tôt. De là, il atteignit le chemin tortueux conduisant à la nécropole, se glissa dans l'étroit tunnel qui traversait la falaise et s'enfonça dans les grottes successives jusqu'aux catacombes.

Il s'approcha de l'alcôve dans laquelle reposaient les ossements de Polyphème, souleva le couvercle du coffre de pierre, prit les lotus qu'il contenait encore et les fourra au fond de ses poches. Cela fait, il se retourna, scruta attentivement le mur opposé jusqu'à ce qu'il repère une grande niche qui convenait à ses intentions. Il s'y hissa en veillant à ne pas laisser de traces derrière lui, écarta les restes momifiés du cyclope qui s'y trouvait et se tapit dans l'obscurité. Dans son dos, la niche laissait place à un large tunnel de lave qui s'enfonçait en pente raide dans les profondeurs de la falaise. Aucun risque de mauvaise surprise de ce côté-là. Allongé dans son refuge, il installa son arme en la calant à l'aide d'un fragment de bassin, résolu à tirer uniquement si sa vie était en danger. Enfin prêt, il disposa devant lui les restes momifiés du défunt de façon à se créer un paravent.

Sûr que le cyclope avait été blessé lors de son évasion, Gideon était persuadé qu'il chercherait à se réfugier au fond de la nécropole en emmenant Amy avec lui.

Le tout était de s'armer de patience.

⁂

— Saloperie, gronda Delgado entre ses dents, hypnotisé par la langue rose du chien qui s'était enfin arrêtée de trembler.

Il dévisagea ses deux compagnons. Bien qu'effrayés par ce qu'ils venaient de voir, ils demeuraient maîtres d'eux-mêmes.

— Bon, décida Delgado à mi-voix. Il faut croire que c'était pas une bonne idée. On se replie en quatrième vitesse, l'arme à la main. Allez !

Il appuya son ordre d'un mouvement du doigt en direction du camp.

Les soldats ne se firent pas prier. L'instant suivant, ils repoussaient les fougères, sautaient par-dessus les troncs morts couverts de mousse, écartaient les lianes, le doigt sur la détente. Delgado n'avait jamais assisté à une attaque aussi fulgurante que celle dont venaient d'être victimes ses chiens. Il avait eu tort de sous-estimer l'adversaire.

La végétation s'écarta tout près dans un nuage nauséabond et le soldat de droite s'effondra avec un bruit sinistre tandis que son arme crachait une rafale au milieu des arbres avant de se taire définitivement. Delgado et le soldat survivant s'accroupirent aussitôt en se positionnant instinctivement dos à dos, à l'affût du moindre mouvement. Les feuilles déchiquetées par les balles pleuvaient autour d'eux en tourbillonnant, mais la créature avait disparu. Le sang du soldat mort s'égouttait lentement des plantes près desquelles gisait son corps disloqué.

Delgado avait beau fouiller des yeux les alentours, il ne distinguait rien. Le monstre était pourtant là quelques instants plus tôt, puisqu'il avait abandonné derrière lui, en guise d'avertissement, le cadavre du soldat quasiment coupé en deux au niveau de la taille. Tout était allé si vite, le malheureux n'avait pas eu le temps de crier.

Un silence de mort retomba sur la jungle. Alors, venant de partout et de nulle part à la fois, s'éleva une longue plainte gutturale. Le cri monta lentement dans les aigus avant de se transformer en un râle humide et tremblant, à la fois animal et humain. Delgado n'avait jamais rien entendu de plus horrible.

— Rafale à trois cent soixante et action, chuchota-t-il à l'intention du soldat survivant.

Les deux hommes se relevèrent dans un même mouvement et envoyèrent des rafales circulaires, déchiquetant la végétation tout autour d'eux, avant de détaler en continuant de tirer, devant eux comme derrière. Delgado éjecta son chargeur vide, en inséra un autre précipitamment et tira. Les deux hommes avançaient dans un brouillard de confettis végétaux, rien ni personne n'aurait pu les approcher sans être fauché instantanément.

Il éjecta le deuxième chargeur qu'il remplaça par un troisième. Il lui en restait encore deux. Pourvu qu'ils lui permettent de tenir assez longtemps. Il régla le M4 en mode semi-auto afin d'économiser les projectiles et poursuivit sa course à travers la forêt, le visage et les bras griffés par les épineux, sans jamais cesser de tirer par rafales de trois.

La créature jaillit soudain devant eux, tel un diable monstrueux sortant d'une boîte. Delgado enfonça la détente, mais le géant se déplaçait à la vitesse de l'éclair. Il arracha la tête du soldat survivant d'un mouvement de son énorme bras velu, arrosant de sang Delgado qui se trouva instantanément aveuglé. Le maître-chien envoya une rafale au hasard en laissant échapper un cri. Il tentait de se dégager la vue en secouant la tête lorsque la puanteur du monstre le prit à la gorge.

À travers un brouillard rouge, il vit la silhouette monstrueuse de son adversaire se dresser devant lui, sa poitrine géante se soulever sous l'effet d'un rugissement féroce. Delgado eut l'impression qu'on le désossait littéralement. L'ultime vision qu'il emporta du monde lui confirma qu'il ne s'agissait nullement d'une impression.

62

Enfermé dans sa tente avec son aide de camp, entouré d'une nuée d'appareils, Glinn avait suivi en direct sur sa radio le sort du maître-chien et de son dernier compagnon. Leur conversation, les coups de feu, le rugissement de la bête, le bruit sinistre des corps mutilés, puis le silence de mort. Une partie de la scène lui était parvenue de la jungle avec un léger décalage, à la façon d'un écho monstrueux.

Une fois de plus, un facteur extérieur, impossible à prévoir, avait eu raison de ses chers modèles. Le même phénomène s'était produit sept ans plus tôt lorsque la météorite avait révélé son véritable visage, contre toute attente. Et voilà qu'il se trouvait confronté à un nouvel échec, à cause des instincts meurtriers de cet hominidé aux réactions parfaitement imprévisibles. Pis, cette rage avait été déclenchée par une collaboratrice dont ils avaient imparfaitement apprécié les réactions émotionnelles. Glinn osait à peine se l'avouer, mais son désir de réussir à tout prix l'avait conduit au désastre en affectant son jugement.

Il se trouvait désormais en territoire inconnu, privé de Garza dont la désaffection le blessait profondément. Il prenait tardivement la mesure de ses torts vis-à-vis de son bras droit. Il avait eu tort de lui mentir. L'ACQ de

Garza lui avait pourtant enseigné qu'il avait affaire à un individu pragmatique, carriériste, décidé à se hisser tout en haut de l'échelle. Et voilà que Garza révélait une forme d'altruisme inattendue.

Glinn secoua la tête avec désolation. Il lui faudrait en tirer toutes les conséquences le jour venu. En attendant, il devait veiller à sauver la peau de ses hommes comme la sienne, face à la fureur assassine de cette créature hors du commun.

Il pressa la touche de sa radio afin de transmettre ses consignes aux huit hommes qui attendaient le cyclope en embuscade.

— Nous avons échoué. L'unité de Delgado a été décimée. Regroupement immédiat pour débriefing.

Le temps de rallier le camp de base, les huit hommes le rejoignaient sous sa tente quelques minutes plus tard. Glinn les sentit ébranlés, mais vaillants. Il ne s'était pas trompé en les recrutant.

— Le cyclope s'apprête à nous attaquer ici même. À l'intérieur du camp.

— Comment pouvez-vous... ? tenta le gradé qui commandait l'unité.

— Cet être est blessé, nous avons détruit son habitat, il se moque à ce stade de vivre ou de mourir. Il voudra emporter dans la tombe un maximum d'entre nous.

Glinn constata qu'il considérait pour la première fois la créature comme un être. Il avait eu le tort de prendre le cyclope jusque-là pour un animal.

— Quels sont vos ordres ?

— Où en sommes-nous des réparations de la clôture électrique ?

— Elle est à nouveau opérationnelle, grâce au groupe électrogène de secours.

— Ce n'est pas ce qui l'arrêtera. À présent, écoutez-moi bien. Il connaît notre fonctionnement, il a vu qui dirigeait la manœuvre ici. Il cherchera donc à s'en prendre prioritairement à moi.

— Affirmatif, réagit le gradé.

— Vous m'utiliserez donc comme appât. Compris ? Disposez vos hommes de façon à l'abattre lorsqu'il arrivera jusqu'ici. Montrez-vous imaginatifs, nous ne sommes pas en présence d'un animal, mais d'un être quasiment humain, capable de réflexion.

Le gradé acquiesça.

— À vos ordres.

Les soldats quittèrent la tente, laissant Glinn seul en compagnie de son aide de camp vers lequel il se tourna.

— Apportez-moi mon Glock.

— Bien, monsieur.

L'aide de camp s'assura que le pistolet était chargé et le tendit à son chef. Celui-ci saisit l'arme dans sa main recroquevillée, inséra une balle dans la chambre et la posa sur ses genoux. Le Glock 19 était suffisamment léger pour que le handicapé puisse s'en servir tout en lui offrant une grande puissance de feu. Glinn ne se berçait pas d'illusions pour autant. Si le cyclope parvenait jusqu'à lui, le pistolet lui serait de peu d'utilité.

— Écartez les pans de la tente, exigea-t-il. J'ai besoin de le voir arriver. Et il faut qu'il me voie.

L'homme s'exécuta et le camp apparut à la vue de Glinn. Les huit soldats avaient disparu, sans doute tapis dans une cachette d'où ils guettaient le cyclope. Parfait. Ses autres hommes étaient occupés à nettoyer les dégâts provoqués par l'incendie, près de la génératrice de secours. Une forte odeur de diesel et de plastique brûlé flottait au-dessus du camp. Les deux cadavres des soldats démembrés par le géant n'avaient pas encore été évacués. Il serait temps de s'en occuper plus tard. Le climatiseur installé dans sa tente avait agréablement rafraîchi l'atmosphère, mais le ronronnement de l'appareil l'empêchait d'entendre les bruits en provenance de l'extérieur.

— Vous voudrez bien éteindre l'air conditionné, demanda-t-il à son aide de camp.

— Bien, monsieur.

L'homme coupa la machine et se planta à l'entrée de la tente, un M16 à la main. Un garçon solide et fiable, comme tous ceux qu'avait choisis Glinn. Des combattants d'exception, parfaitement capables de tendre une embuscade à l'ennemi. Il voulut se rassurer en se convainquant qu'il ne craignait rien. Le cyclope était doté d'une force ahurissante, il n'en était pas moins mortel. En outre, il était blessé. Peut-être même mourant.

Cette pensée réconforta Glinn.

Il s'aperçut brusquement qu'il avait peur. Moins de mourir que des conséquences que sa mort entraînerait. Il s'obligea à ralentir sa respiration et son rythme cardiaque, à ordonner les idées dans sa tête. Il éprouvait une sensation inconnue. Pas vraiment de la peur. Plutôt de l'appréhension, à l'idée de n'être pas en mesure d'accomplir la tâche qui l'attendait dans l'Atlantique sud. Lui seul pouvait réussir. Sa mort aujourd'hui, sur cette île, aurait des conséquences tragiques pour la planète, avant qu'il ait pu accomplir la véritable mission qui l'attendait.

La créature, ou plutôt l'être, serait là d'une minute à l'autre. À peine venait-il de formuler cette pensée qu'un rugissement féroce lui répondit, qui fit trembler la toile de la tente.

Un profond silence répondit au géant.

Glinn se réjouit de ne pas entendre un seul coup de feu. Cela signifiait que ses hommes n'avaient pas perdu leur sang-froid. Il eût été stupide de tirer au jugé dans la jungle en révélant leur cachette.

Un autre cri troua l'air, d'une autre direction cette fois. Un cri humide, comme si le cyclope avait été touché au poumon. Ses rugissements n'étaient pas sans évoquer ceux des lions, la nuit dans la savane.

Comment pouvait réagir Amy, si elle était toujours en vie ? Lui donnait-elle... des conseils ? Il écarta cette idée, la jugeant inconcevable. Amy n'était pas une meurtrière. Elle avait tout simplement perdu le contrôle du cyclope.

Les rugissements se succédèrent pendant une dizaine de minutes, signalant le déplacement de la brute autour du camp. Glinn devait bien reconnaître qu'il possédait une patience et un sens de la psychologie admirables. Et même inquiétants. Restait à savoir si le cyclope était capable de deviner la stratégie du commando qui l'attendait.

L'aide de camp balaya les environs de son regard bleu. Glinn remarqua qu'il transpirait, lui d'habitude si maître de ses émotions.

Les rugissements cessèrent pour laisser place à un silence encore plus crispant. Glinn en arrivait à éprouver un profond respect pour son adversaire.

Il repensa à Amy, puis à Gideon, se demandant où il en était de son projet, s'il n'était pas déjà mort. Gideon était sans conteste l'un des individus les plus doués dont il ait croisé la route. L'antithèse de lui-même, dans sa façon intuitive d'agir. Glinn n'avait jamais renié les pouvoirs de l'intuition, mais il en connaissait les dangers ; l'idée que l'on puisse influencer le cyclope, le calmer au point de le domestiquer, était tout simplement aberrante. Gideon n'avait aucune chance de survivre à une telle épreuve.

Le silence s'éternisait, faisant croître la tension.

Un mouvement à l'orée de la jungle, juste en face de la tente ouverte, mit un terme à l'attente de Glinn. Le cyclope surgit des fourrés dans une explosion de feuilles et de branchages. Il se rua sur la clôture électrique en provoquant une gerbe d'étincelles et arracha les fils de fer comme des cordes à piano usées en déclenchant les sirènes du camp.

Glinn remarqua qu'il tenait un sac étanche dans l'une de ses mains velues. Celui de Gideon, sans doute. Mieux valait ne pas imaginer comment le cyclope avait pu se le procurer.

Un déluge de feu s'échappa des tentes voisines de celle de Glinn. Le cyclope changea de direction une première fois, puis une autre. Il se déplaçait à une vitesse ahurissante, entouré de toutes parts par les geysers que provoquaient les balles en frappant la terre à ses pieds. Plusieurs projectiles atteignirent leur but, mais il continuait d'avancer en crabe, vif comme l'éclair, sans se soucier du feu nourri qui accompagnait sa course.

Loin de courir au jugé, ainsi que Glinn l'avait d'abord cru, le cyclope se ruait en direction de la génératrice de secours et des cuves de carburant installées à côté. Le commando cessa de tirer en comprenant la manœuvre, mais pas assez vite pour que plusieurs projectiles ne traversent les cuves en faisant jaillir des gerbes d'essence. Sous le regard éberlué de Glinn, le cyclope glissa la main dans le sac étanche et en tira un briquet qu'il alluma. Un mur de flammes enveloppa instantanément la génératrice de secours.

Le cyclope, lui-même en feu, se dirigea droit vers la tente de Glinn en semant dans son sillage le contenu du sac. Un rugissement terrifiant dévoila son énorme langue grise, et son monstrueux œil injecté de sang se fixa sur sa proie.

L'aide de camp tira une rafale dans sa direction, mais il était trop tard. Le cyclope avait trouvé le temps de se ruer à l'intérieur de la tente dont la toile s'enflamma à son contact. Glinn pointa le canon du Glock sur la poitrine du monstre et tira à bout portant. Le bras du cyclope s'abattit lourdement sur le fauteuil roulant qui encaissa le plus gros du choc. L'instant d'après, le monstre avait disparu, silencieusement cette fois, et Glinn se retrouvait allongé par terre, son fauteuil réduit en miettes, au cœur d'un enfer de sang, de fumée et de flammes.

63

Au plus profond de la nécropole, Gideon guettait le silence. Ses yeux avaient fini par s'accoutumer à la pénombre. Il disposait d'une cachette idéale, d'où il distinguait à la fois l'entrée de la grotte et l'alcôve contenant les restes de Polyphème. Un léger souffle d'air traversait les souterrains depuis l'entrée. Il n'y avait plus qu'à espérer que le cyclope, de ce fait, ne puisse sentir sa présence.

Tapi dans son trou, Gideon tenta d'imaginer différents scénarios. S'il lui était impossible de prévoir la réaction du cyclope, il était convaincu que ce dernier viendrait là. Mais Amiko l'accompagnerait-elle ? Il allait devoir improviser.

Il attendit, l'oreille tendue. À un certain moment, il lui sembla distinguer des coups de feu et le grondement de plusieurs explosions, très loin. Le bruit finit par s'éteindre.

Plusieurs minutes s'écoulèrent, jusqu'à ce qu'il croie deviner un bruissement qu'il aurait été bien en peine d'identifier. À moins que son imagination ne lui joue des tours. Le bruit se répéta, plus près. Une respiration ? Des pas sur le sable ?

Il était là.

Il entendit le géant traverser l'antichambre conduisant à la nécropole. Sa respiration était rauque, sifflante. Un mélange d'effluves de diesel, de poils brûlés et d'odeurs animales flotta jusqu'aux narines de Gideon. Le géant, blessé, avançait péniblement. Il l'entendit mâcher, avaler, tandis que l'odeur immédiatement identifiable du lotus traversait l'air. Gideon reconnut une voix. Une petite voix.

Amiko.

Elle l'accompagnait. Elle l'aidait, le soignait. Ils s'arrêtèrent dans l'antichambre. Amiko continuait de lui parler d'une voix douce.

Gideon prit une décision.

— Amiko ? appela-t-il.

Un grondement haineux lui répondit, suivi d'une toux. La voix d'Amiko se fit entendre, tentant de calmer le cyclope en lui parlant en grec.

— Gideon ? demanda-t-elle sèchement à mi-voix. Qu'est-ce que tu fiches ici ?

— Je suis venu t'aider à sauver le cyclope.

— C'est trop tard, répondit-elle après un court silence.

— Il n'est jamais trop tard. Parle-lui, je t'en prie. Glinn est conscient d'avoir merdé dans les grandes largeurs. On peut trouver une solution pour que le cyclope reste sur son île.

— Tu ne comprends pas. Il te tuera. Il a décidé de tuer tout le monde. Je ne parviens plus à le contrôler. Va-t'en.

— Il faut que tu lui fasses entendre raison. Aide-moi à le convaincre.

— C'est trop tard, je te dis !

— Je suis armé. Si jamais il franchit cette porte, il est mort. Dis-lui que…

Un cri de haine fit taire Gideon en lui glaçant les sangs.

— Va-t'en ! Tout de suite !

Le cyclope émit une série de grognements inquiétants. Soudain, la voix d'Amiko se répercuta entre les murs de la grotte :

— Gideon ! Il arrive !

Le cyclope franchit l'ouverture à la vitesse de l'éclair. Gideon hésita, incapable de tirer. L'instant suivant, il était trop tard. Le géant fondit sur l'alcôve en poussant un grondement meurtrier sans que Gideon ait pu repositionner son fusil. Les longs bras velus partirent à l'assaut de la niche. Gideon tira sur son adversaire à bout portant, sans empêcher celui-ci de sauter dans la niche. Sous la violence du choc, le jeune homme et le cyclope emmêlés basculèrent dans la cheminée volcanique qui se trouvait au fond de l'alcôve et s'enfoncèrent ensemble dans le vide. Les cris du géant résonnèrent dans une nuit opaque.

Je vais mourir, pensa Gideon qui ne se faisait plus guère d'illusion sur son sort. Je vais mourir.

Leur chute fut arrêtée par un bassin d'eau glacée. Gideon, entraîné vers le fond par son fusil, se débattit dans le noir et réussit à remonter après s'être débarrassé de son arme. Il aspira l'air à pleins poumons en refaisant surface. Un peu plus loin, un rugissement étranglé lui fit comprendre que le cyclope luttait furieusement contre l'eau.

Il ne sait pas nager…

Leur chute les avait apparemment conduits dans une sorte de rivière souterraine, et le courant les emportait à grande vitesse en direction d'un grondement que Gideon identifia sans peine : une cataracte.

Incapable de rien distinguer dans l'obscurité, Gideon se mit à nager perpendiculairement au courant et ne tarda pas à atteindre une paroi volcanique. Il voulut s'y agripper afin d'échapper au courant qui l'entraînait toujours plus vite. L'une de ses mains se referma sur un mince rebord rocheux, l'autre saisit une saillie rugueuse et il trouva la force de se hisser hors de l'eau.

Sollicitant une dernière fois ses muscles qui tremblaient sous l'effort, il se releva et s'accrocha à la roche d'une main, ce qui lui permit avec l'autre de tirer de sa poche la lampe qu'il passa vivement autour de son front après l'avoir allumée.

Saloperie...

Le faisceau de la lampe venait de s'arrêter sur la silhouette démesurée du cyclope, suspendu à la roche à moins de cinq mètres de lui. Une jambe pendante, couvert d'écorchures, le torse en sang troué de plusieurs balles, il n'était plus que l'ombre de lui-même, ce qui ne l'empêchait pas de vouloir rejoindre sa proie qu'il fixait de son œil jaune assassin. D'une incroyable agilité malgré ses blessures, il se rapprocha d'un bond et voulut saisir Gideon par le cou de sa main gigantesque aux ongles tranchants comme des rasoirs.

Gideon plongea sans hésiter dans la rivière et se laissa emporter par le courant en laissant derrière lui un adversaire écumant de rage.

Le grondement de la cataracte se rapprochait dangereusement, aussi tenta-t-il de prendre appui sur la roche de l'autre côté du cours d'eau souterrain qui l'entraînait toujours plus vite. La roche était glissante, mais il parvint à saisir une saillie en s'écorchant les mains et se hissa hors de l'eau. En sécurité sur son rocher, il fit courir le rayon de la lampe autour de lui. Le cyclope avait disparu. Il n'avait donc pas imité son exemple.

Gideon examina le décor qui l'entourait en s'efforçant de reprendre une respiration normale. Les flots bouillonnaient furieusement avant de s'enfoncer dans un trou sombre bordé de blocs de lave dangereusement acérés. À force de fouiller les ténèbres, il découvrit une ouverture au-dessus de sa tête : une longue faille à la verticale traversée de nombreux tunnels de lave. Il lui restait à espérer que l'un d'eux lui permette de s'échapper.

Gideon devait quitter cet enfer aussi vite que possible. Le cyclope devait connaître parfaitement ces grottes dans lesquelles il pouvait se déplacer rapidement grâce à son agilité et sa capacité à voir dans le noir. En dépit de ses blessures, le géant restait un adversaire redoutable, d'autant que Gideon avait dû abandonner son fusil et ne disposait pas même d'un couteau pour se défendre.

Il se hissa péniblement jusqu'à la faille dans laquelle il s'introduisit en s'aidant des pieds et des mains, puis il se glissa dans un tunnel de lave perpendiculaire en achevant de se déchirer les doigts sur la roche coupante.

Il s'effondra sur un repli sablonneux. Son corps tout entier lui faisait mal.

Et quelque part dans ce labyrinthe se dissimulait un cyclope aux instincts meurtriers qui s'était juré d'avoir sa peau. Derrière le chuintement de l'eau en contrebas, il perçut soudain un souffle rauque.

Le géant n'avait pas renoncé.

64

Eli Glinn, recroquevillé dans le sable, attendit que les deux secouristes retirent la carcasse du fauteuil roulant sous laquelle il était resté coincé, découpent sa chemise et procèdent à un premier examen. Tout en se sachant blessé, il avait l'impression d'assister à la scène en spectateur, comme si un autre avait été victime du drame. Un effort de concentration lui permit de dresser un premier bilan. Il souffrait d'une fracture à l'épaule. Son bras handicapé, lacéré sur toute sa longueur, saignait abondamment. Il avait une plaie à la tête, peut-être même une commotion cérébrale. Ses brûlures commençaient déjà à le harceler, la douleur ne tarderait pas à s'intensifier.

À l'extérieur de la tente en lambeaux, l'incendie faisait rage. Un incendie pire que le précédent, qu'il serait cette fois impossible d'endiguer. Les craquements qui lui parvenaient de la jungle toute proche confirmaient que le feu, attisé par le vent, s'était étendu à la végétation.

Glinn tourna péniblement la tête et vit la dépouille de son aide de camp, réduit en trois morceaux que seuls reliaient encore ensemble quelques ligaments. Le cadavre tournait vers le ciel un regard bleu étonné. Son corps et le fauteuil roulant, en absorbant le coup porté par le cyclope, avaient permis à Glinn d'échapper miraculeusement à la mort.

Les secouristes terminèrent de lui poser une minerve, puis le soulevèrent très délicatement et le déposèrent sur une civière.

— Nous allons vous charger dans l'hélico, déclara l'un des secouristes.

— Pas avant que les autres aient embarqué.

— C'est moi qui gère les priorités, lui rétorqua son interlocuteur.

— Pas question. Je suis dans un état stable. Reposez cette civière et évacuez le reste du groupe en premier. Je prendrai place à bord du dernier appareil.

Le secouriste hésita le temps d'une seconde avant de hocher la tête en signe d'assentiment.

— Très bien, monsieur Glinn. Comme vous voulez.

Sur ces mots, il quitta la tente.

Glinn releva la tête, balaya le camp du regard et aperçut un soldat. Il lui fit signe de s'approcher.

— Vous êtes mon nouvel aide de camp. Je vous demande de relayer mes instructions à partir de maintenant.

— À vos ordres.

Glinn l'agrippa par le col de sa veste afin de l'attirer vers lui.

— J'exige l'évacuation immédiate de l'île, en commençant par les blessés. Il y a deux hélicoptères, il faudra donc quatre voyages. L'hôpital de Puerto Cabezas dispose d'une hélisurface, c'est là que nous irons.

— Bien, monsieur.

— Ensuite, nous abandonnons la lutte contre l'incendie. Il est trop tard. Ordre à tout le monde de défendre le périmètre du camp contre les attaques de cet être, jusqu'à complète évacuation des personnels. C'est compris ?

— Compris.

— Bien. Allez-y !

— À vos ordres.

Glinn lâcha la veste du soldat, qui s'éclipsa aussitôt.

Allongé sur sa civière, le blessé laissa son regard errer sur le toit de la tente, à travers lequel on distinguait les lueurs rougeoyantes de l'incendie. À en croire Gideon, Garza était reparti en emportant un lotus séché.

Encore fallait-il que ce soit suffisant…

65

Gideon devait trouver le moyen de quitter cet enfer avant que le cyclope le retrouve. Il n'était plus question de s'apitoyer sur son sort, les ponts étaient définitivement rompus. Glinn ne s'était pas trompé, il avait été bien naïf de penser qu'il pourrait en être autrement.

Il tendit l'oreille. En dehors du murmure de la rivière souterraine, le silence régnait autour de lui.

Gideon attendait dans l'obscurité que sa respiration se calme lorsqu'un grondement grave se répercuta entre les parois du tunnel. Un grondement de haine, de rage et de douleur qui s'intensifia jusqu'à laisser place à un long hululement.

Pris de panique, Gideon se dressa sur ses jambes flageolantes. Il alluma brièvement la lampe frontale, ne distingua rien d'inquiétant autour de lui, et s'enfonça en courant dans le tunnel de lave que traversaient de nombreux embranchements. Il en choisit un au hasard, puis un autre, veillant à garder la lampe dans sa main afin de l'allumer de temps en temps et d'éviter ainsi de se cogner contre les parois de lave. Privé de repères, incapable de savoir où sa course le conduisait, il était porté par le seul désir d'échapper au monstre.

Un nouveau grondement sourd retentit dans le silence. Cette fois, on aurait dit que le cyclope se trouvait devant lui. Comment avait-il pu se déplacer aussi rapidement ? Ou bien Gideon était-il revenu sur ses pas, sans s'en douter ? Il stoppa sa course si brusquement qu'il glissa dans le sable. L'instant d'après, il filait en sens inverse, s'engageait dans un nouveau tunnel et sautait par-dessus les restes d'un éboulement. Il s'arrêta, l'oreille tendue. Où pouvait-il bien être ?

Un crissement de pieds sur le sable lui signala la présence du cyclope, toujours devant lui. La force de sa haine était palpable dans l'air, il était assoiffé de sang. Brusquement, il se trouva assailli par la puanteur du géant.

À la recherche d'une issue, il aperçut une ouverture dans la voûte du tunnel de lave et s'y hissa prestement. Il trouva à tâtons un passage horizontal dans lequel il s'engouffra avant de s'arrêter pour mieux l'examiner. Le boyau était étroit, probablement trop étroit pour que le cyclope puisse s'y introduire.

Guidé par une lueur, il parcourut une centaine de mètres en rampant sans se soucier des rochers qui émergeaient du sable et lui lacéraient les genoux. À mesure qu'il avançait, il comprit qu'il s'agissait de l'éclat de la grotte aux mille cristaux, dans laquelle débouchait le conduit.

La silhouette du géant s'encadra brutalement dans l'ouverture, bloquant la lumière. Gideon recula vivement en laissant échapper un cri. Le cyclope jouait avec ses nerfs. Lors de sa retraite précipitée, Gideon aperçut un trou vertical sur le sol du boyau. Le faisceau de sa lampe lui révéla que le tunnel formait un coude à l'horizontale et s'élargissait quelques mètres plus loin. Il tenta sa chance et se retrouva bientôt dans l'un des souterrains de la nécropole. Le sol était constellé d'ossements tombant en poussière, d'outils en pierre primitifs, de fragments d'obsidienne polis et d'objets de toutes sortes. Gideon, trop paniqué pour s'y intéresser, remonta le tunnel en courant et multiplia les détours en s'enfonçant au hasard des embranchements qui se dessinaient dans le rayon de sa lampe.

Il s'obligea à s'arrêter afin de tendre l'oreille.

Reprends-toi, bon sang...

Céder à la panique ne servirait à rien. Il devait réfléchir. Le mieux était de remonter sur le plateau et de se placer sous la protection des hommes de Glinn, même si cette protection était toute relative.

Il retenait son souffle lorsqu'une voix lui parvint. Il reconnut Amiko qui appelait le cyclope en le suppliant de se calmer.

Gideon repartit en direction de la voix. Tout en courant, il identifia, derrière les appels d'Amiko, les grognements de douleur du géant. Le labyrinthe des grottes et des souterrains, saturé d'échos, empêchait de déterminer avec précision de quelle direction provenait le son. Gideon, incapable de décider s'il était préférable d'avancer ou de reculer, s'efforça de chasser la peur panique qui menaçait de le submerger.

Une minute s'écoula, puis une autre. La voix d'Amiko avait fini par s'éteindre au loin. Gideon osait à peine respirer. Alors qu'il se croyait en sécurité, il sursauta en entendant un souffle rauque ponctué de grognements féroces et de bruits de pas traînants. Cette fois, le doute n'était plus permis : il avançait dans l'obscurité, derrière lui. Il pivota sur lui-même et vit le géant avancer dans le rayon de la lampe. Son œil injecté de sang lançait des éclairs.

Le souffle coupé par cette vision d'horreur, Gideon plongea dans le tunnel de lave le plus proche. Il dévala une pente couverte de sable et atterrit la tête la première dans une véritable cathédrale souterraine. Il reconnut aussitôt la grotte aux mille cristaux. Il se rua vers l'entrée de la nécropole, poursuivi par le cyclope qui grondait en se traînant derrière lui. À bout de souffle, Gideon traversa l'antichambre, s'engouffra dans le tunnel et déboucha dans le creux de la falaise où l'attendait un soleil radieux.

Emporté par son élan, il faillit basculer dans le vide et se rattrapa de justesse à un rocher. Il remonta le petit chemin à toute vitesse, talonné par le cyclope. Il bondissait sur le plateau lorsque celui-ci lui saisit un mollet d'une main de fer. Un hurlement triomphal s'échappa de ses lèvres monstrueuses et il souleva sa proie avec l'intention évidente de la jeter du haut de la falaise. Gideon, la tête en bas, poussa un long cri en voyant danser les vagues trois cents mètres en contrebas.

— Non ! s'éleva la voix d'Amiko dont la silhouette venait de se matérialiser sur le plateau, juste au-dessus des deux adversaires. Arrête !

Le cyclope hésita, tout en continuant d'agiter Gideon au-dessus du précipice. Il releva lentement la tête vers Amiko, mais le spectacle qu'il découvrit derrière la jeune femme le pétrifia d'horreur. En dépit de sa situation périlleuse, Gideon suivit machinalement le regard du monstre et comprit-.

L'île tout entière était en feu. Des flammes gigantesques s'élevaient de la jungle en détruisant tout sur leur passage avec un ronflement de fin du monde. Gideon, un instant hébété par ce spectacle dantesque, fut rappelé à la réalité par le bourdonnement d'un hélicoptère qui s'éloignait en direction de la côte. Le feu, attisé par un vent violent soufflant dans leur direction, ravageait la forêt à une vitesse stupéfiante. Sous l'œil terrifié du cyclope, figé sur place, des cochons, des chats sauvages et toutes sortes d'animaux dont Gideon n'avait jamais soupçonné la présence se jetaient dans le vide du haut de la falaise afin d'échapper à l'incendie. Ils tournoyaient longuement en laissant échapper des cris de terreur avant de s'écraser sur les rochers.

L'île était irrémédiablement perdue.

Le cyclope leva la tête vers le ciel en rugissant de rage et d'impuissance. Il exprimait en un cri terrible la fin brutale du monde dans lequel il avait survécu tout au long de siècles de solitude. Il en avait oublié Gideon, pendu à l'extrémité de son bras gigantesque.

Amiko s'approcha de lui, le visage empreint d'un calme irréel.

— Non, dit-elle simplement. Je t'en prie.

Gideon, pris de vertige, battait désespérément l'air de ses bras à la recherche d'un appui quelconque.

Le cyclope dévisagea longuement Amiko, puis regarda successivement le feu et Gideon avant de reporter son attention sur la jeune femme. Gideon cessa brusquement de s'agiter. Un dialogue muet, au pouvoir bien supérieur à celui des mots, sembla s'établir entre Amiko et le cyclope. Le temps parut se suspendre, puis le géant ramena son bras et posa doucement sur le sol un Gideon brisé par les émotions.

Amiko avança vers le géant. Tournant le dos à Gideon et à l'incendie qui dévastait l'île, la jeune femme et le cyclope tournèrent leurs regards vers le bleu infini de l'horizon.

Le géant réduisit d'un pas l'espace qui le séparait du précipice. Une jambe en miettes, le dos couvert de sang et de brûlures, il n'était plus que l'ombre de lui-même. Derrière lui, l'incendie grondait furieusement. À chaque instant, de nouveaux animaux surgissaient de la jungle et se jetaient dans le vide, leurs cris emportés par le vent.

Le temps d'une dernière hésitation, le cyclope imita leur exemple dans un élan presque gracieux. Gideon se précipita vers le bord de la falaise. La chute du géant sembla durer une éternité, puis son corps dessina sur l'océan une fleur géante avant que les flots se referment sur lui.

Gideon s'éloigna du bord de la falaise et se tourna vers la jungle. L'incendie avançait à une vitesse terrifiante dans un épais nuage de fumée et de cendres, poussé par un tourbillon brûlant. Un tapir s'échappa de l'enfer, zigzagua follement en poussant un grognement affolé avant d'être happé par l'espace.

Le cyclope avait compris que son monde s'était écroulé. L'esprit de vengeance et de rage qui l'animait s'était évaporé, brusquement rendu dérisoire par l'ampleur du désastre. Sans doute ému par les appels d'Amiko, il avait puisé en lui la force de trouver un sentiment de miséricorde humaine en épargnant Gideon à l'instant ultime.

Amiko s'approcha à son tour du précipice, ainsi que l'avait fait le cyclope quelques instants plus tôt. Sous le regard de Gideon, elle fit un pas en avant, puis un autre.

— Attends ! s'écria-t-il en devinant son intention. Ne fais pas ça.

Elle posa sur lui un regard d'une grande tristesse.

— Il n'avait plus sa place sur cette terre. Moi non plus.

— Pour l'amour du ciel, Amiko...

Elle se rapprocha encore du bord de la falaise.

— Amiko !

Gideon tendit la main pour l'arrêter, puis la retira, assuré qu'elle sauterait si jamais il la touchait. Incapable de respirer, il se creusa la tête à la recherche des mots justes. L'extrémité des pieds dans le vide, elle restait hypnotisée par les rochers couverts d'écume au pied desquels s'était abîmé le cyclope.

— Tu te souviens de ce recueil de poèmes dont je t'ai parlé ? J'y ai lu un vers de Delmore Schwartz qui ne m'a jamais quitté.

Il comprit qu'elle l'écoutait en la voyant se figer.

— « Le temps est le feu qui nous consume. » Ces mots m'ont toujours hanté, aujourd'hui plus qu'hier alors que mes jours sont comptés.

Elle restait immobile, apparemment sourde à son explication. Pourtant, elle ne se jetait pas dans le vide.

— J'ai dix mois à vivre, alors que tu as encore toute une vie devant toi. Et tu voudrais jeter aux orties tous ces jours magnifiques que j'aimerais tant posséder ? Pour quelle raison ? Tu prétends que tu n'as plus ta place sur cette terre. Aurais-tu peur de l'avenir, Amiko ?

Elle tituba au bord du gouffre.

— Ce n'est pas la peur qui te guide. Je le sais. Tu es la personne la plus courageuse que je connaisse. Je l'ai vu à la façon dont tu as résisté à ces pirates alors qu'ils menaçaient de te transpercer le ventre. Je l'ai vu à la façon dont tu m'as tiré des griffes des Lotophages, au prix d'un coup de lance. Je l'ai vu à la façon dont tu escaladais ces falaises quand tu brûlais de fièvre.

Il reprit brièvement sa respiration.

— Il nous faut du courage pour continuer à vivre. Parfois même tout le courage dont nous disposons. Tous les matins quand je me lève, je suis assailli par la même pensée : Putain de merde, je suis en train de mourir. C'est précisément ce qui me pousse à donner un sens au peu de temps qui me reste. Le mal dont je suis atteint est probablement la pire épreuve que m'aura infligée le destin, mais c'est aussi une bénédiction car il m'a inculqué le sens du temps. Et voilà que tu t'apprêtes à sacrifier un demi-siècle de vie. Ne fais pas ça. Suis les conseils de quelqu'un qui connaît le prix du temps.

Le corps de la jeune femme tremblait au-dessus du précipice.

— Aujourd'hui, tu as le courage de regarder la mort en face. Auras-tu le courage de regarder la vie en face ? Ne cède pas à la facilité. Je te demande de reculer, de te retourner et de venir avec moi. Je t'en prie.

Amiko demeura longtemps immobile. Puis, lentement, elle se retourna et esquissa un pas fragile dans sa direction, suivi d'un autre. Gideon s'empressa de lui prendre la main, de l'attirer à lui et de la serrer à l'étouffer entre ses bras, de peur qu'elle ne change d'avis.

Amiko toujours serrée contre sa poitrine, il tourna son regard vers l'incendie. Les flammes avaient presque entièrement consumé l'île, dévastant tout sur leur chemin. Le feu dansait d'arbre en arbre, des débris incandescents volaient dans toutes les directions en allumant de nouveaux foyers. Les deux jeunes gens ne tarderaient pas à être emportés par les flammes. L'asile de la nécropole leur était désormais inaccessible, les flammes barraient la route de la sente qui s'enfonçait entre les pans de falaise. Ils payaient le prix des précieuses minutes qu'il avait mis à convaincre Amiko de ne pas se donner la mort. La chaleur devenait suffocante, Gideon peinait déjà à respirer…

Un bourdonnement traversa l'air, au-dessus du ronflement de l'incendie. La silhouette d'un hélicoptère se détacha dans le ciel au-dessus de leurs têtes. L'appareil se mit en vol stationnaire et une échelle de corde tomba à leurs pieds. Gideon la saisit et poussa Amiko sur les premiers barreaux au moment où les flammes commençaient à les lécher. Il se hissa à son tour sur l'échelle, et l'hélicoptère entama sa montée. À mesure qu'il s'élevait, Gideon contempla une dernière fois l'île du cyclope, transformée en brasier tourbillonnant.

Épilogue

Gideon l'avait toujours su. L'hélicoptère qui l'avait déposé dans son refuge des monts Jemez, au cœur du Nouveau-Mexique, finirait par revenir. Un mois à peine après son retour, il avait la confirmation de son intuition. Il terminait de préparer son repas quotidien, des magrets de canard sauvage rôtis au gingembre et à la truffe noire, lorsque le battement des pales d'un rotor troubla le silence de sa retraite.

Gideon coupa le feu sous la poêle et ouvrit la porte de la cabane. L'hélicoptère surgit au-dessus des arbres et se posa lentement sur le pré voisin, les brins d'herbe couchés par la puissance du souffle. La portière de l'appareil s'écarta et une plate-forme électrique descendit jusqu'au sol le fauteuil roulant de Glinn. Garza apparut à sa suite et les deux hommes se dirigèrent vers lui.

Gideon leur fit signe d'entrer.

Glinn roula jusqu'au salon tandis que Garza se laissait tomber dans un fauteuil en cuir. Gideon préféra s'installer derrière la table. S'il était surpris de constater que Garza accompagnait Glinn, il choisit de n'en rien montrer.

— Qu'a donné votre dernier rendez-vous chez le spécialiste ? s'enquit Glinn en rompant enfin le silence.

Gideon secoua la tête en regardant fixement ses mains.

— Rien du tout ? reprit Glinn.

— Ils se demandent pourquoi je viens les voir tous les quatre matins en exigeant de passer une IRM. Ils me prennent pour un cinglé.

Il se tut brièvement.

— Le lotus est peut-être efficace pour les fractures et les membres blessés, mais sans doute pas pour une maladie comme la mienne. Je souffre d'une malformation congénitale contre laquelle on ne peut rien.

— Vous devez vous montrer patient. Et croire.

— Et vous ? rétorqua Gideon sur un ton glacial. Je vous ai vu grignoter le lotus dans l'hélicoptère qui nous évacuait de l'île. D'ailleurs, où l'aviez-vous déniché ?

— Lorsque le cyclope est revenu au camp, il tenait votre sac dans la main. Quelques-uns des lotus s'en sont échappés quand il nous a attaqués. J'en ai gardé un pour moi, égoïstement.

— C'est fou l'effet que ça vous a fait, le railla Gideon.

Un silence gêné suivit la pique, pendant lequel Glinn et Garza échangèrent un regard. Alors, Glinn se leva péniblement, pesamment, de son fauteuil. Il fit un premier pas, puis un autre, s'appuya un instant contre la table et regagna le fauteuil roulant dans lequel il s'installa avec une légère grimace.

— Mon Dieu…, balbutia Gideon.

— Oui. Je me sens plus vigoureux de jour en jour. Tout ça pour avoir égoïstement avalé une seule de ces plantes. Certains des meilleurs chercheurs au monde sont actuellement en train de les étudier. Ils sont parvenus à assurer sa reproduction et à séquencer son ADN. Ils ne tarderont plus à en isoler les principes actifs de façon à les analyser. Il s'agit d'un organisme eucaryote très ancien, une sorte de myxogastria au cycle de vie largement unicellulaire qui s'épanouit au sein d'un organisme multicellulaire. Les scientifiques pensent être en mesure d'en déterminer un jour le code exact.

— J'en suis ravi pour vous, commenta Gideon d'une voix acide.

Glinn laissa s'écouler quelques instants avant de réagir.

— Je vous dois mes plus plates excuses, Gideon.

Le jeune homme conserva le silence.

— C'est moi qui suis responsable de ce désastre. Je vous demande de me pardonner… l'impardonnable.

— L'impardonnable, répéta Gideon.

— Oui. Je m'en veux de…

Gideon laissa soudain libre cours au sentiment de rage et de frustration qu'il s'efforçait de contenir depuis plusieurs semaines.

— Vous n'êtes qu'un sale connard égoïste, prononça-t-il d'une voix qui laissait transparaître une colère froide.

Il se leva et s'approcha de Glinn, les poings serrés. Garza voulut s'interposer, mais Glinn l'arrêta d'un geste.

— Après la façon dont vous avez merdé avec votre putain de météorite en provoquant la mort d'une trentaine de personnes dans le naufrage de votre bateau, n'importe qui d'autre en aurait tiré les leçons, aurait accepté de réviser ses batteries. En aurait peut-être même tiré un soupçon d'humilité. Mais non ! Pas vous ! Vous êtes imbu de vous-même, sûr d'avoir raison. Vous êtes infoutu de regarder en face vos propres défauts, ou même d'accepter que la vie puisse se révéler imprévisible. C'est certain, vous êtes l'as des as dès qu'il s'agit de planifier une mission. Sauf que votre méthode est loin d'être parfaite, et que vous êtes trop fier pour envisager d'avoir tort. Cette fois, au lieu de couler un bateau et de tuer trente personnes, vous avez rayé une île de la carte. Vous avez éliminé au passage le dernier survivant d'une espèce et des gens sont à nouveau morts par votre faute.

Il s'arrêta, le temps de reprendre son souffle.

— Allez au diable ! ajouta-t-il en fusillant Glinn du regard.

Contre toute attente, ce dernier pâlit et son visage sembla se troubler.

— Le meilleur exemple de ce que j'avance nous est donné par Amiko, poursuivit Gideon sur un ton plus mesuré. Aux dernières nouvelles, elle s'était engagée auprès d'une ONG en Patagonie, avant de disparaître des écrans radar.

— Nous essayons de la localiser, se justifia Glinn avec une petite voix. Nous voulons l'aider.

— L'aider ? Mais c'est vous qui êtes responsable de ce qui lui arrive, lui reprocha amèrement Gideon. Vous étiez au courant de ses interrogations personnelles en l'engageant, vous en avez même fait usage contre elle. Vous avez tué une partie de son âme en provoquant la mort du cyclope. Elle l'aimait. Mais vous vous fichiez éperdument des dégâts collatéraux. De la même façon que vous avez utilisé ma maladie en me laissant espérer que la réussite de cette mission m'apporterait la guérison. Eh bien, vous savez quoi ? Cette saloperie est toujours là ! s'écria-t-il en montrant son crâne du doigt. Vous n'avez pas appris de vos erreurs. Et vous n'apprendrez jamais.

Gideon se tut, la respiration haletante.

Tout au long de sa diatribe, les traits de Glinn s'étaient littéralement décomposés. Livide, il transpirait à grosses gouttes.

— Vous avez tort, Gideon, répliqua-t-il. Cela fait un mois que je réfléchis aux crimes dont je suis coupable. J'ai commis des erreurs terribles. La mort du cyclope, la destruction de cette île. Tant de vies perdues, d'espoirs ruinés. Je souffre à chaque instant depuis que j'ai pris la mesure de mes responsabilités.

Gideon gardait le silence.

— Paradoxalement, cette ébauche de guérison m'a contraint à m'interroger sur moi-même. À accepter mes faiblesses, à comprendre que je ne suis pas infaillible. Je m'appuyais sur une éthique erronée. Aucun ordinateur, aucun logiciel au monde n'est capable de tout prévoir. L'existence de ce cyclope en était la preuve. J'ai péché par orgueil.

Gideon l'observa, frappé par le changement intervenu chez le fondateur d'EES.

Glinn releva la tête.

— J'ai échoué lamentablement, Gideon, mais cette mission n'en est pas moins couronnée de succès. Cette plante va bouleverser l'existence de nos semblables. Nous avons payé cher le prix de cette réussite, mais elle est là. Et j'ai... j'ai encore besoin de vous.

Gideon attendit la suite. Cet aveu ne l'étonnait guère.

— L'heure est venue de nous lancer dans notre grand projet.

— Celui de la météorite.

— Oui. Les derniers éléments fournis par les sonars et les sismographes montrent que la chose, après être restée en sommeil pendant des années, a entamé sa métamorphose. Elle recommence à pousser. Ses racines se développent. Nous avons également constaté certaines anomalies... dérangeantes.

Glinn scruta longuement le visage de Gideon avant de continuer.

— Cette météorite est une graine géante. C'est moi qui l'ai plantée, il me revient donc de la déraciner. Il s'agit d'une forme de vie extraterrestre qui menace la planète. Il est impératif de la détruire. Il nous faut agir au plus vite.

Gideon se tourna vers Garza.

— Et vous ? Qu'en pensez-vous ?

— Je suis partant, répondit le bras droit de Glinn de sa voix éraillée. Eli n'a pas menti. C'est un homme changé. Sinon, je ne serais jamais remonté à bord. La situation est aussi grave qu'il la décrit. Peut-être même plus. J'assurerai la direction de la mission à ses côtés. Plus d'ordres secrets, d'oukases ou de veto qui tombent d'en haut. Nous travaillerons en équipe.

— Avec quel argent ? s'inquiéta Gideon. Un projet comme celui-ci va coûter des millions.

— Vous vous souviendrez peut-être, je vous avais expliqué qu'EES serait rémunéré sur la base d'un faible pourcentage des profits du médicament mis au point grâce au lotus. J'ai finalement négocié un autre accord avec la fondation chargée de sa diffusion. J'ai demandé un versement forfaitaire, équivalent à un pour cent du chiffre d'affaires réalisé lors de la première année de sa mise sur le marché. Cette somme a été versée par un généreux bienfaiteur désireux de préserver l'anonymat.

— À combien se monte ce versement forfaitaire ?

— Un peu plus d'un milliard de dollars.

Gideon adressa à son interlocuteur une mimique significative.

— Nous disposons des fonds, enchaîna Garza. Nous avons également les connaissances et la technologie requises. Nous seuls pouvons espérer vaincre la chose. Et nous voulons vous associer au projet.

— Pourquoi moi ?

— Vous le savez, répondit Glinn. Nous sommes le yin et le yang, tous les deux. Vous ne connaissez jamais les raisons qui vous poussent à agir, vous êtes indiscipliné et emporté, vous n'avez aucun sens logique. Cela ne vous empêche pas de faire systématiquement le meilleur choix possible. Vous êtes un génie intuitif. L'exact opposé de moi, tant intellectuellement que sur le plan du comportement. Sans vous, notre entreprise est vouée à l'échec. Nous devons agir au plus vite. Je voudrais que vous vous joigniez à nous aujourd'hui même.

Un long silence succéda à l'explication. Une minute s'écoula, puis une autre. Gideon finit par se lever. Il s'approcha de la gazinière et vida dans la poubelle le délicieux plat de canard qui attendait dans la poêle. En dépit des épreuves qu'il venait de traverser, des souffrances, des dangers, des humiliations qu'il aurait aimé oublier, il s'était inconsciemment préparé à cet instant. Il savait que Glinn viendrait un jour le solliciter, et qu'il accepterait de l'aider.

— Je vous suis, dit-il à ses visiteurs en attrapant son manteau.

11010

Composition
FACOMPO

Achevé d'imprimer en Slovaquie
par NOVOPRINT SLK
le 10 août 2015

Dépôt légal : août 2015
EAN 9782290083062
OTP L21EPNN000316N001

ÉDITIONS J'AI LU
87, quai Panhard-et-Levassor, 75013 Paris

Diffusion France et étranger : Flammarion